世间总有星辰开道。

木苏里

一级律师 3

木苏里 著

江苏凤凰文艺出版社

图书在版编目（CIP）数据

一级律师.3 / 木苏里著. -- 南京：江苏凤凰文艺出版社, 2020.11（2021.11 重印）
ISBN 978-7-5594-4871-2

Ⅰ．①一… Ⅱ．①木… Ⅲ．①长篇小说 – 中国 – 当代
Ⅳ．① I247.5

中国版本图书馆 CIP 数据核字 (2020) 第 080138 号

一级律师.3

木苏里 著

责任编辑	丁小卉
封面设计	殷 舍 阿 鬼
责任印制	刘 巍
出版发行	江苏凤凰文艺出版社
	南京市中央路 165 号，邮编：210009
网 址	http://www.jswenyi.com
印 刷	长沙鸿发印务实业有限公司
开 本	710 毫米 × 1000 毫米 1/16
印 张	22
字 数	347 千字
版 次	2020 年 11 月第 1 版
印 次	2021 年 11 月第 2 次印刷
书 号	ISBN 978-7-5594-4871-2
定 价	54.80 元

江苏凤凰文艺版图书凡印刷、装订错误，可向出版社调换，联系电话 025 - 83280257

目 录
Contents
第三卷 鸟笼(下)

第一章 治疗中心 003

第二章 埃韦思先生 019

第三章 阴谋真相 033

第四章 基因片段 043

第五章 威胁邮件 057

第六章 柯谨的病因 073

第七章 假护士 089

第八章 养父子 109

第九章 活捉影后 137

第十章 敬多年旧友 156

目 录
Contents

第三卷 鸟笼(下)

第十一章 星辰相聚 170

第十二章 实验日志 189

第十三章 等候 218

第十四章 大新闻 234

第十五章 遗产委员会 249

第十六章 最后一只鬼 262

第十七章 摇头翁案 275

第十八章 尘埃落定 311

第十九章 正义不朽 324

番外 旅人 333

第三卷 鸟笼(下)

第一章 治疗中心

酒城晨昏轮转快，这一天的日暮时分，正巧是德卡马上午九点整。

联盟医药协会以及各大网站同时放出一个消息——西浦药业联合曼森集团在各大星球设立了感染治疗点，所有针对感染的治愈以及预防类药即刻起公开贩售。

除此以外，那些报道中还提到，治疗点所利用的全部是废弃老楼及荒地，几乎是一夜之间旧楼换新颜。

虽然是旧楼改造，但里面设施齐全，就医环境不比任何医院差，充足、安全的隔离区以及药物研究中心，可以跟得上感染事态的发展。

在感染日益严重的情况下，这种消息确实安抚了大批民众，说是振奋人心也不为过。

一时间，各大医院感染中心办理各种手续的界面都出现了大规模拥堵——需要办理出院或转院手续的人太多了，当中受影响最严重的恐怕是春藤医院了。

无论是老狐狸德沃·埃韦思本人，还是在春藤集团中占有极高地位的尤妮斯，这一整天都淹没在各式各样的通信和紧急会议中。就连众所周知的不干预家族事务的乔大少爷，也被骚扰得够呛。虽然他口口声声说自己不干预任何家族事务，春藤集团的发展情况他也毫不在意，跟老狐狸更是没有联系，但真正发生动荡的时候，他还是会悬起一颗心。

"就连酒城这边都……"乔叉着腰站在窗前,糟心地跟尤妮斯连着通信,"你那是没看见,酒城老壶区的人都学会排队了,多吓人啊。曼森兄弟买下来的地比我们之前探到的消息还要多,少说也有三四倍,酒城这边都没放过。我之前对应消息,在电子地图上标记了一下,每个治疗点所辐射的圈子都能相互重叠,几乎没有漏掉的地方。"

"可不是,"尤妮斯没好气道,"德卡马、红石星、赫兰星、天琴星……全联盟那么多星球,哪个地方不是呢?数量都快赶上春藤了。从凌晨起到现在,我的耳扣都没有摘下来过,就算摘下来,耳朵里头也嗡嗡直响,我都快要对通信有阴影了。"

"需要我做点儿什么吗?"乔斟酌片刻,还是开口了,"老狐狸怎么说?如果人手不够的话,我这边也能提供一部分。"

这位大少爷虽然志在吃喝享乐,从没有什么过大的野心和过高的目标,但这些年单打独斗下来,还是积攒了一些底子,关键时刻也能帮上忙。

"不用,你别插手。"尤妮斯想也不想便拒绝了。

"你都不用考虑一下吗?好歹想个三五秒再说吧。"乔少爷又好气又好笑,"我建议你还是去问一下老狐狸吧,别让我听见就行。"

"问什么呀,不用问。"尤妮斯说,"他才是最不着急的那个人。"

"最不着急?"乔扭头看向客厅里硕大的全息屏幕。

从西浦药业和曼森集团出联合公告起,顾晏他们就把全息屏幕定在了专题新闻那块,上面一直在滚动播放感染治疗中心的情况。有人甚至去附近的治疗中心搞起了现场直播,还有一部分记者则联系各医疗行业大佬做起了采访。

这里面当然少不了德沃·埃韦思,毕竟医疗行业他是老大。

当乔少爷转过头的时候,屏幕正好播放老狐狸德沃·埃韦思的一段视频。

视频拍摄于他们下榻的酒店。

镜头之中的德沃·埃韦思先生穿着简单干练的休闲服,手里还拎着球杆包。他被记者们拦下的时候,表情和语气依然得体,甚至还冲记者们弯了一下嘴角。他表示自己最近身体微恙,正在别墅酒店享受几年来少有的一次假期,顺便调理身体。对于西浦药业和曼森集团联合创立治疗中心的事情,他感到非常欣慰,有这样优秀的、始终走在研发前端的同行，他很骄傲，也希望受到感染的病患们早日脱离疾病困扰，恢复健康。

怎么说呢，他从头到尾的表现都很符合一贯的形象，无可挑剔，也很有长辈风范。但媒体朋友们从中解读出很多信息。比如他说"我很高兴"的时候，笑容只停留在嘴角，透明的护目镜下，灰蓝色的眼睛里毫无笑意。

再比如说，他向来一丝不苟的头发散落了两绺下来，眼下有微微的黑眼圈。这说明他睡得不踏实，早上出门装扮也没那么精细。也许是没心情？至少可以看出他有几分疲态。

而且身体微恙……怎么他这么巧在这个关头微恙了呢？

总之别说媒体了，连亲儿子都觉得老狐狸在强颜欢笑。

乔把收音范围扩大，让尤妮斯清楚地听见这段访问内容，然后道："你确定老狐狸不着急？"

尤妮斯哼了一声，没好气道："那我就问你，你见过爸大清早出门运动吗？"

"没有。"

"那不就得啦！"尤妮斯说，"他是特地把自己送到那帮记者面前让他们采访的，你还真以为是半路被拦住的呀？"

"那他头发——"

"出门前，我看到他自己撩了两绺头发下来。"

乔："黑眼圈呢？"

"我跟他面对面吃早餐的时候，他还没有那东西。"

乔："眼睛里的红血丝呢？"

血丝虽然不算多，但在灰蓝的眸色衬托下显得格外明显，那三分疲态起码有两分显露在这里。

"谁知道呢？揉的吧。"

乔少爷沉默两秒，终于还是没忍住："你知道吗？我现在特别想翻白眼。"

尤妮斯呵呵一笑："翻吧，我都翻一个早上了。"

"所以老狐狸现在根本不着急，那些样子是装出来的，故意给媒体看的？"

尤妮斯想了想，道："我理解的是这样。不过你要知道，给媒体看就意味着给所有人看。"当然也包括他真正针对的人。

"所以现在是什么情况？"乔问，"你在处理那些随之而来的麻烦吗？还是安抚高层？"

被尤妮斯这么一搅和，他那点儿担心也消失得无影无踪了，但还是免不了多问一句。

"之前我忙得脚不沾地的时候，处理了一部分。"尤妮斯没好气地说，"现在闲下来了。"

"怎么，这就处理完事情了？"乔一脸诧异，"我以为那帮元老大爷们要排着队去你办公室表演呕血三升和以头撞柱呢！"

"怎么可能处理完？"尤妮斯说，"但那些事情已经全部移到老狐……爸自己手里了，我的权力被架空了。"

乔掏了掏耳朵："你被什么？"

"架空夺权。"尤妮斯说，"你不明白吗？原本在我手里的事情，现在全部是爸处理了。"

"他要干什么？"乔突然有点儿紧张。

"不知道。"尤妮斯的声音听起来有一点儿无奈，"我现在出不去办公室，正窝在沙发里看小时候存档的家庭视频思考人生。"

乔："……"

德卡马法旺区的别墅酒店里，尤妮斯为了应付之前频繁的视频会议，上半身穿着精致稳重的定制套装，脚上却穿着毛茸茸的拖鞋。

自从被"夺权"后，她更是把拖鞋都脱了，盘腿坐在沙发上——这可能是她这些年来最不顾形象也最放松的一刻。

她的耳朵上戴着耳扣，怀里放着抱枕，沙发前面的空地上，全息屏幕一个接一个地自动播放着家庭录影。现在正在播放的是她六岁时的一段影像。起初镜头很晃，德沃·埃韦思的声音像背景音一般响了起来："以后你就可以这样，把自己想记住的事情记录下来。"

那是将近五十年前的德沃·埃韦思在教她怎么录视频日记。

尤妮斯轻轻"啊"了一声。

那头的傻弟弟乔以为又出了什么事，紧张兮兮地问道："怎么了？"

"哦，没有。"尤妮斯说，"我只是突然想起来，录视频日记这个习惯还是爸培养的……如果不是又看到这个，我已经忘了。"

感谢这个习惯，让她在不知不觉间遗忘一些琐事后，还有机会重新记起。

"是吗？我没听说过。你在看什么时候的视频？"乔顺着她的话问道。

"我随便看看，缅怀一下宠着我的爸爸。"尤妮斯说，"他那时候会跟我比赛背书，抓着我的手纠正我的握笔姿势，还能给我表演左右手同时写字画画呢，万万没想到还有夺我权力的一天。"

乔："尤妮斯女士，别装惨了。"

尤妮斯笑了一下。

全息影像里，六岁的尤妮斯头发还不是很长，在脑袋顶扎了一个髻。

"这么拍吗？那我要拍我画画。"幼时稚气的声音在她现在听来有点儿微微尴尬。

这位女士看当年的自己也是一副"瞧这傻瓜"的心态。

影像里，尤妮斯以极其不标准的姿势伏在办公桌上，被陡然入镜的德沃·埃韦思半真半假地批评了一句。他捏着尤妮斯脑袋顶的髻，把她往上提了提："抬头，你这样以后要换眼珠的。"

"我不怕。"尤妮斯哼哼。

德沃·埃韦思也哼了一声，不知道是想笑还是怎么的。

被德沃·埃韦思批评了几次，尤妮斯有点儿不耐烦，她丢了笔，趴在桌上不想画了。

德沃·埃韦思淡定地欣赏了一会儿她撒泼的姿态："来，咱们比个赛。"

一听比赛，尤妮斯来了精神："比什么？"

"左右开弓。"德沃·埃韦思说着，左右手各拿了一支笔。

尤妮斯："……"

酒城的暴雪依然在下，但这并不妨碍受感染的人蜂拥进新成立的治疗中心，其热闹程度堪比声名最盛时的春藤医院。最近的一家治疗中心就位于双月街和棚户区之间的交叉点。

燕绥之原本打算去附近的春藤医院查一些事情——关于那位带着牧丁鸟出

现的马库斯·巴德先生，他们想到了新的搜找方式。但当他路过治疗中心的时候，还是被人群吸引了注意力。

"进去看看？"燕绥之朝大门偏了偏头。

劳拉从早上得知燕绥之的身份起，就一直很老实，老实得反应都慢了几拍。平日里她泼辣和爱逗人的劲儿都收敛了起来，显得前所未有的乖巧。

她把自己裹得严严实实的，脸被捂在口罩后，闷声闷气地点头，连举着的伞都跟着点了点："可以可以，去看看。"

反正她这一天就没有说过不可以。

燕绥之征求完她的意见，又看向顾晏。燕绥之戴着口罩，挡住了口鼻，为了挡风雪，又戴上了护目镜，漂亮的眼睛被镜片镀上了一层光。

这会让人不自觉地把注意力放在他的眼睛上，比如顾晏。

顾大律师的目光落在他眼睛的旁边，不知道在看什么，没有立刻答话。

"你发什么呆？"燕绥之伸手在他面前打了一个响指，"我难得民主一回，征求一下意见，你还不配合？"

"等下。"顾晏把伞往旁边倾斜了一些，突然伸出拇指在他眼尾抹了一下。

"怎么？"燕绥之半真半假道，"啊，如果是沾了什么脏东西你就别说了，给我留点儿面子。"

顾晏又摩挲了一下，看了看自己的拇指道："不是，那颗痣重新出来了。"

"是吗？"燕绥之也伸手摸了一下，"很明显？我怎么没注意。"

"很淡。"顾晏说，"不过昨天晚上还没有。"

"你确定？"

顾晏很笃定："昨晚有的话，我不可能看不见。"

燕绥之觉得也是。

燕绥之想起晚上胡闹的顾晏，抵着鼻尖咳了一声，道："可能快到时间了吧！不过林医生不是说最后一段时间几乎没变化，直到最后才会突变吗？"

"所以有点儿奇怪。"顾晏道，"你联系林医生问一下吧。"

正说着话，顾晏的智能机振动起来。

"谁啊？"燕绥之问。

顾晏调出屏幕看了一眼："乔。"

"乔？"燕绥之愣了一下，"酒店有什么事吗？还是催我们回去？"

顾晏接通了通信，乔的声音在那边响起来："顾？之前那个匿名者的签名文件发我一份。"他的声音听起来非常压抑，说不上是紧张还是在抑制激动。

"好。怎么了？"顾晏问。

"我姐！"乔说，"我刚才跟她连通信的时候她在看家庭视频，顺手把全息屏幕给我共享了一下，我看见了一样东西，我怀疑……"

乔顿了一下："算了，我先确认一下再说。"他说完就挂断了电话。

顾晏和燕绥之对视了一眼，然后把文件包发了过去。

"有线索了？"燕绥之瞬间明白。

顾晏："等他确认了再看。走吧，我们进去再说。"

他跟燕绥之一前一后往治疗中心走去，又转头照顾了一下劳拉。也亏得他们照应了一下，劳拉女士不知为什么突然变得恍惚，抬脚踏空了一节台阶，然后"咔嗒"一声扭断了自己高跟鞋的鞋跟。

"小心！"走在她前面的顾晏一只手还在摘耳扣，另一只手及时扶了她一把。

"怎么了？"燕绥之闻声转头，连忙过来。

劳拉活像踩在高低杠上，抓着顾晏的手臂堪堪维持平衡。她像刚刚回过神来，看看顾晏又看看燕绥之，嘴唇张张合合。

"你别学鱼。想说什么？"燕绥之撑住她另一只胳膊。

"不是……我就是刚意识到你们……"劳拉顶着一张被雷劈过的脸，手指在两人之间来回指着，嗓门由高转低，最后反兮兮地挤出一句："啊？"

顾大律师看了她一会儿，忍不住道："小姐，一天了。"

燕绥之叹了口气，要笑不笑地夸了她一句："你的反应可真快啊，小姑娘。"

事实证明，他们选择进治疗中心看一眼，是无比正确的决定。

酒城的这家感染治疗中心，跟各个星球上一夕之间出现的其他治疗中心大体一致，都是一座独立的堡垒式圆形建筑。在玻璃罩顶之下，数个柱形大楼错落分布。门诊、急诊以及药剂区在一起，跟普通的住院部之间以一条长廊相连。

但有两个区域例外，一个是隔离区，一个是药物研究中心。

隔离区出入口的控制非常严格，并不是走两级台阶或者穿过一个长廊就能进入。药物研究中心则位于隔离区的后面，想要进入研究中心，必须先穿过隔离区。

于是，燕绥之他们被拦了下来。

"你们有手牌吗？"守在隔离区门口，穿白大褂的人提醒了一句，"这里是隔离区，不能乱进。"

今天是治疗中心正式开放的第一天，中心内秩序非常混乱，到处都是找不着北的人。引路机器人都忙不过来了，烧了好几台，所以治疗中心不得不在各处安排一些工作人员辅助。

相同的混乱状况如果发生在德卡马或是红石星，很好解决，但在酒城就逊色太多。也正因如此，燕绥之他们才想利用一下这次机会。

没想到这里管理不善，隔离区的人却很警惕。

劳拉下意识给自己找了一个出现在这里的理由："哦，没有，我只是来扔鞋跟。"她说着就走向隔离区大门旁的垃圾处理箱。

白大褂一愣："扔什么？"

劳拉无所畏惧，晃了晃手里的东西，赫然是两根长而细的高跟鞋鞋跟。

白大褂："？"

"门口的台阶太滑，我差点儿把嘴巴摔裂了，断了一边鞋跟，我就干脆把另一边也掰断了。"劳拉女士解释说。

白大褂用一种佩服的眼神打量了劳拉一番："很抱歉，雪太大了，我会通知他们打扫一下门口。"

劳拉扔鞋跟的时候，燕绥之已经走到白大褂面前聊了起来："进隔离区要手牌？什么手牌？"

白大褂指了指顶头的标牌，天知道这是他第几次做这种提醒动作，语气里满是无奈："这边住着的都是传染性格外强并且暂时无法治愈的人，肯定不能自由开放。如果是家属的话，需要去前面做身份验证，档案通过可以领一个通行手牌，当天用当天报废。"

燕绥之朝远处的登记验证台望了一眼："如果不是家属，是同事朋友呢？"

这就不是什么家族档案能验证的了。

白大褂很有耐心："哦，那去那边，看见那个牌子没？报一下你们要探望的病患的诊疗号就行。"他指了指十米开外的一个登记台,还好心地冲那边的同事喊了一声:"刘,这边三位朋友要拿手牌。"

刘:"哦,好的,到这边来。"

这两位工作人员自作主张地把来客架上"虎背"。这下倒好,不登记都不行,扭头就走显得更奇怪。

燕绥之冲白大褂微笑了一下,三人转头往登记台走。

劳拉压低了声音:"啊,我真是谢谢他,我们上哪儿编个诊疗号给他?"

顾晏淡定地开了口:"MS56224807。"

劳拉:"?"

"刚才我路过挂诊仪,有位先生正被哄着进隔离区,我就顺便扫了一眼。"顾晏说。

燕绥之走在最前面不方便回头,手伸到背后冲他晃了晃拇指以示鼓励。

劳拉:"……"

这位女士深觉自己回到了读梅兹大学的时光。那时,所有学生都会在教授面前表现表现,争得夸奖,唯独顾晏是特别的。

他特别容易惹教授生气,以及特别容易被教授惹生气。

他们时常开玩笑说,顾同学没被逐出师门,全靠本质优秀,现在看来……

什么生气不生气都是假的,只要他关键时刻秀一秀,再怎么冻人都能讨教授喜欢。

就刚才那位被哄进隔离区的患者,他们都看见了,不过一般人的注意力都被那位患者跟家属之间的争执吸引过去,满脑子都是什么"交不交车""耽不耽误挣钱""打死不进隔离区"之类的玩意儿,谁能想到记个诊疗号备用?

劳拉女士默默腹诽。

眨眼间,他们已经站在了登记台前。

白大褂招呼过的刘戴着手套,挡开他们要操作的手,在屏幕上点了几下道:"报一下诊疗号。"

顾大律师毫无压力地重复一遍。

屏幕一闪,诊疗号对应的患者基本就诊信息蹦了出来,确有其人,照片就是刚才那位病患，职业是出租车司机，感染到了S级，备注上还写着伴有药物依赖的情况。

见刘已经拿起三串访问手牌，燕绶之伸出了手。然而刘却没有立刻给他们，而是直接在屏幕上点了"联系患者"的按键。

刘解释了一句："抱歉啊，今天是第一天，有点儿乱，手续也会复杂一些，需要跟患者本人再确认一下。"

劳拉："……"

确认个屁，一确认就兜不住了，谢谢。

劳拉女士自认是个胆肥的，但她就算眼都不眨地混进私人飞梭机，那也是老老实实、安安分分待在角落里，不跟任何人打交道。哪像这样，每一关都被人盯着！

她想说要不找一个借口走吧，那边的通信就已经连上了。刘拿着连接仪器的指麦说："您好，有访客，需要您确认一下是否会见。"

"访客？"病患沙哑的声音传出来，"谁？"

接着，劳拉眼睁睁看着她敬爱的教授一派从容地接过指麦："我啊。"

劳拉："……"

顾大律师两只手插进口袋，看着燕绶之的后脑勺，欣赏某人胡说八道。

病患可能也很蒙，愣了两秒没反应过来。

燕绶之没有给那病患反应的机会，他一只手扶着仪器台，另一只手拿着指麦，继续用无比自然又熟悉的语气说："上次喝完酒就一直没见，没想到你惹上这种病了，我就来看看你有没有要帮忙的。比如你那车，进了隔离区打算怎么办，暂时不开了？"

这个问题显然正中对方的烦恼根源，那病患"唉"了一声，低声爆了一句粗口："快别提了，这事愁死我了！算了，你上来再说吧。"

他们的对话太自然，中间一点儿磕巴也没打，以至于在旁边听着的刘没有觉察出任何问题。

"那我就给您的朋友发手牌了。"刘说。

"嗯，发吧发吧，我正憋得慌呢！"病患说完就切断了通信。

五分钟后，三人穿上隔离服，戴上手套，自如地走进隔离区。劳拉终于没忍住:"教授,如果下次你早有计划,能不能提前通个气?"

燕绥之把手套收紧,闻言笑着说道:"没有计划。昨天你进飞梭机做计划了吗?"

"没有。"

"那不就是了。"

"噢,那看来我的胆子大随了教授你。"

顾大律师在旁边看着,心想这叫近墨者黑。

燕绥之朝顾晏瞥了一眼:"你又在偷偷编排我什么呢?"

顾晏:"燕老师,我张嘴了吗?"

"不张嘴我就不知道了?"燕绥之挑眉说。

顾晏:"……"

他胡搅蛮缠,蛮不讲理。

托那位病患的福,他们最终进了药物研究中心一楼。

不过曼森家并不傻,研究中心的电梯门带有虹膜扫描装置,这就不是他们能糊弄过去的了。一旦触发警报,麻烦就大了。

燕绥之正琢磨回头搞个合格虹膜的可能性,一群同样穿着隔离服的人进了大厅。

一部分人进入大厅后就摘下面罩,好透口气。他们把燕绥之三人当成了下来准备进隔离区的同事,点头打了个招呼便擦肩而过,陆续进了电梯。

虹膜扫描嘀嘀直响,提示灯一直显示着绿光。

"那个领头的女人——"劳拉用只有他们能听见的声音说,"看见没?扎着马尾的那个。"

燕绥之和顾晏借着面罩的掩饰朝那边看了一眼,准确地找到了那个正在进电梯的女人。那应该是一个非常年轻的姑娘,但妆容加强了她的气场,也使她显得成熟不少。

劳拉继续说:"昨晚我在飞梭机上看见她一直在跟人连着通信,我觉得她至少是那趟飞梭机里的头儿。所以我们没有猜错,那些悄悄运送的药剂真的进了这里,不过是用来做什么的呢?"她说了一会儿才发现两人都没有回应,不禁问道："教授，顾，你们听见我说的了吗？"

"听着呢。"

电梯门合上，燕绥之跟顾晏回过头来。

"那你们怎么不答话？"劳拉有点儿纳闷。

"没有，我只是觉得那个姑娘有点儿眼熟。"燕绥之说，"当然，也可能是错觉。"

谁知他说完后顾晏也开了口："不是错觉，我也觉得眼熟。"

"你也眼熟？"燕绥之闻言愣了一下。

"那这就有点儿难办了吧。"劳拉嘀咕道，"你们都见过但又印象不深的话……首先不可能是认识的人，也不会是什么特别的人，不然以你们的记忆力，不可能认不出来。会不会是大街上擦肩而过的那种？"

"不会。"燕绥之摇了摇头，伸手指向顾晏，要笑不笑地说："这位顾律师走路从来不东张西望，我扫过一眼的人他多半没看见，哪儿能同时眼熟。"

"那你们同时见过哪些人？先把范围缩小一点儿，挑你们都在的场合想。"劳拉下意识问道。

话音刚落，她就发现两位大律师一脸无奈地看着她。她愣了两秒后才倏然反应过来——人家天天都在同一个场合，根本缩小不了范围。

劳拉女士猝不及防地受创，只能拉着脸，拖着调子"噢"了一声，表示自己明白了。

"那怎么办呢？"她不动声色地朝大厅各处的监控望了一眼，"这里是他们的地盘，调监控无异于送上门让人怀疑。而且这厅太高了，监控角度也截不出合适的正脸。"

正说着，又有人进了药物研究中心的大门。他们实在不方便堵在这里，便重新回到隔离区。

途经一台查询仪时，劳拉有些迟疑，停下了脚步。她扭头看了看那个立在圆柱旁的仪器，抬手拍了拍顾晏，道："要不试试笨办法？一般医院的查询仪都会录入所有工作人员的信息。那姑娘既然有权限能进电梯，也算这里的工作人员吧？"

燕绥之温声问："劳拉小姐，你是不是把他们当傻瓜了？"

劳拉："万一呢？你们不知道，这种话到嘴边又死活想不起答案的感觉真的抓心，让我查查吧，教授。"

这位女士打定主意能试的都要试，固执地把自己"钉"在了查询仪面前。

这台查询仪的界面对燕绥之和顾晏来说并不陌生，跟春藤乃至联盟各大医院的配备一模一样。事实上不只是界面，连内容也是互通的。任意一台查询仪都能查到病患过往的医疗记录，包括对方在其他医院的就诊信息。

劳拉熟练地操作了几下，感染治疗中心的工作人员名单就跳了出来，一条一条地排了近百页。好在他们翻阅资料的速度向来很快，一目十行地扫过每张照片，花费的时间并不算长。

劳拉的目光从最后一页的最后一行收回来，嘬了嘬嘴："好吧，很遗憾，他们不傻。"

查询仪里公布的显然只是感染中心的部分工作者，而人家也毫不避讳，直白地在最后一行写道：还有部分工作人员正在入库流程中，有待公布，该名单会持续更新。

毕竟这个感染中心今天刚成立，有些程序性的信息跟不上合情合理，连举报都找不到下手点。

劳拉漫无目的地点开了几条工作人员的具体信息："医护人员都是新招的，相互间可能都不熟呢，抓人来问这条也行不通了。"

"算了，走吧。"

她刚要关掉界面，燕绥之却挡住了她的手指："等一下。"

"怎么了？"劳拉顺着他的目光重新看向屏幕。

燕绥之的手指滑了一下，最终定在某一行。

那一行并不是什么紧要信息，而是显示员工最近三次常规体检的时间。他正翻看的这位工作人员的体检时间分别是五天前、今年三月份以及去年五月份，每一次后面都有备注。

五天前的体检时间后面写明是入职体检。

三月份的那次则写着：德卡马全民体检。

燕绥之的手指就停留在这一行，在体检改期那几个字上轻轻敲了几下。

"我差点儿忘了。"他说,"今年德卡马医院联盟政策变动,体检改期了。"

其他星球倒还好,但德卡马人员流动性大,体检比较特殊,一旦到了体检期,所有在德卡马星球落脚的人,不论原籍属于哪里,都必须去医院体检,以防止从其他星球携带的疫病在德卡马流传。

而三、四月份刚好是眼疫的高发季,由春藤牵头的医院联盟会干脆递交申请,把每年体检时间改到三月。

"三月。"顾晏明白了他的意思,"那位带着牧丁鸟的巴德先生入境就是三月。"

体检期是三月五日到三月二十五日,马库斯·巴德进港的时间刚巧撞上体检期,这事他逃不过去。因为完成体检的人会在通行档案上多一条记录,体检期过后,只有带着这条记录才能自由进出港口,去往别的星球。

也就是说,即便别处搜不到他更多的信息,但医院的记录档案里也至少会有他的一条体检信息。

"乔搞来的进港记录呢?里面不是有身份序列号吗?快查查看!"劳拉立刻说。

他们之前难以搜到有关于这人的信息,一方面是这人的信息确实很少,另一方面也是因为从进港视频里截获的特征不多。单纯用五官做搜索源,搜索结果很受限。

燕绥之输入马库斯·巴德的身份序列号,选取了时间段,查询仪便跳出了零星的记录。

"一共就三条,两条还是宠物就医记录。"劳拉没好气地说。

那两条宠物记录很简单,就诊者都是他的那只牧丁鸟。一次是它不小心啄食药物去清理肠胃,另一次是它在其他星球待的时间太长,导致脏器受损。这两条记录里没什么关于本人的信息,大多是牧丁鸟的一些就诊照片。

燕绥之他们没在这两条信息上耗费时间,转而去看第三条。毫不意外,第三条信息就是三月份的那次体检。

"在春藤,G12 组。"

为了应对每年一次的全员体检,德卡马各大医院都会出动自己全部的医护人员,重新编组,这种 G12 一看就是临时的。

"这位马库斯·巴德先生体检时应该很小心吧?"劳拉说,"关于他的信息那么少,说明刻意隐藏过。这种必须留下信息的体检,他应该不会随便找一个医生凑合。但他选择在春藤医院体检就很耐人寻味了……他在春藤有人?还是春藤医院本身令他放心?"

燕绥之跟顾晏对视了一眼。

这样一来,箭头又绕回乔最关心的那一点——春藤内部有曼森家的人?还是德沃·埃韦思本身就有问题?

"G12组……"燕绥之想了想,调出了智能机屏幕。

屏幕自动跳到之前没关闭的界面,上面停留着他刚发给林原医生询问容貌变化问题的信息。下面是林原的回复:不排除基因时效有了变化,具体需要检查一下才能知道,建议尽快来一趟医院吧,最好两天内。

燕绥之动了动手指,回复道:好。对了,三月份德卡马的体检,你们医院怎么分组的你还记得吗?

林原的信息来得很快:一共分了80组,怎么了?

燕绥之:每组有哪些人你还有印象吗?

这次林原回的信息隔得有点儿久:你是在开玩笑吗?我吃撑了吗?去背80个组的分组名单?

又过了几秒,林原的信息又来了:好在我存了文件。我急着要去做一个手术,结束之后回去找给你。你又要干什么啊,大教授?

燕绥之:你猜。

这下林原彻底不理人了。

"我找了林原,等他的消息吧。"燕绥之晃了晃戴着指环的手指,冲顾晏和劳拉道。

而除了G12,这条体检记录里还有一些其他信息。

"有一片簇生红痣——"燕绥之扫过后面那一串不说人话的解释,言简意赅地总结,"心脏有问题。"

那片簇生红痣被体检医生细致地拍了下来,从照片里就可以看到它长在马库斯·巴德的后脖颈,一共五粒。这个角度倒是之前视频里没有的,这个特征自然也被遗漏了。

"右手偶发性抽搐。"但没有生理病因，而是心理性的，紧张或是情绪激动时中指和无名指会无意识地抽搐。

"还有一个文身。"劳拉略过千篇一律的部分，翻到最后，看到一张文身照片。

那个文身位于马库斯·巴德左手手腕内侧，应该刚文不久，红肿未消。

燕绥之看到图案的时候，毫不意外——依然是一枚小小的黑桃，跟当年离开福利院的"清道夫"一样，只不过从耳垂换到了手腕。

"这位巴德先生还真古怪。"劳拉道，"如果体检的医生跟他一伙，那么什么信息能放出来什么信息不能放出来，他应该能控制。可他一方面在隐藏自己的痕迹，一方面又显露出这特别的信息，真够矛盾。"

燕绥之却道："不算矛盾，你知道全方位长时效的基因修正很容易出现性情、习惯变化的情况，它会趋近于提供基因源的人，以前不是有过类似案例吗？像这位巴德先生，几十年来做了不知多少次基因修正，时间久了可能已经搞不清自己究竟是谁了。这样的人往往需要保留一些东西，来证明他是谁。"

"连自己都需要证明了，"劳拉忍不住"啧"了一声，摇头道，"自作孽。"

第二章　埃韦思先生

　　回酒店的路上，燕绥之把新收集的马库斯·巴德的特征图传给乔，但乔一直没有回音。顾晏拨了一个通信过去，结果显示对方正忙。

　　"他还跟尤妮斯连着线？"燕绥之顺手把马库斯·巴德的簇生红痣和黑桃文身做了搜索源，在自己智能机庞大的储存资料里翻找着。

　　因为之前翻找无果，他这次也没抱什么希望，所以下了搜索指令后就把屏幕关了，任智能机去精细查找，自己不紧不慢地跟在顾晏和劳拉身后，进了酒店大门。

　　"他之前不是说找到了一些线索吗？没准儿正在跟他姐商量。"劳拉说着，解锁了别墅大门，"反正我们也回来了，问问他什么情况。"

　　大门一开，乔闻声转过头，他像知道了什么不得了的东西，脸上还保持着极为呆愣的表情，介于兴奋和难以置信之间。

　　他面前还未收起的通信分享界面，偌大的全息屏正定格在某一幕，那是一个正弓身写字的背影。而在那个分享界面旁，则是一个笔迹对比的界面，最上方显示着对比结果——符合度百分之九十九点九九。

　　乔张了张嘴，冲他们说："我找到了。"

　　"匿名者？"顾晏看到那个笔迹对比的界面就明白了。

　　劳拉问："真的吗？谁？"

乔深呼吸了一下，瞪着眼睛说："老狐狸。"

众人统统愣住。

乔说不上是高兴更多还是震惊更多："老狐狸啊，你们敢相信吗？他居然会签什么老朋友小朋友、XY、爱谁是谁这种类型的署名，开什么玩笑！我活这么大都没见他跟我开几句玩笑，他居然有这种时候！"

"你爸？"劳拉也被吓了一跳，"真是你爸？你怎么知道的？确定吗？"

乔指着那个全息屏说："我姐……

"我姐跟我分享她的视频日记，我看到老狐狸两手开弓写的字，里面有个笔画拐得很特别，那个Y的尾巴，跟文件上的Y很像。我说了一句，尤妮斯就把老狐狸左、右手写的所有字建了一个临时字库，然后又把她从小到大所有的视频日记都搜了一遍，我们一对比，就——"

乔摊了摊手，有点儿语无伦次，最终指了指那个偌大的对比结果道："如你所见，就是这样。"他刚才还陷在巨大的茫然和眩晕中，这会儿终于回过神来，"我要——"他没头没脑地走了两圈，抬头道："我要回德卡马，我们现在就去找老狐狸问个清楚！"

酒城往德卡马的私人航线和公用航线大多没有交集，但有部分例外。乔这次申用的就是其中一条。在衔接上德卡马近地轨道前，离他们不远的星域不断闪着云雾状的光。

"人形导航仪，那边是什么区？"燕绥之在舷窗里看到后，拍了拍身边的顾晏。

燕大教授懂的东西很多，但方向感多年以来都在原地踏步。这短板不仅表现在地面上，在星海里也一样。他一旦上了飞梭机，就全程处于"这是哪儿？那是哪儿？我们在哪儿？"的状态。

不过教授要面子，平时轻易不表现出来。

"α星区。"顾晏说。

"旧天鹰之类星球在的那个区？"燕绥之嘀咕道，"赫兰星到德卡马的公用轨道是不是在那边？"

"嗯。"顾晏看着那片云雾状的闪光，道，"应该是有飞梭机在那边维修。"

大型维修舰接驳故障飞梭机时会发出闪光提示，示意轨道正堵着，暂时用不了。而等到快修完的时候，维修舰还会发出另一种闪光提示，目的是通知一声：我们快要启动了，注意避让，别撞上来。

赫兰星到德卡马的轨道，又刚好是正在维修的飞梭机，不就是房东错过的那艘？

燕绥之看了一会儿，说道："这个闪光频率，飞梭机快修完了吧？我那位房东先生是不是不用继续堵着了？"他说着，又试着给房东默文·白发了一条信息。

两秒后，信息发送不成功的提示音响了起来。

顾晏凑过来看了一眼，智能机提示对方信号阻断中。

"快修完了信号还没恢复？"燕绥之"啧"了一声，对维修效率不太满意。

"看这情况，飞梭机最晚明天到港。"顾晏观察着那团光雾，宽慰他道。

"我怕房东碰到麻烦而已。单纯是信号故障其实无所谓。"燕绥之说，"我以前出差也碰上过两回飞梭机故障，一次维修了十二天，一次维修了十天，都比这次长，而且全程没信号。"

"十多天没信号？难熬吗？"顾晏估算飞梭机快到港了，打算倒点儿咖啡醒醒神，"我碰上过小故障，只耽误了一天，没有影响信号。"

"想联系我的人大概很难熬，但对我来说可能算度假，乐得清净。"燕绥之顿了顿，又道，"不过以后就很难说了。"

"嗯？为什么？"顾晏顺口问了一句。

燕绥之要笑不笑地道："十几天没音讯，我养的薄荷被人揪走了怎么办？"

顾大律师刚站起身，闻言看了眼自己手里的毛毯，干脆弯下腰给某位胡说八道、不动弹的人又封了一层。他沿着燕绥之的脖颈把毛毯掖了一圈，一本正经地将人裹成蚕蛹，然后两只手撑在座椅扶手上，问道："你究竟给我附加了多少奇怪形象？"

燕绥之被裹得哭笑不得，敷衍地动了两下手，见没挣脱开，便由着他去了。其间，燕绥之甚至还纵容地抬了抬下巴，方便他把毛毯掖实。

他表现出了为人师者应有的大度，特别坦然地说："形象是不少，顾律师有什么不满可以提。"

顾晏挑眉："我提了你会改？"

燕大教授淡定地说："你想什么呢，当然不。"

他都变成一只蛹了，还这么理直气壮，真是……

顾晏垂眸看了他一会儿，挑眉说："那你就别装民主了，我不吃这套。"

燕绥之的目光从他英俊的眉眼扫过，"啧"了一声，佯装不满："你这学生真难伺候。"

两人闹着的时候，燕绥之的智能机又嗡嗡振了起来。他扒拉开毛毯，伸手调出屏幕看了一眼。他原本以为是房东的回信，结果居然是一个提示框。

"什么东西？"顾晏递了一杯咖啡给他。

燕绥之接过咖啡喝了一口，把屏幕翻给他看："之前我用那位巴德先生的文身和红痣做搜索源，顺手在我智能机的资料库里搜了一下，后来急着赶飞梭机就给忘了。"他说得随意，但提示框上的字却让顾晏皱了眉。

"搜索失败，目标库不可用？"他读出这个结果，"你的搜索经过网络了？"

如果要经过网络，那么从酒城到太空的过程中也许会有信号不稳定的情况，影响搜找，包括在飞梭机航行的过程中，有时也会有短暂性的信号中断。

"没有。"燕绥之说，"只是在智能机存有的东西里面搜。"

"那怎么会目标库不可用？"

顾晏略微思索片刻，点开自己的智能机，在通讯簿里翻找出一位朋友。上次在天琴星，燕绥之过基因检测门时，顾晏就是找他帮的忙。

他把燕绥之收到的搜索结果拍了下来，传给对方。

对方很快就有了回音：有几种情况会导致这样的结果，单独看这个提示我也不能确定，需要排除一下。你照我说的做。

他在下面列出了几个测试方法，诸如检查某个设置是开启还是关闭之类的，都很简单。

顾晏参照着让燕绥之都试了一遍，然后把几个结果截了图，一起给对方发了过去。

这一次，那位朋友回复得没那么快。

飞梭机很快在德卡马的港口靠了岸，尤妮斯派来的专车早早等在了闸口之外，接上众人便直奔别墅酒店。

这一天下来，德沃·埃韦思所在的地方必然会被记者包围。酒店大门那边可能收到了通知，增加了一大批安保，一副戒备森严的模样。

好在尤妮斯事先打过招呼，他们的专车没有受到任何阻拦。

当专车行驶进酒店植物园的时候，那位朋友的回复终于来了：顾，我检测了四遍，基本可以确定原因了。这是你当事人的智能机吗？如果是的话要小心，有人盯上你们了。有人在尝试远程干涉智能机，启动了智能机嵌入的安全内置，所以才会导致资料库不可搜索，但这个智能机本身就做过安全内置升级，所以挡住了。

紧接着是第二条：不过你的当事人警惕性也很高，一般智能机的安全内置不足以防到那种级别的干涉，不然对方也不会尝试。

顾晏闻言，问燕绥之："你拿到智能机的时候动过设置吗？"

"我去黑市找人查过，顺便加了点儿防御性的东西，怎么了？"燕绥之说。

专车座位跟驾驶位之间有封闭式的隔层，不用担心会被闲杂人等听见。顾晏说："有人在尝试远程干涉你的智能机，不过被安全内置挡住了。"他皱起眉，"但不确定能挡多久，也不清楚对方是谁。"

"干涉智能机？"乔跟劳拉低呼一声，满脸疑惑，"什么情况？"

顾晏头也不抬地给朋友发着信息："我还在问。"

顾晏：安全内置能坚持多久？

那位朋友很快发来信息：不好说，看对方的干涉密度和强度，有可能直到对方气馁了也没破，也有可能马上就崩了。这样吧，给我半个小时，我给你做个程序，你加载到智能机里，一方面能提高安全级别，另一方面能提前预警。

顾晏：能不能反查？

那位朋友：也不是不能，就是难，一时半会儿弄不出来。你得给我几天时间。

顾晏：资料库什么时候能解锁？

那位朋友：一般在没有受到再次干涉的情况下，需要两天解锁期，但如果对方不死心，一直在干涉……你懂的。

聊完这些后，那位朋友估计专心去搞小程序了。

顾晏最后又发了一条信息过去，问对方做到这种级别的干涉需要什么条件，想根据条件筛选一下,把对方的身份缩小范围,但这条信息一直没有显示已读。

"这么说,我的智能机资料库暂时用不了了?"燕绥之向来都不容易紧张,得知这点后居然半真半假地庆幸道,"好在这只是一个临时机,我有的你都有,不亏。"

顾晏:"……"

"你别瞪我。"燕绥之道,"暂时出不了什么危险,我有分寸。"

乔和劳拉顿时一脸安心,唯独顾晏还瘫着脸看他。

这种鬼话骗骗其他人就算了,对顾晏几乎毫无效用。

"别看了。"燕绥之连哄带骗,"我要真是一个没经验的实习生,被你看这两眼就该吓死了,可惜我不是,别浪费眼力,先帮我一个忙。"

大庭广众之下,顾大律师拿这个"混账"毫无办法,只能不咸不淡地丢了一句:"说。"

"我有的照片你不是都有吗?在你那边搜一下。"燕绥之说。

顾晏在自己智能机资料库里搜索的时候,专车已经穿过了植物园、高尔夫球场和马术场,在一幢别墅前停下了。尤妮斯站在二楼的落地窗前冲他们抬了抬手,智能门应声而开。乔甚至等不及人来迎接,就带着柯谨、燕绥之他们进了门,又三步并作两步上了楼。

"老——"他下意识又想说"老狐狸",但话到嘴边收了口。

因为德沃·埃韦思先生正站在二楼楼梯的尽头,背着手、绷着脸,直直地看着他们。乔上楼的步子立刻刹住了,站在一楼和二楼间的平台上,抬头看着自己的父亲。

这对父子对峙多年,各自已经快形成条件反射了,一个习惯性板着脸,另一个习惯性犟起脖子。

气氛一瞬间变得剑拔弩张,针尖对麦芒。

这种针锋相对的氛围对一群大律师来说是家常便饭,个个神态自若,只是苦了两位引路的助理。

他们留在别墅是为了处理一些琐碎事务,没想到碰上父子"斗鸡",当即收腹,把自己拍成"纸片"贴在楼梯扶手上,努力降低存在感。

"老什么？"德沃·埃韦思用指关节扶了扶护目镜，居高临下地打量了乔一番，"你继续说，我听听看。"

他早就换下了给媒体看的运动休闲衣，穿着修身的衬衫西裤。

虽然是父子，但德沃·埃韦思先生跟乔却截然相反。

小少爷的脸上常年像刷满大字报，所有心情都跟滚动屏幕似的显现在脸上，高兴还是不高兴，喜欢还是不喜欢，厌烦还是忐忑，根本不用猜，一看就知道。

可当德沃·埃韦思先生用灰蓝色的眸子静静地看着他们时，没人知道他心里是怎么想的，打算做什么，欢不欢迎他们的到来。

"我说过了，这傻瓜今天不是来气你的。"未见其人，先闻其声，尤妮斯从二楼左边的走廊走过来。她明明趿拉着毛绒拖鞋，却硬是踩出了恨天高的气势。但当她靠近德沃·埃韦思身边时，气势又倏地收了回去，隔着楼梯冲乔他们使了个眼色，用口型道："我给你们打了头阵。"

这么老实的尤妮斯难得一见，却让乔身体更紧绷了。

打了头阵？结果怎么样？算好还是算坏？

不过这时候他顾不上太多，人都来了，总不至于掉头就走吧？

他接收了尤妮斯的眼神，冲德沃·埃韦思道："今天我不和你吵架，就认真问你一些事情。"

德沃·埃韦思点了点头，单从表情上看，看不出他对这句话有什么想法。他理了理袖口，没回答乔，而是冲其中一位助理道："你把露台上能移动的东西先收起来。"

助理一愣："啊？"

德沃·埃韦思不咸不淡地说："免得一会儿全碎了。"

助理："……"

乔："……"

德沃·埃韦思这才看向他："我没记错的话，你上一次这么说的结果是让我损失了两个水晶笔架，再上一次是一个烟灰缸。"

乔："……"

当他以为老狐狸要借题发挥时，德沃·埃韦思已经转过身。

这是让他们上楼的意思。

乔刚张开的嘴又闭上了，噌噌上了楼。

德沃·埃韦思直接略过乔，跟劳拉打了声招呼，又拍了拍顾晏的肩膀，目光投向燕绥之身上，问："这位年轻才俊是？"

尤妮斯还不知道燕绥之的身份。

照现在这情况看，德沃·埃韦思似乎也不知道，但老狐狸的心思实在难猜，不知真假。

顾晏略微斟酌了一下，道："您暂且可以把他当成我的实习生，他姓阮。"

德沃·埃韦思露出恍然大悟的表情，点了点头，绅士地冲燕绥之伸出了手："有所耳闻，我听尤妮斯提过天琴星的那场庭辩。很多人都对你很感兴趣。"

乔趁着老狐狸的注意力不在自己身上，皱着眉低声问尤妮斯："你跟他提了多少？他什么反应？有戏吗？"

尤妮斯朝父亲看了一眼，冲傻弟弟摆了摆手。

"摆手是什么意思？"乔说，"没戏？还是没问题？"

"是不知道。"尤妮斯悄悄说，"他毫无反应，就点了一下头，什么也没说。"这话刚说完，她就默默闭了嘴，因为德沃·埃韦思已经转过身，带头往露台走了，其他人依次跟上。

别墅的露台上有一组会客沙发，茶几上还搁着一杯咖啡以及一份下午茶点，不用想也知道是谁用过的。看得出来，德沃·埃韦思对于曼森家病毒治疗中心的事真的不在意，乍一看就像一个极具包容力的长辈。

助理匆匆把那些东西拿走，还非常识趣地关上了玻璃门。

德沃·埃韦思在沙发上坐下，比了一个手势："随意坐。"

这是乔单独过来时从未有过的待遇，小少爷因此萌生了一些希望。他冲尤妮斯使了个眼色，刚坐下就道："我不兜圈子了，直接……"

德沃·埃韦思抬手比了一个暂停的手势，道："你先给一个我要腾出时间听你说的理由。"

乔："……"

小少爷瞪着眼睛看尤妮斯，一脸"你看到了，这次不是我搞事是他搞事"的模样。

尤妮斯默默捂住额头。

乔深吸一口气，随手指向远处："半个联盟的记者都在门外等着捉你，你会送上门让他们围？该演的戏都演完了，你有耐心再去回答记者的问题？"他又顺手朝别墅某个房间指了一下，"你那办公室的光脑肯定还开着吧？无穷无尽的视频会议，还有各种傻瓜一副天塌了的模样追着问你怎么办，你有兴致去理他们？"

"门出不去，办公室不想进，下午茶用完了，你现在本就闲着呢，听我们说话还用特地腾时间？"乔少爷不怕死地说完最后一句。

尤妮斯在捂住脸的同时，伸手勾住了茶几上的烟灰缸，悄悄往自己面前挪。

德沃·埃韦思朝她瞥了一眼，按住了烟灰缸，一副要拎起来的架势。

那一瞬，乔少爷几乎条件反射地用手肘挡了一下脸。

众人："……"

然而德沃·埃韦思只是把烟灰缸拎起来放回原位。

玻璃和大理石相触时，发出一声轻响。乔闻声一愣，放下手肘看向埃韦思。

"这个理由我勉强可以接受。"德沃·埃韦思说着，瞥了乔一眼，不咸不淡道，"你总算没缺心眼到无可救药。"

乔仿佛在听天方夜谭，他本以为自己说完就要被轰出别墅，但是……

乔朝顾晏他们看了一眼，然后他一只手抵着嘴唇，用口型道："好兆头。"

顾晏对此未置一词，只挑了一下眉。燕绥之冲他鼓励一笑。只有劳拉完全跟他一条战线，直接冲他握了握拳。

乔大少爷顿时满怀信心："我不知道尤妮斯具体跟你说了多少，我就按照我的逻辑来说了。"乔摩挲了一下手掌，起了个头："我们之前接触了几件陈年旧案的资料……"给他一百个胆子，他也不敢说是刻意去调查的。

更重要的是，今天的老狐狸难得有点儿人情味，而他也怀着解除误会的目的，不想在开头就毁掉现有的好气氛。

所以他说完又强调了一句："因为某种机缘巧合接触到的。"

德沃·埃韦思从鼻腔里发出一声哼笑，毫不留情地揭穿了他："你费尽心思调查到的，继续。"

乔："……"

"碰巧调查到的。"乔挣扎了一下，又说道，"那些案子前后跨越了将近三十年，涉及各式各样的人，商人、教授、医生等。他们当初都被认定为正常死亡，但在几十年后再联系起来看时，却充满了各种巧合和问题。我们找到了一个贯穿始终的人，应该是一个类似'清道夫'的角色，而这个人又跟曼森家有着千丝万缕的联系。"

德沃·埃韦思平静地听着，看不出他是否惊讶，是否意外，又或者早就对这些了如指掌。

乔朝他看了一眼，舔了舔嘴唇，继续说道："那些人多多少少都在曼森家的聚会上出现过，但又不止跟曼森一家有关联。我们……我一度认为跟咱们家，跟你也有关系。"

德沃·埃韦思眉毛微挑了一下，但这就是他最明显的反应了。而他垂着眼，依然让人分辨不出他这反应代表了什么情绪。

"我拜托了很多人，顺着这条线又查到了很多东西，可都很零碎，但牵扯到的东西却越来越多，又是药矿，又是感染……最近曼森家开始进军医疗领域也很有问题，现在甚至牵扯上了柯谨。东西越多越让人头疼。"乔说，"老实说，我们现在就像收集了一大包拼图碎片，拼了很多部分，但缺少核心，所以没法完整地合到一起。"

他说完，抬眼看向德沃·埃韦思："但现在我们找到了一个关键人物，他应该知道我们缺失的那些东西。"

乔说着，打开智能机，从里面调出很多东西，全部展开，一张一张地排在德沃·埃韦思面前——

"酒城政府当年的感谢函。

"收款书。

"酒城基础设施改善的新闻报道。

"赠款被滥用的内部文件。

"酒城政府人员清理文件。

"财团停止赠款的通知函。

"还有福利院老院长给我们发的信息，他说酒城包括德卡马的改革和清理都是一个财团推动的结果。

"这是财团两位联合者的签名。"

乔停了一下，把最后一个数据结果展开，推到德沃·埃韦思面前："这是笔迹对比结果，你跟财团其中一位签名者的笔迹相似度接近百分之百。"

这次德沃·埃韦思终于不是毫无反应了。他垂着眸子，目光一一扫过那些电子文件，最终看向那份签着两个名字的文件，始终没有说话。

乔没有催促，屏息等着他。

大概过了有一个世纪那么久，德沃·埃韦思终于收回目光，看向乔："所以呢？"

"什么？"乔愣了，他没想到老狐狸居然会是这种反应，有点儿措手不及，"什么所以呢？所以我们想知道事情的原委。"

德沃·埃韦思的目光从乔身上移开，一一扫过柯谨、顾晏、劳拉，最终投向燕绥之身上，又收回来："你就为了这个，拉着一群正经孩子帮你壮胆？"

乔："？"

德沃·埃韦思用手指拉着面前的全息页面，前后滑动着，像在把玩："跟你说事情的原委对我而言有什么好处？或者说，对这件事有什么帮助？你查到的东西我几乎都知道，你有的信息我都有，你填补不了任何新的信息，而我却要跟你分享，还得时刻操心以免你缺心眼说漏了嘴。你跟我说说看，我为什么要告诉你？给我一个值得说的理由。"

是啊，一个商人怎么可能做这种明显不平衡的买卖？做了就不是老狐狸了。

乔的理智这么告诉他，但他的脸依然红了，从脖颈红到两颊，不过是气的。

他甚至不清楚自己是因为什么生气，但这种滞闷的感觉依然将他卷了进去。等他从那种气闷中反应过来时，他已经站起来了，并且一只手扶着露台的玻璃门，像要摔门而出。

尤妮斯冲他直眨眼，打着圆场道："你们先去我那边用点儿下午茶，我一口没吃就过来了，其他的回头再说。"她边说边推着乔的肩膀往外走，生怕他们在露台上掐起来。

劳拉和柯谨也站了起来，跟着往门外走。

在他们身后，德沃·埃韦思依然坐在那里，似乎在享受露台上的微风。

意外的是，在他对面也有两个人没有起身，安稳如山地坐着。

德沃·埃韦思好整以暇地打量了对方一会儿，不紧不慢地开口问："他们都走了，你们怎么不走？"

正要开门的几人闻言，也顿住了步子，转头看过来。

燕绥之冲德沃·埃韦思淡定一笑。他顶着实习生的身份，并不急于开口，况且顾先生总能在恰当的时候帮他把话说出来。

顾晏一脸平静地说："因为您希望我的实习生留下，我们自然却之不恭。"

"哦？我什么时候说过这样的话？"

"显而易见，所以不需要说。"

德沃·埃韦思灰蓝色的眸子在镜片后眯起来，许久之后，他忽然笑了一声，冲他们道："去我办公室吧。"

德沃·埃韦思突然转变态度太令人意外。除了顾晏和燕绥之，其他人根本回不过神来，其中乔的表情最是茫然。他张着嘴愣了很久，仍没说出一句合适的话。等乔终于回神时，德沃·埃韦思已经走出了露台，正在吩咐助理一些事情。

"等等！"乔追了一步。

德沃·埃韦思在楼梯口停住脚步，朝他瞥了一眼，又继续对助理道："切断办公室里的视频通信，这两个小时内不接收任何会议邀请，没必要启动任何新的应急计划，具体情况你看着处理，晚点儿跟我汇报一声就成。另外，让他们准备几份下午茶给客人，其中两份送到我办公室。"

助理点了点头，一点儿也不想夹在这对父子之间，领了任务后扭头就走。

德沃·埃韦思这才转向乔。他那双灰蓝色的眼睛颜色很浅，目光落在谁身上都会让人莫名紧张，像在被审视。

德沃·埃韦思扫了一眼乔的脸，道："你不摔门走了？又想说什么？"

乔深吸一口气，把心里说不上来的复杂情绪努力地压制住："你之前说的那句话不对。"

"哪句？"

"你说告诉我得不到任何利益好处，我有的你都有，无法给你填补什么新的信息，所以你没有理由告诉我。"乔说，"这句话听得我很难受。我刚才不知道为什么难受，现在想明白了……你在谈生意，你一直在用交易的思维衡量我说的话，考虑我的请求，然后又用谈生意的思维来做决定。"

德沃·埃韦思看着他："确实如此，但这有什么问题？我是商人。"

"可我是你儿子。"乔咬紧了牙关又松开,"我是你儿子,不是你的生意伙伴,也不是你的谈判对手。"

这次德沃·埃韦思没有立刻接话,他只是静静地看着乔,过了片刻道:"是吗?可你从进门开始,说话的神态和语气都像一个揣着方案来求投资的人。"

"我没有!"乔下意识反驳。

但反驳完,他却发现自己找不到什么证据来证明这句话。他从进门开始到在露台坐下,再到正式开口说话……仔细回想起来,他确实更像一个来请求合作的人,而不是儿子。

乔别扭了一会儿,缓缓垂下目光:"我没有,我的本意不是这样。我跟尤妮斯说过的,没打算来气你。我……我只是习惯了,一时间改不过来。"他摊了摊手,又抓了一下后脑勺的头发,明明憋了一肚子话却手足无措,不知道怎么倒出来。

"当我……我在酒城看到笔迹对比结果的时候,其实特别高兴,特别特别高兴。"乔说,"但我越高兴就越忐忑,生怕这中间某个环节被我弄错了。今天我来,其实就是想听你说一句……"只要有一句笃定的话,说"那些沾人性命的事情跟我无关,我跟你们是一边的",他就满足了。

但乔的喉咙有点儿痒,说着说着忽然断了音,他不知道该怎么继续,只能沉默地垂下手,看着德沃·埃韦思这位总被他称为"老狐狸"的父亲。

他的父亲那么聪明,即便话不说完,也一定能明白。

德沃·埃韦思看了乔很久,忽地点了点头:"好,我给你一句话。"

乔的眼睛蓦地亮了,一眨不眨地等着。

他看见德沃·埃韦思的嘴唇动了动,八分嫌弃两分无奈地说:"我为什么会生出你这个傻瓜?"说完,德沃·埃韦思就头也不回地走了。

乔:"……"

"你发什么愣?"当顾晏路过他的时候,拍了拍他的肩膀,"你爸已经给你那句话了。"

"我知道。"乔说。

他当然知道,老狐狸这么说就意味着给了他肯定的那个答案。

德沃·埃韦思已经在办公室门口站定,用指纹打开了门。

031

乔隔着人看向那边，忽然觉得自己重新回到了二十多年前，回到一切误会的起始点，其间隔着一晃而过的时光，开口道："爸，对不起。"

德沃·埃韦思推门的手一顿，回头看过来。

"对不起。"乔说。

这大概是老狐狸情绪表现得最明显的一瞬间了，他看起来想要说点儿什么，但最终只是收回目光，把顾晏和燕绶之请进办公室，然后扶着门，平静地冲乔说："我只打算跟这两个年轻孩子细谈，你喊多少声爸也无法让我改变主意。"说完，他便面无表情地关了门。

几分钟后，助理安排的服务生端着下午茶，敲开了尤妮斯的套间门。乍一看，是人手一杯咖啡加一份茶点，柯谨的则是一杯混合鲜果汁。可当乔接过服务生递过来的那杯"咖啡"，毫无防备地喝了一口后，整张脸都绿了。

他龇牙咧嘴地看着自己的杯子："这是什么玩意儿？"

服务生礼貌地说："苦瓜、苦芹混合汁，埃韦思先生。"

这位服务生跟乔没什么接触，还不知道乔对称呼的忌讳，下意识叫了他的姓氏。而乔只是愣了一下，又继续绿着脸问："我最怕这两样东西，你跟我有什么仇？"

服务生："是您的父亲刚才拨内线吩咐的，先生。"

乔："？"

尤妮斯扑哧笑出声，抱着胳膊别开了脸。

乔大少爷一脸茫然地看看服务生，又看看尤妮斯，忍不住说："他是不是专门记着我最怕吃什么，就等着这天呢？"乔说着，转头向柯谨求助，想借柯谨的果汁喝一口缓缓。

结果柯谨只是慢吞吞地看了他一眼，以为他在督促自己不能浪费，于是抱抓着杯子咕咚咕咚地喝完了果汁，一滴也没留下。

乔："……"

尤妮斯和劳拉都笑倒在沙发上了。

在外界看来，这应该是埃韦思家族最糟糕的一天。可事实上，他们的心情很好，也许是前所未有的好。

第三章 阴谋真相

德沃•埃韦思的办公室内。

新煮咖啡的浓醇香味氤氲开来，德沃•埃韦思端起面前那杯咖啡喝了一口，冲燕绥之和顾晏道："有这么一个傻儿子实在糟心，好在他交朋友的运气不错。"

"谢谢。"顾晏道。

"不过我还是很好奇……"德沃•埃韦思依然没有立刻把知道的东西说出来，而是有些玩味地看着面前的两位年轻人，问道，"你们为什么觉得我想留下你们？"

"因为您之前说的话，做的事。"燕绥之的手肘搭在扶手上，放松地握着咖啡杯。

"是吗？哪句？"

"我们查到的您都知道，我们有的信息您都有，而这次曼森家族以如此高调的姿态进入医疗领域，您却毫不在意，说明您手里掌握的东西非常多。"燕绥之笑了一下，又说，"这些信息一定不是一朝一夕拿到的，可您这些年里真正的动作却很少，我想您应该不是单纯在等什么良辰吉时。"

德沃•埃韦思看着咖啡杯的热气，吹了两口："很有意思，那我在等什么？"

"关键性证据。"燕绥之说着又补充了一句，"当然，我是学法律的，思维也许有些受限。"

"依然很有意思,那你觉得这个关键性证据该怎么找呢?"德沃·埃韦思又问。

"目前看来,您认为这个关键性证据在我身上。"燕绥之笑着说,"所以,我很配合地留下了。"

德沃·埃韦思终于抬起眼,他盯着燕绥之的脸看了好一会儿,道:"其实仔细看,你的五官有我两位老朋友的影子……当然,也许是我的心理作用,毕竟你应该做过不止一次基因修正。"他转头看向顾晏,伸手朝燕绥之比了一下,"不向我重新介绍一下吗,顾晏?"

顾晏看了一眼燕绥之,冲德沃·埃韦思沉声道:"实习生这种称呼确实有些唐突,这是我的老师,梅兹大学法学院前院长燕绥之。"

燕绥之挑眉瞥向他。

以往顾晏张口一个"实习生",闭口一个"实习生",喊得面不改色,这会儿开始觉得唐突了,说瞎话的本事也不知道随的谁。

"燕绥之……"德沃·埃韦思念了一遍这个名字,道,"没有随你父母的姓?"

"随了早逝的外祖母的姓。"燕绥之道。

德沃·埃韦思轻轻"啊"了一声,又摇头道:"那两位朋友确实把家庭信息保护得太严了,不然我也许能早点儿认识你。"

他像陷进了一些回忆中,沉默了片刻,又忽然轻笑着道:"你也许不知道,我以前生过一场大病,在很多年里我的身体状况都不算太好。我曾经对你父母说过,如果有一天我到了年纪或是身体不济,离开了,而尤妮斯和乔还不足以扛下太重的担子,希望你的父母能替我关照一下。同理,如果……"德沃·埃韦思没有把如果后面的话说完,而是停了片刻,道:"但是很惭愧,我关照得不够及时。"

燕绥之转着咖啡杯,想了想,道:"让默文·白先生去救我的是您吗?"

"算是吧。"德沃·埃韦思说。

"那就很及时了。"燕绥之道,"毕竟我活着,而且活得很好。"

德沃·埃韦思投向他的目光再次变得深沉,过了片刻,他摇摇头,失笑道:"还真是一家人。等以后我见到那两位朋友,一定会记得转告他们,他们的儿子长得很好,一点儿也没让人失望。"

在这之前，燕绥之对这位春藤集团的领头者并不熟悉，跟他直接打交道的次数很少，更多时候见到的是尤妮斯。

不同人口中的埃韦思先生也是千差万别的。在媒体和公众面前，他是斯文又精明的商人，是气质儒雅的老派绅士；在子女面前，他是一个喜怒俱全的父亲，尤妮斯能跟他对吵，能任性地抢掉他的智能机，乔能激得他砸烟灰缸，或是恶作剧地毁掉下午茶。但当他真正严肃起来的时候，他们又会有些怕他。

但现在，燕绥之和顾晏面前的德沃·埃韦思跟那些形象都不相同。

见到故人之子的他，某些瞬间像极了一位温和的普通长辈。他会回忆零星片段的往事，会给小辈一些赞许，会让人感到几分亲切。

"你们之前的说法很有意思，但不全然准确。"他淡笑着说道，"我希望你留下，更多的是因为你的身份。我可以把其他人挡在门外，毕竟那些事跟他们的牵扯不算深。但对你不行，否则我在你父母面前可能就当不起一个老朋友了。当然，如果你没说出之前那番话，我可能只会请你喝杯咖啡、叙叙旧，然后挑着重点解释两句……"他说着眨了眨眼，半开玩笑似的说道，"也许还会暗自感慨一句，那两位朋友生了一个跟乔差不多的傻儿子，心里说不定能平衡几分。"

燕绥之笑了起来，顺带替乔小傻瓜辩解了几句。

带着老友回忆的德沃·埃韦思跟燕绥之聊了一会儿，又转回了正题："所以……我现在是以故交长辈的身份在跟你聊天，并非在做商业交易，筹码放一边，你有什么问题大可以问。"

燕绥之听完道了谢，沉默片刻后问道："我父母的手术，被人动过手脚吗？"

这次换作德沃·埃韦思沉默了。

半晌后，他摘下眼镜，沉声道："据我后来所查到的，你父母遭遇的确实不是单纯的手术意外。"

"那是什么？"

德沃·埃韦思没有立刻回答，而是问："你们认为曼森家现在大搞治疗所，是为的什么？"

"实不相瞒，我们混进治疗所看过。"燕绥之说，"那里的重点……很显然在保密性最高的研究中心。真正进入治疗所的药剂不止一批，对外公示的几种用于治疗感染的药剂是经过医药联盟检验过的，但除此以外，应该还有不方便公开的一些药剂。"

燕绥之缓缓说道："联盟关于医疗方面的限制一向很多，尤其是在药物的研发上。而大型连锁医院的研究中心限制最少，覆盖范围最广。我在想，曼森的目的应该就在这里——他们需要借治疗所的研究中心光明正大地研发一些东西，比如那些混进来的不明药剂。"

德沃·埃韦思点了点头："这么看来，即便我拒绝跟你们分享信息，你们也能理清事情的来龙去脉。"

燕绥之失笑道："职业病吧，证据和证言永远凌驾于猜测之上。"

德沃·埃韦思失笑道："是，我那几位律师也有这种习惯，不是在会见询问就是在翻证据，不过也有靠演说和钻空子的。"他想了想，顺着燕绥之的话继续说道："你们猜测的其实八九不离十，那两个曼森小子确实在研发一些东西，并非现在才开始，而是很早以前就开始了。"

曼森小子……

顾晏注意到他的用词，并非是"曼森家族"，而是"曼森小子"。

"曼森兄弟是不是用了一些手段把自己的父亲从权力层隔离出去了？"顾晏问道。

"是。"德沃·埃韦思道，"如果老曼森那家伙还有一点儿掌控权，都不会允许他们干出那些事。事实上，就我后来查到的一些东西来看，一切事情的根源就在于布鲁尔和米罗两兄弟想夺权。"

"怎么说？"燕绥之问。

"这对兄弟小时候其实非常讨老曼森喜欢，但是过早地表现出了野心，可能十一二岁就有了苗头。但是你们知道的，十一二岁的小孩即便做出一些自以为精明的事情，在长辈眼里也不过是小把戏，长辈看得清清楚楚。"

德沃·埃韦思继续说道："而他们的精明还和一般孩子的机灵不一样，令人不那么舒服。也就只有老曼森觉得他们聪明可爱，没把那些事放在心上。当然，他后来应该意识到了，但是晚了点儿。老曼森把重心转到小儿子身上，但这对那对兄弟来说反而是一种刺激。于是他们开始处心积虑地谋划怎么不动声色地架空自己父亲的权力，而手段也不再是孩子们的把戏了。"

布鲁尔和米罗因为曼森家族的生意，接触到一些药矿商人，这给了他们一些启发。他们试图研制一种不易被发现的慢性毒剂，一点一点瓦解自己父亲的判断力和决策力，迫使父亲不得不依赖他们，受他们摆布。

很不幸，他们居然真的摸索到了方向。

"那段时间，老曼森的身体状况非常差，精神状况也同样不好，最初怎么也查不出原因，后来好不容易治愈，就开始了长久的休养。"德沃·埃韦思说，"这就是那两兄弟的成果。从那年开始，他们全面接管了曼森家族的事务。而两兄弟在研究过程中尝到了一些甜头，还有一些意外收获。"

燕绥之："什么收获？"

"你知道有一种状态叫作药物成瘾吗？"德沃·埃韦思说。

燕绥之跟顾晏对视一眼："很巧，最近我时不时能听到这个词，好像存在感忽然就高了起来。"

德沃·埃韦思："你在哪儿听到的？"

"在一些医生口中，在曼森的感染治疗中心。"燕绥之忽然想到了一种可能，"这不会是曼森有意为之吧？"

药物成瘾，这其实很容易让人联想到另一样更罪恶的东西——吸毒成瘾。

"如果我没有记错的话，乔提到过，在上一代的曼森家族中，曾经有人试图发展毒品线。"顾晏说。

"你的记性不错。"德沃·埃韦思说。

"这其实是曼森家族的大忌，从这点来看，布鲁尔和米罗两兄弟的骨子里一点儿也不像曼森家族的人。"德沃·埃韦思冷冷道。

"他们在研制慢性药的过程中，也许发现了某些试验品能让人成瘾，于是又动起了歪心思。毒品这种有着巨大利益同时又能控制人心的东西，对那两兄弟来说有着莫大的诱惑。"

顾晏皱起眉："但是联盟现今对毒品的管控和打击力度达到了五百年内的顶峰。"根本没有什么人敢轻易去碰毒品线。

"所以他们换了一种方式。"德沃·埃韦思说，"他们在尝试利用正常的手术和医疗，更改普通人的某些生理情况。当然，那是太专业的东西，我虽是做医疗生意的，但并不是研究专家。"

德沃·埃韦思摊手说:"我打一个比方,在你的激素、大脑甚至基因里做一些小小的更改,使你生理上开始渴求某种药剂的安抚,依赖它,大量且持续地需要它,离不开它,这就是曼森兄弟想要的一种被动式的吸毒。而所谓的毒品会披着最普通的外衣,诸如安眠药、止痛片甚至退烧消炎药剂,这一切都在他们的把控之中。"

燕绥之和顾晏的脸色倏然一沉。

曼森兄弟目前有遍布全联盟的治疗中心,如果他们成功了,就可以在不知不觉间改变无数人。而每个治疗中心还附带研究点,他们可以在合理合法的外衣下,明目张胆地研究他们所需要的药剂。

他们有合作商——西浦药业,有运输伙伴——克里夫飞梭,最终药物能发展成什么样,几人简直不敢想象。

"他们很疯狂是不是?"德沃·埃韦思说道,"很正常,毕竟你们是律师,有时候并不能理解某些商人为了获取利益能做到什么程度。百分之十、百分之五十的利益就能让一些人疯狂,那百分之百甚至百分之五百呢?有些人为了这些可以变成魔鬼,曼森兄弟就是其中的佼佼者,这倒让我们这些老家伙们自叹不如。"

"所以……"燕绥之回味着刚才德沃·埃韦思说的话,"我父母的那场基因手术,被他们当成了一次试验?"

"是众多试验中的一场。"德沃·埃韦思说,"我刚才说了,激素、大脑、基因,也许包括静脉注射,这些应该都在他们的试验范围内。"

"我始终觉得很惭愧。"德沃·埃韦思顿了顿,说,"当初曼森家对医疗开始有兴趣时,我没有意识到那其实就是曼森兄弟在寻找合作者,而那时候的我被一些假象蒙蔽,愚蠢地以为老曼森还是实际的掌权者。"

他将自己交好的朋友、合作者以及一些前途无量的年轻人带去曼森家的聚会,却没想到那是魔鬼的午餐。直到那些人一个接一个地出现意外。

"我其实不算什么情深义重的人,甚至不算一个好人。"德沃·埃韦思先生说,"我是一个非常自私的商人,为了朋友赴汤蹈火这种事情我做不出来。但这些年我始终在想,最初是我给魔鬼递了镰刀,是我把他们送到了刀刃之下。如果连让那些灵魂得到安息都做不到的话,那我这辈子就是负债累累,血本无归，太过失败了。"

顾晏朝燕绥之看过去。

当德沃·埃韦思先生一点一点地说出那些往事真相时，燕绥之的目光始终投向手里的咖啡杯上，表情平静，似乎听得极为专注。

办公室里有一半装潢是玻璃，大片大片的光线投射进来，落在燕绥之低垂的眼睫和眉眼上，给它们镀了一层光，以至于旁人根本看不出他在想什么，又有着什么样的心情。他安静得就像在听着某个不相干的故事一样。

但燕绥之越平静，顾晏就越担心。

二十多年如同长夜一般的日子，那些望不到头的孤独、挣扎、压抑和想念，那些再也见不到的人，再也听不见的话语和笑声，再也填不满旧居空屋……一切一切的起始，居然被"一场试验"这几个字轻描淡写地带过。

他会愤怒吗？还是会难过？没人看得出来。

因为这个人所有的情绪都是向内的，尖刀利刃都对着自己的心脏。

"联盟对基因手术的限制比现在多，每年会依次对各大医院进行资质审查。但不巧的是，你母亲当初需要做基因手术时，春藤正在审查期内……"

审查期一般需要一个月，被审查的医院在那一个月内不得进行任何基因手术。而那时候，燕绥之的母亲状态非常差，等不了一个月，于是他们进了另一家医院。

他们对于燕绥之父母的安排总是很细致，一要绝对安全，二要绝对保密。他们同时进行手术，但负责医生不同，也并不在一间手术室。多亏这样分隔式的安排，曼森兄弟才没能完全渗透。

德沃·埃韦思说："那场手术其实很混乱，他们本都是你父母信任的人，但其中一部分人变了，有人在害你们，有人在帮你们。而之后联盟改进了基因手术政策，审查一波接一波，打乱了曼森兄弟的步调，分散了他们的注意力。这种混乱最终歪打正着，以至于在机缘巧合之下，你的身份被保密了很多年。"

但同样，这种混乱也导致多年后的调查变得困难重重，因为干扰性的信息实在太多、太杂了。

无论是燕绥之还是德沃·埃韦思，甚至连曼森兄弟想从旧事里找寻某些信息，都麻烦至极。

对德沃·埃韦思他们这些长辈来说，很难定义布鲁尔和米罗这两兄弟。他们嚣张而自负，野心勃勃，行事作风和德沃·埃韦思他们这辈商人截然不同，论精明、论谨慎，他们其实比不上自己的父辈们。但他们不按常理出牌，不计后果，不讲规矩和情面。这种做派反而成了他们的保护色，以至于连德沃·埃韦思这样的老狐狸最初都有些找不到方向。

"不配合的人不留，麻烦人物不留，知道太多秘密的人不留，这大概是那两兄弟的准则。不仅如此，他们甚至还把手伸到了其他家族，我们这些人到了一定年纪，总会有这样那样的毛病，心脏、大脑，还有最普遍的失眠。那段时间，有些人用的药就很有问题。幸运的是我们大多数人总保持着警惕心，不会让自己过于依赖某种药物，但仍然有人疏忽了。"

德沃·埃韦思说："老克里夫衰老得那么快，小克里夫早早接班，跟曼森兄弟也脱不了干系。但当时我们没能摸索到正确的思路，毕竟我们在太平日子里生活久了，已经多年没见过这样胆大的小辈了。"

布鲁尔和米罗兄弟年龄差不多，但他们跟小弟乔治·曼森之间却有着天堑鸿沟。不仅在自己家族里，他们在交好的各大家族同辈人里，都是最年长的，也最先站住阵脚。如果各大家族都开始更新换代，那他们一定乐见其成。

因为一旦更新换代，他们必然能稳坐头把交椅。

一位合格的商人，总会给自己留有一些余地，但他们从不。这也是德沃·埃韦思这类标准的商人最初摸不准他们行事的原因。

"就比如他们的弟弟。"德沃·埃韦思说，"其实不论老曼森怎么偏向小儿子，乔治·曼森都很难撼动他们的位置。即便这样，他们也不打算放过那个可怜的小子。当处理他们弟弟的时候，他们明目张胆得几乎毫不掩饰，连乔都看得出来。"

可这世界很神奇，他们最不加掩饰的行为，在很多人眼里却最不让人觉得反常。因为搞垮兄弟姐妹这种行为，放在家族斗争里，不知什么时候成了意料之中的事。

"但他们又并不是毫无分寸、不知收敛的。"德沃·埃韦思说，"有将近十年的风平浪静，久得就像他们的野心已经得到了满足，打算就此收手。我在那段时间里见到了默文·白先生，又由他知道了你。"

最初知道故人之子还活着时，德沃·埃韦思很宽慰。但他在那之后全无动作，既没有刻意关注过，也没有增加交集，就像对待陌生人。

老狐狸精明谨慎，他知道自己的一些举动反而会给曼森兄弟带路，没有反应就是最好的保护。但这种保护毕竟不是永恒的，埃韦思一度认为曼森兄弟其实知道燕绥之是谁。但他们脾性难测，长时间里没有对燕绥之有任何动作，也许是觉得一条漏网之鱼不足为惧。

过于稳定的状态，往往说明他们的准备已经达到了某个预想的阶段，也许万事俱备，只欠东风了。这其实是最容易大意，最容易露出马脚的时候。

"但就像你们进门时说的，我缺少一些关键性的东西。"德沃·埃韦思说。

老狐狸最擅长的事，就是在毫无头绪的时候让对方递出线索。他悄悄运作了很久，借着春藤医院跟联盟政府之间的"亲近关系"，给曼森兄弟营造出一种假象，让他们觉得自己即将要承受一波最为棘手的审查。当他们有了危机感，一定会采取一些举动。

"怎样的举动最恰到好处？"德沃·埃韦思伸出拇指，"动作一定不能大，边边角角的或是不那么紧急的一定不要动，因为涉及的人和事越多，越容易出岔子，会打草惊蛇。"

德沃·埃韦思说完又伸出食指："但最关键的证据一定要清除。"他顿了顿，收起手指道："结果他们选择动你，这个举动在我意料之外。"

因为从表面看，燕绥之应该属于不那么紧急的边边角角，否则曼森兄弟早就下手了，不会留他到现在。

"我倾向于你身上有一些东西，曼森兄弟原本没有意识到，但现在忽然发现了。"埃韦思说，"但很遗憾，这点我还在调查中，目前还没有结论。"

这场聊天持续了很久，等三人从办公室出来时，天色已经将近傍晚。

"聊完了？我们都饿了。"尤妮斯强行勾着弟弟的脖子，带头欢迎，"我叫服务生了，一起用个晚餐？"

德沃·埃韦思点了点头，转身用询问的目光看向燕绥之和顾晏。

这时候，燕绥之看上去没有任何异样，他笑了一下，正要开口，顾晏垂着的手突然紧紧抓了一下他的衣角，又松开。

"抱歉，我们还有一些事需要处理。"顾晏说。

"很急吗？"德沃·埃韦思问，"现在就要走？"

燕绥之的手指动了动，点头道："恐怕是的。"

众人不是第一天跟律师打交道，对这种情况见怪不怪。而德沃·埃韦思也很少会追根究底。他笑了一下，拍了拍顾晏和燕绥之的肩膀，道："这顿饭先记下，回头有空要补。"

燕绥之："一定。"

"我让专车送你们回去。"尤妮斯说着就要安排。

顾晏冲她抬了一下戴着智能机的手指："飞梭车已经到了。"

"到了？"尤妮斯朝落地窗外望了一眼，就见一辆黑色飞梭车亮着暗蓝色的自动驾驶灯，穿过植物园和草场驶来。

她没好气地笑道："你还真是……唉，算了。那你们注意安全，回见。"

飞梭车在别墅外无声无息地停下，暗蓝色的光闪了几下，示意自己已经在目的地停稳。

顾晏和燕绥之告别众人上了车，目的地重新调整为城中花园，自动驾驶的灯闪了两下，飞梭车便平稳地驶出了酒店。

燕绥之坐在副驾驶座上，转头冲顾晏挑眉一笑，问道："什么急事，这么神秘？"

车内没有开灯，单面可见的窗玻璃映着车外的灯光。

路灯、车灯、街边商店的晚灯都在极速行驶中连成一片。

顾晏调整驾驶设定的手指顿了顿，在明灭的灯影中转过头，目光扫过燕绥之的眼睛，投向他翘着的嘴角上。

顾晏沉默了片刻，说道："你难受就别笑了。"

过了一会儿，他看到燕绥之带着弧度的唇角慢慢放松，最终变得平直。

"其实还好。"燕绥之说了一句。

他褪下那层笑，脸色就显得苍白起来，眉心的褶皱也显了出来。

燕绥之垂着眸子，调整了座椅模式，闭上眼睛低声说："我睡一会儿，头和胃一直在疼。"

第四章 基因片段

燕绥之睡得并不安稳，眉心始终微微皱着，偶尔会因为车外划过的灯影而舒缓片刻。顾晏原本想把他那边的车窗颜色调深，挡住灯光，在注意到这个细节后又改了主意。

当飞梭车在白鹰大道平稳地飞驰时，燕绥之却忽然醒了，他半睁着眼看向窗外，问："到哪儿了？"

可能因为他身体不舒服，说话时嘴唇开合的幅度很小，声音低哑，带着迷糊的困意，显得很累。这也是燕绥之难得出现的样子，只有最亲近的人才会见到，但顾晏希望这种机会越少越好。

"在路上。"顾晏低声问："还疼吗？"

"好多了。"燕绥之看了眼身上不知什么时候多出来的毛毯，把下巴往里掩了掩，又朝窗外懒懒地看了一眼，一脸疑惑道："这是要去哪儿？"

顾晏："回家。"

燕绥之没好气道："你从哪儿学会骗人的？我就是再路痴，每天要经过的路也不至于会忘。要回城中花园，根本不会经过这条道。"他声调不高，每句话之间会有一段间隔，单从语速就能判断出来，头疼、胃疼并没有缓解多少。

顾晏伸手试了一下他的体温，这才沉声道："去医院。"

"去医院干什么？"燕绥之任他试体温，但手指却从毯子里悄悄伸出来，试图去更改控制界面的驾驶终点,"不去。我又没什么大毛病……啧,你别挡我的手。"

他的指尖还没戳上屏幕,手就被顾晏拦截,抓着塞回毯子里。

"我真的不疼了,好得很。"燕绥之抬眼看他,语带无奈。

"你这话在我这里毫无信用可言,我骗人的本事都是从你这儿学的,别费劲了。"顾晏毫不客气地驳回他的无理要求。

燕绥之张了张口,想给他灌输自己"睡觉能治一切"的庸医歪理,顾晏却已经一只手滑开智能机屏幕,调出一个页面给他看,道:"你继续坚持不去,就把这个签了。"

"什么东西?"燕绥之掀起眼皮。

"平等协议。"顾晏说,"如果以后我身体不舒服,不想去医院,你能做到真的不带我去,我就考虑改目的地回家。"

燕绥之:"……"

他沉默片刻,无奈地说:"你真会抓人软肋,怎么还备着这种东西?"

顾晏:"因为我知道你是什么样的人,以防万一。"

燕绥之彻底认命。

飞梭车转过白鹰道的大弯,弯道口的警示路灯有点儿晃眼。

顾晏伸手挡了一下光,声音低沉道:"你别死撑了,再睡一会儿,还有二十分钟才到。"

"那就去春藤吧。"燕绥之懒懒地闭上眼睛。

"嗯。"

"我刚好看看林原在不在。"

"已经联系好了。"

燕绥之牵了一下嘴角:"你可真是……"

春藤医院的人流量从来不会因为入夜而有所减少,有时候夜里比白天还要繁忙,但今天不一样。

一楼大厅的人不多,尤其是那几条为感染者开通的绿色通道空空如也,跟前段时间的盛况相比,显得格外冷清。

任何一个局外人看到这一幕，恐怕都会觉得春藤医院大受打击，境况萧条。

"来了？"林原正巧从基因大楼过来，穿过长长的通道向他们招手，"去我办公室说。"

他可能刚从实验室出来，依然是全副武装的模样，只露出一双眼睛，如果不出声的话，乍一眼看去，很难认出他来。

林原跟他们打完招呼，又对身边一个同样全副武装只露出眼睛的人说："你早点儿回去吧，办公室里有我呢。你好好睡一觉，这两天的脸色可真吓人。"

"嗯。"那人应了一声，朝燕绥之和顾晏瞥了一眼。

燕绥之的目光从他露出来的眉眼上扫过，停了一下。

对方水棕色的眸子一动，冲他们点了点头，算是打了个招呼。接着他平淡地收回视线，一边走向大厅一侧的更衣室，一边解下自己的口罩和外层实验服。

他摘下帽子的时候，露出了一头卷曲的头发，是卷毛医生雅克·白。

"白医生销假了？"燕绥之问林原。

"你说雅克？对，他今天销的假。不过一看就知道他很久没休息好了，脸色差得谁都看不下去。这不，他本来想值班的，又被轰回去了。"林原打量了一番燕绥之的脸色："你怎么样？"

"小毛病而已，已经没什么感觉了，顾律师坚持要绑我过来。"燕绥之笑了一下，好像他睡了一觉之后各种不适真的都消失了一样。

"那都不重要。"燕绥之指了指自己的眼角，说道，"倒是这个，得劳驾你查一下。"

"确实多了一枚小痣。"林原说，"不过颜色很淡，不仔细看的话看不出来。走吧，你去楼上做个检测。"

林原说着，又冲顾晏眨了一下眼睛："放心，胃疼和头疼一样得查，我们不听他的。"

顾晏点了点头。

燕绥之："……"

林原很了解燕绥之的身体情况，检测的时候知道着重于哪些部分，所以耗费的时间并不长。但当他拿到检测结果时，却皱着眉研读了很久。

"怎么了？"顾晏有点儿担心。

"等一下。"林原冲他们招了招手，"你们跟我去一趟实验室，再用另一台设备查一下。"

"什么设备？"

"我们医院目前最新、最先进的基因设备，"林原道，"专用于实验室搞研究用的，还没对外普及。当然了，一般情况下也用不上这么复杂的设备。"

他让两人穿上实验服，带他们穿过四道生物密码门，进了一间实验室。实验室内的温度偏低，迎面扑来一阵冷气。室内一边是各种复杂的实验台、金属的冷冻柜，另一边是被玻璃罩着的一个实验舱。

"就这个。"林原指着实验舱，说，"这可是一个宝贝疙瘩，春藤的大老板盯着设计的。前阵子它刚投入实验室，整个德卡马也就两台，一台在这里，另一台估计在总部。除了有权限进来的人，就没几个人知道这东西。"

"那你就这么拿它来给我检查身体？"燕绥之说，"不用打个申请？我很担心我检测完身体你就要被辞退了。"

林原哭笑不得，晃了晃智能机："我哪来这么大的胆子，半个小时前收到了乔大少爷的私下通知，说大老板有旨，你们两位待遇特殊，设备敞开了用。"

燕绥之跟顾晏对视一眼，心想老狐狸就是老狐狸，关照人都关照得这么有先见之明。

"那为什么要用这台设备？"燕绥之问，"有什么棘手问题？"

"也不是。"林原斟酌片刻，宽慰道："这台设备的检测结果比普通设备更敏感。打个比方吧，普通设备只能检测出尚存痕迹的基因修正。你看你之前有一次长期修正，现在有一次短期修正，两个都在存续期，所以普通设备会显示你做过两次修正，但是……

"当你这个短期基因修正到期，彻底失效，残留痕迹就会渐渐消失，一年两年或者再久一点儿，就几乎毫无痕迹了。到那时再用普通设备检测，结果会显示你只做过一次基因修正，就是长期的那个。"

林原指着实验舱说："这个不同，它对几乎为零的痕迹依然敏感，隔五年十年甚至一百年，只要你坐进去，结果永远都是做过两次基因修正。不仅如此，它还能回溯和预测。"

燕绥之想起他曾经提过这个基因回溯技术，只不过那时还在实验阶段。

林原让燕绥之坐进实验舱内，关上舱罩。然后他跟顾晏并肩站在显示仪旁，仔细调整了参数。

这台设备的检测速度极快，十秒后，显示屏上一条一条地蹦出燕绥之的基因信息，两次基因手术的时间、基因源片段详情、修正结果、存续时间以及过程中发生的各种变化。

所有东西都一目了然，以至于顾晏这个非专业人士都能一眼看懂。

顾晏皱眉，指着图谱中一段扎眼的红色图像和存续时间中显示的"持续干扰"，问林原："这是什么意思？"

林原仔细地把那段红色图谱截取下来，存入连接的分析仪。

"这就是我要用这个设备的原因。"林原道，"你还记得我之前跟你们说过吗？他第一次的基因手术里有一个片段很古怪，但上次检测的时候并不活跃，可这次不同。"

他指着存续时间说："一般而言，基因手术的存续时间设定了就是设定了，不会变动，但他两次基因修正开始互相干扰了，这短短一段时间里尤为明显。我怀疑就是受这个基因片段的影响，所以要借这个设备分析一下。"

"互相干扰的结果是……"

"都缩短了。"林原道，"而且是持续性缩短。也就是说，今天来测的剩余时间和明天来测的剩余时间很可能不一样，相差多少要看干扰效果。"

"也就是说存续时间根本不能确定？"顾晏的眉头深深地皱了起来。

"你看，他第一次修正剩余时间变成二十一年，第二次短期修正变成八天。一个按年缩，一个按天缩，速度都不一致，之后还会不会加快……"林原顿了顿，"很难说。"

林原又翻了一页结果，指着其中几行数据说："他眼角的痣显出来也是因为这点，受到干扰之后存续期的变动太频繁，导致一些变化提前出现了。他头疼和胃疼这类的生理不适，其实也是这个导致的，相当于提前经历基因修正失效的后期反应。"他说着，又朝实验舱看了一眼。

燕绥之戴着遮挡检测光的眼罩，面容平静，好像没有什么难以忍受的不适。

但显示仪上，基因修正紊乱导致的疼痛等级却亮着警示的橙红色。

这样鲜亮的疼痛等级灯实在刺眼，顾晏的心脏被狠狠揪了一把："有办法止痛吗？"

"这个怎么说呢，"林原迟疑道，"就像我刚才解释的，他这种疼痛缘于两次基因修正之间的冲突，再追根究底一点儿，是因为那个古怪的片段。在这个片段还没分析明白前，最好不要轻举妄动，以免弄巧成拙。唯一比较稳妥的办法就是把它转为惰性。"

简而言之就是它不作怪，两次修正之间的冲突就没有那么激烈，疼痛自然也会缓和。

"但是？"顾晏看到林原犹豫的神色，就知道他还有后半截话。

"但是这只能做暂时的。"林原说。

"不能做长期的？"顾晏问。

林原摇了摇头："一来，长期那种剂量大，方法复杂，下手重，次数多，又不好确定究竟能维持多久，一旦反弹，不知道活跃度会不会翻倍，会不会更难控制。"林原苦笑一下，"我哪能乱让人冒这个险。"

他顿了一下，又说："二来，转化为惰性毕竟不是清除。那个片段没分析明白前，没法确定清除手段。但是转化为惰性，又会让基因设备难以检测，找不到它。这就相当于在人体内埋了一枚隐形炸弹，还是别冒这个险了吧。"

顾晏皱眉问："那短期的有没有危险性？"

林原摆摆手："短期的你大可放心。"

顾晏点了点头，目光重新投向燕绥之的脸上，一眨不眨。

林原从光脑里截取了两张页面，推给他看："这个是注意事项和需要签字登记的信息表。"他说着，朝玻璃罩内的实验舱看了一眼，"这个残留的突变片段和基因修正紊乱的事是不是先不告诉他比较好？"

顾晏正要去推实验舱的玻璃罩门，闻言动作一顿："为什么？"

"一般这种发展难以预料又很麻烦的身体状态，不都选择瞒着本人吗？怕他们多想或是心慌。"林原一脸理所当然。

顾晏沉默两秒，沉声道："他是一个非常理性成熟的人，你说的这种隐瞒对他而言可能不是什么保护，而是讥讽。"

林原："……"

实验舱被打开，那些大大小小的金属贴片和细针从燕绥之身上取下。

林原一五一十地把基因情况告诉了燕绥之，顺嘴又添了一句："本来我不打算直接告诉你，最好等我分析出了结果再说，免得你忧心多想。"

燕绥之掀开眼罩，笑了一声："这有什么可瞒的，嘲讽我？"

林原："……"

他哭笑不得地举起手："好好好，我这不是哄病人哄习惯了嘛！你们是师生，你们有默契，当我没说。那我去调配药剂。"

"唉，等等。"燕绥之又说，"其实这一步也可以省了，这点儿疼忍忍就过去了，蚊子亲一口也就这程度。"

这就是胡说八道了。

林医生没忍住："我建议你看看显示屏冷静一下，橙红色代表什么，知道吗？掰断骨头跟这一个等级，更何况你这还是连绵不绝的。你家蚊子亲一口能断一身骨头？"

燕绥之摁着太阳穴："没那么夸张，仪器是不是错了？"

林医生转头看顾晏："理性？成熟？"

顾晏："……"

林医生："你这老师是不是有点儿过分？"

顾晏板着脸，二话不说地抽出林原手里的那两页信息表，用手指签了字。

林原收了文件，马不停蹄地配药。

实验室里常年备着各种药剂，免得再走医院的取药流程。没过片刻，他就取了一支无菌针，从设备里抽了细细的半管药剂。

"头往右转一点儿。"林原站在燕绥之旁边，晃了晃针筒，"这个需要扎在耳根这边。"

"就这么简单？"顾晏依然有些不放心。

林原点点头，控制力道将针头推进去："这不是几十年前了，用不着事事靠手术。你放心，就是简单才稳妥。"

注射完药剂又等了两分钟，林原让燕绥之重新坐进实验舱，连好贴片。

这次的检测结果依然出得很快，林原指着第一页的图像对顾晏说："看，开始起效了，那个片段几乎看不出来了。这要是一般的检测仪，根本看不出还有这个片段。"

"但是疼痛等级只降了半级。"顾晏皱眉。

橙红色的提示正在往黄色过渡，还得经过两个大等级，才能回到代表"无生理不适"的蓝色等级。

"疼痛正在减缓，还需要一点儿时间。"林原宽慰道，"我保证他睡上一晚就一点儿都不痛了。"

燕绥之从实验舱内出来后搭着顾晏的肩，有一搭没一搭地听着林原交代注意事项。

林原交代完，又回到了分析仪旁，看了看进程道："其实如果还能找到类似的片段就更好了，两个以上的对象一起分析，结果能更准确一点儿。"

"可能性很小。"燕绥之说。

林原一脸遗憾。

那个基因片段的分析并不是一时半会儿能有结果的，光是仪器分析数据也得一两天。于是两人没多耽搁，离开了实验室。

返程时，顾晏干脆开启了自动驾驶模式，拉着燕绥之去了后座，把整个后车厢调成舒适模式。

他靠坐在后座改装而成的沙发床上，让燕绥之倚着，瘦削的手指以恰到好处的力道揉着燕绥之的太阳穴。

"看不出来我们顾律师还会按摩。"燕绥之选择了一个舒适的姿势。

"我原本不会。"顾晏从车载储物箱里翻出一条毛毯，盖在燕绥之身上。看到他脸上恢复了一些血色，顾晏微蹙的眉心这才松开，继续替他揉搓着穴位，"现在无师自通。"

遵林医生医嘱，燕绥之最好能赶紧睡过去，休息越充足，疼痛消退得越快。

但某人闭目养神好一会儿，眼皮还在动。

顾晏沉声问："还是很疼，睡不着？"

燕绥之弯了一下嘴角："不是，药剂还是有点儿作用的，比来的时候好很多，我只是在想事情。"

顾晏："我要是林医生，就把你放进黑名单里，就没见过你这么不配合的病人。"

燕绥之佯装不满："你跟谁一边的？"

"医生。"

燕绥之"啧"了一声："那我今晚回阁楼吧。"

顾晏："……"

顾大律师："敢问阁下贵庚？"

燕绥之没忍住，自己先露了笑意："你怎么不问我在想什么？"

"你在想什么？"

"正经事。"燕绥之缓声道，"刚才我听了林医生的话想起来的……我在想还有谁可能会出现跟我一样的情况。"

说起那个基因片段，顾晏便忍不住皱眉，但这并不妨碍他思考："被曼森兄弟插手过基因手术的人。"

那个片段源自燕绥之第一次做基因手术，那次手术有曼森的人参与其中，这种意料之外的结果想必跟对方脱不了干系。

换一句话说，在曼森兄弟的干预下做过基因手术的人，也许会出现跟燕绥之类似的情况。

"但概率很难说。"顾晏又道，"按照你的情况看，这个片段前二十多年一直是非活性的，到最近才显现出残留，应该属于一种意外。"

"对，所以我在想一件事情。"燕绥之说，"你说曼森兄弟消停了那么多年，又忽然兴起要让我消失的念头，会不会就是想清除这个？当时用的炸弹掺了灭失弹在里面，比起其他谋杀手段，这确实是最干净的一种毁尸灭迹，包括基因在内。"

顾晏的眉头皱得更深。

燕绥之依然在闭目养神，却对顾晏的表情变化了如指掌："年纪轻轻的怎么这么喜欢皱眉？如果这就是曼森想清除的，反倒是好事不是吗？送上门的证据，我们想怎么查就怎么查。"

顾晏沉默半晌。

燕绥之睁开眼："怎么了？"

顾晏转眸看他："你刚才的语气就像坐在家里毫不费力地收到一箱子资料……那是你的身体，不是什么证据陈列墙。"他皱了皱眉，又道："柯谨的事你没少沉着脸，但到自己的爆炸案却这么轻描淡写。"

燕绥之温和地看了他好一会儿，开口道："我阴沉过的，顾晏。

"你如果在我刚睁眼的那天见过我，就知道我当时的脸色有多难看了。我当时想着先混进南十字，翻一遍卷宗，再顺着卷宗的疑点查清楚炸我的人，然后把他们一个一个送进监狱，再目送他们上刑场。那几天我特别无聊，规划了这样一条刻板无趣的复仇路，没准那会儿是我很长一段时间里的生活重心。谁知道我一进南十字就碰到了你。"

燕绥之看着顾晏的眼睛，笑了笑说："说来你可能不信，我甚至想谢谢那场爆炸了。如果没有它，我可能会一直认为自己稳稳地待在你通讯录的黑名单里，然后过上十几二十年，会在劳拉或是谁那里听到一些关于你的零星消息，工作如何如何，接了什么新案子，或是成立了家庭。"他忽地止住了话头，沉默了片刻，又"啧"了一声说，"现在这么假设……"

"怎么了？"顾晏低声问。

燕绥之指了指他的尾戒智能机，那玩意儿很不合时宜地振了起来，特别会挑时间。

"智能机嗡嗡直响，你不打算接？"

顾晏挑眉："一句话还是能等的。"

燕绥之："万一是急事呢？"

话听一半，顾律师不想被打断，但智能机一直在振动，而某人眼含笑意，促狭地看着他。

燕绥之就是故意的。

顾晏瞥了他一眼，最终还是接通了通信："喂？"

"啊，你在啊？"对方一接通就问，"那怎么一下午都没反应？"

发来通信的是那位帮忙做智能机检测的朋友。顾晏他们一直在德沃·埃韦思那里，之后又因为林原的实验室开了屏蔽仪器，没顾得上跟他联系。

顾晏解释说："抱歉，我之前有点儿事。"

"哦，没事，那都不重要。我就想说，之前那个增强安全性的小程序你装在智能机上没有？"

顾晏："还没。"

"幸好幸好！"那个朋友说，"你先别装，装了反而坏事。"

顾晏："什么意思？"

对方压低声音，神神秘秘地说："我给你发一个新程序，附件里有使用说明，你一看就知道。"

"怎么了？"通信挂断后，燕绥之问顾晏。

顾晏共享屏幕，给他看来电人："不知道，他在卖关子。"

在等对方发信息的过程中，顾晏顺手翻了下午错过的通知。通知其中一条标着红，显示的是资料库的搜索结果。

顾晏原本已经滑过去了，又迅速拉回到那条。

那是去找德沃·埃韦思之前，他在智能机里做的搜索。

搜索源是"清道夫"后脖颈的红痣，以及手腕的黑桃文身，搜索范围包括智能机内所有的文件。

顾晏点开详细信息。

燕绥之扫了一眼信息，撑坐起来："居然有一条结果！"

结果的来源文件夹显示的名称是"赫西"。

顾晏愣了一下才反应过来，这是当时在天琴星，从本奇和赫西两位记者的相机里拷下来的照片，是他们近些年拍的东西。

顾晏收到东西之后并没有打算看，改了文件名，发给燕绥之后就顺手删了，但并没有永久清除，需要的话三个月内还能恢复。没想到这次搜索又把它从删除文件里翻出来了。

搜索的目标结果是一段视频。

视频拍摄的地方是骑士区北郊，那是一片老旧的公寓区，墙面污迹斑斑，风格落后于法旺区五十年，住的大多是老人。

老人多的公寓区总会很热闹，因为他们总是三五成群地聚着晒太阳闲聊，遛狗逗猫。因此，公寓区内的小门面商店和茶餐厅也很多。

镜头所对的地方，就是某一幢公寓楼。

楼底的入口被一群老头老太太们围着，他们叽叽喳喳，议论纷纷。一群穿着法旺区警署制服的人戴着配枪，挡开人群，从楼里带出一个男人。

那个男人顶着一头乱发，过长的刘海挡着眼睛。他被几个警员押着，原本一直低着头，可走出楼道的时候他突然抬头，半边脸带着久远的烧伤痕迹，狰狞可怖。他冲围观人群龇牙吼了两声，吓得人群退了几步。

警员警告性地喝了他一声，他却冲被吓到的人群哈哈大笑，笑到最后又变成了呜呜的哭声。从这短短一段视频里就能看出——这人的精神状况很有问题。

顾晏看见这个男人便沉了脸。

燕绥之轻轻"啊"了一声："他们居然拍了这个。"

这个男人名叫卡尔·理查德，是那场爆炸案的元凶。

按照案件所查到的信息，他曾经因为工作遭受过重度烧伤，又被公司解雇，生活保障瞬间垮塌。他的精神在这种变故和打击之下彻底崩溃，成了一个名副其实的疯子。然后他带着对公司的仇恨，炸了老板和管理层住的酒店。

有很长一段时间，顾晏每天都看着这张狰狞疯癫的脸，在办公室里长久地沉默。这几乎成了一种条件反射，以至于他看到这段视频时，又忽地沉默。

好在智能机的搜索系统很会看人脸色，它及时截取了视频右边的一部分，自动无损放大。

那是楼旁的一家早餐店，警员抓捕卡尔·理查德的时候，刚好是清早，早餐店的外座上坐满了吃饭的人，大部分是带孩子的老人，还有一部分是早起工作的年轻人。

每张餐桌的人都面向卡尔·理查德的方向，伸着脖子看热闹，有一些人甚至站了起来，只有零星几个不爱热闹的人例外，他们简单扫了那边两眼，就继续闷头吃早餐。

搜索框标出来的目标就是其中之一。那是一个男人的背影，穿着普通。他低头呼噜呼噜地喝着粥，全程没有转过脸，所以根本看不到长相。

他喝完粥便直起身，伸手从桌上抽了一张除菌纸擦拭嘴角。他做这个动作时，红色搜索框一分为二，钉在他后脖颈和手腕上——红痣和黑桃文身被清楚地标记了出来，"清道夫"拥有的特征跟他完全匹配。

当他要走时，旁边一个热心老人拽了一下他的袖子。

"他在说什么？"燕绥之咕哝。

多亏赫西和本奇用的都是可以分离调整的高质相机，顾晏改了模式，其他声音顿时被虚化，老人和"清道夫"之间的对话变得突出而清晰——

"你的酒忘了拿。"老人提醒了一句，又自来熟地说，"你怎么大清早就买酒？"

"清道夫"似乎朝桌边的酒瓶看了一眼："不是给我喝的。"

老人没反应过来："啊？不是你的啊？我看你拿过来的。"

"清道夫"垂着的手在腿边敲了几下，似乎是思考时的小动作。他敲了一会儿，耸肩说："不是我的，这是给一个可怜虫的送行酒。"说完，他把擦过嘴的除菌纸对折了两道，丢进桌边的垃圾桶里，然后头也不回地离开了。

短短一段视频，跟"清道夫"有关的只有这么点儿，除了痣和文身，多出来的信息也只是一些细微的小习惯，连搜索源都做不了。而"清道夫"在视频中出现，只能说明爆炸案确实跟曼森家族有关，但这点德沃·埃韦思已经说过了，所以并不令人意外。

总的来说，这段视频的内容实在"鸡肋"，顾晏和燕绥之都有些失望。

好在顾晏的那位朋友及时发来了信息，信息里附有一个小程序和一篇简单的说明。

"什么程序？能恢复我的智能机资料库？"燕绥之问。

顾晏粗略扫了一眼说明，脸色终于好看几分："不能，但用处很大。"

"什么用处？"

"钓鱼。"

燕绥之挑眉："钓鱼？"

顾晏把说明书递给他："他做了一个反捕捉程序，把这个程序加进智能机，只要对方还在不依不饶地试探，应该能揪住对方的痕迹。"

这能算一个好消息了。

其实不用反捕捉，他们也知道远程干扰燕绥之智能机的是谁，准是曼森兄弟的人。但他们现在缺少的并非真相，而是证据，一切大大小小能指向曼森兄弟的证据。

"这大概是今晚最好的消息。"顾晏晃了晃智能机。

那个朋友大概感受到了他们的好心情，准时拨了通信过来，献宝似的问："怎么样，怎么样，你看到说明没有？"

燕绥之已经开始鼓捣自己的智能机了。

顾晏瞥了燕绥之一眼，回答道："看见了，正在装载。"

"我跟你说，不是我吹牛，这个程序三次之内就能分析出对方完整的信号信息，最多三次，我是不是很厉害？"

顾晏点头："很厉害。"

"就夸三个字？"

顾晏无语片刻，加了一个字："你很厉害。"

对方："……"

燕绥之装好程序，正对着说明设置，闻言抬眼看向顾晏。在顾晏挂了通信之后，燕绥之似笑非笑地说了一句："最应该尊敬的老师没见你夸过一回，夸起其他人倒是很顺口。"

顾晏收起屏幕界面："你想听我夸什么？"

"五百字以上，三分钟自由陈述，开始吧，我听着。"

顾晏："……"

燕绥之好整以暇地等了一会儿，车内一片安静。

法庭上一针见血、从容不迫的顾大律师嘴巴突然变笨，愣是半天没说话。

"你一句都憋不出来？"燕大教授调好程序设置，收起智能机屏幕，靠在椅背上，支着下巴道："我建议你再想想，否则你明天就没有老师了。"

顾晏："……"

"你……"顾晏无奈地看了他半天，终于斟酌着开了口，"你对外不管碰见什么，总是很有风度，但十有八九是装的。"

燕绥之："……"

顾晏："你真话不多，瞎话不少。"

燕绥之："……"

顾晏："你很擅长气人，挑剔至极。你容易亲近，但只是表面而已，事实上固执、冷淡又被动。"

车内很安静，车外夜色阑珊，灯火如龙，衬得他的嗓音温沉如水。

他停了一会儿，说："但是我很欣赏你。"

第五章 威胁邮件

清早，法旺区起了浓雾，到处灰蒙蒙的，能见度很低。

到了上班的时间点，城中花园"鬼影"幢幢，随手一拍就是迷雾版《丧尸围城》。

燕老师靠在沙发边，一边等顾晏上楼拿光脑，一边转着智能机镜头拍"恐怖大片"，却不一小心拍到一只来串门的高挑"鬼影"。

燕绥之收了屏幕，趿拉着拖鞋去开门，然后就被门外人惨白的脸色和偌大的黑眼圈吓了一跳。

"菲兹小姐？"燕绥之一脸诧异，"你怎么了？身体不舒服？"

"嗯，我发烧了。"菲兹一开口就是浓重的鼻音，她吸了吸鼻子，揉着额头道，"昨晚我干了一件蠢事，回来太晚太累，又泡在浴缸里睡着了，今早醒来就成了这副鬼样……啊嚏！"

"又？"

菲兹："是啊，又一次。以前我也犯过这种蠢，但好歹半夜能冻醒，这次一觉泡到天……啊嚏……亮。"

燕绥之："……"

燕绥之看她摇摇欲坠的模样，扶了她一把，皱眉说道："你还是进来坐着说吧。"

菲兹有气无力地摆了摆手："不了，我就是来蹭个顺风车。"

说话间，顾晏刚好从楼上下来，乍一看门外浓雾中若隐若现的脸，差点儿以为燕绥之撞了鬼。他顿了两秒才反应过来："菲兹？"

菲兹探过头，虚弱地问："顾，今天你是不是要去医院约见当事人？顺便载我一程吧。我的飞梭车防雾系统还没修，自动驾驶用不了，为了大多数人的安全着想，我也不太敢自己开。"

顾晏二话不说，大步流星出了门，按了几下智能机上的遥控，哑光黑色的飞梭车就直接停在了菲兹脚前，甚至还贴心、绅士地自动开了车门。

"我的天，后座都已经换成舒适模式啦？"菲兹捂着心口，钻进车里，"你们这么贴心，会害我找不着男朋友的。"

"不至于，舒适模式一直开着，不是特地切换的。"顾律师贴心地帮她降低了几分找男友的难度。

"怎么会？前几天我看到时明明还是正常模式，你别糊弄发烧的朋友。"菲兹小姐展现了自己敏锐的观察力。

顾晏无语地看了这位朋友两秒，拉开车座底下的便携医疗盒，指了指，说："吃药。"说完，他便替她关上了车门。

毕竟病了，菲兹上了车便不再叽叽喳喳，接了一杯热水就安安静静地待在后座。燕绥之和顾晏反而有些不习惯，时不时会从后视镜里看她一眼，确认她还没烧晕。

"你们要不要把前后座的隔层封上？"车子行驶了好一会儿，菲兹才慢半拍地想起来，"我怕传染给你们。"

"没事。"燕绥之笑着说，"真传染了也没关系，反正最近我都泡在医院里，发烧了抬手就能让医生扎一针。"

菲兹"呸呸"两声："你别乌鸦嘴，烧起来多难受。"

"不过说起来，你们最近都会待在医院吗？不晾着那个当事人啦？"菲兹说，"昨天事务官还感叹呢，说那种脾气的当事人，就得碰上你们这样的，多晾他几天他就知道急了，免得满嘴跑马兜圈子。"

顾晏从后视镜里瞥了她一眼："你们还议论这些？"

"当然啊，关注度这么高的案子，所里高层包括合伙人们都很有兴趣。"

菲兹说起杂事就来了兴致，黑眼圈都没那么重了："前些天你们不是晾着当事人到处出差吗，合伙人和大佬们屁股都坐不稳了，还问过你的事务官亚当斯，你究竟有没有胜算，打不打算好好准备，还逮住我问过一回，就因为咱们是邻居。"

"是吗？"燕绥之说，"南十字也不是小所，什么大案子没见过，不至于这样吧？"

菲兹说："上次酒会不是出人命了吗？挺影响律所形象的。他们大概希望能借这个大案子好好出回风头，所以巴不得你们整天整夜不睡觉，扑在这个案子上，以表诚心。我跟他们说，你们查有利证据去了，免得他们又瞎操心。"

清早，春藤医院倒挺忙碌。

顾晏刚进门就接到了通信，来自当事人贺拉斯·季的看守警员。

"是我。"顾晏说，"我这里有点儿事，会见时间可能要往后推半个小……"

"不用推不用推！"菲兹正在刷智能机挂号，闻言连忙冲他们挥挥手，"看个病我还是没问题的，你们忙你们的，不用跟着我耽误时间。"

对方不知道又说了些什么，顾晏"嗯"了一声，冲燕绥之道："你跟菲兹在这里，我去贺拉斯那边看看，有点儿突发情况。"

"什么情况？"

顾晏切断通信说："他没说，只说取消会见。"

这种状况对他们这些大律师而言其实并不鲜见，处理起来很有经验，不算什么大麻烦。

顾晏打了声招呼，便先过去了。

燕绥之陪菲兹去了诊室。

医生一边给她绑了一个基础体征测量仪，一边问道："你怎么烧起来的？"

菲兹小姐又把她睡浴缸的壮举复述了一遍。

医生听得直皱眉："就那么睡了一夜，家里人也不知道喊你？"

菲兹撇了撇嘴："我光棍一个，没有家里人，谁能发现啊？"

"抱歉。"医生朝燕绥之看了一眼，大概是错把他当成菲兹的男朋友了。

医生尴尬地咳了一声，又道："不过下回真不能这样，不说别的，皮肤也受不了呀。你们年轻人单独过日子可真是太危险了。"

当这位老先生滔滔不绝地为菲兹小姐操心时，门口突然传来林原的声音："燕……血呢？阮野？"

他这些天叫惯了"燕院长"，差点儿说漏嘴，好在及时挽回，转成了"验血"。

菲兹朝他看去，问他："你认识的医生啊？"

"嗯。"燕绥之抬手跟林原打了个招呼，对菲兹解释道，"顾老师找的专家，贺拉斯·季的一些病理状况以及这样的影响，都靠咨询他。"

燕绥之从诊室里出来，顺手带上门。

林原拍了拍脑袋，懊恼道："我一晚上没睡，脑子转不过来，差点儿叫错名字。"

"没事。"燕绥之不太在意，"早晚的事。你值班结束了？"

"对，卷毛来办公室接班了，我回去睡一会儿。"林原说着，往左右看了一眼，趁着走廊没人，低声道："我盯了一晚上，那个基因片段比我想象中的难搞，单从分析出来的详细信息里看不出什么问题，现在还有百分之三十左右正在分析中，但是……"

他皱着眉提前打预防针："我怕你们看到结果会失望，能提炼的信息有限。"

燕绥之对这个结果似乎并不意外，他想了想，忽地问道："一般做基因实验……在基础特定的情况下，发展路径可不可以预测？"

林原一时间没明白他的思路："什么意思？"

"昨晚我一直在想一个问题。"燕绥之说。

他在想，如果当年他和父母经历的手术被曼森兄弟当作了一场试验，那么试验的内容应该是曼森兄弟早期的成果。

他们本质的目的在于激发"基因性毒瘾"，并非死亡。所以，他父母在曼森眼里算试验失败。

那么活下来的他呢？

单从表面来看，这么多年里，他并没有出现过所谓"药物依赖"的症状，应该不能算试验成功。但曼森兄弟真的会在二十多年后对一个"失败品"上心？

燕绥之想了一整晚，想到一种可能："我身体里存在的那个基因片段不是成功品，但重要程度不亚于成功品，甚至比它还要高。"

"这会是什么？"林原想到刚才燕绥之的问题，福至心灵，"你是说基础？"

燕绥之点了点头："对，也许他们后续的研究成果甚至成功品都建立在那个片段之上。所以我想问你，如果有一个起点，能不能预测后续走向？如果有这样的可能，那我就明白为什么对方这样盯着我了。"

熬了一夜的林原反应略有些慢，他反应了两秒，终于消化了燕绥之的话，他摆摆手说："不太可行，虽然有起点，但起点能发散的方向实在太多了，预测不了。"

燕绥之说："不止起点，其实也有终点。能发散的方向有无数条，但曼森兄弟要的只是其中一条。"

林原愣了一会儿，忽然一拍脑门："对啊！他们要的就一种结果，所以终点也是有的！这样的话……"他兀自想了想，一脸亢奋，"可以可以！那个仪器就能模拟！我这就……"

"不急在这一时。"燕绥之拍了拍他的肩，"你先回去睡一觉，之后就辛苦你了。"

送走林原，燕绥之回到了诊室。

菲兹小姐刚领了两个退烧水袋，脸拉得比驴还长。

"要输液？"燕绥之问。

"对。"菲兹说，"我问有没有一个小时内退烧的方法，医生就给我塞了两袋这个，天知道我最怕输液。"

"你为什么要在一个小时内退烧？"燕绥之纳闷。

菲兹小姐振振有词："因为我十点之前到办公室的话，这月的全勤奖金就还有救。"

燕绥之："……"

"而且如果退烧太慢，我今天就得请假了。"菲兹眨了眨眼，"那得少听多少八卦，多不划算。"

燕绥之："你这精神令人钦佩。"

这位小姐号称南十字的消息枢纽站，对杂事消息的热衷不是一般人能够体会的。

燕绥之安顿好菲兹，本打算去贺拉斯·季那边看看，没想到刚出门就碰到出电梯的顾晏。

"你怎么这么快就回来了？什么情况？"

顾晏面无表情地说："我们的当事人贺拉斯·季先生调戏护士上瘾，愣是不让对方扎针，要玩你追我跑的游戏。据说他气哭了护士，气跑了警员，现在警署认定他故意拖延治疗时间，在通知我之前往检察署和法院递交了申请，十有八九要提前开庭，具体时间等通知。"

燕绥之被气笑了："他吃什么馊药这么跟自己过不去？"

当燕绥之跟顾晏去护士站的时候，姑娘们冲他俩告了一箩筐的状——当然，主要是对顾晏，众所周知，他是贺拉斯·季的律师。在很多人眼中，他相当于贺拉斯·季的监护人。

"每一次扎针输液他都不配合，每一次！"

护士站的小护士们不像在病房那么拘束，口罩都拉到了下巴。她们的嘴巴开开合合，跟蹦豆子似的，噼里啪啦地数了一系列罪状。

"蛇形走位。"其中一个小护士手掌扭了一个生动的"S"，"回回都能这么拧着避过针尖！平时他躺在床上不乐意动，这种时候灵活得不得了！"

顾大律师回想起贺拉斯·季像放风筝一样逗着护士转的场景，一脸冷漠："我有幸见识过。"

"我喂他吃药跟让他服毒似的，有时候看他那一脸抗拒、坚决不从的模样，我都怀疑我自己不是护士，是杀手！"

顾晏："……"

"艾米……哦，就是负责给他扎针的姑娘。"另一个特别泼辣的小护士抱怨，"人家刚值了一夜班，累得不行还被他气哭了，我们哄了好一会儿才让她平复下来回家休息，你说这位季先生是不是东西？"

燕绥之抱着胳膊，听戏似的听了半天，随意地点评道："肯定不是。"

小护士义愤填膺："没错。"

顾晏："……"

"那最后他扎针了吗？"燕绥之问。

"啊？"小护士愣了一下，点头道："扎了，给他治疗能乱省步骤吗？守门的警员看不过去帮忙扎的。"

燕绥之冲她笑笑，又跟顾晏对视了一眼。

两人没在护士站多耽搁，转头去了检测中心。

贺拉斯·季扎完针就被塞进了检测室。

一方面，这是三天一次的例行检查；另一方面，警员们可能也想看看这位嫌疑人的病情究竟有没有好转，达没达到出院的标准。再在医院耗下去，他们可能会折寿。

等在检测中心门外的人不多，跟上次的热闹全然不同，正常的感染者都转去了曼森和西浦联合的感染治疗中心。贺拉斯·季因为嫌疑人的身份，不方便四处转院，成为留在春藤的少数人之一。

大厅一片冷清，只有守在检测室门外的警员们板着脸朝这边看。

燕绥之远远地冲他们点点头，算是招呼，随后就近找了一个位置，又拍了拍身边的座位，冲顾晏道："你别显摆长腿了，起码还得等半个小时，你先坐下，我喜欢平视。"

顾晏顺从地在他身边坐下，说："那光是坐下还不够，可能还得低点儿头。"

燕绥之没好气说："你怎么不说再锯一条腿呢？我也就吃了基因修正的亏，林原净把我往矮了修，等我恢复了你再看。"

顾晏很理性："你确定再长五厘米管用？"

燕教授指了指他："住嘴。"

顾晏挑了挑眉，听话地住了嘴。

警员们听不清他们在说什么，但看模样是在闲聊，便转回身不再关注这边。

燕绥之瞥了他们一眼，这才问顾晏："关于我们这位当事人的行为，你怎么看？"

"贺拉斯·季不信任医院的人，他不放心用在他身上的药，警惕性很高。"顾晏说。

当然，不排除这位季先生天性如此，有深重的被害妄想症。但燕绥之和顾晏觉得他是有原因的。

什么样的人会有这种心理呢?

"我倾向于他不是'摇头翁'案的直接凶手。"燕绥之说,"凶手往往没什么可怕的,因为危险来自他自己。但他又知道一些常人不知道的内幕,或者怀揣一些东西,这让他笃定自己会被人盯上。"

这跟他们最初的直觉相合——贺拉斯·季似乎是故意的。

他故意置于警方的监控下,故意被安置在公共区域中,故意引起民众的关注,让无数眼睛盯着自己,这让他觉得更安全。

半个小时后,检测室的提示灯变了颜色。大门打开,贺拉斯·季在一群警员的盯守下冲自己的律师打了声招呼:"你总算想起我这个当事人了?"

顾晏平静道:"不一定,这取决于你编不编故事。"

贺拉斯·季眯起眼睛:"那你们等在这里是什么意思?"

燕绥之微笑说:"第一时间帮你核查一下检测报告。鉴于你每天都能惹恼一群人,我们有必要盯着点儿,以免你不声不响就被毒死了。"

贺拉斯·季听到这略带嘲弄的话,反而意味不明地笑了:"哈,你这实习生有点儿意思。看来我没委托错人,你们还是挺聪明的。那帮我看着吧,看在这分上我跟你们说真话。"

燕绥之:"说真话可真是辛苦死你了。"

贺拉斯·季:"……"

他们跟警员一起进了检测室旁边的分析室,第一时间拿到了新鲜出炉的检测结果。这时的检测结果还没来得及从医生护士手上经过,也还没传上查询仪,不会被动手脚。

顾晏大致翻看了一遍,并没有发现什么特别之处。

"跟之前几次检测没什么区别。"他对贺拉斯·季说,"由此可见,目前你还是安全的。"

贺拉斯·季皱了皱眉,似乎有点儿不太相信。

"晚点儿我会把你的检测结果给专家再看一遍。"顾晏说。

贺拉斯·季回过神,转着眼珠傲慢道:"老实说,专家我也不太信。"

燕绥之:"那你自己研究吧。"

贺拉斯·季:"……"

旁边在看同式样检测单的警员们黑着脸，如丧考妣。因为嫌疑人贺拉斯·季的感染程度虽然减轻了一点点，但离治愈还远得很，不足以出院。

"哎，我就不明白了，又不出疹子又没死要活的，我也是服了，还真没见过这样的感染。"

一名耷拉着青黑眼圈的警员朝贺拉斯·季瞥了一眼，小声爆了一句粗话，咕哝道："要不是……我都要怀疑春藤医院在包庇嫌疑人了。"

"你说什么呢！"另一位警员轻声喝止。

"反正我已经递交了申请，最好能把嫌疑人转到感染治疗中心，那边更能对症下药不是吗？"黑眼圈警员又说。

贺拉斯·季零星听到几句，瞥了那个黑眼圈警员一眼，双眸眯起，垂在身侧的手指极轻地动了几下。他似乎想做什么，不过很快又反应过来，将手插进口袋，冲警员说："几位聊完了没有？我要回病房跟我的律师详谈，你们可以提交各种有用没用的申请，但无权剥夺我的这份权利。"

警员们的脸更黑了，但无从反驳，只能厌恶又烦躁地扫视着几人。

这种厌恶的眼神落在燕绥之身上，他其实毫不在意，但看向顾晏，他就不太舒爽。于是他侧了侧身，刚好能挡住警员落在顾晏身上的视线。他的动作自然得就像他在当院长时，偶尔不动声色又风度翩翩地护短一样。

燕绥之冲贺拉斯·季一抬手，玩笑般地冲警员道："瞪这位季先生可以，瞪我们不行。"

警员："……"

十分钟后，他们和贺拉斯·季面对面地坐在病房里。

警员心不甘情不愿地帮他们关上门，病房内一切监控设备的指示灯都熄了。

顾晏给输液室的菲兹发了一条信息，又把贺拉斯·季的几次检测报告发给林原，然后收起屏幕看向当事人："到你履行承诺的时候了，季先生，我要听真话。"

贺拉斯·季拨弄着手指，闻言抬起眼。他这次没像之前那样，张口就开始讲故事，而是斟酌了片刻，意味深长地看向顾晏，问道："如果我是一个好人，你是不是会让我无罪释放？"

顾晏平静道："当然。"

"那如果我有罪呢？"贺拉斯·季说。

顾晏依然一脸平静："我依然会维护你应有的权益。"

联盟一级律师的陈列墙上就有这样一句话：

如果你是凡人，我绝不会让你被拉下地狱。如果你是魔鬼，我会送你去最合适的地狱。

该是十年的刑期，我不会让你被判十一年。该是有期，我不会让你被判死刑。

顾晏看着贺拉斯·季，说："庭审很可能会提前，你如果不想承担不必要的罪行，那我建议你别对我撒谎。"

贺拉斯·季看了一眼窗外，出神片刻，终于开口说："好，那我给你说一句真话。'摇头翁'案我不是凶手，但每一个现场我都踏足过，那里应该还能找到我残留的痕迹，验出我的DNA。那些老人中的怪毒，我的住处和行李里都有，笼子上也有我的指纹。我甚至知道他们为什么会被关进笼子里，还有很多相关的细节。你有什么办法让我被判无罪呢？"

这是贺拉斯·季至今所说的话里，真话最多的一段。

因为就现今所掌握的证据来看，确实如他所言。

"摇头翁"案几个现场，不论是红石星还是赫兰星，警方在那些老人们被拘禁的仓库里都找到了两种足迹，分别来自迪恩律师负责的一号嫌疑人，以及这位贺拉斯·季先生。最令人无语的是，这位贺拉斯·季在数量上遥遥领先，尤其是最后被发现的那个现场。

那是赫兰星北半球翡翠山谷西侧的一个老仓库，那个仓库被发现的时候，里面一共有二十三个笼子，关了二十三位老人。

从事务官亚当斯收集的资料和照片来看，笼子摆放得并不拥挤，甚至有些空旷。

一号嫌疑人在那里留下的痕迹近乎无，警方推断认为他做过谨慎清理。但贺拉斯·季不同，这位先生活像去旅游观光的，以走遍每一个角落为目标，足迹布满整个仓库。

这份现场足迹资料几经辗转，被一部分网站以花式震惊的语气呈现出来，成了贺拉斯·季引起大众反感的主要原因之一。

因为有人从那些足迹资料里复原了当时的场景。

贺拉斯·季——那组足迹的主人，他每一步都不紧不慢，悠闲自在。

那些足迹能体现出贺拉斯·季在现场时的心情，他应该是放松且颇有兴味的，没准还带着一点儿嘲弄，绕着走过一个又一个笼子，就像一头欣赏猎物的野兽。可笼子里关的并不是什么猎物，而是人。

衰老的，虚弱的，毫无反抗之力甚至变得疯疯癫癫的老人。

除此以外，也正如他所说，警方从一些笼子上提取到了他的指纹。很多人由此推断，他应该是双手抓着竖直的金属栏，贴近观察笼内的人。现场还找到了几根头发，以及极少的皮肤组织，由此检测出的基因跟贺拉斯·季相吻合。

警方猜测，也许有老人在被贺拉斯·季观察的过程中，疯劲上来突然焦躁，试图攻击或抓挠他。大部分没有成功，被他避开。但有一个成功了，而这一举动坏了贺拉斯·季的兴致，于是他离开仓库，足迹也戛然而止。

警方侦查到的证据资料，顾晏的事务官亚当斯能通过人脉获取一些，别人同样能。也许专业性不如他高，人脉没他广，资料少而零碎，但架不住他们有想象力。东拼西凑，连蒙带猜，能围绕贺拉斯·季讲出一千种恐怖故事。

当然，种种猜测有多少是接近真相，有多少是过度描摹，除了贺拉斯·季本人，没人知道。

偏偏这人不那么配合。

智能机跳出几条新闻，顾晏垂眸看了一眼，接着便陷入一阵沉默。

片刻后，他把屏幕翻转给贺拉斯·季看："五分钟前，这个案子的受害者中，有近二十人出现了突发性全身内脏衰竭的情况。"

贺拉斯·季的眉毛动了一下，表情有微妙的变化。

顾晏和燕绥之盯着他的眼睛，从那双棕色的眸子里，他们看不到内疚、懊恼之类的情绪，一丝一毫都没有。

他仅有的一丝变化，也只是出于意外。

顾晏略微皱了一下眉。

燕绥之却笑了一声，他朝后靠向椅背，笑意丝毫没传到眼睛里，他看着贺拉斯·季说："我觉得长久以来你可能误会了一件事。"

贺拉斯·季的目光从屏幕上的新闻移开："什么事？"

"你似乎认为自己跟我们是合作关系，所以演戏、扯皮、兜兜绕绕还有点儿拿乔，谈话中还时不时刺人两句。"

燕绥之轻笑了一声，眼神却平静而冷淡："我不知道你是想表现一下倔强还是别的什么，随意，但我不得不提醒一句，我们从来都不是什么可以谈判的合作关系。你作为一条上了砧板，随时可能吃枪子的鱼，没有任何可以扯皮拿乔的筹码。我不知道你哪来的自信和勇气，能抬着下巴跟我们玩猜谜。"

贺拉斯·季："……"

这位当事人的嘴角肌肉抽动了一下，似乎想发火但又无从发起。他发现，这位实习生每次开口，每个举动都能气到他。

不知道他们是不是天生犯冲。

贺拉斯·季似乎想把燕绥之口中的"倔强"表现到底，他憋了半天，反驳了一句："据我所知，我被牵扯的这个案子只是看上去唬人而已，根本判不到死刑，哪来吃枪子一说？"

燕绥之挑眉："你还知道这个？"

"我当然知道！"

不知道是燕绥之的语气自带嘲讽还是什么，贺拉斯·季看起来更气了，但整个房间就他一个人夯毛又显得他有神经病，于是只能憋着。

但他确实没说错。

虽然"摇头翁"一案影响很大，关注度极高，但一来没有人死去，二来嫌疑人不止一个，很难确定他们谁的恶性更大，谁应该负更多的责任，同时也不能排除会不会还有更复杂的情况。

这种容易出现误判的案子，一般不会对谁宣判死刑。

因为一旦判死刑了，日后再发现弄错了，就难以挽救。

"你说的没错，这个案子原本确实判不到死刑。"

燕绥之说着，握住顾晏的小手指给贺拉斯·季了一眼尾戒智能机："但再往后发展就说不准了。刚才的新闻你也看见了，我建议你这几天在病房诚心祈祷一下，祝那些老人早日康复。他们之中但凡有一位没挺过脏器衰竭以及一系列并发问题，遗憾离世，这个案子的最高判决就能从有期变成死刑。"

燕绥之顿了一下，又不紧不慢地说："从你之前的反应来看，你很怕死。也许别的事情你都可以从容应对，但你非常怕死。"

贺拉斯·季的脸色黑了下来。

"所以我说你是砧板上待宰的鱼有错吗？"燕绥之礼貌地问。

贺拉斯·季的脸都气红了，他眯眼盯了燕绥之好一会儿，转而看向顾晏："实习生这么跟当事人说话，顾律师作为老师没什么要说的？"

顾晏看了一眼燕绥之，说："确实有几句。"

贺拉斯·季的面色缓和了几分。

顾晏平静地说："我作为辩护律师，有责任为我的当事人分析一下形势。现在警方控制的是你，时刻提防被下毒的是你，即将坐上被告席供人审判的依然是你，是你在请求我们的帮助，这就是目前的形势。我替我的实习生总结了一下，不知道够不够清楚。"

贺拉斯·季心想：去你的师徒！风格都是一脉相承的！

"我认为立场已经表达得够清楚了，现在劳烦你回忆一下'摇头翁'案发生的那些时间里，你都在干什么，出于什么目的去遍每一个现场，又是出于什么原因行李中会有那些毒剂存在。"顾晏终于调出了一张空白电子页，冲当事人抬了抬下巴。

法旺区，上午十点。

两艘在轨道中堵了数天的飞梭机终于向德卡马的纽瑟港发出信号，将在一个小时后接驳靠港。

前一艘飞梭机的故障已经全部修复，起火的客舱已经恢复原样。大型维修舰给飞梭机补足了动力，断开了接驳口。维修舰驶离这片星域时，两艘飞梭机上的通信信号不再受影响，恢复了满格。

一时间，客舱里此起彼伏响起的都是智能机的消息提示音。

燕绥之的房东默文·白摘下眼罩，把位置调回座椅模式，打开沉寂数天的智能机看了一眼。堵了几天的信息蜂拥而至，振得他手都麻了。

他一目十行地扫过所有消息，简单回复了几个。他打算跟燕绥之打声招呼，说自己靠岸了，随时可以见面。然而手指滑了几下屏幕，就被一封来源不明的邮件吸引了注意力。

默文·白愣了一下，好奇点开邮件，接着就变了脸色。

也许是他的表情变化太明显，隔壁座位的人瞄了他好几次，忍不住问道："嘿，你还好吗？怎么脸色这么差？"

默文·白过了一会儿才回过神来，摸了摸脸颊，干笑一声："是吗？"

"你看到什么了？"那朋友晃了晃自己的智能机，"几天没信号，我刚知道我被解雇了，你呢？总不至于比我更糟吧？"

默文·白喝了半杯水，道："还行，就是我收到了一封委婉的威胁信，警告我闭紧嘴巴，不然要给我举办葬礼。"

隔壁朋友："……"

"不会吧？"隔壁座位的朋友被吓到了，"你……你在开玩笑？是在开玩笑吧？"

正常人下意识的反应都是如此，只会觉得默文·白一定是开玩笑，谁好好的会突然收到死亡威胁呢？

默文·白慢慢喝完一整杯水，又重新接了一些，才笑了一下说："唉，年轻人怎么这么好骗？这种话你都信？"

"哦哦哦——"那人拍了拍胸口，又没好气道："我就说嘛，怎么可能！但是你刚才的脸色真的不太好看，我就以为……你真没事？"

这位好心的朋友还有点儿不放心，犹犹豫豫又问了一句："你真碰到什么麻烦还是别憋着，可以挑方便的聊聊。咱们这么巧坐一排，也算难兄难弟了，被你刚才这么一吓，我突然觉得被解雇也不是什么大事了，管他的。"

"谢谢。"默文·白说，"确实是玩笑，我只是收到了一些旧照而已。"

他说着，把屏幕翻转了一下，在那位朋友面前晃了晃。

屏幕上确实显示着一些照片。

默文·白没有往下滑动手指，所以只能看清最上面的一张。

照片上看似格外热闹，三只微胖的小狗崽睁着湿漉漉的眼睛，头拱头地挤在一块儿。干净柔软的窝边是一扇落地窗，一只长毛猫窝在那里晒太阳。

"这是什么？"那位朋友问，"你养的宠物吗？"

默文·白收回屏幕，低头看了一会儿，点头说："嗯，现在没了。"

"啊……"那人一脸抱歉，一副想安慰又不知从何安慰的模样，只好拍了拍默文·白的肩膀，"是生病走的还是？"

这人说话有些直来直去，却并不招人讨厌。

默文·白："没有，不是生病。我养了好些年，它被我送人了。"

那人松了一口气，又好奇地问："它看着挺可爱的，为什么送人？"

默文·白沉默了一会儿，简略解释："因为一些工作上的事，我儿……"

他说着卡了一下壳，又继续道："我儿子当时还因为这事绝了两天食。"

"你还有儿子啊？"那人下意识问了一句。

默文·白："是啊，不过现在也没了。"

那人觉得自己今天问的话有毒。

"哦，你别多想。"默文·白补充了一句，"他只是长大了不回家而已。"

那人依然不知道怎么安慰他，只能又拍了拍他的肩膀："孩子大了嘛，有自己的想法了。我家那小鬼才十三岁，就已经指东往西，天天拧着劲了。"

默文·白哼笑了一声。

这么闲聊几句，那人已然忘了"威胁邮件"之类的事，也忘了默文·白不好看的脸色，只记得自己碰到了一个挺聊得来的乘客。

没多久，飞梭机在德卡马的港口接驳停靠，在太空堵了多天的乘客纷纷拥出闸口。

默文·白没有跟着人流去行车中心，而是在港口一家咖啡厅里坐下。他找了一个靠窗的角落，在有些晃眼的阳光下，重新打开那封邮件。

在那张猫狗的照片下，其实还有一些照片，里面有着各种各样的动物，跟宠物猫狗不同的是——它们都养在特制的实验室里。

在二十多年前，默文·白还没辞去工作时，他每天都会在这些特制的实验室间往来多次。在药物研究方面，养一些实验用的生物很正常，他们早就见惯了。但有那么几年，他所在的医院研究中心突然变得很"焦躁"，研究进度疯了似的往前赶，原本不紧不慢的过程被强行拉快，以至于从一条线变成了多线并行，就像有人拿着鞭子在整个研究团队的"屁股"后面抽。

从那时起，默文·白就越来越困惑，有时他甚至弄不明白整个团队究竟在研究什么。因为不同的线上研究员只能接触其中一部分，看不到整体。又因为多线并行，实验室的忙碌程度陡然翻了好几倍。

以往只有在实验的关键阶段，他们才会挑一些专门饲养的实验动物来检测成果。可那两年不一样，特制实验室里所有生物都处于"非正常状态"。

于是那段时间，他几乎每天都在满是"疯子"的实验室中来回穿梭。

有时候上一秒还趴着的动物会突然扑向玻璃罩，用头或者身体狠狠撞击玻璃。撞重了口鼻中会突然溅出血，糊了一大片，然后停止呼吸，慢慢变得冰冷僵硬。

一天两天，一次两次还好，如果每天每时每刻都在发生，没有喘息的余地，这就会变成一种长久而深重的精神折磨。

默文·白觉得自己都开始不正常了，脾气变差，抑郁焦躁，这跟他的本性几乎截然相反。后来，哪怕他回到家里，他都会时不时出现幻听，好像那些尖叫和狂吠还萦绕在他耳边，挥之不去。

时间长了，他便开始排斥所有动物，对家里的宠物也避之如蛇蝎。

不是因为他讨厌，而是担心自己哪天会误伤它们。

二十多年过去，曾经的专业内容他都快忘干净了，但再看见这些照片时，他却好像又闻到了那个实验室特有的味道。

他有一颗万事不在意的大心脏，能触动他的事情不多。

发邮件的人还真会抓人软肋。

对方先把他拉回到二十年前，再乘虚而入。在这些照片之后，是一些文件截图，截图的重点在签名页，页面上的笔迹默文·白再熟悉不过，因为那都是他的签名。

这些文件内容没有一并截出来，默文·白先生一时间也回忆不出自己签过哪些文件。但邮件正文"委婉"地表示：自己把自己陷进监狱，再可笑不过了，不是吗？相信默文·白先生足够聪明，不会做出如此愚蠢的选择。

如果默文·白坚持要将一些不必要的事情透露出去，他只会得到两种结果：一个并不体面的葬礼，或者一并站上被告席。

第六章 柯谨的病因

春藤医院，林原研究室的高端分析仪静静工作了一整夜。

林原并没有听燕绥之和顾晏的话回去休息，而是在研究室的椅子上凑合着，断断续续睡了一夜。

凌晨四点，分析仪突然"嘀嘀"响了两声。这声音并不大，但对常年睡不好觉的医生来说很有存在感。椅子上的人瘫了几秒，而后诈尸一般坐起。

林原随手抓了抓鸡窝般的头发，眯着眼，凑近分析仪屏幕。

从燕绥之的基因中截取的片段在分析仪里发展出了一条线，这是一个模拟预测的结果，测的是这个基因片段一直研究发展下去会变成什么样。

这当中的某一条，可能就是曼森兄弟所做研究的发展路线。

林原一一看完每个阶段的具体数据，又让分析仪根据数据建了基因片段模型，然后顺手在整个春藤医院的患者基因库里做了匹配。

五分钟后，匹配界面蹦出了一条信息。

当林原看到那条信息的时候，惯来斯斯文文的他差点儿爆粗口。

他二话不说，在智能机里翻到燕绥之的通信号。

通信都拨出去了，他才猛地反应过来现在是凌晨四点。他听说那两位律师见了当事人后又跑了一趟警署，还去了德卡马的一个现场，这会儿也许刚休息没多久。

刚睡就被弄醒，绝对不是什么好体验。

林原按捺住心情，正打算收回通信请求，忍到白天再找人，没想到响了两声的通信被人接通了。

顾晏的声音从里面传来，透着睡意未消的微哑："喂，林医生？"

林原："……"

他重新调出屏幕看了眼，通信备注上是燕绥之没错。

林原："？"

燕绥之眯着眼睛醒来，下意识伸手探了两下智能机的耳扣，发现空空如也。

低血糖令他反应有些慢，他茫然两秒，撑坐起来，捏着鼻梁，道："顾晏？"

外面很安静，没有人回应。

燕绥之愣了一下，瞬间清醒。

墙上的时钟显示法旺区时间是凌晨四点三十二分，落地窗外一片黑暗，夜色未消。

燕绥之皱眉，起身拉开房门。

不那么熟悉的走廊冷光灯照进眼里，受低血糖的拖累，他眯眼抬手挡了一下光源。

有那么一瞬间，他不知道自己身在哪里，直到看见顾晏站在楼梯栏杆边，手指按着耳扣在低声说话，才想起这不是顾晏的别墅楼，而是南十字的办公室二楼。

昨晚他们看案件资料看得太晚，在办公室凑合了一晚。

顾晏耳扣侧面的标志十分眼熟，燕绥之抬起手腕，指环智能机受到感应亮出屏幕，上面显示"他"跟林原医生的通信正在进行中。

他哑然失笑。

办公室的地毯消掉了脚步声，他没有立刻出声，而是抱着胳膊倚在门边。

"嗯，在办公室。"顾晏说，"他这两天睡眠不是很好，刚睡不到一个小时。"

通信那边林原可能说了一句什么。

顾晏又道："好，辛苦了。"说完，智能机屏幕上显示林原切断了通信。

燕绥之收了屏幕，才过去搭着顾晏的肩："你偷我耳扣，接我通信？"

顾晏一愣，转头看他："怎么醒了，吵到你了？"

托林原的福，基因修正冲突导致的疼痛反应已经消除，弱到可以忽略，不至于影响燕绥之正常的思考和生活，但还有一些残留影响——他睡眠状态很差。

燕绥之凌晨三点多才好不容易睡着，顾晏不希望有任何声音惊醒他。

"没有。"燕绥之摇了摇头，"隔音效果好得出奇，我刚才喊你，你没回音，我差点儿以为曼森兄弟按捺不住来挖我墙脚了。"

顾晏扶着栏杆，随意冲墙外某个方向抬了抬下巴："最近总有记者守夜，曼森兄弟还不至于这么鲁莽。"

"是不至于。"燕绥之道，"我刚起床反应不过来而已，关心则乱。林原来通信说什么？"

"他用分析仪预测了基因片段的发展走向，发现了一些东西，希望我们过去看一眼。"

"什么东西？"燕绥之问，"他还卖起了关子？"

"不是卖关子。仪器还在比对和核实，他先来求证一些细节。"顾晏看了眼时间："你再睡一会儿？"

燕绥之摇头："我不睡了，你的冰箱……算了，太凉。我去楼下茶点室翻点儿吃的垫一下肚子。"这话刚说完，他就发现顾晏挑了一下眉。

"怎么了？"燕绥之问。

顾晏道："没什么，只是某人总算知道主动避开凉的，给胃一条活路，我很欣慰。"

"是，我快让你管成老年人了。"燕绥之没好气地冲他一摊手，"你把耳扣还我。"

两人一前一后下了楼。

燕绥之打开茶点室的保温箱找甜点，顾晏靠在吧台边给自己倒了一杯咖啡。

茶点室的门敞着，外面忽地传来窸窸窣窣的脚步声。

两人一愣，皱眉看去，就见一个披头散发的"女鬼"……女士，一步三摇晃地摸进来了。

"菲兹？"眼看"女鬼"要撞上公共冰箱了，顾晏伸手拦了一下，"你怎么在这里？"

菲兹小姐在原地反应了三秒，总算赶跑了一半瞌睡，抓了抓头发，要死不活地哼哼道："加班……"

"昨天你不是已经开车回去了吗？"见她在冰箱里一阵摸索，燕绥之顺手往她手里塞了一杯刚倒的温牛奶。

"别提了。"菲兹咕咚咕咚喝下半杯，冲燕绥之比了个谢谢的手势。

"昨天不是输液耽误了时间吗？事情没忙完。"她打着大大的哈欠，抱着牛奶杯说，"本来想带回去再继续做的，结果发现忘记把资料传上智能机了，就又回来了。"

她懊恼又丧气地"啊"了一声："发烧就是容易坏脑子。"

这位女士披头散发地喝完一杯牛奶，这才反应过来，问："你俩怎么也没走？又是案子闹的？"

燕绥之道："是啊，反正办公室有吃有喝，待一晚不亏。"

"有道理。"菲兹揉了揉肩膀，"就是沙发床睡着不舒服。找机会我要跟事务官们撒泼，争取在律所里再开辟一间休息室。一些中小律所都有，我们居然没有，太小气了。"

顾晏："我没记错的话，你跟亚当斯提过吧？"

"啊，对。"菲兹哼了一声，"你猜他怎么回？"

"嗯？"

"他说，配不配备休息室，取决于律所内万年光棍有多少，你看南卢光棍大律师最多，所以人家休息室配得最积极。"

曾经在南卢律所的光棍大律师燕绥之："……"

菲兹压低声音，抬了一下下巴，模仿亚当斯当初的口吻："有家室的大律师一般都不在办公室加班。你数数，楼上大律师有几个单身？"她伸出一根手指，在顾晏面前晃了晃，"一个，有且仅有顾大律师一个。"

顾晏："……"

这位戏精小姐模仿完，又哭丧着脸"嗷"了一声："我跟他说，别忘了楼下还有一个我，况且亚当斯自己不也是光棍一根吗？有脸嘲笑别人？"

顾晏原本想说，有家室的大律师偶尔也会带着家室一块儿在办公室加班，但看这位小姐哭丧一样悲切的真情实感，出于体谅朋友的心理，顾律师暂且留了她一条单身狗命。

燕绥之简单填了点儿肚子，低血糖缓和过来了，他和顾晏快速收拾了光脑，便准备去医院。

菲兹抱着一杯新泡的咖啡，问他们："你要回去了？"

"我去一趟医院。"燕绥之说。

"你们不睡觉，专家也不睡的啊？"菲兹误认为他们要找专家查当事人的生理状况。

燕绥之也没多解释，只晃了晃智能机，说："就是专家来通信叫醒我们的。"

"我的天，都是铁人。那你们注意点儿，我来的时候看到律所外面还有狗仔队蹲着。"菲兹冲他们挥了挥手，兀自打着长长的哈欠，眼泪汪汪地往自己办公室走，"我是懒得动了，我再睡个囫囵觉等明天打卡了。"

凌晨五点，顾晏和燕绥之几乎掐着点进了林原的实验室。

林医生正借着实验室的水池简单梳洗，一见他们，顶着一脸水珠，啪啪敲了一串虚拟键盘，接着把分析仪的显示屏往他们面前一转："你们看！"

两位大律师看到了满屏天书："……"

"术业有专攻。"燕绥之没好气地说，"劳驾用人话翻译一下。"

林原反应过来，"哦哦"两声，先给他们看了一张图："中间这个点，代表从你体内截取的那个基因片段。你看从这个点发散出去好几条线，这就是不同研究条件下，这个基因片段要发展成……曼森他们想搞的那个该怎么形容，姑且叫'基因毒品'吧。要发展成基因毒品，仅有这么几条路线。"

他又指着每条线上的几个点，解释说："这些点代表研究过程中会出现一些相对比较稳定的成果，通俗点儿说就是阶段性成果，毕竟不可能一蹴而就嘛。"

两人点点头。

"你的意思是，曼森兄弟这些年做的研究，包括不同时期、不同成熟度的成果，都在这张图里了？"燕绥之问。

林原点点头："对。当然，他走的是其中一条线，可能中间有波折，会歪到另一条线上去，但可能性都在这儿了。"

"这仪器真厉害，要是三十年前能造出来，估计曼森愿意花天价供着。"

林原活像对闺女、儿子一样，摸了摸分析仪的边角："这宝贝疙瘩也是春藤花了近三十年悄悄造出来的。"

他感慨完，又正色道："得到这些预测路线后，我又用这些点上的数据建了基因片段模型。"

燕绥之说："相当于把每个阶段性成果可能呈现的样子模拟出来了？"

"没错！"林原说着，又点开一页图，"然后我用那些片段模型顺手做了一个对比。以免打草惊蛇，我用的是春藤医院内部的数据库，包含星际所有在春藤医院做过基因检测的人。"

基因检测并不是常规检查，但棘手麻烦的大病就会涉及这一项，需要病人或者监护家属同意。

就好比这次暴发的基因感染，也是在病人知道的前提下做的检测。

当然，也有情况特殊自己主动申请检测的，比如燕绥之。

"这是初期对比结果。"林原调出结果页面，"数据库太大，对比还在继续。这个是按照倒叙时间对比的，所以最先蹦出来的是最近做过检测的。你们觉不觉得信息很眼熟？"

燕绥之和顾晏看着那一条条蹦出来的身份信息。

"何止是眼熟，几个小时前我们还在资料里看到过。"

他们全部是"摇头翁"案的受害者。

根据警方现有的证据以及一号嫌疑人某一次的供述显示，"摇头翁"的受害者是半随机的，几乎是孤寡老人，属于失踪了也不会立刻被察觉的一类人。

而嫌疑人把老人们拘禁在一起，是为了方便给嫌疑人的违规研究所试药，这也是大众一直以来的认知。

但林原这张对比结果却说明，这些受害老人们的体内都有非正常的基因片段，跟曼森某一阶段的研究成果吻合。而结果显示，这些片段残留时间长达十多年，最近几个月才有活跃的迹象。

"所以，'摇头翁'案根本不是什么违规小所随机找人试药，而是曼森家时隔十多年后发现有证据残留，想借着这个案子销毁证据？"林原一脸惊骇地猜测。

"不止。"顾晏说,"现在还不能盖棺定论。"

如果这事就此结案,嫌疑人定罪,锒铛入狱,从此以后再提起这些受害人,哪怕在他们身上再查到什么痕迹,也只会被认定为"当初那个违规研究所试药的结果",不会再涉及曼森。

十分钟后,受害者的信息占据了一整屏,迟迟没有新名字加入。就在他们打算收回目光,先讨论"摇头翁"案时,屏幕底下忽地又添了一条信息。

三人的目光全部投向了那条信息的开端——

匹配结果 303

姓名:柯谨

凌晨五点二十分,法旺区,德沃·埃韦思下榻的别墅酒店安保森严。

此时正是日夜的交接点,月光还没完全隐去,空旷的马场另一边已经透出了鱼肚白。

别墅楼后,一辆颜色独一无二的星空蓝飞梭车停驻在林道上,乔少爷正扶着车门,一只手按着耳扣接听通信。

他这两天有点儿失眠,整夜辗转睡不熟。他的精神一直处于一种奇异的亢奋中,说不清是因为什么。

也许是兜兜转转二十多年,他终于跟父亲站在了一条战线;也许是因为柯谨状态时好时坏,他很焦灼;也许是因为他们一步一步攥紧了曼森兄弟露出的尾巴,又或许三者都有。

他断断续续睡到了凌晨三点,又在邻近柯谨卧室的阳台上独自坐了两个多小时,最终悄无声息地调来自己的飞梭车,打算兜两圈宣泄一下。

结果车门刚开,就接到了这通通信。

拨号码过来的是顾晏,但他只说了一句"我们发现了一些东西,跟柯谨有关",便把通话交给了林原医生。

"柯律师的病因找到了。"林原医生简简单单一句话,乔却瞬间停住了所有动作。

"你说什么?"他呆愣了好半天,有些恍然地问。

"我说——"通信那头的林原耐心又郑重地重复了一遍,"就在刚刚,不到一分钟前,我们找到了柯谨律师的病因。"

乔又是一阵茫然。

很久之后,他又问:"你确定?"

"确定。"

"不是那种……"乔扶着车门的手指捏紧了一些,"可能性不足百分之五十,转头就会被推翻的猜测?老实说,这种猜测我听过不下一百次,但是每一次……"

他看向柯谨空寂无人的阳台,沉默两秒,低声道:"每一次都毫无结果。"

"不是猜测。"林原的声音有着医生专有的特质,温和但沉稳,带着一种令人信服的笃定,"非常明确的病因。"

乔忽地没了声音。

这是明确的,不会再有差错的病因。

为了这么一句话,他毫无头绪、兜兜转转好几年,数不清失望过多少回,追到近乎筋疲力尽,却没想到会在这么一个并不特别的清晨,突然得到答案。

"乔?"林原医生不太确定地喊了一声。

乔捏着鼻梁,快速地眨了几下眼睛,轻轻呼出一口气:"什么病因?你说。"

林原:"我们刚刚在柯谨律师的基因里找到一个片段,跟 L3 型基因片段一致。"

"L3 型基因片段是什么意思?"

"哦,是这样。"林原简单解释了一番他是怎么把燕绥之体内的基因片段截取出来,用分析仪做了轨迹预测,来推算曼森兄弟这些年的研究成果。

"为了方便指代,我把燕院长体内的片段源定为初始成果 L1 型。按照预测轨迹,柯谨律师体内的基因片段应该属于第三阶段的成果,所以叫 L3 型。'摇头翁'案受害者的体内也存有 L3 型片段。"

"'摇头翁'案受害者?你是说全身脏器衰竭,接连收到病危通知单的那些老人们?"乔的脸色难看到了极点。

林原叹了一口气,迟疑两秒应道:"对,他们的病历表现其实很相像。我初步推断,这种基因片段能让人对某些普通药物成分产生过度反应。这就好比一种特殊的过敏原,一般人吃了没问题的东西,对他们而言却是有毒的。这就会引发一系列的问题,比如……"

林原没有说下去,但乔都明白。

比如像柯谨或者"摇头翁"案的老人们一样,精神会突然崩溃、失常,甚至再严重一些,生死难说。

一个原本意气风发的年轻律师,站在法庭上做辩护时眼睛里会有温润光亮的人,仅仅因为这种东西,这种阴险下作的东西,在短短几天之内变成了那副模样。

他睡觉永远蜷曲着抵在墙角,一点儿微小的变化就会引发不安和焦躁,无法集中注意力,听不懂旁人的话,也一言不发。

就像有一双无形的手,强行把他联系外界的那扇门关闭了,让他不得不孤独无援地站在一个逼仄无声的世界里。

也许他每一次焦躁失控,都是试图撞开那扇门呢?

乔只要想到这一点,就难受得发疯。

因为他作为站在门外的人,努力了很久也没能找到钥匙。

乔攥着冷冰冰的车门,手抬起又放下。他抓着头发,原地漫无目的地转了两圈,然后一拳砸在车门上。

坚硬得足以防弹的金属撞击在他的骨头上,钻心剜骨般的痛顺着神经一直传到心脏深处,但好像只有这样,那股无处宣泄的愤怒和难过才能缓和一点儿。

"你……喂?乔,你还好吗?你在干什么?"林原被这样的动静吓了一跳,"你先冷静点!喂?"

他在那边担心了半天,又冲旁边人叨叨:"开始咣咣咣地砸东西了怎么办?我隔着耳扣都能听见骨头响。我就说缓一缓再告诉他吧!"

乔的手指关节处破了一块皮,血很快渗了出来。

他又抬起手,还没落下,一个声音从头顶某个阳台传来:"你砸,再砸一下柯谨说不定能醒,用点儿力。"

乔的手倏然收了劲,却跟着惯性无声地抵在车门上。伤口被冷冰冰的金属一刺，痛得格外尖锐。

他抬头看向声音来处，就见姐姐尤妮斯裹着睡袍，一边转头跟谁说着什么，一边冲他丢了一句："等着别动！"

很快，尤妮斯趿拉着拖鞋跑了出来，接着助理也抱着医药箱追了过来。

"我说拿瓶喷剂，拿两张创可贴，你怎么搞得这么隆重？"尤妮斯埋头在医药箱里挑挑拣拣，抓过乔的手，拿着愈合喷剂摇了摇，"忍着。"说完一顿喷。

药剂效果很好，这样的伤口半天就能只剩瘢痕，唯一缺点就是辣。

要是以往，乔少爷为了博取柯谨的注意力，会夸张地嗷嗷叫。但这会儿，他却一声不吭，看着那些喷雾药剂落在伤口上，连眼睛都没眨一下。

"你被我吵醒的？"乔的声音有点儿哑。

很奇怪，他明明一声没吭，甚至没有因为难受吼出来，嗓子却很低哑。

尤妮斯难得温柔一回，把带有镇痛和愈合作用的创可贴，仔细覆在他关节处的伤口上："没有，你砸车之前我就醒了。顾给我发了一条信息。"

乔："说什么？"

"他说，柯谨的事情你一定希望自己是最快、最早知道的，所以才想第一时间告诉你。但料想你的情绪不会很好，所以让我帮忙看着点儿。"

乔点了点头。

"傻人有傻福，交朋友的眼光是真的好。"尤妮斯说。

乔又点了点头。

他沉默了一会儿，突然出声道："姐。"

"嗯？"尤妮斯应道。

"我没事，你上去睡吧。"乔为了配合她，一直低着头。直到处理好伤口，他才直起身，把外套裹在尤妮斯身上，"我去趟春藤医院。"

尤妮斯："都喊姐了，还没事？"

乔："挺奇怪的，我以为听到这种事，我会不管不顾地开着飞梭机直奔曼森庄园，搞上一点儿禁用药，比如注射型毒剂或是什么，把米罗·曼森或者布鲁尔·曼森按在地上，掐着他们的脖子，一点一点地把那些药推进他们的血管，看着他们痉挛、挣扎、发疯、不成人形。我以为我会这样，但是很奇怪，我现在居然会否定自己的这些想法，然后说服自己，要用法条和证据，一条一条，名正言顺地把他们钉死在刑场上。"

尤妮斯看着他，轻笑了一下，冲某个空空如也的阳台抬了抬下巴："这说明，我的傻瓜弟弟深受某些律师影响，总算学了点儿好的。"

"嗯。"

"你这傻了三十多年都有救，人家聪明了将近三十年的律师怎么会好不了呢，是吧？"尤妮斯顿了顿，目光瞥向另一处，"你看，连精明睿智的埃韦思先生都一脸赞同，你还担心什么？"

乔顺着她的目光转头一看。

父亲德沃·埃韦思不知什么时候靠在了阳台上，他握着咖啡杯，灰蓝色的双眸浅而亮。

乔忽然来了精神，恢复成平日那个总是精力充沛的乔少爷。他把尤妮斯送回楼上，然后大步流星地来到了柯谨的卧室，把受伤的手背在身后，轻轻打开房门。

柯谨依然蜷在被子里，贴在靠墙的那一边，安静地睡着，对一切一无所知。

乔眨了眨眼睛，把原本泛红的热意压下去，弯起明蓝色的双眼，一如这么多年来数千个早晨一样，对着卧室里的人说："早安。"

一如过去数千个早晨一样，没有得到任何回应。

乔说："我得去一趟医院，这次没准儿真有结果，高兴吗？"他顿了顿，又道："不管怎么样，你一定会好起来的。一定会有那么一天，我保证。"

乔把飞梭车开成了飞梭机，借着私用白金道的便利，把自己发射到了春藤医院。

"现在结果怎么样？"他囫囵套上实验服，一边戴面罩，一边进门。

林原医生面露无奈，想说什么又没好意思张口。

还是燕绥之转头看了眼墙上的时钟，冲乔说："从挂断通信到现在不到三十分钟，哪怕啃个苹果都还没消化呢。"

林原跟着点点头，冲乔解释说："我们确定了根本病因，再找解决路径就容易很多，但实际耗费的时间不好说。长的话，一年半载也有可能，还是先有个心理准备吧。"

"短的话呢？"乔问。

"小半个月吧。"林原说。

"这么久？"乔问。

他的手指还在跟面罩做斗争，也许是因为注意力都放在仪器和对话上，他那面罩怎么戴都别扭得很，有几个卡槽死活卡不到位置。

"依照以往经验来说，差不多是这样。"林原知道他心里焦虑，又多解释了几句试验流程和复杂程度。

乔越听越头疼，但没表现出丝毫不耐烦。

他努力消化着那些专业名词，脸很绿，表情却万分认真。

林原本来也没睡好，他从仪器屏幕上收回目光，摘下观测镜，揉按着眼皮，说："这是不可避免的过程。我已经把院里可信的研究员都招回来值班了，得做攻坚战的准备。"

其实一年半载也好，十天半个月也好，对乔而言都不算漫长。

他看着林原硕大的黑眼圈和几乎静止不动的分析仪，说："如果你所说的攻坚战是指不眠不休的话，那就不用了。我等得起，比这更长的时间我都等过来了。如果柯谨能好好说话，他也一定这么想。比起这个，我更怕你们这群医生过劳死。"

林原哭笑不得："也不至于不眠不休，我是来当医生救人的，不是陪葬的。况且，你们哪个睡得比我多了？你那俩黑眼圈能挂到肩胛骨，不也冲过来了吗？还有你们……"

眼看战火要烧过来了，顾晏张嘴打断道："不才，没你们明显。"

他呛完一句，又对乔解释说："你来之前我们正在说这件事，林医生赶时间也不仅仅是因为柯谨。"

乔一愣，过少的睡眠让他有点儿反应不过来。

林原点头道："对，其实不仅仅是因为柯律师。"

他指了指顾晏："'摇头翁'案的受害者，那些老人们也跟柯律师有一样的问题。他们其中一部分人现在状况很糟糕，不知道你看到新的报道没有？"

乔："啊，对。你之前在通信里提过，有一些老人们情况很严重？"

林原点了点头："嗯，他们全身脏器衰竭。"

说到这里,他不知为什么轻顿了一下,像是回想起了什么事,过了片刻才说:"这种滋味正常人很难想象,非常痛苦。"

当初,他的弟弟,真正的阮野,就是在这种衰竭中死去的。当年很大一部分基因手术的失败病患,都是这样死去的。

他们往往能熬上几天,在痛苦中艰难地等着,仿佛还能再等到几分康复的希望。但希望又总会一点一点熄灭,他们能清晰地感受到生命在流逝,清晰地知晓自己即将离开这个世界,离开那些舍不得的人。

有的人挣扎,有的人号哭。

他那年纪不大的傻弟弟却冲他笑着说:"哥,等我好了,给你补一个生日礼物。"

然而他再没有好,生日礼物也再没有来。

林原的手指在仪器上抹了两下:"以前,对于这种突如其来的全身衰竭,我能力有限,有心无力。"

他垂着的眼睛轻眨两下,静了片刻又道:"现在该有的条件都有,没有理由不拼一下。如果能够早一天,早一个小时,甚至早一分钟找到解决方案,那些人活下来的概率就会大一些。我不想让他们忍着痛苦白等一场。"

乔看了他一会儿,当即给尤妮斯拨了个通信。

几秒钟之后,一份文件传了过来。

"我知道,这种级别的研究仪器会对单个研究员或团队有权限限制。"乔说。

这是为了保障不同研究项目的机密性——

研究员只在自己的项目范围内对仪器有使用权,但查阅不了仪器上其他项目的进展和数据试验资料。

林原愣了一下:"对,四个主任研究员各占一部分。我、卷毛……哦,雅克·白,徐老教授,还有斯蒂芬教授,各百分之二十五吧,根据项目不同略有出入。"

乔把文件拍在他手上:"本来要明天才能给你,毕竟春藤这么大的医疗系统,文件都有流程。但是你刚才的话,让我觉得多耽误一秒都是罪过。"

林原定睛一看,是一份授权函,确认对他以及他的团队开放仪器百分之百的使用权限。

这本不是一件简单的事情，需要他有充分的理由提出申请，再由春藤医院的院长联合会决定批不批。

但现在，这些程序性的东西统统不需要了。因为文件的背后有两个龙飞凤舞的签名：

尤妮斯·埃韦思。

德沃·埃韦思。

乔调出虚拟电子笔，就着林原的手，把文件转向自己，然后在那两个名字下面，签上了第三个——乔·埃韦思。

林原愣了一下，把虚拟文件页面投进仪器权限扫描口。

静止许久的屏幕接连滚出三行字——

签名1：认证通过。

签名2：认证通过。

签名3：认证通过。

权限更改为百分之百。

乔收起虚拟笔，对林原说："喏——随意使用，百无禁忌。不过授权书不要让其他人看见。毕竟对外而言，我跟老狐——我父亲还是水火不容的状态，至少得保证曼森兄弟知道的还是这样。"

"埃韦思先生有什么打算了？"燕绥之问。

乔抓着支棱的金发："院长你怎么知道我爸有打算了？"

燕绥之笑笑："保持水火不容的状态，你们一家能分成两条线。尤妮斯女士和埃韦思先生一条，代表春藤。你是独立的另一条线。如果和好了，你们不论谁出面，代表的都是春藤这一根绳。一根绳叫作维稳，两条线方便办事。"

乔少爷心说，你怎么比我还像老狐狸亲生的？

但这话他也就敢在心里说，敢吐槽给院长听吗？显然不敢。

"我爸是想办一点儿事。"乔说，"上次他不是把这些年查到的东西都给你们看了吗，让你们从律师的角度梳理过。你们当时说还缺了一些证据。"

顾晏："嗯，问题基因跟曼森兄弟之间的联系，缺少直接证明。另外那些家族跟曼森兄弟之间，姑且称为合作——"

"合作个屁。"乔说,"勾结差不多。"

"缺少重量级的人证物证。"顾晏继续说完后半句。

"只少这两样?"林原诧异道。

"只?"乔直摇头,"听起来好像只有两样,其实不止。比如问题基因跟曼森兄弟的联系,零散的信息很多,用脚趾头猜猜都知道谁干的。有用吗?没有。法庭上可不让猜人有罪,人家都是疑罪从无。"

燕绥之抱着胳膊倚坐在空的试验台边,听他讲。

乔差点儿以为自己又回到了选修课上,下意识拱了顾晏手肘:"没说错吧?"

顾晏:"……"

"至于其他家族跟曼森兄弟的勾当,"乔又对林原继续简单解释道,"有哪些家族、哪些人参与了那些龌龊事,自愿合作还是被逼无奈,参与有多深,了解有多少,这些都很重要。斩草要除根,拔萝卜要带泥,免得日后又闹出新花样。但这些哪能简简单单问出来?况且真上了法庭,什么物证、书证、间接证据、直接证据……证明力度不同,挺讲究的,对吧?"

他说着说着,又要去拱顾晏确认一下,却一肘子捅了个空。

原本在他旁边的顾大律师,已经一声不吭、一脸麻木地转移到了某院长身边,同样靠着桌沿、抱着胳膊看他。

乔想指控他"不讲义气",但话到口边,又咕咚一下咽了回去。

"所以埃韦思先生想怎么做?"

"我爸打算在中间挑拨一下,让曼森兄弟跟合作方起嫌隙,最容易挑的就是克里夫。他对这种大家族不爽很久了,面上笑嘻嘻,心里不定在琢磨什么呢!"乔说着,不知想到了什么,面露迟疑。

燕绥之上上下下打量了一番他的表情,笑了一下说道:"你好像有些别的主意?"

"你又知道啦?"乔愣住。

"我刚好不瞎。"

乔讪讪道:"其实也不是有别的主意,我只是觉得这种方法有点儿慢,老狐狸耐心很足,布置陷阱能布置很多年,但是我没有。我一直在想有没有更直接的方式。"

他刚说完，就见燕绥之偏头在顾晏耳边低声问了一句什么。

顾晏侧倾几分，垂着眼睛听他问完，点了下头，又在燕绥之耳边低声答了一句。

乔："院长，你们这是在商量给我打个分还是怎么？"

燕绥之直起身体："那倒不至于，我只是怕记错一些事，问问清楚再开口。关于更直接的方式，我倒是有个建议。"

"什么建议？"

"我建议你去一趟天琴星的看守所。"燕绥之说。

乔一脸问号："我做错了什么？"

他反应了一下，猛地想起天琴星的看守所里有谁。

乔："院长，你是说赵择木？"

燕绥之点头。

乔："可是……"

"如果我没记错之前的一些细节，并且……"燕绥之朝顾晏抬了抬下巴，对乔说："你这位死党也没记错的话，那位赵先生也许能算一个突破口。"

第七章 假护士

乔是个行动派，也是一个冒险派。

只要风险没有大到不能接受的程度，他总是拍板就干。

不得不说，燕绶之的建议戳中了他的心思。关于赵择木加害曼森小少爷这件事，他自始至终都抱着疑问，早就想去问个明白了。

他即刻联系好私人飞梭机，马不停蹄出发去了德卡马的港口。

星空蓝色的车身消失在路轨尽头，林原在落地窗边看了好几眼。他并非刚认识这位少爷，但依然被震得目瞪口呆："这就走啦？"

顾晏对此倒是司空见惯："有什么问题？"

"不是，他都不用准备点儿什么的吗？"林原说。

"比如？"

"呃。"

林医生比了半天，还真没想到什么必须要准备的东西，放弃似的说："比如带个采访话筒什么的。"

燕绶之笑起来。

他差点儿脱口而出"小傻瓜"这种"昵称"，但看在顾晏的分上临时扭转了一下，开玩笑说："小少爷这性格挺不错，有时候顾虑太多、准备太多，反倒办不成事。毕竟这世上有条神秘法规，叫作总有些小麻烦让你关键时刻出不了门。"

顾晏闻言，意味不明地转头看他。

燕大教授一时未能领会他的深意："看我干什么？"

"没什么。"顾晏说，"只是突然有点儿担心乔。"

燕绥之："嗯？"

林医生闻言也很不解："怎么了？"

顾晏淡淡对他解释了一句："我这位燕老师有个绝技，学名一语成谶，俗称乌鸦嘴，至今没有败绩。"

唯物主义林医生突然一脸担忧。

燕绥之："……"

顾大律师也是一个行动派，居然一本正经地调出智能机屏幕，给乔发了一条信息：安全离港说一声。

飞驰在路上的乔大少爷对于命运之神的诅咒一无所知。

顾晏发出一条，又编辑起第二条，刚输入"燕"这个字，就被某教授抓了个现行。

燕绥之伸手一滑，越俎代庖地关了他的信息界面，没好气地威胁说："诽谤犯法，诽谤师长罪加一等，轻则断腿，重则枪毙。"

顾晏随他乱拨智能机屏幕，平静反驳："哪个封建昏君定的法律？"

"我。"

林医生眼看他们再聊下去就双双进刑场了，忍不住抱紧和自己相依为命的宝贝仪器。

好在没过多久，他的研究小组成员陆续到了。

"行了，现在我也是有学生的人了。"林原对燕绥之眨了眨眼，开了个玩笑说，"数量上略占优势。"

能进春藤研究中心头部队伍的年轻人，个个都极为优秀，又不见半点儿傲慢。

他们都是一进研究中心就跟着林原的人，既是助理也是学生，多年下来知根知底，算是林原最能放心信任的一群人。

林原简单给他们解释了一下目前基因片段分析的进展。

当然，略过了燕绥之身份、曼森兄弟搞事之类种种，以免把这些研究员也牵扯进来。

"明白了组长，分工吧。"研究员把无菌手套调整好，玩笑似的冲林原立正敬礼。

另一个姑娘笑嘻嘻地说："我们连洗漱用品都带上了，已经准备好要住在实验室了。"

"我出门犹豫了一下要不要带上室内帐篷和压缩床垫。"

"你来野炊啊？原地卧倒比什么都方便。"

"我只带了一瓶遮黑眼圈的遮瑕膏。"

"说得好像你还要见人一样。"

"你不是人？"

……

他们叽叽喳喳，玩笑不停，实验室一下子变得轻松热闹，好像加班加点、不眠不休这种事情，于他们而言并不痛苦。

林原干脆利落地给他们安排好事情，这些年轻人也非常配合，弄清了分工便各就各位，一句多的话都没问。或者说不仅仅是配合，而是不在意。

他们对那些阴谋诡计、背景故事根本不在意。仿佛只要知道自己手里在做的事情能够救人一命，就有足够的动力和理由废寝忘食。

这或许也是一种医者的特质。

燕绥之和顾晏没多打扰，就告辞离开了。

林原送他们到走廊："又去当事人那里？病房开放会见的时间已经到了吧？"

顾晏："乔出门的时候，我联系过病房。刚才接到反馈，那位当事人今早突发病理反应，恐怕接不了任何会见，我去确认一下。"

林原点了点头："我听说，原本今天要把他转去感染治疗中心的，但他本人极其不愿意，所以还留在这儿。这边的效果确实没有治疗中心那边明显，有点儿反复的反应也正常。"

如果不是他们清楚地知道感染治疗中心的背景，说不定真会极力建议贺拉斯·季转去那边。

不过贺拉斯·季明确表达过，如果感染治疗中心第一批治疗者能够顺利出院，并且没有出现任何并发症状，他可以试着勉强接受那种针对感染的新药。但他同时也表达过，他虽然检测结果呈现阳性，但并没有任何明显的感染症状，不到濒死状态他不会冒那个险。

　　警署那边拿他没办法，毕竟法院没宣判之前，他只有嫌疑，没定罪，不能完全无视他的意愿和要求。

　　住院区很冷清，整栋楼的会见时间刚开放，但因为太早的缘故，来人不多。相较于其他楼层空荡荡的走廊，贺拉斯·季所在的那层尤为突兀。

　　燕绥之和顾晏出电梯的时候，几个穿着白大褂的身影刚从病房出来，有医生、有护士。

　　小护士们都走远去巡视别的病房了，医生刚好跟两人撞了个照面。

　　"早。"医生打了个招呼。

　　他刚值完夜班，一脸疲惫。但还是调出检查单给顾晏和燕绥之看了一眼。

　　上面显示贺拉斯·季清早五点就开始发烧、呕吐，手臂和背部起了一片疹子，但很快又消下去了。

　　"反反复复好几次，折腾了差不多一个半小时吧。"医生看了眼墙上的时钟。

　　"什么原因导致的？"顾晏问。

　　"初步判定还是感染的并发症吧。"医生说，"刚才给他查了一遍，除了感染，没有发现其他有可能引起并发症的原因，但是……"

　　"但是什么？"见医生语带犹豫，顾晏又问。

　　"他这并发症跟一般感染患者还不太一样。"医生揉了揉满是红血丝的眼睛，说，"我把检查结果做了标记，过会儿来接班的医生还会再给他做几次检查，以免有遗漏。"

　　"那贺拉斯·季现在怎么样？"

　　"他刚吃了药，呕吐止住了，正在退烧。他比预期好得快，但我还是不建议这时候会见。"医生回答说，"他的情绪非常不稳定。"

　　守门的警员有两个正背靠着墙打瞌睡，另外两个眼睛瞪得溜圆。

　　病房门依然大敞着，除了律师会见，其他时候从来不关。这其实是贺拉斯·季自己的要求，好像一旦关上门，就会有人不怀好意对他做些什么似的。

贺拉斯·季并没有躺在床上，而是裹着病房的薄被，窝在窗边的简易沙发上。并发症耗尽了他的心神，他看上去心情非常糟糕，气色很差。

如果仔细看就会发现，他还在轻微地颤抖。

"我发现你们真会挑时间。"他说着，抓起水杯，把几颗药塞进嘴里，吞了下去。

"医生说你刚吃过药。"顾晏顺手拿起那个药瓶看了一眼，"止吐剂？"

贺拉斯·季又把薄被裹上，打了个哈欠："是吃过了，但没规定不能多吃点儿吧？"

燕绥之："你当吃饭？"

贺拉斯·季没理他，从顾晏手里抓回药瓶，不耐烦地说："你以为我喜欢吃？我又想吐了，翻江倒海的滋味好受？"

他这话应该不假，因为他额头上已经渗出了一片冷汗。他皱眉把薄被裹紧了许多。

过了一会儿，他又难以忍受地抓起水杯灌了几口。一杯水被他一口喝空，但那股翻江倒海的恶心感依然没能压下去。

燕绥之皱眉看着他越发严重的反应，直接替他按了呼叫铃。

没过片刻，医护人员又匆匆涌了进来。

值班医生一边进来一边系上白大褂的扣子："再晚两分钟我就回家了。怎么了这是？"

短短几分钟，贺拉斯·季已经顾不上张口说话了。

"又想吐了。"燕绥之冲医生说，"我们进来的时候，他就在发抖。"

医生指挥几个小护士给他贴检测贴片和细针，又连上营养剂。

燕绥之和顾晏退回到门外，看着里面忙忙碌碌。

好一会儿，医生拿着单子出来说："奇了怪了，刚才数据都稳定了，怎么又烧起来了……再这样下去，最好还是转去感染治疗中心吧。"

医生无意的一句话，却让燕绥之脑中闪过一种想法。

他们走到走廊无人的角落，借着绿植的遮挡，燕绥之对顾晏道："贺拉斯·季刚说过他没有感染并发症，不到迫不得已坚决不转院尝试新药，这就出现了并发症，是不是太巧了点儿？"

"结论显而易见，有人动了手脚。"顾晏说，"但会是谁？"

就在他们说话的时候，不远处的护士站传来一阵嘈杂声。几个巡房结束的护士姑娘回到护士站，摘下口罩透气，顺便聊天。

其中一个姑娘背对着他们这边，冲同事摆了摆手，脱下外套后一副要下班回家的模样。她进电梯时，终于转过身。燕绥之和顾晏得以越过绿植，看到她的模样，两人随即一愣。

电梯里的年轻护士他们不算熟悉，但也并非完全不认识。

他们第一次来病房会见贺拉斯·季的时候，这个护士姑娘就在病房里。当时，她拿着针尖被极不配合的贺拉斯·季遛得到处跑，泫然欲泣，还是燕绥之替她把针扎在了贺拉斯·季身上。

但让他们愣住的不是这一点。

当初在酒城，他们跟劳拉一起去感染治疗中心探查的时候，曾经在研究中心见过一个妆容精致又干练的小姐。

劳拉说那个小姐碰巧是在运输飞梭机上负责看管那些不知名药剂的人。当时燕绥之和顾晏只觉得那个小姐有些面熟，怎么也记不起在哪儿见过。

现在他们终于清楚了，那个小姐跟电梯里的这个护士是同一个人。

电梯门在那一瞬间合上。

他们反应过来，急忙赶过去的时候，显示楼层的数字已经开始一层层往下跳了。

"赶不上啦，你们应该喊一下，让艾米给你们按住。"护士站的其他小护士以为两人想赶电梯没赶上，热心地出言安慰："等一下吧，这楼的电梯走得挺快的。"

顾晏冲她们点头示意的同时，手里已经飞快地拨了一个通信出去。

燕绥之立刻按住他，低声问道："拨给谁？找人拦？"

"当然不是。"顾晏道。

愕然褪去，两人都在瞬间冷静下来。

上次在研究中心，他们全副武装还戴着面罩，那个负责的小姐根本没有看到他们的模样，自然也不会知道这两位律师去过那里。也就是说，这个小姐现在是不设防的，依然认为自己藏得很好。

"她既然干的是这份差事，那贺拉斯·季只要还待在春藤医院，她的目的就还没有完成，她就还会按照护士这个人设，正常来医院工作。"燕绥之轻声说。

这其实是最容易捕捉的状态，犯不着打草惊蛇。

顾晏："我知道，我跟乔要点儿东西。"

另一部电梯很快在两人面前停下，两人走了进去。

这个时间点，电梯里空空荡荡，顾晏的通信也很快被接起。

"喂，顾？"乔少爷说，"我还在路上，没上飞梭机呢！"

"能弄到春藤医院的在职人员数据库吗？"顾晏说。

乔有点儿纳闷："每个大厅楼下的查询机不就有吗？"

顾晏："那边查看会留下浏览痕迹。而且那里只有医生的坐诊时间，没有护士的排班表。"

"小护士的排班表都是一周一出的，看护士长什么时候排好吧，不定时刷新，所以不在那个查询范围里。"乔说。

电梯很快到了一楼，金属门打开的时候，燕绥之抬眼看向玻璃门外，很快就看到了他们要找的那个身影，挑眉道："别的不说，这个小姐的胆子是真的大，现在上了员工班车。"

顾晏的飞梭车已经在自动驾驶的控制下滑了过来，在门口无声无息地停下。

乔那边安静了几秒，冲顾晏道："行了，我让人给你开了个权限口，链接已经发你了，你可以直接查看。不过你还没说这是怎么了？"

顾晏淡声说："抓到一只鬼。"

乔顿时来了精神。

员工班车掐着七点整的时间准时启动，沿着弯道往医院门外转过去。

燕绥之趁顾晏讲通信的工夫，绕到飞梭车的驾驶座旁，开门坐了进去。

顾晏挑眉看了他一眼，坐进了副驾驶座。

"前车追踪除了警署没人能开。"燕绥之一边设定安全装置，一边盯着那辆班车，好整以暇地说："跟车得手动，以我们顾律师这么光明磊落的性格，恐怕在这方面没什么经验。"

顾晏："你很有经验？"

燕绥之想了想："间接经验还算丰富。"

"间接经验是指？"

"我比较擅长甩脱跟车。"燕教授从容地说。

顾晏："这间隔是不是有点儿远？"

虽然嘴上这么说，但他还是没有跟燕绥之交换位置，任由他把控方向盘。

乔在那边有点儿担忧："你们要跟车？跟什么车？"

"你们医院的班车。"顾晏说。

"那还是给我共享一下实时位置吧，我看着点儿。"乔不放心，"万一碰到点儿什么，我还能远程找人帮忙。"

顾晏给他共享了实时位置，智能机的即时地图上立刻多了一个缓缓移动的小红点。

乔顺嘴提前拍了句马屁："以前在梅兹听说过院长的车技很厉害，那跟车应该也很厉……"

"害"字还没出来，飞梭车陡然加速。

地图上代表他们的小点一出院门就像要起飞了似的，贴着路轨急转过一个弯道，直奔向北。

乔："……"

乔咕咚一下把最后那个字咽了回去，小心翼翼地问顾晏："呃，院长是不是追反了？春藤的班车是走往南的车道吧，我记错了？"

顾晏看着后视镜里倏然远去的班车"屁股"，默然两秒，道："你没记错，我们确实离它越来越远。"

顾律师想了想，转头问燕绥之："你这是习惯性甩车？"

去你的习惯性甩车。

燕绥之看着前路，抽空嗤笑了一声，问："你不晕车吧？"

顾晏说："不晕。"说完，他看了眼不断攀升的车速，又淡定地补了一句，"截至目前没晕过，希望不会在今天破例。"

高速悬空轨上，一辆哑光黑色的飞梭车呼啸而过。

它借着悬空轨道的便利，横跨两条高架路，兜了一个大弯道后，干脆利索地奔上了另一条悬空岔道。

燕绥之一脸平静地扶着方向盘，偶尔在间隙瞥一眼驾驶屏幕上的地图。

几分钟后，他再度加快了车速。飞梭车沿着悬空轨道一路向上，开过顶端之后又顺着一个长长的坡度俯冲直下。这段悬空轨道到了尽头，终点跟一条地面高架路相接。

燕绥之放缓车速，完美汇入高架路的车流里，缓冲了百来米后。他冲后视镜抬了抬下巴，道："看，这不是跟上了吗？"

后视镜里，原本领先一步的春藤班车正毫无所觉地沿路疾驰。

乔少爷后知后觉地叫了一声："哎？你们跟班车走到一条路了？"

顾晏："对。"

"能看见它了？"乔少爷问。

顾晏斟酌了一下，说："略领先它一些。"

乔："……"

"领先。"乔少爷消化了一下这个词，"你们不是在跟踪？"

顾晏："跟在前面就不算跟踪了？"

乔："……"

他想了想又关心道："对方有意识到吗？"

顾晏："你说呢？"

乔："噢。"

怎么可能意识到呢？谁能想到，从某个岔路口汇过来还从容不迫开在前面的车，其实是在跟踪你呢？

乔少爷一脸服气："好吧。所以说，你们抓到了谁？"

顾晏顺手把通信连接到飞梭车，自己则改换界面进了乔提供的数据库："还记得劳拉那次蹭运输机去酒城找我们吗？"

"当然记得，曼森兄弟偷偷运药剂的那次嘛，怎么了？"

"劳拉所在的那架运输机，负责看管药剂和联络上线的是个年轻小姐。"顾晏说，"那之后，我们又在感染治疗中心的研究大楼里见过她，被劳拉一眼认了出来。"

"对，我听你们提过。"乔说，"所以你们又看到她了？"

"她在春藤医院伪装成一个护士。"顾晏说。

乔爆了一句粗口："怎么哪哪都有他们的人？"但他很快又兴奋起来："能看管药剂，联络上线，在研究中心又有出入权限。那她一定不是什么一无所知的低层棋子。"

"也不会是高层。"顾晏说，"否则不会亲自去做一些事情。但没关系，不管她属于哪个层级，至少能从她的身上获取药剂、联系人、研究中心方面的证据。"

"对！把她控制住就能串起很多断裂的证据。"乔越想越高兴，"她藏在哪个科室？"

顾晏手指飞快，从数据库里搜到了信息："就在特殊病房那层，负责贺拉斯·季的日常输液和看护，叫艾米·博罗。当然，十有八九是一个假名。"

他顺手把艾米·博罗的资料页发给乔。

资料页上显示，这个名叫艾米·博罗的女人前年进了春藤医院，最初被安排在酒城那家春藤医院，去年年初被调到了德卡马的春藤医院总部。

春藤的护士实行轮班制，每两个月会换一次科室。

艾米·博罗在上个月轮换到了基因大厦。前阵子感染突然暴发，人手不够，她又跳了几次岗，最终被安排在特殊病房。她到特殊病房没几天，贺拉斯·季就进了医院。

"从这条时间线看，她这是早有准备啊。"乔继续说，"你那位当事人贺拉斯·季……他是不是撞见过曼森兄弟干的勾当，知道一些内幕？否则怎么会被盯上。"

顾晏想到贺拉斯·季说过的话，道："不仅仅是撞见勾当，知道一些内幕那么简单。我更倾向于他曾经是某些事的参与人。"

"什么？"乔有点儿诧异，"为什么这么说？"

"上次会见，他最后松口坦白了一些事。"顾晏说，"他选择性地说了几句真话。他说他知道这个案子跟医疗实验有关，也料想这些老人们迟早要经历这么一天，他之所以会出现在现场，就是去验证猜测的。"

当时的贺拉斯·季站在窗台旁，手指轻敲着玻璃，回忆说："每一个现场我都走了一遍,那些笼子里的老家伙们看上去非常狼狈,沉浸在自己的世界里,摇着头咕咕哝哝,有的看见我过去就扑在笼子上……"

他"啧"了一声,像在回味:"不太像人,像狗?也不太对。"

他说话的时候,刚好有几只最普通的灰雀落在窗台上,其中一只不知道是傻还是怎么,没刹住车,在玻璃上撞了一下。它扑棱着翅膀,拍打在玻璃窗上。

"唔。"贺拉斯·季隔着玻璃,居高临下地在那只鸟脸前弹了几下,惊得那只灰雀扑得更凶,"看,就像这种傻鸟,灰暗狼狈,毫不起眼,明明扑不到我,还要这么撞上两下。凶是很凶,但太不自量力。"

贺拉斯·季看着那些灰雀的目光嫌弃又冷漠:"这种存在有什么意义呢?死活都毫无意义吧。"他说完这种令人不舒服的话,又沉默片刻,出神似的叹了口气,"有点儿可怜。"

贺拉斯·季在说到"可怜"的时候,目光居然真的流露了一些悲伤。那些悲伤并没有假惺惺的意味,非常真实,但又有种说不出的别扭。

直到那天离开病房,顾晏才明白究竟哪里别扭——

他的可怜和悲伤,并不是为那些受害的老人们流露的,更像是透过那些老人们在说他自己。

顾晏对乔说:"我更倾向于他曾经是曼森兄弟那边的人,也许某一天、某一些事让他意识到,自己迟早有一天也要被曼森兄弟处理掉,落不到什么好处。'摇头翁'案的那些受害者更让他坚定了这种想法,所以……"

"所以他想下贼船了?"乔接话道,"要这样确实能说得通了。你看医院里那些普通的感染病患,哪个不是立刻转院去治疗中心的?他反倒对那边特别排斥,好像知道自己去了就一定会出事一样。"

在春藤这边,众目睽睽之下,即便有艾米·博罗这样的人安插其中,也不方便搞出太大的动静。她可以给贺拉斯·季制造一些麻烦,促使他转去曼森兄弟的眼皮底下,但她不能直接弄死他。她的每一步都要不动声色,否则太容易被揪出来。

而贺拉斯·季正是明白这一点,所以打死不挪窝。

乔少爷琢磨完所有,没好气地说:"这些人好烦人!整天兜兜绕绕,算计这个，算计那个，活得累不累？我光是跟着查一查都要累秃了。祝他们早日被处决。"

燕绥之一直盯着后视镜里班车的路线，闻言笑了一下，语气轻松道："快了。你看，眼下不就有一个证据小姐蹦进网了吗？顾晏，看一下证据小姐的登记住址。"

"松榛大道12号，橡木公寓C楼3011室。"顾晏报出地址，同时在共享地图上做了标记。

没多久，春藤班车第三次靠站。

燕绥之特地挑了个红灯，顺理成章地在前面停下来。

这一次，他们从后视镜里看到了艾米·博罗。

有四五个人一起下了车，艾米·博罗就是其中之一。她跟其他同事笑着挥了挥手，简单聊了几句，便转身朝不远处一片公寓区走去。

公寓区楼顶竖着偌大的字幕标牌——橡木公寓。

艾米·博罗下车的地方，跟她在春藤系统里登记的住址一模一样。

如果不知道她的背景，单看这幅场景，只会认为她真是一个普通姑娘，而这不过是她最普通的一天。

红灯结束，燕绥之顺着道路兜了一圈，在公寓区另一侧挑了个停车坪停下。

停车坪旁是一座商场，二层有一片偌大的平台，许多餐厅在那里拥有露天卡座。

"怎么？追到地方了？"乔听见他们这边的动静，问道，"你们要跟过去看看吗？"

"不。"燕绥之道，"我们去吃个早餐。"

乔："？"

这些公寓楼内一定到处都有监控，甚至包括绿化带和围栏上都装了摄像头，直接跟过去实在很显眼，还会留下不必要的痕迹。

燕绥之跟顾晏暂时切断了通信，上了商场二楼，挑了个视野不错的露天卡座坐下，要了两份早餐。

从他们的角度，可以看到C栋的楼前楼后。

八点十五分，一个身影抓着手包从后楼出来了。

因为见识过艾米·博罗在研究中心的妆容打扮,两人几乎立刻认了出来。

她换了裙子,戴上了假发。一辆白色飞梭车滑到楼下,她刚出楼就钻了进去。车子转了个弯,朝西南门开过去。

燕绥之调出地图看了一眼。

"现在下去?"顾晏搁下咖啡杯。

"不急。"燕绥之说,"还能再等五分钟。"

顾晏挑眉:"怎么得出的结论?"

燕绥之指了指地图:"算了一下路线,她从西南门出去,行驶的那条路一直到蓝鲸街那边才有岔道口。"他又指了几条方向完全不同的路线,说:"我从这几条路兜过去,拐上蓝鲸街的岔道口,只会遥遥领先她。"

地图在手,不认路的燕教授能玩转整个星球。他握着方向盘,再度把飞梭车开成了飞梭机,一路风驰电掣飙到了蓝鲸街,又在距离岔道口百来米的地方平稳降下速度,拐到慢车道。

这人算起这些东西,总是精准得令人咂舌。

没过片刻,一辆白色飞梭车从前面的二号路段疾驰而过。燕绥之不疾不徐地拐了个弯。他这次依然没有跟踪别人的自觉,甚至没有跟艾米·博罗进入同一条路,而是驶上了三号车道。

三号车道跟二号大体方向一致,只不过是一条老路,比二号车道的路况差了不少。

他们疾驰在三号道上,这次没有领先,而是落后了一些。透过车窗,可以看见二号车道在地势低一些的地方盘绕而过,那辆白色的飞梭车始终在他们的视野范围内。

将近半个小时后,道路两边的树木越来越多,高楼的踪影却越来越少。

燕绥之看了一眼地图,他们行驶到了法旺区的某处边郊。

艾米·博罗在一处高速休息站停下,从车上下来,蹬着高跟鞋进了休息站内偌大的商店。

燕绥之找了个紧急故障区,借着树木的遮挡也停了车。顾晏十分配合地从后车厢拎出警示牌,立在车后,打开了提示灯。

他们原本打算在这里观察片刻，挑个合适的时机和借口，去休息站看看。可刚要动身，顾晏就拽了燕绥之一把。

"等一下。"顾晏皱眉，指着休息站的方向。

一个高瘦的身影从商店里走了出来。

那是一个年轻男人，穿着日常休闲装。隔这么远的距离，燕绥之和顾晏其实不能完全看清他的五官，但他那头卷发和有些眼熟的走路姿势，实在很容易让人想到一个人。

那个跟林原共事的卷毛医生，跟房东闹翻多年的养子——雅克·白。

八点多的休息站，是最为忙碌的时候。

有行车路过来歇脚吃早餐的，有在这里休息了一晚，收拾收拾准备上路的。

商店里人语喧闹，几乎找不到安静的角落。

艾米·博罗站在某个储物柜后面，透过玻璃窗目送雅克·白离开。

"他怎么总是这副兴致恹恹的模样，好像有多不情愿似的。"一个声音在她身后响起，嘲讽着走远的雅克·白。

艾米·博罗看了一眼身后运输司机打扮的中年男人，然后又重新把目光投到雅克·白的背影上，答道："你第一天认识他？"

"当然不是，但认识得也不算久。"那个中年男人咬了一口手里的面包，含含糊糊地说："我知道他就这性格，但是你们就没人担心吗？"

"担心什么？"艾米·博罗笑了一声。因为只动了嘴唇，笑意没到眼睛里，所以听上去有种冷淡的嘲讽意味，"担心他哪天把所有人都卖了？"

"你别笑啊！这很难理解吗？"中年男人掰着指头，低声算着账，"他身上的问题太多了，你看他的养父，就是那位什么默文·白？据说当年在研究所待过，接触的还都是核心研究吧？见过不少文件，结果拍拍屁股说走就走了。现在还站到对立方去了——"

艾米·博罗打断道："谁告诉你站到对立方去了？"

"不是吗？"

"之前也许是的，现在可说不准。"艾米·博罗道，"你知道这样的人，都会收到些什么吗？"

中年男人咽下面包，干巴巴地说："我不太想知道。"

艾米·博罗说："他没准儿正煎熬后悔呢。"

"好吧。"中年男人又弯起一根手指，"暂且不论他这个养父，他跟春藤的那位少爷关系也不错。那位少爷什么性格，我想多数人都有耳闻，他还牵连着梅兹法学院那帮人呢。"

"春藤？"艾米·博罗道，"埃韦思一家都精得很，也就这么一个变异种。德沃·埃韦思是个典型的商人，他会为了一些毫无利益可言的东西，跟一群潜在的合作者翻脸？"

中年男人想了想，觉得好像很有道理，但还是想挣扎一下："万一，那个变异种小少爷劝服了德沃·埃韦思呢？"

"你在讲笑话？"艾米·博罗顺手在智能机上滑了两下，翻出一个网页，"清早刚出炉的，有人在法旺区的别墅酒店拍到了这些。"

中年男人翻了两页，照片里拍的正是春藤的那位少爷乔。

"他这是干什么？砸车？"中年男人看了眼网页上的时间，"今天凌晨？"

网页非常具有八卦精神，根据那些偷拍的照片串联了一个完整的故事——

感染治疗中心崛起，春藤医院受挫，集团损失惨重。德沃·埃韦思身心俱疲，借口休养在别墅酒店避风头。向来跟他不和的儿子乔·埃韦思难得心软，主动去往别墅酒店探望父亲。

然而多年矛盾绝不是一晚上就能消弭，这对见面就掐的父子显然又闹了不愉快，以至于乔·埃韦思忍无可忍，天都没亮就冲出酒店，气到砸车。

一举离开之后，至今未归。

中年男人："……"

这么看来，这对父子关系恐怕这辈子都好不了了。

他三两口咬掉剩下的面包，咀嚼了一会儿，又慢吞吞地说："反正我觉得雅克·白是个隐患，是个不定时炸弹，搞不明白为什么上面一直这么放心他。我每次跟他交接东西都心惊胆战，总觉得下一秒，就会有数不清的条子拿灭失炮对着我，让我举起手。"

"不可能的，除非他自己也想举起手来。"

雅克·白没有开车过来，而是上了一辆回法旺区的悬浮巴士。

他的身影终于消失在视野里，艾米·博罗收回视线："你完全没有必要担心这些有的没的。上面信任他再简单不过，他是个天才，比起他的养父，他在基因研究方面有更卓越的天赋，没人能取代他。更何况，他还是个被动性的'瘾君子'。"

中年男人这下真的惊讶了，他瞪大眼睛，难以置信："你说他是什么？"

"他有基因性的成瘾症状，你不知道？"艾米·博罗垂下眼帘，"哦，也对，知道的人不多。"

男人："他怎么会有那种症状？那些东西不会用在自己人身上，这不是默认的规矩吗？"

艾米·博罗："一般而言是这样，但他是因为意外。具体的我也不太清楚，毕竟我最初也接触不到什么上面的人。据说是一次实验事故。总之他体内的基因也出现了问题，而且比起很多人，他更倒霉一些。他当初接触到的不是成熟试验品，而是比较原始的试验品，可能是最早那批吧，总之性质很不稳定。"

"最早那批？"男人疑惑说，"我听说最早的那批惰性很强啊，一潜伏都是二三十年的。"

"所以说他倒霉，他几乎没有潜伏期，而且他最后的成瘾性针对的是一些特殊药物。"

"什么意思？"

"意思就是，当他发作的时候，能让他舒缓下来的只有一种相当难搞的药，而药矿握在老板手里。你想象一下，他如果站到对立阵营，断了药物来源，会煎熬成什么样？你进过实验室吗？你见过那些用于测试的动物犯瘾的时候是什么样吗？比普通毒瘾难熬百倍。"艾米·博罗说着说着，声音低下来。

"停！你别用这种声音说话，瘆得慌。"中年男人虽然没有经历过，但光想想那种滋味，就忍不住打了个寒战，"我没见过，也希望这辈子都不要见。"

"装什么？"艾米·博罗冷笑一声，她眯着眼睛微微出神了片刻，又道，"咱们干的不就是这些勾当吗？你有脸发抖？"

"瞧你这话说的。"

中年男人摸了摸肚皮，琢磨了片刻，摇头道："行吧。我总算明白大家为什么都这么放心他了，我要早知道也不怀疑他，毕竟那玩意儿谁能扛得住呢？生不如死啊。反正我志向不大，不想混成什么上线，分钱就行，我缺钱。"

艾米·博罗当面给了他一笔钱，这些东西不太方便走明账，总得这样小心翼翼，以免留下凭证。接着，她又从中年男人那边接过一个小包，纳进自己的手袋里。

"这么些冻剂够不够？你还要在春藤医院耗多久？"中年男人说，"这次这么麻烦吗？有半个多月了吧？早点儿把那人弄到治疗中心，你也能早点儿从春藤离开，免得夜长梦多。"

艾米·博罗下意识想到刚才雅克·白的身影，她沉默片刻后，抓紧手包说："快了。"

她没有匆忙离开，而是找了个干净的卡座，要了一份甜点。中年男人不太讲究这些，随便买了一瓶水，站着就咕咚咕咚灌起来。

活办完了，没必要继续耗在这里。

男人打算离开，临走前又朝不远处山上的三号车道看了一眼，对艾米·博罗说："你走的时候注意点儿，我以前就差点儿被跟过，那条路有几处特别容易藏车。"说完，他把空瓶扔进垃圾箱，抹了一下嘴巴便出了商店，上了一辆毫不起眼的货车离开了。

艾米·博罗吃了两口甜点。

目光落在男人提醒过的车道上，她舔掉唇角的奶油，拨出了一个通信。

通信很快被接通："说。"

艾米·博罗道："我在凯尔七号休息站，法旺区东郊。你有人在附近吗？帮我清个路。"

"有。"对方回答，"怎么，被人跟了？"

"目前没发现，但老戈尔提醒我了，我觉得还是谨慎点儿为妙。"艾米·博罗说。

"哦，我知道了。"对方显然跟刚才那位中年男人也熟，"那边有个三号车道，如果有聪明人跟你，那确实是个绝佳位置。行吧，我找一些人，很快就到，帮你看看有没有'路障'。"

艾米·博罗："谢了。"

"都是办事领钱的，有什么好谢。"

两分钟后，东郊附近一个大型汽车修理厂里发出几声鸣笛声。

领头的那个在驾驶座坐稳，戴上耳扣，言简意赅地说："黑一、黑二、黑三，跑一趟二号车道。白一到白五，分两拨，对向跑一下三号车道。看看有没有需要清理的人。"

车内通信纷纷响起应答："知道了。"

"家伙带上了吗？"领头人往腰间摸了一下，跟警署配置一模一样的枪型灭失炮别在那里。

通信里又响起了问话："吓唬吓唬？还是可以动真格？"

"荒郊野外，灭失炮连骨头渣子都不会留下，你说呢？"

"那好办。"

"出发！"

领头一声令下，连他在内一共九辆车从修理厂疾驰而出，呼啸奔向三个方向。其中三辆直奔二号车道，领头连带两辆车绕了个圈子，从三号车道南端压回来，还有三辆从三号车道的北端碾过去。

三号车道的故障停车带上，顾晏又接到了乔少爷的通信。

"我就说一声，我已经上飞梭机了，安全离港。"乔说，"等我到天琴，有什么情况再跟你们说。希望赵择木别让我失望。对了，之前你不是说贺拉斯·季被小护士动了手脚吗？我找人去查他二十四小时内接触过的东西，包括吃的喝的，还有注射用的针剂或者口服药。"

顾晏想了想，补充道："营养机也查一下。"

乔说："啊对，还有营养机。行吧，我过会儿再去补充几条。总之放心，不会打草惊蛇吓到小护士，这两天应该能查到源头，我倒要看看她究竟在哪儿动的手脚。"

"你找的谁？"顾晏问道，"林医生？他忙得过来？"

"当然不是，我有那么没人性吗？"乔说，"我找的另一个朋友，哦，他跟你们接触可能不太多。他跟林原是一个办公室，也负责几个研究项目，叫雅克·白。"

顾晏："……"

通信那头的乔敏锐地感受到了气氛不对："怎么了？"

"你的信息已经发出去了？"

"对啊。"

"你有说为什么要查吗？"

"我还不至于傻到那个程度吧？没说具体的，只说贺拉斯·季有被害妄想症，要死要活地怀疑有人给他下毒。你作为代理律师不能完全不管，就托我帮一个忙。"

顾晏捏了捏鼻梁："理由勉强成立吧。"

乔回过味来，倒抽一口凉气："难不成雅克·白有问题？"

"目前我不能确定，但确实有很大可能。"顾晏说，"我们跟踪艾米·博罗到了一家高速休息站，雅克·白碰巧也在那里，实在很巧合。"

乔少爷感到一阵窒息。

顾晏连通信的时候，目光投向远处的休息站。

艾米·博罗进去之后，到现在都还没出来。

三号车道的穿山隧道里，三辆白车的车内通信亮了一下。

"到哪儿了？"

"进隧道了。"其中一个回答说，"离休息站不到两公里。"

"行，有看到停在路边的车吗？"

"目前还没有，只有两辆从远郊过来的车从旁边过去。"

"好。"领头的声音又响起来，"我们离休息站也只有三公里了。"

燕绥之忽然朝车道栏杆走了两步，透过路外丛生的枝丫，往远处弯曲的山道看了一眼。那里有两段隧道，有三辆白色的车陆续从第一段隧道里飞驰出来。

燕绥之盯着那边看了三秒，猛地一拍顾晏的肩膀："上车。"

这种反应，顾晏一看就知道情况不妙。他一点儿废话没有，当即坐进副驾驶，手指飞快地按了启动，调好设置和地图，甚至把驾驶座的门都给燕绥之开好了。

然而燕绥之却没有立即上车。

顾晏一转头，就看见燕大教授拎着故障指示牌，把那玩意儿翻转了一下，当成一个简易铲子，匆匆在路边铲了一大块山泥。

这片区域这两天刚下过雨，泥又湿又软，一掀就是黏糊的一大片。

燕绥之干脆利索地在车轮上各糊了一片，把指示牌丢回后备厢，闪身钻进了驾驶座。

飞梭车一秒启动，疾驰起来的瞬间，这位大教授又"啪"地一下，拍了车轮清洗键，但开的是最小档。

四个车轮里顿时溅出一些水来。

这些水花在车轮飞转的过程中沾了山泥，车身顿时被甩上了一些泥星子。

顾晏："……"

燕绥之调好速度，把手动驾驶切换到自动驾驶，朝不远处呼啸而来的白车瞥了一眼，勾住顾晏的衬衫领口把他往面前拉了一下。

"来配合着挡一下脸，晚点儿给你报销洗车费。"燕绥之眼角的余光朝远处瞥了一眼说，"别回头。"

十秒之后，三辆白车呼啸而过，拉出长而尖锐的风声。

领头的声音又在车内通信里响起："怎么样？有'路障'吗？"

"没有。"一个人说，"有一辆可能刚自驾游回来，车轮滚满了泥。"

另一个不爽地咕哝了一句话，领头只听见了几个字："你说什么？"

"没，看到些场景抱怨抱怨而已。"

领头对于手下的抱怨毫无兴趣，只确认道："我再问一遍，你们看清了没有路障是吗？"

"是的，没有。"

下一秒，九辆车在二号和三号车道交错而过，兜了个弯，然后又重新开回修理厂。

艾米·博罗在商店里坐了一会儿，慢条斯理地享受完一份甜点，终于接到了通信。

"查过了，没什么人跟着，你放心走吧。"

第八章 养父子

飞梭车疾驰出东郊的时候，燕绥之松开了顾晏的领口，靠回到驾驶座上。他解开了一颗衬衫扣子，又调低了车内的温度，一只手扶着方向盘懒散地笑了一下。

后视镜一片空荡，那几辆明显不对的车已经没了踪影。

顾大律师头一回领教如此老练的甩车经验，无话可说。

虽然视野范围内没有什么可疑的车辆，但以防万一，燕绥之还是把驾驶模式切换成了手动。

他把衬衫袖口翻折上小臂，握着方向盘打了个大圈，直直拐进了一条高架。一开车，他就又变得从容冷静起来。风驰电掣的速度和他平静的面容形成了极为强烈的对比。

接连换了好几条路，确认不会再有车跟上，燕教授这才不紧不慢地切回自动模式。虽然有惊无险，但顾大律师的宝贝飞梭车毕竟被搞得一塌糊涂，两人回到法旺区的第一件事就是去洗车行。

洗车老板跟顾晏是熟人，张口就咋呼道："我的天！这是你的车？打死我也不信啊！你还有把车糟践成这样的一天？喝多了挑的路？"

真正糟践的那位正在不远处的贩售机买水，顾律师默不作声把这口锅背了下来，对老板简单解释道："出差进了山道。"

"哦，我说呢！"老板冲洗车员吆喝了一声，紧接着，传送带把顾晏的车送进了洗车间，"最近多是阴雨天，好多泥巴垮落下来。我那天开了条山道，自动驾驶系统不知道是进水了还是怎么，活像一个呆子，也不知道绕开泥巴走，一路给我颠回来，我仿佛骑了两个小时的马，今天走路屁股还痛呢。"

顾晏："……"

燕绥之倚在贩售机旁，笑着看向这边。他发现自己很喜欢看顾晏这种性格的人跟不同的朋友相处，明明顾晏表情变化并不明显，但燕绥之就是能从中看出各种心理活动，那比什么东西都有意思。

老板跟顾晏抱怨了山道、雨水和他疼痛的屁股之后，又被另一个员工叫过去，不知道在说些什么。

顾晏转头就看见燕绥之拿着两瓶水，弯着眼睛。

"看戏？"顾晏走过去，扶着贩售机的橱窗问。

"戏哪有我们顾老师好看。"燕绥之又冲远处的老板抬了抬下巴，说："这位老板挺活泼的。"

顾晏："……"

那位长着络腮胡、肌肉壮硕的洗车老板，如果知道自己被冠上"活泼"这种形容词，不知道会是什么表情。

"我发现你自己是个冷冻闷葫芦，交的朋友倒都很能说。刚才这老板一开口，我仿佛看到了乔小傻瓜二号。"燕绥之说。

顾晏默然无言。

又是冷冻闷葫芦，又是小傻瓜的，短短一句话，能人身攻击两个人，也算是种能耐了。

顾晏想了想，回答道："借你的话说，再交个冷冻闷葫芦一样的朋友，面对面参禅？"

不知道燕大教授想象了一些什么画面，他搭着顾晏的肩膀笑了好半天。

两人正聊着天等车，老板又绕了回来。

"洗车很快的，要不了多久，你们在这里随意些，那边还有零食。我回家一趟。"老板玩笑似的抱怨说："我爱人，前阵子出去玩碰上飞梭机事故，不是在轨道上堵了好多天嘛，这会儿回来有点儿倒不来时差，在家歇着，我去给她弄点儿吃的。"

燕绥之闻言一愣："飞梭机事故？"

"对啊，之前不是还报道过吗？"老板说，"只不过最近版面都被感染治疗中心之类的占了，况且事故也解决了，就没什么人提了。"

"我知道那个事故，飞梭机已经到港了吗？"燕绥之问。

"对，昨天早上刚到吧，还是前天来着？"老板敲了敲脑门，"被我爱人搅和的，我也有点儿搞不清时间了。总之到港没多久吧。"

老板打了个招呼，便风风火火地离开了，把洗车店暂且交给自己的店员们。

燕绥之跟顾晏对视了一眼。

就像老板说的，这两天办的事情太多，他们也有点儿弄不清时间了。他们谁也没顾得上看网页新闻报道，对飞梭机到港这件事情更是一无所知。

"你这两天还有给房东发信息吗？"顾晏问。

燕绥之："不巧，前天发过，昨天到今天都没发。"

但同样的，房东那边也毫无音讯，这就很容易让人担忧了——会不会碰到什么危险？还是想法有了变化？

燕绥之斟酌片刻，调出默文·白的通信号码，拨了过去。

之前被堵在事故轨道上的时候，这个号码怎么拨都是信号错误。眼下只响了三声，就被接通了。

"喂？"默文·白的声音响起来。

有那么一瞬间，燕绥之居然觉得这声音有点儿久违。

"你已经回到德卡马了？"

房东说："对，昨天早上刚到。你是不知道，飞梭机一接驳，我的智能机数据库都快要炸了，几百条信息同时涌进来，我手指头麻了一上午。"

他语气非常自然，跟之前没什么区别，一时间听不出任何问题。

燕绥之朝顾晏看了一眼，说："安全落地就好，最近不太平，没收到你的信息有点儿不放心。"

"我没给你发信息吗？"房东也愣了一下，转而又道，"当时信息太多，难道我回着回着回忘了？"

燕绥之挑眉:"勉强信你一下吧。"他玩笑似的说完,又道:"那你先休息几天吧,把时差倒过来。我听你现在说话有点儿大舌头,不会没睡吧?"

房东说:"你在我家安装了监控器?这你都能知道?"

"真没睡?"

"嗯,收拾东西呢。"房东笑了下,又问:"两位大律师现在抽得出空吗?"

"抽得出。"燕绥之说。

"那劳驾来帮把手吧。"

"好。"

燕绥之应下,刚要切断通信,房东又补充了一句:"别急着挂,不是那个要租给你住的房子。我一会儿把地址发你,别跑错了。"

挂了通信,燕绥之脸上就露出了几分疑虑。

"怎么了?"顾晏问。

"房东有些奇怪。"燕绥之说。

"比如?"

"说不上来。"燕绥之想了想,皱眉说,"但我总觉得他应该碰到了什么事。"

片刻之后,燕绥之的智能机收到了一条信息。

来源显示并非默文·白的常用号码:枫丹区杨林大道115号,侧面小门进去,密码是一张图,我过会儿发你。

紧随其后是一张炭笔写生。

顾晏的车很快洗好了,又恢复成平日里低调沉稳的哑光黑,一点儿泥星都看不见。他们横穿整个法旺区,花了将近两个小时的时间,在枫丹区一处海滨找到了所谓的杨林大道。

那片海滨并不是什么适合游玩、观赏的地方——乱石太多,妨碍视线,风景平平无奇。这里的房子有些显旧,不管是公寓还是商店,外墙都褪了色。

靠近海的那一面,还结了不少陈年的盐霜,散发着一股咸腥味。总的来说,观感不那么美妙。

整条杨林大道都很拥挤,因为地势起伏的缘故,房子高高低低,看上去非常凌乱,很难算清哪一幢是多少号。更要命的是,在里面兜两圈就会晕头转向,因为每一条夹巷都十分相似。

燕绥之这次没有拨通信,而是给那个未知号码发了一条信息:你骗我来走迷宫?

对方很快回复过来:我已经看到你了。你现在左转,从手边的巷子进去,走到倒数第二幢楼,再拐向右边,顺着巷子往上数四幢,然后抬头。

燕绥之照着信息里的描述,拽着顾晏在迷宫里穿行。

"第四幢。"他一幢幢数,然后站住脚步,抬头看了一眼。

就见左手边的一幢小楼的二层,有个人影戴着口罩冲他挥了一下手。燕绥之一看他戴着口罩,下意识谨慎起来,以免给对方添麻烦。

燕绥之环视一圈,确定没有什么跟来的人,才在小楼一侧找到了传说中的小门。他翻出炭笔写生,在密码前扫了一下。厚重的小门发出"咔哒"一声轻响,随后缓缓打开一条缝。

燕绥之关好门,转头就被小楼一层的景象给震住了。

这里到处都是废旧的或是运行中的光脑、仪器,无数仿真纸页悬在空中。颇有一种排山倒海而来的汹汹气势。

沙沙的脚步声从楼上下来。

燕绥之冲下楼的默文·白说:"你这是要搞灾后重建?"

默文·白"啧"了一声,没好气地说:"你这小年轻说话怎么这么损?"

燕绥之谦虚地说:"还行,过奖。"

默文·白:"……"

燕绥之扫了一圈,问:"这是你的房子?"

"旧居。"默文·白想了想说,"也不算太旧,辞职后托人收了这幢小楼,不过我自己不住这里,这里只用来放一些资料。"

满屋子的页面,哪怕都是虚拟的,可折叠的,也能看出"堆积如山"。

用"一些"来形容,真是过分谦虚。

顾晏遵从主人的意愿,戴上口罩。他余光里满是整理到一半的页面,看得出那些页面大多是些文件、签了名的协议以及大量的研究稿,上面还带着图示和满页的数据。他随手一伸就能拉下一页看个明白,但本着非礼勿视的原则,在房东没开口前，他全程保持着彬彬有礼、目不斜视的状态。

"你让我们来搭把手是指？"燕绥之问。

默文·白随手指了一圈："资料太多了，你们帮我整理一下。"

"怎么个整理法？"

"研究稿并到一起，不用管顺序对错。"默文·白简单交代，"其他类型的文件全部扫到一起，重点是一些带签名的文件，如果看到了就帮我收上。"

"行。"

转而，燕绥之就在那些研究稿上看到了一些落款，诸如鸢尾医疗药剂研究中心之类的字样。他对这个名称并不算陌生，之前探查父母基因手术的真相时，总会在一些资料上跟这个名称不期而遇。

"这是你当年工作的地方？"

既然帮忙整理，对那些研究稿的内容就不可能视而不见。燕绥之大致翻了几页，问默文·白："你当初研究的就是这些？"

"对。"默文·白点了点头，"不过只是其中一部分。我辞职之后，一方面不想再跟他们有什么瓜葛，一方面又觉得有些东西也许今后有用。这种矛盾心理导致我最终只保留了一部分经手的资料。"

尽管他说并到一起，不用在意顺序，但燕绥之整理的时候还是按照页码摆放，顾晏也一样。

这就使得他们不得不多看几眼稿子内容。

很快，顾晏就在其中看到了一些有用的东西。

"这张基因片段分析图跟你那段是不是一样？"他把页面递给燕绥之，皱眉说道。

房东闻言走过来，低低"啊"了一声，抽过页面仔细看了一会儿，"这是早期研究成果中的核心片段……"他静了片刻，冲燕绥之说："你身体里有这个片段的残留？"

燕绥之点了点头："林原一直在帮我分析这个片段，它导致我两次基因修正效果互相冲突，引发了一些不那么舒服的反应。我们在试着清除它，只是没有找到合适的办法。"

受他这些话的影响，房东回想起了一些事。

当初实验室里动物们疯狂、尖锐的凄厉叫声，还有某些酷似"瘾君子"的症状，它们眼珠发红，形容枯槁，蜷缩在地上翻滚抽搐，爪子抓挠在安全玻璃罩上，发出令人牙酸的声音。

那些种种，大半都是由这个原始研究成果引发的。

当然，那些年里，它们被称为实验失败的产物。但直到默文·白辞职离开，他也没见到几个成功产物。

而这些失败产物之间的区别，无非是潜伏期的长短。

有的能够在很长一段时间内保持稳定的惰性状态，看不出什么异样，甚至一度查不出基因存在的问题。但有的可能生来倒霉，短时间内就病症齐发，死相一个比一个惨。

"你身体里怎么会有残留呢？"默文·白又问了一句。

燕绥之愣了一下："怎么？不应该有吗？"

房东沉默片刻，说："怎么说呢，这其实是我当年很长一段时间的研究项目。我接到项目的时候，这份研究的目的还是正常的，至少我接触的部分是正常的——就是人为创造一段完美的万能基因片段，用于替换病人的问题基因，这样就不会在手术的时候因为找不到合适的基因源而头疼了。

"但是这种研究就像筑巢，这里一块，那里一块，沉迷于局部的时候，很难发现大方向有没有偏离。等我发现研究项目的走势跟我想象的并不一样时，已经晚了。其实也不能称为晚了，曼森兄弟的初衷从来没有变过，只是我们当年太蠢，相信了他们精心包装过的说辞。

"但是后续发展虽然不受我们控制，可根基还在。我们建立研究基础的时候做过设定，这种基因片段是可以被完整移除或者完整覆盖的。这样的话，万一替换效果不尽如人意，还能有反悔的余地。"

房东皱着眉说："残留这种事……确实有点儿出乎我意料了。"

房东在解释的时候，燕绥之刚好翻到后续反应和并发症的那一页，其中"精神失常""药物成瘾"之类的词看得他微微皱眉。他在顾晏注意到这边之前恢复神色，然后不动声色地把这一页放在一摞文件的最底下。

"那还有完整清除的可能吗？"燕绥之问。

房东说道："让我这样凭空回答，我可没法儿给个准话。这样吧，你不是说林原正在搞分析吗？回头我把这些原始稿子给他，看看能不能找到点儿适用的办法。"

"那真是再好不过了。"燕绥之说，"其实紧急的倒不是我，有很多人正等着这样一个结果续命呢？有你的帮忙，林原那边应该会得到些突破吧。"

默文·白摇摇手："别给我灌迷魂汤，拍马屁在我这不好使。我都辞职二十多年了，记得的东西不如狗多。顶多能在这些研究稿子的基础上，帮点儿小忙。"

这幢小楼里，诸如此类的研究稿数不胜数，每份稿子看上去都带着大量的信息，可惜专业性质的内容实在太多，不是两位大律师一时半会儿能消化的。否则他们就能直接转行了。就算是林原过来，也不可能在这一天、半天的工夫里，理解所有的研究内容。

这毕竟是默文·白他们多年累积的成果。

按照房东默文·白的要求，他们把所有稿子归拢在一起，那些杂七杂八的文件没有多看。再度吸引两位律师注意力的，是屋内的一些签名文件。

"手术协议？"燕绥之扫了一眼大致内容，道，"这是你跟医院方面签订的协议？"

默文·白点了点头："对，那时候基因手术成功率很低，每个做手术的人都需要跟医院签一份担责协议。这种事有点儿常识的人都明白，但是可能很多人不清楚，我们作为技术和研究成果支持方，也要跟医院那边签协议。"

"每一次手术都签？"燕绥之问。

"对。"默文·白说，"越是风险大的他们越会找我们签，这样能分担一部分责任。就好比今天这一场手术，会用到我们的成果A，那就得成果A签一份协议，用了B，就再添上B这个条目，总之会全部罗列出来。意思就是我们用你们这个技术啦，万一出了事，你们可跑不了。"

燕绥之点了点头，看着协议微微出神。

这其实让他想到了一个主意。

"当初我跟我父母的手术，你们签过这样的协议吗？"燕绥之问。

默文·白提起这件事总是万分歉疚，他垂下目光，轻声说："是啊，签过，以研究所的名义签的。"

"那份协议还留着吗？"燕绥之问。

"不确定，得找找，怎么了？"

燕绥之说："埃韦思先生这些年收集了一些大大小小的证据，我这些年查到的信息，也能提供一些零散的补充。但还缺少几个关键证据。其中一个就是曼森兄弟跟这种问题基因之间的关系。"他指了指自己，"我身体里有这种基因残留，是一个活证据。如果当初那份协议还在，就能证明我这个基因片段是当初那场手术的遗留痕迹，而那场手术的技术支持方，是你们研究所。我想再要找到你们研究所跟曼森兄弟之间的联系证据，不算很难吧？"

如此一来，这条线就串上了。

房东愣了一下，一拍脑门："是啊！没错！这条证据链就串上了！来来来！赶紧的，我们找一下那份协议。"

如果是一个单独的数据库，找这种协议并不难，只要用关键词搜索一下就行。可惜亲爱的默文·白先生当年辞职的时候，对这些堆积如山的陈年旧件打心底里排斥厌恶，所以根本没有花心思整理过，以至于这些数不清的文件储存在数不清的光脑、储存盘、私密盘、加密盘、实体数据库里。

每个数据库还有不同的密码。

以至于什么一键搜索都不管用，得挨个解码再小范围搜索。

默文·白揉着脖子捶着腰骂道："当年的我可真是个牲口，得多恨自己才弄得这么麻烦。"

一直到天色青黑，海滨的杨林大道星星点点亮满了灯光，他们才整理完一半。但有这么一个希望在，心情总是不错的。

夜里八点左右，顾晏接到了来自天琴星的通信。

乔开门见山地说："我已经到了，现在在酒店。离看守所不到一公里。不过现在是天琴星的深夜，看守所那边不方便让我进去，得等明天了。"

燕绥之凑过去提醒了一句："曼森兄弟那边说不好会有动作，毕竟你在别墅酒店住过一夜，没准儿有人透过信儿，让他们意识到你跟埃韦思先生的关系已经恢复了。"

乔少爷一听这话，就用一种毫无起伏的音调说："院长，您看过今天的网页新闻推送吗？"

燕绥之一愣："没有，怎么了？"

乔继续用这种麻木的口气说："您如果看了，就绝对不会说出这种猜想。稍等，我给你们发过去，奇文共赏。"

叮——

乔少爷指法神速，转眼就发了几张新闻截图过来。

燕绥之点开跟顾晏一起一目十行地扫下来，终于没忍住笑了。

"春藤集团二世祖凌晨发飙，摔门砸车，扬长而去。"乔非常崩溃，"这报道里的我可能不是我，是一个炮仗。我是有什么狂躁症吗，大清早发癫？我有这样吗？院长您说。"

燕绥之："……"

乔："顾晏你说。"

顾晏："……"

两方的沉默让这位小少爷特别受伤。

好在顾晏及时注意到了某些重点，挽回了岌岌可危的友情："我没记错的话，埃韦思先生让酒店安保清过场，守备非常森严。谁能拍到这种照片？"

乔愣住，倏然反应过来。

在那种情况下，能让这种照片放出去，只有两种可能，为了让曼森兄弟不质疑乔和老狐狸的父子关系，某些商人什么都干得出来——比如姐姐卖弟弟，爸爸卖儿子。

乔沉默片刻之后愤然说道："我先挂了！我去找尤妮斯女士和埃韦思先生理论。"

"等等。"燕绥之说。

"还有什么问题？"乔问。

燕绥之本想说，代我转告埃韦思先生，长久等待的那些证据，也许就快要扣上关键一环了。但他斟酌片刻还是笑道："算了没事，等真正有结果了再说，毕竟我长了一张乌鸦嘴。"

乔："？"

切断了跟乔的通信，一直埋头找寻文件的三人终于后知后觉地感觉到了饥肠辘辘。房东的肚子更是很给面子地叫了一声。

"这附近有餐厅吗？"燕绥之问了一句。

顾晏正要搜，却见房东摆了摆手说："别找餐厅了，这不是有厨房吗？"

燕绥之狐疑地看向黑黢黢的厨房："长得像被炸过一样，你确定能用？"

房东倔强地说："……能。"他起身在某张桌子上扒拉了一下，翻出便利店的袋子，一边找能下肚的东西，一边说："我当初怎么想的，居然想让你当我的房客，现在想想还好没住成，不然我寿命得损一半。"

燕绥之一脸坦然。

顾大律师不太愿意麻烦人，他看房东翻得艰难，再度提议道："出门左转一百五十米就有一家。"

房东终于直起腰："先将就一顿吧，最好今晚能把这边的东西收拾完，否则之后还有没有收拾的机会，很难说啊。"

燕绥之觉察到他话语背后的意味深长，皱眉问道："你碰到什么人了？还是收到什么东西了？"

默文·白："不愧是律师啊，你们是不是没少收威胁邮件，一猜就猜到了？"

"什么时候收到的？谁发的？内容？"顾晏言简意赅，直问重点。

默文·白调出那封邮件，翻转给他们看了一眼，说："下飞梭机的时候收到的。至于对方什么时候发的，我就不清楚了，也跟我无关。发件人那栏是空白，没有任何数据。就算是黑市淘来的智能机，也能显示个信号或号码，但这封连这些都没有，要找起来实在麻烦。这同样与我无关。至于内容……"

他顿了顿，说："就是最为老套的威胁，警告我不要说不该说的话，不要做不该做的事，说白了就是不要试图站在曼森那两个人的对立面，否则我只会得到两种结果。要么，会被曼森的爪牙神不知鬼不觉地弄死；要么会因为一些牵扯不清的文件锒铛入狱。"

燕绥之愣住："锒铛入狱？"

"当初那些文件现在看来其实很难解释清楚，我说我对研究目的不知情，有人信吗？就算有人信，法官信吗？而且曼森兄弟有的是办法让我翻不了身。但这还是与我无关。"说完这段话，他垂眸嗤了一声，带着一点儿滑稽意味的嘲讽。

这位盛年已过的男人看上去有些清瘦，银白色的头发在脑后随意扎了一把，颇有几分潇洒艺术家的气质，蓝色的眼睛却没有半点儿浑浊，像年轻人一样清亮。

"一个不体面的葬礼，抑或是会孤立无援地站上被告席？"他将那句威胁重新琢磨了一番，然后在灯光下毫不在意地笑起来，"去你的威胁，我默文·白，生平最不怕的就是威胁。"

生命威胁不是玩笑，尽管房东默文·白本人毫不在意，但燕绥之和顾晏不可能放任不管。他们研究了一番那封邮件，发现确实如房东所说，来源不明。这倒让他们想起了之前燕绥之的智能机被远程干扰的事。

"顾晏的朋友之前帮忙做过一个程序，可以反捕捉对方的信号源。"燕绥之在自己的智能机里翻出那个程序，看向房东，问道："介意我动一下你的智能机吗？"

"当然可以。"房东把指环撸下来，给他开了个权限。

这人对待自己人真是全无防备，权限一开就开了个最高级。饶是燕绥之本着非礼勿视的心，打算专心给他装程序，但那堆五花八门的未关界面还是扑了他一脸。

包括各种搜索，诸如"清理一栋乱得像灾难的房子，有什么诀窍？""怎样把多个光脑存储盘云库的东西快速整理到一起？""哪种加密方式安全性最高？""十多年没碰过的厨房，有什么东西还能放心用？"

还包括一些简单的租售房信息以及搬家信息，一通拨往赫兰星老家的通信。

燕绥之："……"

两人面面相觑，默文·白干笑一声说："我没有随手关界面的习惯，有点儿乱，你忍忍。如果不嫌麻烦的话，就顺手帮我关一下。"

房东先生倒是真坦荡，这种时候尴尬的居然是界面不够整洁，对于被人看到他搜了些什么、看了些什么，却毫不在意。

燕绥之索性也不矫情，一个一个地给他关掉，又关心地问了一句："你在找房子住？"

"不是。"默文·白摇摇头,毫不谦虚地说,"狡兔三窟,我这么聪明能干的人,怎么可能就这一两个住处?"

他抬头环视了一圈这个小楼:"我这次过来这么一通收拾,想不暴露有点儿难。这地方迟早要被翻出来的,还有原本要租给你的那间公寓,应该都留不住了。"

顾晏听完他这段话,忽然沉声开口:"你这是建立在布鲁尔·曼森和米罗·曼森赢的前提下,但这个前提不会成立。"

"我知道,我知道。"默文·白不大在意地笑说,"我也相信他们注定不会有什么好下场,这世界哪能那么不讲道理。邪不压正,天网恢恢嘛!但偶尔还是会有点儿疏漏的,我就提前打算一下,万一最后真被那两人坑进监狱,我把这两处地方一卖,不就有底气了嘛。我要求不高,出来之后还能吃吃喝喝、看看画展,就很自在了。"

他顿了顿,又扼腕说:"这里我不心疼,想到要把那间公寓转出去,我还有一点点舍不得呢!"

燕绥之看着这位年龄算长辈,性格却像孩子的朋友,忽而一笑:"没必要。"

"嗯?"默文·白抬头看向他,"什么没必要?"

"没必要舍不得。"燕绥之说,"你面前就站着两位辩护人,恕我不太谦虚地说一句,不是你的罪责你一分都不用承担,只要我们两个站在你后面,任何关于这点的担忧都是多余的。这个承诺永久有效,决不食言。"

房东这次愣了很久,忽然畅快地大笑起来:"你们这么一说,我忽然开始有些热血沸腾了。这么看来我运气真的非常不错,虽然跑了一个儿子,但来了这么些有趣的朋友,不亏。"

燕绥之和顾晏闻言却悄悄对视了一眼。

说到儿子,他们不禁想起之前在休息站看到的雅克·白。

燕绥之斟酌片刻,问道:"恕我冒昧——"

"别恕你冒昧,恕他冒昧了。"房东先生在某些时候总是直白极了,"我年纪有你两个半大了吧?好歹算长辈,都不用张嘴,我也知道你们在好奇什么。"

燕绥之咽下没说出口的话,挑眉问:"是吗?"

房东埋头在便利袋里,窸窸窣窣翻找食物:"想问我怎么跟雅克那小子闹翻的嘛，对不对？你们成天待在春藤医院，总跟林原混在一起，"他说着掏出三瓶罐头，又拿了几片面包往厨房走，"又时不时会碰见雅克，跑不掉要听林原扯两句。看你刚才那犹豫的样子……林原跟你说过别在我面前提那小子？"

林原确实说过这样的话。当初他跟燕绥之坦白的时候就提过，卷毛医生雅克·白跟自己的养父关系不太好，不知道因为什么闹翻了，不管在谁面前提起对方都很糟糕，最好不要尝试。

但燕绥之和顾晏对这句话的真假持保留态度，因为当时林原硬着头皮跟卷毛要房东照片，卷毛医生虽然很冷淡，但还是发了一张过来。照那个速度而言，那张照片应该就存在卷毛医生的智能机里，并且他很清楚在哪里。

房东打开厨房有些黯淡的灯，拎起一把水果刀，转头好整以暇地看着燕绥之："林原那小子还说了什么？"

燕绥之："……"

燕绥之不太想卖朋友："林原医生会跟人说这些吗？我倒不太清楚，只是这些天我们查了不少陈年旧事，碰巧看到一些诸如此类的说法。"

"我才不听，你们这些做律师的，说起瞎话都跟真的一样。"房东拿着水果刀低头开始撬罐头，"不过林原没骗你，我以前是说过这种话，不要在我面前提那个臭小子。"

燕绥之："抱歉。"

"你抱歉什么？刚才难道不是我自己先提的？"房东说，"其实没关系，那本来也不是什么真心话，也就林原那傻小子最好骗。"

他说完这话，有好一会儿没开口。厨房里一时间只剩下水果刀撬起罐头盖的声音，嘎吱嘎吱。他看上去像是陷入了某种回忆，略微有点儿出神。

这种时候，不论打岔还是催促都是莽撞无礼的。燕绥之在帮他装载那个反捕捉程序，顾晏依然在整理那些散乱的文件。

好一会儿后，房东就着罐头和面包片做了三明治。哪怕到了这种时候，这位本性洒脱的人还搞了把风雅。

他把盘子递给两人，说："这大概是最不单调的食物了，刚才切片的时候，看到窗边那株野生的冬薄荷开花了，摘了两朵装饰了一下。哦——忘了问你们喜不喜欢冬薄荷的味道，如果不喜欢，那就将就一下。"

燕绥之用叉子戳了戳薄荷叶,又朝顾晏瞥了一眼,对房东说:"谢谢,非常喜欢。其实你可以多掐几片,我胃口能变得更好。"

顾大律师默然两秒,把自己盘子里那两片薄荷叉给了他。

房东不太讲究,扫清了一块地毯便盘腿坐下,端着盘子吃东西。他吃了一会儿,忽地开口说:"其实我跟雅克那小子以前关系很亲。我第一次见到他的时候,他就睡在我后院门外,在一片葱兰里面,裹着薄薄的被子,看起来有点儿像小猴子。"

那时候的默文·白其实不喜欢小孩子。

在赫兰星老家,每到节日,总会有亲邻带着各种各样的孩子来拜访、聊天。他那热情的妈倒是很欢迎,有时候陪着玩一整个下午也不会烦。但他不行,他听着那些小崽子闹个不停,脑袋都要炸。也没法强行拉低智商,大着舌头陪他们玩各种傻瓜小游戏。

他总是硬着头皮,哈哈笑着陪上五分钟,然后找个借口转身溜掉。有这时间,他不如去实验室看微生物,人家微生物好歹文静。

他在后院门口捡到那个小猴……孩子的时候,其实非常茫然。他从没抱过那么小的人类幼崽,根本不知道从何下手,用什么姿势。更何况,那小孩一看就在生病。他比画了半天,总算把那孩子抱回屋里,先就着自己房子里的仪器给他检查了一番,然后皱着眉拨了急救。

这非亲非故的小崽子,第一天就让他花去了一大笔钱,之后又在将近一个月的时间内,逐天上升,简直是天降的破财童子。

"最初我还想着把他送去孤儿院,我实在没经验,也没精力养活这种生物。"房东说,"但一个月之后,我改主意了。花了我那么多钱才健康起来的小鬼,转头就管别人叫爸爸,那我多亏啊。"

燕绥之不太明白他怎么算的账,总之,当年的默文·白虽然不喜欢小孩子,但机缘巧合之下还是收养了那个被人丢弃在他家后院的小孩子,取了个简单的名字,叫雅克。

雅克·白长得跟他一点儿也不像。他头发很直,年轻时候是淡金色,现在是完完全全的银白。雅克则从小就是一头卷发,又多又密,跟眼睛一样是棕黑色，大了之后稍稍浅了一些。

"他那时候皮肤也是小麦色的，看着就生龙活虎很健康。"默文·白说，"现在大了，反而白了不少，也许是在室内闷久了吧，不常晒太阳。有时候我甚至觉得他有点苍白，不知道是不是医院冷光灯映衬的效果。"

小时候的雅克·白跟养父很亲。

"我总逗他玩儿，说他站不稳，因为他那头卷发显得他脑袋有点儿大。"房东想起那些瞬间，还是笑了一下，"但他特别向着我。"

谁都不能说默文·白一句坏话，哪怕只是开个玩笑，他也会瞪着圆溜溜的眼睛散发排斥的敌意。

"而且他很聪明，非常聪明。"房东说，"我很早就能看出来，至少比我聪明，如果好好长大，一定会是一个有所成就的人。不过我不太在意这些，有没有成就无所谓，每天能哈哈笑几声最好。"

有这样一个儿子，哪个父母不喜欢？所以口口声声不喜欢小孩子的默文·白，在养子这里破了例。

"听起来很温馨，所以你们后来碰到了什么事？"燕绥之问。

"其实并不是因为某一件事，甚至很难说清是哪一年、哪一天。如果一定要画一个分界线……"

房东似乎在认真回忆，过了好一会儿，他说："我参加研究所的项目之后，有一段时间忙得脚不沾地。我很担心家里太冷清，会导致雅克那小子多想。"

他笑了一下："你知道，小鬼会有那么一段很别扭的年纪。我自己那段时期尤其长，从十岁到二十出头吧，长达十来年拧得连狗都嫌，我就很担心雅克也会那样。所以养了一些猫狗陪他，他非常喜欢它们。"

不止雅克，其实默文·白也很喜欢那些小东西，并尽力把它们养得很好。

所以后来，他受研究所实验室影响，开始对那些小动物产生阴影的时候，他比谁都痛苦。他非常喜欢它们，喜欢到把它们当作重要的家庭成员，但也正因为如此，不得不远离它们。否则他很怕自己会在长久的心理折磨中，消耗掉那些轻松美好的感情。

"因为送走猫、狗，他生你的气了？"燕绥之猜测着问。

谁知房东居然摇了摇头："他确实不高兴，但他没有生我的气。"

那时候，默文·白甚至已经做好了心理准备，认为雅克一定会在这件事上闹很久，甚至就此跟他产生一些微妙的隔阂。也许要过上很多年，直到某一天能理解他的无奈，那种十来岁少年期的隔阂才会慢慢消弭。

然而雅克并没有闹，这让当时的默文·白也极为诧异。

十岁刚出头的雅克虽然很难过，但并没有吵闹，而是固执地认为默文·白这样做一定有他的原因。

某种程度上来说，他其实非常懂事，或者说，他对自己养父有着绝对的信任，知道对方绝不会轻易把他珍视的东西送出去，就算做了，也一定有逼不得已的原因。

"但那小子的探究心非常强。"房东有点儿无奈，"也许是天赋极佳的人与生俱来的？这其实是优点，绝对不应该被责罚，但我那时候确实不想让他知道原因。"

实验室那些动物歇斯底里的疯癫举止，绝不是什么令人愉快的话题，甚至是消沉而压抑的。那不是一个十一二岁的孩子适合看的画面和场景，所以默文·白找了些别的原因搪塞过去。

"没过几年，我从研究所辞职。"房东有些无奈，"这个行为在那小子看来同样很突兀，所以更激发了他的探究心。但我解释不清，我那时候对研究所的排斥只是出于一种直觉，没什么实质性的证据。我那时候甚至说不清研究所的目的究竟是什么。"

所以对于雅克的探究，默文·白再一次选择了搪塞。

一方面他自己不想再提，另一方面他也不希望雅克接触到那些事。

少年时候的雅克·白一次又一次擦着边询问，而默文·白则一次又一次给出虚假的理由。

"其实我后来想过，隔阂就是因为这个吧。"房东说，"他给了我绝对的信任，我却不跟他说实话，总用各种玩笑和编造的理由应付他。不管出于什么原因，至少在信任这点上，我辜负他了。"

房东想了想："那之后他跟我就不如以前亲近了，也可能到了真正的叛逆期？有时候冷不丁丢一句话，活像软刀子，乍一听每个字都挑不出毛病，但就是听得人心里直呕血。

"但我那时候没有意识到,还以为那小子狗都嫌的年纪终于到了,虽然比我预想的晚了很久。那半年,我们经常会因为一些很小的事情起冲突,并不激烈,谁也没有吵吵嚷嚷,但都气得不行。好像突然从哪哪都投机的家人,变成了哪哪都不合适的同屋租客。"

燕绥之听见"同屋租客"这种形容,宽慰了一句:"怎么也不至于落到同屋租客的地步,毕竟是父子。"

"是啊。"房东说,"冷静的时候会这么想,但气头上时不时会蹦出这种念头,挺不是滋味的。那阵子他刚进大学,不常回家。我无意间听说,他的亲生父母一直在悄悄找他,对他表现出愧疚和善意,试图跟他和好。说实话,我平时底气很足,吵架的时候就会觉得自己还缺了点儿血缘打底。"

"再后来,他大学一年级后半学期吧,有一次放假回来,我无意间看到了他的一个资料夹……"他说到这里,皱了一下眉。好像过了那么多年,再回想起那个瞬间,心里依然做不到无波无澜。

"那些图示和数据,我一眼就知道是什么。全是当年我在研究所接触到的东西!我最初以为他胆肥了,居然有本事偷偷翻我的老底。仔细看了几眼后,才发现那些研究数据细节上有很多不同。怎么说呢……非常稚嫩。一看就是一个天赋极高,但经验极少的人鼓捣出来的。"

房东叹了口气:"我当时直接气蒙了。比起偷偷翻我老底,他自己研究才更让我后怕。你根本难以想象他那样的天赋,如果真的走错路,会引发什么后果。那大概是我跟他之间爆发的最严重的一次争吵,也是最后一次。"

默文·白没有想到,他一次次的搪塞换来的结果居然是这样。雅克非但没有死心,还亲身探究起来。那次争吵,雅克当着默文·白的面把那些资料全部删了,永久粉碎。然后收拾东西回了学校,再没回来。

"我原本以为,那次争吵跟以前一样,只是闹脾气的时间长了一些。也许等到下一个假期,他又会拎着行李,斜挎着背包,一声不吭地出现在门口。结果没多久,我就听说他去亲生父母那边暂住了。"

房东沉默了一会儿,又道:"我起初挺气的,应该说非常生气,有种花了二十年养了头白眼狼的感觉。气得我肝都疼,就是那时候跟林原说,不要在我面前提那小子,一句都不行。有一阵子,我安慰自己,那小子心思重,也许误解了一些气话，所以在故意气我。我想过拉下脸主动找他聊聊，但很不巧，我那阵子被曼森兄弟盯上了。"

那时候的默文·白忽然觉得，雅克回归亲生家庭，就此跟他疏远也不算一件坏事，至少不会被他牵连。于是，那几年的默文·白没少演戏，违背本意把养子越推越远。原本的深沟一点点裂成天堑，久而久之，就再合不上了。

"我一度很担心，他没有停下那些研究，担心他会步我的后尘，被牵扯进那些乱七八糟的事情里。"房东说，"幸好……"

听到这句话，燕绥之目光一动，又倏地垂下，兀自拨弄着餐盘里的薄荷叶。

他原本想就休息站看到雅克·白的事，提醒房东几句。但现在他又忽然改了主意，把那些试探的问话咽了回去。

房东没注意到他的神色，自顾自出神了片刻，又说："好在他毕业之后进的是春藤，这大概是唯一值得我欣慰的一件事。"

默文·白忽然想起很多很多年前的某个下午。

他在院子里做根雕，二楼书房的落地窗明亮而干净。他活动筋骨的时候偶然一抬眼，就见雅克靠在椅子，塞着耳机，面前是成片的电子资料。

那是雅克度过的中学的最后一个短假期，要不了多久，他就要升入大学。

那时候的默文·白看着窗后的身影，忽而意识到，雅克好像很久没再问过那些关于实验室和辞职的问题了。那个探究心总是很强，叽叽喳喳、吵吵闹闹的小鬼，已经在不知不觉间长成了另一番模样，成熟了很多，也内敛了很多。

以至于有时候默文·白都看不出来，他在想些什么了。

成长本该是令人欣慰的，但默文·白却在那一瞬忽然生出一种感觉，好像这个他看着长大的小鬼，终有一天会离他越来越远，变得越来越陌生，也许某一天，他就不再回家了。

三个人花了整整一夜的时间，才把一栋房子的资料整理完。

清早的海滨风很大，夹杂着细小的砂砾拍打在落地窗上，咯咯作响。

天并不晴朗，稠密的云掩住了阳光，显得有些阴沉，而燕绥之刚消停了没多久的胃痛和头痛又隐隐发作起来。

一切都不像个好兆头，但他们并非一无所获。

严格来说，是一个坏消息和一个好消息。

坏消息是当初燕绥之经历的那场手术，有研究所签名的文件并没有找到。

这样一来，想要证明燕绥之体内的基因片段和研究所以及曼森兄弟有关联，就有点儿棘手了。

失望之际，顾晏想起房东收到的威胁邮件，说道："给你发邮件的人手里一定有。"

房东一愣："你说曼森兄弟的人？为什么这么认为？那封邮件确实截了文件的签名页，但数量其实不多。也许他们手里就只有那些，毕竟如果是我的话，干了那么多亏心事，一定会把文件清理得干干净净。"

顾晏却摇了摇头："不一定，就过去接触的案子来看，那些加害者往往喜欢保留一些纪念品。"

房东先生一脸鄙夷："变态的思维果然不是我们能揣摩的。"

顾晏："况且，你可以试想一下，你如果要威胁别人，会怎么做？"

房东干笑一声，扫视屋子一圈，目光落在厨房："目前我只能想到给对方喂点儿过期肉，拉死他，不听话不给止泻药。"

顾晏："……"

这位律师先生瘫着脸看向昨晚的罐头盒。

房东乐了，连忙摆手："放心啊，给你们吃的没问题。罐头跟面包都是新鲜的，也就盘子是陈年的，但我洗了好几遍呢！"

顾晏默然两秒，又平静地说："你的反应也刚好说明一点——如果要威胁人，一定会选择自己现有的、优势明显的、足以砸到对方松口或者畏惧的东西。比如暴力分子动用武力，那必然对自己的装备和威慑力很有自信。同样的道理，对方会选择用文件威胁你，哪怕只截取了几份，也意味着那些文件对方并没有销毁，仍旧保留着，并且非常齐全……包括我们要找的那份。"

房东恍然大悟："对啊，有道理！"但很快他又"啧"了一声，发愁道："道理是没错，但我们该怎么从对方手里弄到那份文件呢？我们现在连发邮件的人是谁，在哪里都还不知道。所以……就干等着你们给我装的反捕捉程序抓住对方的辫子吗？这样一条路走到黑，难度不小。"

燕绥之："也不一定是一条路。"

燕绥之一直在看手里的一份文件,借此掩住按着胃的手。一阵不适缓过去,他才抬眼抖了抖虚拟纸页,面色如常地说:"我在最后那沓里,找到这么一样东西,勉强算得上一个好消息吧。"

"什么东西?"

那两人靠过来,从燕绥之手上接过纸页。

"你的手怎么那么凉,很冷?"顾晏一只手拿了纸页,另一只手在燕绥之的手指上握了一下试温度。

"还行,有点儿。"燕绥之说。这其实是因为刚才那阵胃痛的缘故。现在略好一些,他便没提,而是顺着顾晏的话说,"早上温度毕竟低一些,你先看文件。"

"我在看。"顾律师嘴上这么应着,却已经站起身,去玄关的衣架上把自己的大衣摘了下来。

这时,房东一脸麻木地出声提醒:"恕我直言,我认为在温控板上点两下,直接调高室内温度,比什么大衣都管用。"

顾晏坐回沙发上,客客气气地说:"也恕我直言,天亮前我就点过两下。就目前看来,停工十多年的温控板应该是坏了。"

房东:"……多么不争气的东西。"

燕绥之抱着大衣,他的胃痛和头痛虽然不像之前那样剧烈,但余味绵长。顾晏的大衣被他压在身前,刚好抵着胃,有种莫名的踏实感,胃也慢慢被体温焐暖,没一会儿居然真的让那种不适感舒缓了不少。

他顺从地把自己包裹在这种舒适的感觉里,心里不禁失笑:一件大衣哪有如此神效,绝大部分都是他的心理作用而已。

房东和顾晏翻过前面的几页,才知道燕绥之究竟找到了什么东西。

这同样是一份手术协议,单看格式和绝大部分内容,跟当年燕绥之那份手术协议一模一样。唯独不同的是接受手术的人。

姓名一栏里,清清楚楚地显示着一个名字——多恩。

这是一个非常简单的名字,简单到甚至没有姓氏。上大街上随便叫一声,就会有很多人因此回头。但不论是挑出这份文件的燕绥之,还是正在看文件的顾晏,包括皱眉的房东默文·白,都清楚地知道这个名字代表谁。

"清道夫？"顾晏低声说。

"应该就是。"燕绥之双手捂在大衣里，没有伸出来，而是抬了抬下巴，示意道，"看尾页的日期，是'清道夫'离开云草福利院一年左右，十九岁吧，老院长自那之后就失去了他的消息。"

两人抬头看向房东。

房东神色复杂地翻完文件，说："如果不是看到这份文件，我都差点儿忘了，研究所还给这场手术协议签过字。这甚至比你那场手术还要早。"

看末端的日期，那确实比燕绥之和他父母的那场手术还要早一年。

"这场手术我印象不太深。"房东说，"……其实大多数手术我印象都不深，因为我们是不会参与的。对我们而言，只是把研究成果许可出去就没什么事了，手术是医院的活。你父母那次算个例外，我刚巧在医院碰见过他们，机缘巧合常常聊天，算是朋友。你们称这位为'清道夫'？"

房东换了称呼，继续说："这位'清道夫'我只见过两回，印象中他没有父母家人，但医院那边对他格外关照，也很谨慎。现在想来，那时候曼森应该就挑中他做棋子了。"

从这份文件中可以看出，十九岁的"清道夫"入了曼森兄弟的伙，接受了这样一场基因手术。只要手术成功，他就能彻底摆脱过去的种种，换一个全新的模样、全新的名字、全新的身份，还有全新的人生。

顾晏仔细看了其中几页，皱眉问房东："这几段是什么意思？如果我没有记错数据，他这场手术所用的基因源也包含了那个片段？"

房东点点头："对，你没理解错。这位'清道夫'跟燕院长所用的基因源虽然来自不同的人，但经过实验处理，都增加了那个基因片段。"

在当年默文·白以及一部分研究员的理解中，那个基因片段就像一个万能膏药，如果手术之后出现排斥状况，那个基因片段就会转化为活跃状态，起到缓和以及补救的作用。

简而言之，就是用来增加手术成功概率的。

"知道我最初为什么没有怀疑研究目的吗？"房东说，"就是因为'清道夫'的这场手术看上去太成功了，以至于我信了研究所的那些鬼话。直到你父母出事，我才真正意识到问题。"

燕绥之垂眼，问他："我刚才在想一件事，需要跟你确认一下。"

房东："什么？"

"如果他的基因源里也添加了这个片段，那么现在的'清道夫'，是不是很可能跟我一样出现了残留？"燕绥之问。

房东点头："对。"

"如果他也残留有那个基因片段，那么用那台高端检测仪，是不是可以检测出来？"

"是。"房东说，"而且会跟你的那段图谱完全重合，一模一样。"

"还有类似的人吗？"燕绥之问。

"没有了。"

说到这个，房东回答得斩钉截铁："'清道夫'是第一个接受这种手术的人，你跟你的父母是第二场。而在你们之后，有很长一段时间医疗协会都查得很严，曼森兄弟那边谨慎了一段时间，研究所也再没签发过任何基因手术协议，安分了很久。而我辞职的时候，那个基因片段已经发展到了第二阶段，正处于试验中。我想，再之后如果有什么手术，也不会倒退去用原始版本了。"

他想了想，肯定地说："所以，你们两个应该是这世上仅有的证明了。证明那段原始基因的存在，证明所有一切的起点。"

闻言，顾晏忽然说："换一条路呢？我们现在握有'清道夫'的手术协议，这同样能证明这种问题基因跟研究所乃至曼森兄弟的联系，如果能找到'清道夫'本人，检测出他身体的基因片段。那么证据环同样能扣上。"

"不仅如此，一旦'清道夫'跟曼森兄弟之间的环能够扣上，那他背着的那些命案，曼森兄弟也躲不掉了！"房东想到这些，居然隐隐有些激动。

那些被断定为意外的命案，那些在过往三十年里牵连进去的人——那位因为用药过量死去的医疗舱商人贝文，巴特利亚大学医学院的周教授，掌握着两条矿线最终却横死狱中的卢斯女士，等等。

他们之中，或许有曼森兄弟的弃子，或许只是因为不肯合作或是别的原因，平白无故受了牵连，就像燕绥之的父母一样。

如果"清道夫"那条证据环真的能一一扣上，那他们也算终能瞑目了。

"但那位'清道夫'先生究竟在哪里呢……"燕绥之轻声说。

整理好的旧资料被燕绥之他们一并带去了春藤医院。

林原实验室的那帮人同样一夜未休,全靠浓咖啡和醒神剂续命。他们上一回这么拼命,还是赶制流行病疫苗的时候。

早上八点,第一个瓶颈期刚过,林原催着研究员们去隔壁休息室抓紧时间补觉,所有反应进程都切换到加密模式,只留了一个研究员看门。

大楼这层空间很大,但其实只有两位主任医生研究核心——林原和卷毛雅克·白。除此以外,都是实验室和休息室的地盘。

他们两人年纪相仿,级别相仿,医院配备的环境也基本无差别。

办公桌头对头,独立休息室一个在走廊东侧,一个在走廊西侧,还各有两间为助理研究员们准备的休息室。

这么多年下来,林原都没觉得有什么特别,今天却是个例外。

因为卷毛的养父默文·白来了。

默文·白出现在休息室门口时,林原一口咖啡呛了个半死,咳得撕心裂肺。

"干什么？我有这么吓人？"默文·白没好气地咣咣拍他后背。

说实话,真的吓人。

这对曾经关系很好的父子已经太多年没见过对方了,一直在刻意回避一切可能相遇的场合,尤其是这家春藤医院。林原一时间居然算不清这种状态持续了多少年。

虽然很可惜,但他真的以为这种状态会一直持续下去,没想到今天默文·白居然破了例。

他这位辫子叔居然主动踏进了这家春藤医院,主动到了这一层楼,可不就是青天白日活见鬼嘛！如果这时候卷毛碰巧出现,再碰巧跟辫子叔撞上,那就是名副其实的鬼见鬼！

林原忍不住想象了一下那个场景,觉得有一点点刺激。

可惜他往电梯方向张望了好几回,卷毛也没有出现。

"别看了。"默文·白对他的那点儿心思了如指掌,嗤了一声,"楼下大屏幕滚动播着值班表呢。"

林原这几天晨昏颠倒记不清日子,愣了一下才想起来,按照一贯的排班,卷毛今天休息。

"我去！他为什么今天休息？"

林医生少有地在心里骂了人。

辞职二十来年，曾经的专业性内容默文·白已经忘得差不多了，但研究过程中的一些重要细节，他依然记得很清楚。

林原灌着咖啡，一边跟他聊一边在那些研究稿上写写画画，密密麻麻记了很多。原本模糊的关窍被打通，茅塞顿开。

他们连聊天带争论，拟出了两种方案。林原翻出各种数据对比了半天，最终拍板走第一套。

"这套方案规矩稳妥，从人到人，只需要依靠分析仪自带的模拟器进行虚拟实验就能有结果。因为过程可控性强，虚拟实验的结果跟活体应用几乎零差别。"林原解释了理由，"一旦在仪器里成功，就能立刻用到那些老人们还有柯谨身上，成功率一致。至于第二套方案……"第二套方案来源于默文·白的原始研究稿。

他们在构建基础基因片段的时候，留过这么一个切入口，以防今后需要。后来研究越来越复杂，参与的人越来越多，分工越来越细致，互不相干，以至于这个切入口几乎被人遗忘了。

就连默文·白自己，也是重新梳理研究稿时才想起来。

"这个方案灵感来源于灰雀。对，就是随处可见的那种最普通最不起眼的鸟。"默文·白回忆着他们当年的设想，"众所周知这种鸟虽然不起眼，但生命力和适应力强得惊人。我们早年做过研究，不同星球的时间流速和环境都千差万别，如果频繁切换，大多数生物都会有不适反应，在这其中，人已经是适应力极强的一种生物了。但体弱的也多少会有点儿症状，比如恶心晕眩，反复发烧，比如血压不稳，免疫力下降。就算适应力强的，也是后天磨炼出来的，比如像你们这种能办飞梭机年卡的……"

默文·白说着，看向燕绥之和顾晏，开了句玩笑："谁小时候去别的星球没吐过呢！我十五岁之前，听见'飞梭机'三个字就开始找洗手间，先吐上五分钟再说。"

燕绥之笑说道："我倒是没吐过，但总发烧，上了飞梭机体温就开始往上升。"他说着便好奇地看向顾晏，"你会呕吐吗？"

顾晏回想了一番："最初会晕机，但不会吐，只是晕的时候不喜欢说话。"

燕绥之："这跟不晕有区别？"

顾晏："……"

顾律师瘫着脸看了他片刻，转头示意默文·白继续。

"总之，只要是个活的，几乎都会有不良反应，唯独灰雀是个例外。这种小东西能适应一切变化，因为它自带一种平衡机制。它的身体就像一台随时在备份的设备，一旦运行不畅，就会自动退回上一个备份点，回到最健康的状态。这使得它们大多数时候都生机勃勃，寿命非常长。当然，这种平衡机制每次运作都要消耗极大的能量，所以它们特别能吃还不胖。"

他们所设计的第二套方案，就是借用灰雀的这种特质，移植到病患身上，让他们身体机能自己调节，退回到"健康"的状态点。这样一来，那个问题基因片段就会遭到拒斥，这时候再借助正常的基因手术，就能安全地把它清除掉。

但这种方案的前期危险性很高，因为灰雀和人毕竟是两种截然不同的物种，副作用和排异反应很可能非常激烈。单靠分析仪的模拟器做虚拟实验还不够，必须有一定次数的活体试验才行。

正规医药的活体试验，都得经由联盟审批公开招募志愿者，他们需要提供完整的危险性说明。

有虚拟实验辅助，活体试验需要的人其实很少，但审批过程很严格，短则一个月，长则半年。医院里那些全身脏器衰竭的老人们根本等不起。

所以林原把这个方案撇开了。

他们的讨论持续到了中午。

医院后勤送来了两推车餐盒，研究员们没歇多久，梦游似的爬起来扒了几口，又钻回休息室继续睡。

房东用完午餐，拍拍屁股就想离开，被燕绥之他们拦住了。

"你现在这种境况，一个人住不安全吧？"林原一脸担忧。

顾晏破天荒地说了一句："我那边有一间客房。"

房东哭笑不得地说："我才不去，你们两个都恨不得能收一沓威胁邮件，我再去凑热闹，一崩崩三个，多划算的买卖。"

林原又说："住我那里吧。"

房东："然后你天天睡实验室，跟我一个人住有区别？"

林原："……"

房东难得有点儿长辈样子，语重心长地说："曼森他们也不是头一回盯上我，我能好好活这么久，也不是靠脸啊。我有数！"

三个人都一脸怀疑。

房东："现在最安全的做法，就是维持表面的常态，这不是你们之前口口声声说的吗？表面的常态就是该住哪儿还住哪儿，搬来搬去太明显了。更何况，还有春藤那一家在呢，咱们能安全来去，专心解决手上的问题，少不了他们暗地里的保障。"他说着，掏出自己那个黑市智能机，调出了一条信息。

发件人一栏显示着一个名字：德沃·埃韦思。

信息内容只有四个字：一切放心。

"十分钟前，我收到了这条信息。"房东说，"很显然，那位热心的小少爷把我碰到的麻烦传达给了他爸。其实我一直不太信任商人，所有商人。我认为他们都是一路人，重利轻情，甚至在爆炸案发生之前，我都还抱有这样的疑虑，对埃韦思先生有所保留。但后来改了想法，现在看到这样的信息，再想到之前你们两位大律师给的承诺，我只觉得无所畏惧，一切的担心都很多余。"

他冲顾晏说："听说你跟那位乔大少爷关系好？回头记得帮我说一句，等这些乌七八糟的事情结束，我要就以前的种种写份道歉信，登门找他爸做三万字检讨。"

顾晏道："转达不如直述，我把乔的私人通信号给你。"

房东连忙摆手："不了不了，给我留一点儿长辈的面子。"

林原他们把他送到楼下，房东摆摆手先回了家。燕绥之和顾晏则进了基因大楼，去看一眼惨遭护士毒手的贺拉斯·季。

最终回到实验室那层的只有林原一个人。

他也熬了很久没睡，打算进休息室打个盹儿。他刚要开门进去，就见一个高瘦身影从走廊另一头的休息室里走出来。

不是卷毛又是谁？

"雅克？"林原差点儿以为自己困瞎了，以至于出现了幻觉。

卷毛冲他抬了一下手:"午安。"

他的嗓音听上去很哑,不像在家睡饱了来的,更像是一直窝在医院里,起码待了一夜。

林原:"你不是今天休息吗?"

卷毛走到近处说:"加班。"

林原很想问他加的哪门子的班,最近明明没他什么事。但他更想说:你为什么不早一点儿出来!

只要早三分钟,卷毛就能正面撞上他爸爸!

"你干什么这副捶胸顿足的模样?"卷毛抵着鼻尖,连打了两个哈欠。这让他看上去有点儿累,显得恹恹的没什么精神。但这又不像是熬了一夜的那种累,而是带着一丝病态的疲惫感。

不过这时候的林原没有觉察到这种细微的差别,只急急走到落地窗前,朝医院门外张望了几眼,可惜默文·白早已经走远,叫不回来了。

林原"啧"了一声,恨铁不成钢地瞥了卷毛一眼,摇头说:"算了,我去休息室睡一会儿。你还要加班?项目有进展?"他问完这话,转过头。

卷毛也刚从落地窗外收回目光,他依然抵着鼻尖,又打了两个哈欠,然后捏了捏鼻梁,垂着眼说:"嗯,还剩一些工作。"

"晚上一起吃饭?"林原问。

"不了。"卷毛说,"不吃了,下午就应该差不多了,我把检查过的数据导进分析仪就走。"

那一瞬间,林原略微迟疑了一下。

不过他很快想起来,除了他自己,其他人对于仪器的权限只有百分之二十五上下,他现在研究的这些东西都加过密,就算其他人动用仪器也看不到具体内容,包括卷毛。

相反,他倒是可以查看其他所有人的项目进度和研究情况。

林原点点头:"行吧,那你早点儿搞完,早点儿休息,回见。"

"嗯。"卷毛停顿了一会儿,"回见。"

第九章 活捉影后

一进基因大楼,顾晏就调出智能机屏幕。

盯住了?

这三个字刚要发出去,乔的信息已经蹦了出来:已经安排好了,实验室里有一个守着。几处监控正在调整,我过会儿同步给你。

他们其实一直跟乔保持着联络,找合适的人盯住雅克·白。身边埋着一个隐患,做事终究放不开手脚。

尤其雅克·白跟房东、跟林原都有牵连,如果他真的有问题,对这两个人一定会是极大的打击。

乔:巧了!监控内容刚刚同步过来,我就看见他从休息室里出来了,林原也在!

顾晏的智能机里收到了同步过来的多个监控角度,其中就有实验楼的那条走廊。林原刚跟他们分开回到楼上,就跟雅克·白正面碰上了。

顾晏看了一会儿,又切回消息界面,把还没发出去的三个字删掉,重新发了一条:实验室里守着的是什么人?不要引起雅克·白的怀疑。

乔:叫肖因,是个研究员,本来就是林原团队的,经常跟人轮班看实验室。盯实验数据和反应进程本就是他的职责。他待在那里,雅克不会觉得奇怪。如果雅克真的对研究数据或者实验动手脚,他会保留证据,立刻通知你们。

"怎么样？"燕绥之嘴角带着笑意，朝顾晏的屏幕看了一眼。

在大厅内的其他人看来，两人就像是最日常的闲聊。

顾晏给他开了消息界面的共享权限，两人的对话燕绥之看得清清楚楚。

"通知我们？"燕绥之轻声说，"提醒他一声，通知你就行，我的智能机还被小耗子们盯着呢。"

顾晏叮嘱过去，乔很快回复了一句：记着呢，没问题。

燕绥之点了点头，又收回视线夸了乔一句："小少爷关键时刻办起事来还是很靠谱的。"

他走上前去按了电梯，身后有几个姑娘叽叽喳喳地冲过来。

顾晏正给乔发着消息，有个姑娘不小心撞到了他的胳膊。

"哎呀对不起！"那姑娘连声道歉，接着一愣，"是你们啊？"

燕绥之闻声转头，双眸极轻微地眯了一下。

居然是艾米·博罗——昨天他们跟了一路的小护士。

今天的艾米·博罗又恢复成了普通模样，头发蓬松，刘海遮着额头，口罩拉到下巴。她没有化妆，又或者化了淡妆，五官柔和却平淡，这跟她昨天出现在高速休息站的模样判若两人。

俨然是个合格的影后。

好在顾晏本来也不是多话多表情的人，他只是动作顿了一下，微微有些讶异。这种讶异无伤大雅，就好像他只是想不起来这个打招呼的姑娘是谁。

"叮"的一声，电梯门打开了。

一群小护士又叽叽喳喳地涌进了电梯，末尾那个顺带拉了艾米·博罗一把，叫道："艾米！别愣着啦，快进来，要迟到了！"

"艾米？"燕绥之就像是被提醒了一般，"哦"了一声，了然一笑："你就是那个总被贺拉斯·季气哭的姑娘？"

影后就是影后，艾米·博罗居然显得有些不好意思。

燕绥之真是佩服之至。

电梯无声上升。

艾米·博罗问："你们又去看望季先生？"

顾晏点头，淡淡地说："看看他今天情况怎么样。"

艾米·博罗："听说早上退烧了，呕吐和红疹的情况都好转了一些……"她说着，转头拱了拱身边的同事，确认道，"肖医生是这么说的吧？"

另外两个同层小护士附和地点头："对，目前状况好很多了，今早护士长还叮嘱我们接班之后注意监测，如果他今天一整天都没有再发烧，那就在控制范围内。"

顾晏："这样最好，省去很多麻烦。不然……"

艾米·博罗好奇地问："不然什么？"

"没什么。"顾晏说，"只是如果症状反复，迟迟得不到缓解，我倾向于建议当事人转去感染治疗中心。"

这话在知晓一切的燕绥之听来，真是十分瞎。但艾米·博罗并不清楚。她听见这话之后，肩膀微塌几分，嘴角极小幅度地动了一下。

这些细小的反应都被燕绥之收进眼里，这表示她很放松……或者说，顾晏的话让她很放心。

顾晏目光低垂，依然在智能机上跟人发着消息。屏幕切换成了私密模式，其他人根本看不到界面内容。

在不知情的人眼里，他就像在处理早间邮件一样，面容平静。偶尔会在忙碌的间隙抬头跟艾米·博罗聊两句。

透着冷冷淡淡的绅士和礼貌，就像往常一样。

可事实上，他智能机上来去的消息都是这样的——

乔：那个护士也已经盯住了，你们标记过的几个地点我一并传给了我姐。尤妮斯女士最擅长干这个了。你知道的，当年我离家出走从未真正成功过，都是拜尤妮斯女士所赐，她让我感受到了什么叫无处不在。

顾晏：贺拉斯·季接触过的东西还是雅克·白在检测？

乔：不是，换人了。说来也巧，我正发愁怎么说才不突兀，雅克居然主动找我说他名下的研究项目数据出了点儿问题，需要加班加点，顾不上检测，我就顺理成章换了人。

顾晏：什么时候的事？

乔：刚刚。你说他究竟是不是曼森的人？要说不是吧，巧合也太多了。要说是吧，他为什么要推掉检测呢？他完全可以全部检测一遍，然后给我一个假

139

结果。还是说他已经觉察到我们的疑心，在撇清自己的关系？

顾晏：或许我们要做好什么也检测不出来的准备。

乔：你是说他们其实已经把痕迹处理干净了，所以才放心任外人检测？那要怎么抓证据？

顾晏：今天跟紧艾米·博罗。

乔：为什么这么说？她今天还会有动作？

顾晏：刚才护士说贺拉斯·季的状况在好转，如果他今天不再发烧，那就说明情况在可控范围内，不需要转院。

乔：哦！我明白了！为了促使贺拉斯·季转院，那个小护士艾米·博罗今天一定会让他再出点儿状况。

电梯在特殊病房那层停下，打开了门。

"我们先下了。"三位护士姑娘跟电梯里的其他同事打了声招呼。

艾米·博罗则向顾晏和燕绥之摆了摆手，道："我们去更衣室拿外套上班了，你们进病房记得要口罩。"

"好的，谢谢。"两人点头，往病房的方向走。

"小少爷那边怎么说？"燕绥之问。

顾晏直接把聊天记录给他看。

燕绥之扫了一眼，又用一种意味深长的目光看着顾晏。

"怎么？"顾晏问。

"没什么。"燕绥之弯了一下眼睛。

只是一想到刚才艾米·博罗小姐就站在顾晏身边，笑嘻嘻地跟他闲聊套话，而他却一脸平静地跟乔说着怎么揪住她。

如此刺激的事，顾大律师却依然雷打不动，冷冷淡淡。

真是非常……

斯斯文文的燕教授想了想，"啧"了一声道："我真是个流氓。"

顾晏："？"

此时的艾米·博罗小姐正在更衣室套护士服，她的智能机突然无声振了一下。她收紧腰带，不紧不慢地正了正白色的帽子，这才点开屏幕看了一眼。

信息内容只有一句话：医院今天怎么样？有人起疑心吗？今天能否搞定？抓紧，快开庭了。

艾米·博罗想了想电梯里的闲聊，回复：正常，没有，少操闲心。

今天才刚开始，有足够的时间让她寻找最合适的动手时机。只要贺拉斯·季的药剂从她这里经手，只要身边没跟着其他同事，只要那两位律师不在，然后趁守在门口的警员不注意……

这样的机会实在太多了，艾米·博罗心想，而她只要抓住任意一个。

八点四十五分，换好班的护士们开始第一次巡房。

以往巡房都是一人一间，做个基础体检，看一眼营养机的运转数据有无异常，再派发适量药剂看着病人吃下去，就算完成了。

艾米·博罗算了一夜，把自己顺理成章安排成贺拉斯·季的巡房护士。但当她踏进房门时，她身前是负责的肖医生，身后跟着不放心的护士长，病房里是在问话的燕绥之和顾晏，病房外是虎视眈眈的警员。

艾米·博罗小姐十分想骂人。

十点整，护士们开始第二次巡房。

艾米·博罗从分发药剂的护士手里接过白铁盘，踏进贺拉斯·季的病房，燕绥之和顾晏停下问话冲她点头笑了笑，门外的警员再次虎视眈眈地看进来。

而贺拉斯·季这个浑蛋又蛇形走位，拖着一脸要死的病容，愣是不让她靠近扎针。

燕绥之再次彬彬有礼地问道："小姑娘，要帮忙吗？"

说着，他温和又不由分说地拿走针剂，看了看剂量说明，一回生二回熟地扎进了贺拉斯·季的胳膊里。

艾米·博罗小姐脸上的笑快绷不住了。

下午两点，护士们开始午间巡房。

这个点巡房就不是为了分发药剂记录数据了，而是为了盯住病人有没有遵医嘱。比如有没有偷偷抽烟，有没有偷偷藏药不肯吃，有没有乱拔输液管，规定的饮水量和饮食量有没有做到。

这天下午,贺拉斯·季需要做一次例行体检,需要他在体检前喝够足量的水。

艾米·博罗把半粒米大小的药剂掩在弯曲的小指关节里，她给贺拉斯·季接水的时候，只要小手指微微一松，那粒透明的药剂就会无声无息地落进水杯。

"你喝水了吗，季先生？别忘了过会儿要体检，你需要膀胱充盈才……"艾米·博罗进了门，燕绥之和顾晏从记录的电子纸页上抬起头，冲她礼貌地点点头。

艾米·博罗的话生生卡在了喉咙里。

"怎么了？"燕绥之一愣，"你看上去脸色不太好，中午没休息好？"

"没有，就是觉得刚才那么喊话不太合适，我没想到你们还在。"

影后艾米·博罗小姐脸上泛着薄红，心里骂着一票祖宗。

你们为什么还在？你们今天是打算住在这里了还是怎么？

你们能不能给这位当事人留一点点喘息的空间？没看见他快要烦死了吗？

从某种意义上来说，艾米·博罗的担心并没有错——燕绥之和顾晏可能真的打定主意要住在医院了。

对此，很难判断博罗小姐和贺拉斯·季谁更崩溃一点儿。

随着巡房次数逐步增加，护士小姐的笑容越来越僵硬，当事人的脸简直能从三十七楼拉到一楼。燕绥之把众人一切细微的表情和小动作都看在眼里，对两人的心理活动自然也了如指掌，但架不住他成心装瞎。

某位院长最混账的一点在于，他不仅装瞎，还总在人家绝望到要死的时候给点儿希望，又总能在关键时刻让人家希望破灭。

活像在把玩什么小耗子。

下午四点三十分，贺拉斯·季需要做例行体检。

体检前，住院处负责他的肖医生又特地来看了他一趟，确认他状态良好，头晕、呕吐的状况并不严重，背部、大腿的红疹已经消退，只剩下一些浅淡的痕迹，也没再发烧。

"恢复得不错。"肖医生欣慰地说道，"所以说咱们春藤的治疗效果还是拿得出去的，一天一夜的工夫就把症状控制在了这个程度，绝对不比感染治疗中心差。"

护士长及一干小护士都很开心，毕竟他们守住了春藤的尊严。

贺拉斯·季也勉强开心了一下，只要不去感染治疗中心，让他干什么都行。

唯独艾米·博罗小姐最不开心。她在人前甜甜地微笑，转头就咬住后槽牙，嘴角微微抽动，显示出一种极度克制又按捺不住的焦躁。她已经错过了无数个机会，再这样下去，她的任务将以失败告终。一环没扣上，就会影响更重要的事情，那些责任她可承担不起，她也没那个胆量承担。

艾米·博罗心想，幸好贺拉斯·季的体检还是由她负责，到时那两位律师总不会还在吧？

没理由，不可能。

她的猜想总算对了一回。贺拉斯·季拔下退烧针的时候，燕绥之和顾晏起身正要走。

至少在这一瞬间，艾米·博罗小姐和贺拉斯·季先生的心情是一致的，活像忍辱负重大半生，终于送走了两尊祖宗。但为了保持角色不崩，影后艾米·博罗略显好奇地问："你们不一起过去？"

"不了。"顾晏从衣架上摘下外套，搭在手臂上，"体检是医生的事，我要问的话都已经问完了。"

艾米·博罗心里松了一口气，简直想放两车烟花庆祝一番。她控制住脸上的表情，冲贺拉斯·季点头，说："走吧季先生，我们去楼下体检中心。"

她跟在贺拉斯·季身后，小手指微微弯曲，那枚半粒米大的药剂依然藏在关节处，等待掉落的合适时机。

她都已经盘算好了，等到了体检中心，贺拉斯·季多少还需要再等几分钟，一方面等前面的人体检完，另一方面需要等膀胱充盈。到时候她就能顺理成章地接一杯水，催促着贺拉斯·季喝下，而那粒药剂也会随着那杯水，进到他的肚里。

神不知鬼不觉，堪称完美。

"那我们先过去了。"艾米·博罗尽心尽力地演好最后一场戏，出门的时候又冲两位律师摆摆手。

燕绥之也冲他们摆了摆手："行了，去吧。虽然下午聊得不算愉快，但还是祝你体检一切顺利，最好连感染都变成阴性。"

他说着顿了一下，忽然打趣般笑着冲贺拉斯·季说："怎么季先生听了这话一脸不高兴的样子，难不成你还感染上瘾了？"

门口的警员们一听这话，噌地站了起来，满脸警惕。

艾米·博罗："……"

贺拉斯·季在春藤医院耗了这么久，警员们早就怀疑这人在借病拖时间，只是苦于没有证据，只能吹胡子瞪眼地干看着，现在燕绥之的话提醒了他们——万一贺拉斯·季买通医生，在体检报告上做了手脚，怎么严重怎么写呢？

于是，某位院长轻描淡写的一句话，让原定的两位陪同警员增加到六位，然后全方位、无死角地盯着贺拉斯·季——其中两位甚至还盯着他身边的护士。

艾米·博罗真的快哭了。

住院楼暗潮汹涌的时候，实验室那层也终于有了新的动静。

闭门数个小时的雅克·白再一次打开了休息室的门。

走廊里空无一人，跟往常一样安静。

林原和他团队的几间休息室门边都亮着蓝色指示灯，这表示"里面有人正在休息，他们也许熬了很多天刚睡着，请勿擅自打扰"。

春藤医院在这方面总是很人性化，在诸多细节上给他们这些研究人员予以关照。

以前雅克·白总是注意不到这些细节，因为习以为常，也因为他被春藤以外的一些事情分走了大部分精力。

他站了一会儿，伸手关了自己休息室门边的蓝灯。在背手关上门时，他抑制不住地打了两个哈欠，眼睛里顿时蒙了一层灰蒙蒙的雾气，这让他看上去很没精神，介于病和没病之间，又跟亚健康的表现不太一样。

雅克·白用手掌揉了揉太阳穴，又捶了两下额头，这才迈步进了实验室。

"白医生？"实验室里已经有人了。

那是一个年轻小伙，刚毕业也没几年，长了一张娃娃脸，一笑起来右脸就会出现一个酒窝，长相算得上有辨识度。

林原研究团队的人向来不少，其中一大半雅克·白至今认不出脸，这个酒窝小伙子却算例外。雅克·白知道他叫肖因，因为性格细致认真，他经常帮其他研究员筛查审核研究数据，也总会在实验室里盯反应进程。

雅克·白经常会碰见他，一回生二回熟。

"今天还是你值班？"雅克·白冲他打了声招呼。

"对。"肖因挠着头笑说，"我比他们多睡了几个小时，正精神，所以盯一会儿。等林医生他们醒了，再换我去睡。"

他垂在实验台下的手指一直在拨弄着智能机，显得有一点儿紧张。尽管他努力让自己看起来自然又平静，但在跟雅克·白说话的时候，眼神还是会有轻微的躲闪。

好在雅克·白并没有注意到这些细节，他看起来精神状况有点儿糟糕。

肖因盯着雅克·白的一举一动，在心里悄悄设计了好几个场景。

比如雅克·白忽然发难，掏出什么东西来威胁试探他，他该怎么应对？

比如雅克·白找个听起来很正当的理由，提出要看一些权限范围外的实验数据，他该怎么拒绝？

比如……

肖因作为玩多了游戏、看多了电影的年轻人，在脑子里上演了八百多场戏，结果雅克·白既没有找理由把他请出实验室，也没有对他们团队的研究项目和进程表现出过分浓厚的兴趣。

雅克·白只是一如往常，他用自己的指纹和虹膜刷了仪器认证，电子音哗哗报出权限范围。他一脸困倦地撑着桌台，手指勉强灵巧地敲着虚拟键盘和指挥键。

这种操作十分常规，一般核验过或者手动修改过的研究数据及成果，会经由这样的操作，写入仪器的云储存数据库里。

肖因不知不觉盯着看了一会儿。

片刻后，雅克·白转头问："盯着我干什么？你们那些反应进程不用看？"

"要的要的。"肖因被他问得心虚，连忙应了两声收回视线。过了几秒，他才想起来一个补救的借口，"我就是看白医生你今天特别累……你真的没关系吗？没生病吗？"

雅克·白闻言，手指没停。

片刻之后，他才道："嗯？不好意思，没太听清，你刚才说什么？"

"没什么，就是问你是不是病了？"肖因重复了一遍。

雅克·白这次倒回得很快："没有。"

刚说完这句话，他又忍不住吸了吸鼻子，抵着鼻尖再度打了个哈欠。

肖因："嗯……"

雅克·白眉毛皱了一下，补充说："好吧，也许该死的有点儿感冒。"

他这次的数据有点儿长，以往两三分钟的事，这次居然用了将近二十分钟。键盘敲一会儿，停一会儿，需要等数据保存和自我分析。

肖因的狐疑之心再度爆棚时，雅克·白敲了确认键。

虚拟键盘收起，仪器"嘀"地响了一声，表示存储顺利。

雅克·白直起身体，揉着脖颈活动了一下筋骨，冲肖因摆手，干脆地往实验室门外走。

"这……这就走啦，白医生？"肖因跟了两步。

"嗯，很久没睡了，回去休息。"雅克·白头也不回地摆了摆手，然后双手插在口袋里离开了。

脚步声响在安静的走廊上，又被自动关闭的实验室大门掩在门外。

不知为什么，肖因在那一瞬间感到一阵慌张。

明明他刚才一直盯着自己团队的研究数据和反应进程，其状态十分正常，没有出现任何问题。

他急忙跑回仪器边，又不放心地查了一遍，确定确实没问题后，他才压下那种不知来由的心慌，给乔发去一条信息：白医生刚走，没动我们的实验，一切正常。

护士艾米·博罗一次又一次错失机会，被燕绥之和顾晏气得绝望。从体检中心回来之后，她连微笑都维持不下去了，脸色前所未有地差。

"你怎么了？"护士站的其他姑娘关切地问她。

"没什么。"艾米·博罗提不起兴致，任务失败意味着很多可怕的后果，只要想起那些，她就顾不上应付这些天真愚蠢的"同事"了。

但姑娘们依然不放心："可是你看上去很没有精神！说说吧，怎么了？身体不舒服吗？"

艾米·博罗心里一阵烦躁。她不想搭理，回答得敷衍又含糊："差不多吧。"

这种态度弄得几个年轻姑娘不知道怎么接话，她们讪讪一笑，安静地做事，唯独过来收记录的护士长没计较。

她比这些年轻护士年长许多，热情且耐心。她问艾米·博罗："你是不是生理期不舒服？如果实在难挨就先回去，犯不着硬撑。我安排其他人替你，反正离晚班七点也就三个小时。"

艾米·博罗听见这话，忽然又想出一个新主意。

她佯装犹豫了几秒，一脸愧疚地对护士长说："三个小时的缺勤也有点儿遗憾，这个月我一天也没缺过，可以全勤。如果因为这三个小时泡汤，那就太可惜了。"

"那……"护士长也跟着迟疑片刻。

"我可不可以换个短班？"艾米·博罗说出她的目的，顶着一张可怜兮兮的脸。

护士长看着她考虑了一会儿，说道："这样吧，我让安娜替你，你去休息室歇一会儿。她晚上有事需要提前回家，你八点之后来接她的班，把缺勤补上，怎么样？"

怎么样？简直好极了！

晚上是个好时机，值班护士比白天少，巡房时间也没那么严。碍事的人少很多，就连守在门外的警员都会因为交接班盯得没那么紧。

只不过这几天的晚班都排给了其他人，艾米·博罗正愁没借口插班呢，护士长就给她递了台阶。

她都没想到一切这么顺利，就好像老天都站在了她这边，祝她成功一样。

艾米·博罗差点儿笑出声来。她端住了虚弱的模样，对护士长说："如果能这样就再好不过了，谢谢。"

"谢什么，快去歇着吧。"护士长说。

为了让自己的不舒服表现得更逼真一些，艾米·博罗真的去了休息室。她不紧不慢地从药剂柜里刷了一瓶止痛药，又倒了一杯清水。她拧开止痛药的瓶盖，摇晃了几下，做出使用过的样子。又喝下半杯水，这才躺在床上，用被子把自己从头裹到脚，闭上眼睛。

休息室里偶尔会有同事过来换衣服，她装得太像了，没一个人看出问题，个个都轻手轻脚，生怕吵到她。

她听着那些同事轻声细语地聊天，偶尔会提到贺拉斯·季，且都在庆幸他的状况越来越好，给春藤的治疗质量长了脸，但她心里却不以为意。

她一直在盘算着晚上的计划。鉴于下午的一系列失败给她造成了不小的心理阴影，她居然有点儿忐忑，没什么把握。

她在黑暗中紧张了很久，忽然意识到，那两位要命的律师已经走了。

瘟神都没了，她有什么可担心的？

没有，不存在的。毕竟她这么多年也没栽过几回。

艾米·博罗想到这点便放松下来，又有了过去淡定从容的模样，居然真的睡了过去。

晚上七点，住院楼办公室。

护士长安排完所有的事，调整了一下系统的出勤排班表，把艾米·博罗的名字插了进去。

与此同时，春藤医院不远处的餐厅里，"据说已经走了的瘟神"燕绥之和顾晏正衣冠楚楚地坐在二楼，借着包间不受打扰的密闭性，聊着不方便在外面聊的话题。

"实验室的数据确定没被雅克·白干扰？"燕绥之问。

顾晏正在跟乔交换信息："负责守实验室的研究员检查过研究数据，应该没有问题。"

燕绥之若有所思，重新看起下午的监控视频。走廊和实验室内的视频他们都有，也来来回回看了几遍，视频里的雅克·白确实没有什么突出的异常举动，不管看几遍也是这个结果。但是……

"雅克·白离开医院之后还去了哪里？"燕绥之又问。

顾晏把乔回复过来的信息给他看："我刚才也问过同样的话，跟着雅克·白的人给乔传了消息，他离开医院就回了自己的公寓，没去过其他地方。"

乔的新消息又发了过来：放心，他公寓楼下二十四小时都有人守着。如果他真的有问题，今天不表现出来，明天也会，明天不表现出来，还有后天，总会露马脚的。一旦有什么情况，不管好的还是坏的，盯着的人都会及时通知。

燕绥之正看着信息内容，顾晏的智能机突然"叮"的一声，跳出一条提示——春藤医院护士排班已更新。

是他们跟乔要的数据库有动静了。

"护士排班……"燕绥之没有点开更新内容。他把屏幕按下去，靠在椅背上冲顾晏说，"来打个赌吧，猜猜看这是正常排班变动还是我们的间谍护士又出手了。我赌艾米·博罗成功把自己塞进了晚班里，你赌没有，怎么样？"

顾晏："……"

这位不要脸的赌客又来骗赌资了。

顾晏看了他两秒，说："我不如直接交筹码吧。"

"哪有你这么赌的？"燕绥之忍不住想笑。

"你这么赌的也前所未见。"顾晏把这话扔回给他，顺手把智能机屏幕重新调出来，点开了提示内容。

不出他们所料，出勤排班表有了修改，艾米·博罗的名字出现在夜晚值班那一栏。

八点整，特殊病房层的休息室灯光一亮，艾米·博罗把散落的头发掖进护士帽，准时出现在护士站，跟急着回家的同事安娜换了班。

半个小时后，贺拉斯·季门外的警员也开始交接班。

来换班的警员给守门的警员们带了晚餐，相互打着招呼：去卫生间的，狼吞虎咽吃饭的，了解白天情况的……病房门口，每到换班点就会变得热闹，而热闹也意味着混乱。

平时，不管是护士还是医生，他们做任何事时警员们都会谨慎地盯住他们，一点儿间隙都不留，唯独这时候是个例外。

先前艾米·博罗几次动手脚都是趁这个时候，所以白天并非她的主场，晚上她才经验丰富。

她几乎熟门熟路地掐准了时间点，在警员们注意力分散的时候，一脸泰然地拿着托盘去了药剂房。

贺拉斯·季的配药白天有专门的护士轮流负责，晚上值班人有限，一个人要包下整个流程。

艾米·博罗刷了单，一堆药物的剂量被精准地传送出来：两粒消炎药，一

149

粒退烧药，一支感染专用药剂，还有一杯舒缓肠胃止吐的冲剂。

"哎，今天不是安娜吗？"药剂师探头看了她一眼，好奇地问。

"她家里有事，我替她的班。"艾米·博罗笑笑，在药剂师眼皮子底下把这些东西一一放进托盘里。

这边的摄像头非常多，各个角度都有。再细微的动作都逃不过去，所以艾米·博罗没有选择在这里下手。

她顺着走廊往特殊病房走去。走廊中间有一扇常年半开着通向安全楼梯的门。那里的摄像头刚好会被半扇门挡住，形成一个监控死角。在经过那里的瞬间，只要注意角度和幅度，她稍稍动点儿手脚不会有任何被发现的机会。

这样的事情艾米·博罗不是第一次做。她走到那边的时候，神态自若，目不斜视，只在经过那半扇门的时候，轻轻抬了一下右手小指，接着，一枚透明的药粒就轻巧地落进了止吐冲剂里。冲剂漾了两圈水纹，又恢复平静。

这时候，即便有人一眨不眨地盯着医院监控屏幕，也会因为角度问题看不出任何异常。

成了！

艾米·博罗面色如常，心里却笑了起来：果然，这种事情其实简单极了。白天那些不过是意外，实际上，她只需要动动手指，就能轻而易举地完成。她甚至能感觉到那枚无色无味的药粒在冲剂中迅速融化，任谁也检查不出痕迹。而两个小时之后，贺拉斯·季就会再次陷入发烧、呕吐、周身感染的恶劣状况，这些症状会证明春藤医院拿感染无能为力，也会逼得贺拉斯·季转进由曼森控制的感染治疗中心。

退一万步说，如果贺拉斯·季没能成功转院，那么他也会在这种反反复复的感染症状中衰竭而亡。到那个时候，他的死亡非但不会引人怀疑，春藤医院还需要承担治疗不利的责任。

一石二鸟，完美至极。

无数后续影响在她脑中闪过，她越想越得意，甚至连脚步都轻快了起来。

然而她刚走没几步，就感觉自己的肩膀被人轻轻拍了一下。

一个熟悉的声音从她身后传来，有人不紧不慢又彬彬有礼地对她说："博罗小姐，抱歉打扰一下，你可能漏了东西在我们这里。"

艾米·博罗端着托盘的手抖了一下。

这大概是她"职业生涯"里第一次出现这种失态的情况。

身后那位说话的人声音其实非常好听,尤其当他带上几分笑意时,令人听起来十分享受。

艾米·博罗第一次听他说话时,就产生过这种感觉。

可惜,今时不同往日。

此刻的她一点儿都不享受,只想发疯。

你们怎么又来了?

你们把家安在春藤了吗?

为什么如此阴魂不散?

艾米·博罗转头看向燕绥之,这几句暴躁的问话差点儿脱口而出。她脑中甚至闪过一个念头——任务算个屁!我先骂两句再说!

好在仅剩的理智封住了她的嘴。

她梗着脖颈,用毕生教养和应急经验克制住自己想骂人的冲动,嘴唇动了两下,憋出一句正常的问候:"晚上好,你们怎么回来了?"

说完,这位影后还客客气气地笑了一下:"你们刚才好像说我漏了东西在你们那里?是我听错了吗?我怎么没发现漏了什么?"

她说着,还低头扫了自己一眼,看看身上有没有缺失什么东西。

结果就听燕绥之说:"哦,一点儿马脚而已。"

有那么一瞬间,艾米·博罗甚至没反应过来他什么意思。

片刻后,她自我打量的动作才猛地僵住。

我露了什么?

你露了马脚。

这句回答平平静静,简简单单,就好像对方只是讲了个无伤大雅的冷笑话,却让艾米·博罗如坠冰窖。

等她从这种头皮发麻的状态中惊醒时,她居然已经被燕绥之和顾晏"请"进了旁边的货梯里。

"什么马脚?快别开玩笑了,两位律师先生。我还有事要忙。"艾米·博罗伸手要去摁开门键,结果顾晏提前一步挡住了电梯按钮。

151

"如果你所谓的有事要忙，是指给我的当事人贺拉斯·季下药，那就不必急了。"顾晏垂眼看向她，语气一如既往的平静、冷淡。

艾米·博罗又进了一次"冰窖"，但面上依然装傻："下药？什么下药？你们什么意思？我怎么越听越糊涂。"

"恕我直言，越听越糊涂这点儿我看不大出来，越听脸越白，我倒是看得很清楚。"燕绥之的语气并不强硬，甚至算得上温和，仿佛在安慰人似的。然而他说出口的话却能把人安慰出一嘴血："你现在这种反应，我们顾老师一般礼貌地称之为困兽之斗。我就要刻薄一些了，我一般把这称之为垂死挣扎，其实意义不太大，白费力气而已。你觉得呢，博罗小姐？"

艾米·博罗："……"

她抿着嘴唇，终于沉下脸。

她盯着燕绥之看了好久，下巴不知不觉中抬了起来。仅仅是几个细微的动作，整个人的气质都不一样了。

那个会哭会委屈的小护士瞬间消失，取而代之的是那个独自驱车去高速休息站接头的女人，是运输飞梭机上的药剂看管者，是曼森兄弟手下的一员。

艾米·博罗冷冷地说："垂死挣扎这个说法不那么好听，我不喜欢。而且我并不觉得这样的行为没有意义，你们律师给人定罪从来都只靠一张嘴吗？你们说我给贺拉斯·季下药，可以啊，我要给他用的所有药剂都在这里……"

她举了举手里的托盘，纤瘦的手指一一指过去："消炎、退烧、治疗感染、止吐。肖医生开了多少我就刷了多少，效用分类清清楚楚，一点儿不多，一点儿也不少。这座大楼就有检验中心，我们现在就过去，把这些药剂拿去检验。如果能查出毒剂拿出证据，我立刻去警署自首。相反，如果查不出毒剂，我送你们去警署。"

她边说边回想自己投放药剂的整个过程，再三确认自己动作细微，而且她可以肯定，自己经过安全楼梯时燕绥之和顾晏还没出现，至少没有站在那里盯着她的手。

退一万步说，就算他们真的看见了她的动作，空口无凭，又有多少效力呢？

这么一想，艾米·博罗迅速冷静下来，她非但不紧张，态度甚至有些高傲：

"这样吧,也别浪费时间了。就算警署离这里很近,调人过来也需要几分钟,实在没那个必要。楼上不就有警员吗?我现在就请他们下来,让他们亲眼盯着检测过程,免得检测结果出来了二位又不认。怎么样?"

顾晏:"博罗小姐说话算话?"

艾米·博罗心里有些得意:"算话。劳烦顾律师让开一步,重新按一下电梯楼层,毕竟检测中心可不在一楼。"

顾晏分毫没让。

他个子很高,只要站在按键前,哪怕两只手都插在西裤口袋里,一动未动,艾米·博罗也没法强行推开他去操作电梯。

事实上,他还真的连手都没抬。即便双方已经到了撕破脸的程度,他的一切举止依然绅士而有分寸,挑不出半点儿错。他沉声说:"我指的不是检验,而是这句。"

他拨弄了一下尾戒智能机,刚才艾米·博罗说的一句话便原音重现——"如果能查出毒剂拿出证据,我立刻去警署自首。"

艾米·博罗脸上一阵绿一阵白:"你居然录音?"

顾晏淡声回答:"职业习惯,见谅。"

还见谅?艾米·博罗气出烟来:"行,录音?录吧,随你们的便!那我们现在能去检验中心了吗?"

"用不着那么麻烦。去了检验中心也查不出任何痕迹,这点我对博罗小姐很有信心。"燕绥之说。

艾米·博罗冷哼一声。

"不就是证据?放心,不劳博罗小姐替我们想办法,我们已经准备好了。"燕绥之冲她摊开手,一个黑色的米粒大小的东西静静躺在他掌心。

艾米·博罗脸上刚恢复没多久的血色,"唰"地没了,再度变得惨白。

她认识这东西,这是黏着式高清摄像珠,好处是不易被发现,坏处是一枚只能录一次,录多少是多少。这不算什么高级玩意儿,她甚至看不上它,也很少会用,却没想到自己有一天会栽在这东西手里。

"博罗小姐的脸这么白,看来认识它。"

燕绥之不紧不慢地解释说:"是这样,贺拉斯·季先生的症状来得太突然,我们做律师的疑心比较重，总觉得有些问题。于是就借着今天在医院的机会，把那条走廊来回走了几次，模拟了一下医生们护士们可能搞小动作的路线。我们看过太多监控，对摄像头的覆盖范围非常敏感，所以走上几回，就碰巧发现了一处监控死角。我这人有点儿强迫症，见不得这种缺漏，所以之前用完晚餐顺道拐去隔壁电子城，买了这么个小玩意儿，暂时填补一下。"

他说着，又轻轻一笑，道："没想到这么快就派上了用场。不过录得有点儿长，就不在这里放给你看了，我个人认为有点儿浪费时间。你有异议吗？有可以提。"

艾米·博罗："……"

艾米·博罗已经提不出任何异议了，从看见这个小玩意儿起，她就变得面如死灰。

电梯又是"叮"的一声响，楼层显示为地下停车场。

她盯着那个数字看了两秒，在电梯门打开的瞬间把药剂盘砸了出去。

燕绥之和顾晏侧身让开，东西咣啷碎落一地，在安静的停车场里回音阵阵，突兀极了。

艾米·博罗趁机跑出电梯。

她出色地完成过那么多任务，怎么会轻易就栽在这里呢？她心想。

她这么年轻，虽然参与过很多事情，但并不是最坏的那一个，在她手下送命的人也不算多。那些比她更糟糕、更危险的人物都还没有落马，还没有遭到报应，怎么会先轮到她呢？

这种时候，艾米·博罗忽然信起了公平。她希望老天能够短暂地长一下眼，先去折磨那些大鱼，再来对付小虾。

她转而又想到，自己公寓的车可以随时启动，虽然动静大一点儿，但现在是紧急状况，没必要再顾虑那么多。她可以先逃离法旺区，开到郊区，再联系修车厂的几位帮忙，在她逃离的路上清一清"路障"。

她可以躲上一阵子，利用一些下线安排隐蔽的住处，她可以忍受一段时间不见天日，少一些自由和利益。

只要善于忍耐，再小心一些，应该会没事的。她这么想着，可惜她对捉她的两位律师太不了解了。

不论是燕绥之还是顾晏，一旦主动出手，必定是做好了万全的准备。

所以艾米·博罗跑出电梯的时候，燕绥之和顾晏并没有急吼吼地追上去。

顾晏看了一眼智能机，几分钟前发出去的信息已经有了回音——来自离这里两条街的警署，内容只有四个字：我们到了。

他们联系的警长跟曼森家族毫无瓜葛，跟春藤集团老狐狸等人也毫无交情。

这位警长就是一位以铁面无私著称的刺头，向来天不怕、地不怕，事情没有查清楚前，没有任何人能从他嘴里撬出一句案件信息，包括其他组的警员，也包括媒体。

艾米·博罗这样性质特殊的人交给他调查，再合适不过，甚至不用担心会打草惊蛇。

法旺区时间晚八点四十一分，深蓝色的警车披着夜色而来，滑进春藤医院的停车场入口。

一分钟后，艾米·博罗在停车场内被拘。

黏着式高清摄像珠记录下了她投放药剂的全过程，警员收走她的智能机和对外联络工具，监控她的一切通信设备，并在此基础上"请"她过去配合调查。

八点四十三分，乔少爷一个通信下去，春藤医院数据库内的护士出勤排班表悄悄刷新，艾米·博罗的名字后面多了一条状态信息：病假，归期不定。

第十章 敬多年旧友

一张巨大网络的崩落，往往从某个细小的缺口开始。

艾米·博罗就是那个缺口。

关于她连夜被拘的消息，那位警长封得很死，春藤医院也同样安排好了一切。理论上，短时间内，其他人都不可能知晓这件事。但事实正相反，当天夜里就走漏了风声。

放风声的是埃韦思家族，提出这个建议的则是燕绥之和顾晏。

听到这个建议的时候，乔正坐在天琴星某看守所的休息室里。他在赵择木这里感受了一整个白天的"沉默是金"，正气得脸发绿，琢磨着要不要给赵择木第二次机会。

一夜没睡好，又在气头上，乔大少爷的脑子有点儿迟钝，一时间没明白燕绥之和顾晏的意思，"什么？把艾米·博罗被抓的消息放出去？那岂不是主动提醒曼森兄弟：我们要去逮你们了，你们先准备准备！"

他绘声绘色地说完，没好气地问："等他们准备好了，我们还玩个屁啊！所以顾，这么馊的主意是哪个疯子想的，别告诉我是你。"

通信那头的顾晏淡定地说："我确实是这个想法，不过主动提出这个建议的是某位院长，我不介意把你刚才的评价转告给他，毕竟骂他疯子的人十分少见，你应该是头一个。"

"哦不不不，算了算了。"乔大少爷认完怂，又咕哝道，"但我确实不能理解你们的脑回路，怎么想的……要把消息放出去……"

顾晏没头没脑地问："去过蔚蓝渔场吗？"

"废话，当然去过。"

那是极为遥远的一颗行星，因为整个星球都被海水包裹，海产多得令人咂舌，被称为联盟的渔场，由此得了个漂亮诨名，叫蔚蓝渔场。

"知道蔚蓝渔场的无氧区吗？"

乔说："知道啊！"

因为星球引力磁场以及一些地质环境的原因，蔚蓝渔场有几处地方非常奇特，水内含氧量近乎零，被称为无氧区。一部分需要依靠氧气成活的海下生物动辄就在无氧区表演"批量去世"的戏码。

为了保住这些海下生物的命，蔚蓝渔场的政府策划了一项活动——让游客往水里发射氧气弹。氧气弹在水里一炸，什么奇形怪状的水下生物都会扑腾起来，看起来蔚为壮观。

这项活动被简单粗暴地称为"炸鱼"，百年以来，已经发展成了蔚蓝渔场的经典旅游项目和一大奇观。

顾晏说道："你们燕老师对这种招猫逗狗的活动很有兴趣，但抽不出空闲时间去蔚蓝渔场。只能借着艾米·博罗，拿曼森兄弟手下那些人过过'炸鱼'的瘾。"

乔："……"

某人张口闭口"你们燕老师"的，除了你，谁喊燕老师。

考虑一番，乔觉得这事确实可行。他正打算再次展示自己广博的人脉和远程遥控能力，却发现自己的亲爸爸德沃·埃韦思已经采取了行动。

老狐狸不愧是老狐狸，风声拿捏得极有分寸。消息半真半假地搅混后放了出去。既惊了对方一部分爪牙，又不至于言之凿凿地惊动曼森兄弟本人。

燕绥之和顾晏要的就是这个效果。

海太平静就得搅两下，让那些蛰伏的玩意儿自己蹦。

不出二十四小时，行动就有了成效，有人沉不住气了。

凌晨五点，法旺区。

饱含湿气的浓云从天边直压过来，青黑欲雨。

燕绥之被指环智能机振醒，屏幕上显示着一条新的通知：在抓一只烦人的耗子。

什么玩意儿？

燕教授睡意未消，眯着眼睛看了好一会儿才反应过来——顾晏那位朋友的反捕捉小程序有动静了。

当初给房东默文•白装上这个程序时，燕绥之开了远程关联。

他们两个人中，任何一个人的智能机遭到非正常干扰、收到非正常信息时，都会蹦出红条预警。

当初那位朋友说，三次之内可以侦测到干扰方。目前看来他还谦虚了，只用了一次，程序就抓住了对方的小辫子。

接下来要等的，就是解析出对方的身份了。

智能机紧跟着又振一下，是房东的信息：早上好，我又收到了一封垃圾邮件，你们那个程序起作用了。

燕绥之：看到了，邮件情绪很丰富。

房东：哦对，你那边可以同步，那我继续睡了。

再一次遭受死亡威胁的房东默文•白，像只收到了一条推销信息，根本没放在心上。他只是翻了个身，就继续睡了过去。

燕绥之从那条"活泼"的通知条点进去，除了同步过来的邮件内容，还有不断刷新的捕捉详情：

05:03:34

正在试图捕捉……

05:04:11

捕捉失败。

05:07:19

整理完毕，正在进行第二次捕捉……

顾晏刚好进来，又看了一眼燕绥之的智能机屏幕，问道："醒了？收到什么了?"

燕绥之:"炸出一条鱼。"

这种消息实在提神醒脑,两人干脆也不睡了。

那个小程序不断刷新着存在感,每出一次结果,不论成功还是失败,都会发出"嘀"的一声响,但没人觉得这声音吵闹。

六点二十一分,燕绥之和顾晏正坐在餐桌边用早餐。

响了一个多小时的小程序终于蹦出了一个特别的提示音,活像一口气炸了一排烟花。

燕绥之被惊了一跳,差点儿把手里的玻璃杯扔出去。

顾晏也呛了一口咖啡。

"怎么回事?"顾晏握拳抵着嘴唇,咳了好几声,皱眉问道。

燕绥之看向屏幕——

06:21:44
捕捉成功,正在解析……

燕绥之:"捉到了,这动静大概是为了庆祝。"他看着餐桌上泼成一片的咖啡牛奶,又忍不住补充道:"你那位朋友真是个人才,各种意义上的。"

如果这个小程序能解析出对方的地点,甚至信息发送数据库,那么他们就能借机获取对方发送的文件原件,房东没有保留的那部分也能够补全,那他们手里握有的线索就很可观了。

解析程序迅速刷了一长串的屏,紧接着蹦出一个令人欣慰的提示:

解析成功,正在释放结果……

程序中的倒数计时忽然让人变得紧张起来。

转眼间,屏幕一跳。

那个曼森兄弟的爪牙,存留多项文件的合作者,试图干扰过燕绥之的智能机,又给房东发送威胁邮件的"人"被捉住了,相关信息在屏幕上列了好几排。

其中最显眼的就是标红的几句——信号源属性：双层模式。

信号源区域这行下面显示着一张电子地图，有两个地点被标记出来。

标为蓝点的，是表层信号源所在地；标为红点的，则是信号源真正所在地。

也就是说，发威胁信的那一方，在自己的信号外套了一层别人的壳，以避免被追踪信号。万一不幸被追到了，还能把责任转嫁给别人。

只是他们没想到，这世上的人才不仅仅存在于曼森兄弟盯了数十年的基因行业，还包括很多人，他们活跃在各个角落，做着不那么出格的工作，享受着平静的生活。

也许某天不经意设计了一个小玩意儿，却能把曼森这种人织出的网豁出一个窟窿。

比如顾晏的那位朋友。

这种事，曼森那些人可能永远理解不了。

电子地图中，红蓝两点的区域在几秒钟内迅速缩小，最终圈在两个地点。

那位被转嫁的冤大头，所在地为德卡马西南半球的某个林区，那中间坐落着一座材料大厦，所属公司为赵氏——赵择木父亲创立的那个赵氏。而信号源真正所在地则跟它相距十万八千里，离燕绥之和顾晏倒是很近。

它在东半球的法旺区，位于最繁华的商业中心旁。那里有一条以环境优雅和价格奇贵著称的街道，且长得令人惊叹，一些久负盛名的公司就坐落在那里。

而那个红色的标记点，就钉在其中一幢建筑上。

那幢楼有个简约优雅的招牌——南十字律师事务所。

顾晏看着地图沉默了片刻，冷冷道："还真是毫不意外。"

他伸出手指把屏幕往下滑了一些，又露出一行新的信息——

信号源代码：1192-1182-1。

1192-1182-1……顾晏对这个信号的前8位数字非常熟悉，因为他自己办公室的光脑信号就是如此，只不过他的第三组数字是"2"。

不仅是他，整个二楼所有大律师办公室的光脑信号都是如此。

而那个数字"1"代表什么，自然不言而喻。

南十字律所的一楼空间很大，包括菲兹所在的行政人事办公室，包括亚当斯他们的高级事务官办公室，也包括后面带水墙、带喷泉的合伙人办公室。

经历过这么多事，尤其是之前花园酒店的意外，他们甚至不用细查就能肯定，南十字律所的合伙人一定有问题。

只是……除了这些合伙人，其他人还有没有问题？他们要找的那些文件藏在哪位的数据库里？这就不得而知了。

"这个信号属于公用性质。"顾晏说，"一楼所有人占用的都是这个信号源。不过这样也有好处。"

燕绥之问："好处在哪里？"

"信号源是公用的，某种程度而言，一楼那些人的数据库之间也有联通。"

这是顾晏曾经在办一个案子时，从那位专业朋友那里了解到的信息，为了弄清楚其中的理论，他甚至还询问过详细的操作方法。

"也就是说，如果能控制一楼某台光脑，就有办法通过它联通其他人的数据库，从里面搜索出我们要的东西？"

顾晏点了点头："菲兹的办公室里有两台公用光脑。"

天琴星，傍晚。

乔摩挲着手指上的智能机，再次推开会见室的门，道："帮我再找一次赵择木吧。"

一整天下来，管教们已经跟这位大少爷熟悉了，听见这话也不觉得意外。他们在心里叹服这位少爷的毅力，虽然噘着嘴、摇着头，但还是把赵择木领进了会见室。

如果燕绥之或者顾晏在这里，一定会诧异于赵择木的变化。

当初在亚巴岛海滩上的赵择木，虽然偶尔会看着海岸出神，但多数时候也是谈笑风生的。他穿着得体，举手投足尽是一副成功的商业人士模样。

可现在，他面色灰暗憔悴，下巴上尽是青色胡楂，头发有一段时间没打理过了，鬓角没过耳尖，刘海耷拉下来，双眼就隐在刘海投落的阴影里。

一整天了，乔每次看到他，都有找把剪刀把他刘海全剪了的冲动。他总觉得那发梢一晃就能扎进赵择木的眼珠里。

管教把人带到，跟乔打了一声招呼便退出会见室，顺手帮他们关紧了门。

161

其他人一走，会见室就变得安静起来。

赵择木一如既往地看着窗外，一言不发。不知是在出神，还是纯粹地拒不配合。之前面对他的冷处理，乔总会软硬兼施，苦口婆心，发挥一个话痨的极限水平，叨叨个不停，企图靠三寸不烂之舌说服他，但最终又总会被他这副模样堵得喘不上气，然后摔门而出。

但这次不同，这次的乔从进门起就没开过口。他靠坐在椅子里，垂眸拨弄着两根手指，安静了很久。

窗外有鸟呼啦飞过，赵择木轻缓地眨了一下眼睛，有那么一瞬间，他几乎产生了一种错觉——乔好像放弃了。

赵择木的目光落在窗外好半天，终于还是收了回来，看向乔。

"看我干什么？"乔拨弄的手指一停，抬头问他。

"你好像不打算再从我这里问什么了。"除了早上刚见面的招呼和寒暄，这是赵择木说的第一句话。

在看守所里待久了，他的声音变得喑哑，仿佛饱含疲倦和心事。

乔想了想，撇着嘴，点点头："差不多吧，磨了你一整天也不管用。你知道我的，我最烦一件事翻来覆去拉扯个没完，没意思，真的。"他摊开手，冲赵择木比了一下："我刚才也想通了，你要真不想说，就算被我磨得开了口，也可能会倒一堆假话。强扭的瓜不甜，这道理我还是懂的。"

赵择木迟疑地问："那你为什么还在这里？"

乔看了一眼墙上的时钟，说："我晚上九点钟的飞梭机回德卡马，你知道的，把柯谨留在别处太久我不放心。"

"嗯，我知道。"

乔又说："从早上我进看守所到之前走出会见室，我断断续续地劝了你将近八个小时，累是很累，气也没少气。不过那是以案件利益相关人的身份。现在距离出发去港口还有两个多小时，我这次回德卡马，也不知道什么时候还有时间来天琴星，所以再陪你坐一会儿。跟案子无关，单纯以一个……多年玩伴的身份吧。"

赵择木不知想到了什么，眉心微皱。这让他看上去神色复杂，似乎有一肚子的话要说，又似乎一句都倒不出来。

乔又道:"别太感动,玩伴还得加一个限定词——曾经。这几年别说玩伴了,凑在一起说的都是假惺惺的场面客套话。现在这境况,场面话说不了,我也就没什么可聊的,只能陪你坐着,字面意义上地坐着。"

他这话说得格外直接,却不知道戳中了赵择木哪条神经,他沉默着听完,忽然笑了一声。

"笑什么?"

"没什么。"赵择木摇了摇头,"就是试着回想了一下,我们是从什么时候开始变得无话可聊的。"

乔嗤笑了一声,半真半假地掰了几根手指头计算着,说:"那可真是太久了,久得快算不清了。中学时候好像还跟你单独约过赛马吧?老实说,那次就没什么话聊了,一下午相当难熬。回去之后我就想,以后坚决不能单独找你,太尴尬了。"

赵择木挑了一下眉。

在做这种表情时,他又隐隐有了平日的模样,他道:"彼此彼此,那之后我也没再单独约过你了。"

乔干脆又掰着指头往下数了几年:"大学之后我就一直跟顾晏他们混在一起了,不过碰到聚会酒会还是会邀请你们。"

"礼节性邀请吧?"赵择木戳破。

"是啊,礼节性。"乔笑了一声,又顺口问了一句,"你那时候跟谁走得近来着?"

"曼森。"赵择木停了一会儿,又补充说道:"布鲁尔、米罗……还有乔治,整个曼森家吧。"

听见布鲁尔和米罗的名字,乔"礼节性"地冷哼一声,却没在这话题上过多停留:"这谁都看得出来。我问的是朋友,真朋友。"

赵择木摇头:"没有,哪来的真朋友。"

乔点了点头,评价道:"我猜也是,你们运气实在有点儿差。有几个真心朋友的感觉真的很妙,不体会一下太可惜了。"

赵择木说:"我知道。"

说完这话,他忽地又陷进长久的沉默,看着窗外不知想起了什么。

很久之后，赵择木突然低声说："人可真是奇怪……"

在他一直以来的定义里，可以随心所欲说真话的才能算朋友。这么算下来，之前真的一个也没有。但他现在陡然意识到，从刚才的某一句开始，他和乔之间的对话没了虚情假意的伪装，全部是随心所欲的真话，你来我往，而他们两个居然谁都不介意。

恍然间会给人一种"还是朋友"的错觉。

所以说人真是奇怪……

五六岁时风风火火，可以为对方打架抓蛇、奋不顾身，好像一辈子有这么一两个生死之交就足够了。

可等到十五六岁，仅仅十年的工夫，他们就已经渐行渐远，分道扬镳了。彼此的称呼慢慢从"生死之交"变成发小，又变成幼时玩伴，再变成客套的老熟人，好像一辈子也就这样了。

然而现在，赵择木四十岁，乔和曼森小少爷三十五六，他们虚与委蛇二十余年，一个刚出医院正在休养，一个为庞大的案子四处奔波，还有一个收押于看守所。现在几人的处境已是天壤之别，却居然又依稀找回一丝朋友的感觉。

赵择木久久未曾言语。

乔看了他半晌，忽然出声说："你在动摇，我看出来了。"

赵择木抬眼，沉默片刻承认道："……是，我在动摇。"

"摇着不晕吗？"乔少爷问，"有什么可犹豫的呢？要换作是我，早噼里啪啦倒一地话了。"

"事情已经到了这个田地，说不说又有谁在意？"赵择木说，"已经没有任何意义了。"

"优柔寡断，胡说八道！"乔毫不客气地说，"你以前抓蛇拧头那么利落，现在怎么这么磨叽？"

赵择木摇了摇头："你不知道，布鲁尔和米罗的根盘结得太深了，牵连了太多的人，每一个拎出来，跺跺脚都能震三震，他们前前后后编排了将近三十年的网，不是我几句话就能颠覆的。"

乔："哦。"

赵择木："……"

"盘根错节三十年嘛，我知道。"乔说，"我不仅知道，还清楚得很。哪些人在他们手里送了命，哪些人岌岌可危，哪些人跟他们统一了战线、狼狈为奸，哪些人正在努力查证。这些你也许不知道，但我清楚极了，我不仅清楚，还有证据。"

"你有证据？"赵择木终于正色。

"对啊，还不少呢。"

"不少是多少？"赵择木琢磨片刻，又忍不住提醒说，"他们不是那么容易对付的人，一两件事扳不倒他们。"

"还行。"乔谦虚了一句，"也就够他们在监狱蹲到世界末日，或者一人吃一粒灭失炮的枪子。"

赵择木："……"

"说吧，这个级别的证据，够不够撬开你那张嘴？"乔少爷玩笑似的问。还没等赵择木开口，乔又调出了自己的智能机屏幕，把顾晏发给他的一张截图找出来，"如果证据不够，那就再加上这个。"

赵择木从那张图里看到了各种数据，什么"表层信号源""本质信号源"，弄得他有点儿糊涂："这又是什么？"

"曼森的爪牙一直在给我们的人发威胁邮件。"乔说，"你知道这种性质的东西一旦被查，会是什么后果吗？"

赵择木："知道。"

"知道就行。这张图的意思是说，尽管你们家为曼森牺牲那么多，但他们坑起你家来毫无愧疚之心，就连发个恐吓邮件，干扰几台智能机，都要披个你家的壳，生怕你们一家死得不够彻底。"赵择木脸色变沉，乔又拿了一个东西放在桌上，"如果这些还不够，那就再加上这个。"

"这是什么？"赵择木看着桌上多出来的纸卷，非常疑惑。

那个纸卷非常精致，带着烫金绳边，腰上扎着锦带。

赵择木拨弄了一下，看到了锦带一角绣着的樱桃枝："樱桃庄园的酒笺？"

乔抽走锦带，把纸卷展开，转了个方向推到赵择木面前。

"记得吗？去年存留的。"乔说。

去年的今天，他和赵择木还有乔治·曼森在樱桃庄园约了一次酒，没什么特别的原因，只是碰巧遇上了，碰巧都有空，于是三人久违的，在没有其他人陪伴的情况下，在樱桃庄园喝了一夜酒。

其实不算尽兴，因为可聊的新鲜话题不多，大多是在说些旧事。但酒精总能让人情绪冲头，喝着喝着，居然喝出几分意犹未尽的意思。

他们离开的时候天已经亮了，朝霞映在樱桃园，枝叶间有清晨的雾气。他们衬衫的领口敞着，没平日那么精致规整，脱下昂贵的外套，拎着搭在肩膀上，随意而不羁。

他们偶尔还会因为某句话放松大笑，那一瞬间，甚至会让人想到少年时。

没有分道扬镳，也没有客套奉承。

乔治·曼森喝得最多，也是最兴奋的一个。

临走前，他招来庄园的服务生，说要再订一瓶酒，选季节正好的樱桃，酿一瓶口味正好的酒，就存在庄园里，等到明年的这一天，他们再来喝一夜。

服务生说："好的，先生。"然后递给他们一张酒笺。

时隔一年，刚好在约定的这一天，酒笺在看守所会见室的长桌上被拆开。

上面是一行龙飞凤舞的字——

敬我多年的旧友，和那些令人怀念的日子。

落款：乔治·曼森

赵择木的手指搭在酒笺一角上，垂着目光。他稍长的头发挡住了眉眼，看不清情绪，只能看见颊边的骨骼动了两下，好像咬住了牙。

乔同样看着这张酒笺，沉默良久说："我的律师死党和曾经的老师给过我一个建议，让我不要漫天胡扯，可以试着跟你打一打感情牌。我听了其实很苦恼，因为我一时居然找不出我们之间有什么感情牌可以打。直到一个小时前接到了樱桃庄园的提醒信息。"

乔静静地说："我让服务生把酒和酒笺加急送了过来，本来想跟你喝一杯，借着酒劲说服你。但是我拿到酒之后，就改了主意。知道为什么吗？"

赵择木没抬头："为什么？"

"因为这瓶酒已经被人开过了，服务生说今早乔治一个人去了一趟樱桃庄园，独自喝了几杯。不过他没有喝完，还给我们留了一大半。"乔沉默了片刻，"我觉得留下的这些，随随便便喝下去有些浪费，你觉得呢？"

赵择木没说话，他沉默了很久很久，才哑着嗓子说："是啊，有点儿。"

乔说："很多年里，我都觉得乔治这人感情很淡，今天跟这帮人浪荡，明天跟那帮人鬼混，没一个走心的。最近却突然发觉我弄错了，他才是我们三个人里最念旧的一个。

"我最近总会想起他住院的那几天，不论多少人去看他，他总是在发呆，不愿意说话，颓丧极了。在听说你被列为嫌疑人的时候，他没有表现出丝毫意外。我一直在想，当初他醉酒躺在浴缸里，被人注射那些强力安眠药的时候，也许并没有像法庭上描述的那样醉到不省人事。"

也许当时的乔治·曼森虽然喝了很多酒，却还留有一丝意识。

也许他并没有完全闭紧双眼。

也许他在浓重的醉意中，亲眼看见一个人弯腰站在他面前，往他的血管中注入那些强力安眠药，而他记得那人是谁……

赵择木闭了一下眼睛。

"但他今天仍然去了樱桃庄园，取了这瓶酒，并且没有喝完它。"乔终于抬眼看向赵择木，"我这人挺相信直觉的，我知道乔治也一样。你看，我们直觉里仍然相信你，相信你不是真的希望他死。"

"你刚才说，已经到了这个时候，再说什么也没有意义。"乔摇了摇头说，"我觉得不是。你知道的那些东西，手里握着的证据，心里藏着的事情，对那些被曼森兄弟害死的人有意义；对现在还躺在医院生死未卜的受害者有意义；对那些被无端牵连，几十年过不好轻松生活的人有意义；对我们一家和你们一家有意义。最少最少……对乔治有意义。"

乔说："你欠他一个解释，否则承不起他留下的半瓶酒。"

会见室里一片安静。

过了很久，赵择木动了动嘴唇："我接管赵氏的时候，已经太迟了……"

乔治看向他，没有插话，也没有催促，只安静地等他慢慢开口。

"布鲁尔和米罗渗透得太深,我父亲……你知道他的,在精明度上跟其他人远不能比,有时候冲动又轻率。我发现的时候,他已经被完全扯进布鲁尔和米罗的网里了,整个赵氏都洗不清,也不可能洗清。我试过很多办法,最后发现,依旧只能走最迂回的路,表面上捧着那两兄弟,私下里一点点把那些纠缠不清的利益线断开。"

赵择木说起这些的时候,嗓音里透露出浓浓的疲惫:"这其实是一个艰难又漫长的过程,我不可能直接推翻曼森家族,因为牵连的不仅仅是那兄弟俩,还有其他家族,包括克里夫、约瑟等,单凭赵氏根本扛不住。我只能选择最稳妥又能自保的路。但布鲁尔和米罗并不傻,他们能感到我的犹豫和拖沓。前几年我能接触到很多事情,但这两年,我已经被他们边缘化了。"

他轻轻吐了一口气,像是某种无力的感叹:"他们要对自己的弟弟乔治下手这件事,我其实是最后才知道的,还是通过别人的口探到的。那时候人已经上了亚巴岛,万事俱备,连动手的人都安排好了。"

在那种情况下,赵择木其实阻止不了什么。因为以布鲁尔和米罗的性格,一次不行会有第二次,这次不成,下次会更狠。

"我能想到的最稳妥的方法,就是把动手的权力转移到自己手里。"赵择木说。

他想把事情搞得声势浩大一些,关注度高一些,让更多的人盯着曼森兄弟,他们才能有喘息和转圜的余地。

赵择木:"我来的话,至少可以保证乔治不会死,也刚好能提醒他,谁也别信……"

听到这些,乔忽然想起医生说过的话。

医生说,乔治·曼森运气很好,注射进体内的强力安眠药的剂量差了一点点,再加上救助及时,所以最终能保住性命,好好休养的话,不会留下什么过度的损伤。而当初,在亚巴岛的酒会上,最先提醒大家去房间叫醒乔治·曼森的,正是赵择木。

许久之后,乔点了点头:"你介意我把这些说给乔治听吗?"

赵择木有些迟疑:"以他的性格,知道这些并不是好事,他藏不住事。非但不能让他远离危险，还会让他那两个哥哥变本加厉。"

"如果你是担心这个，那你还是省省心吧。"乔看向他，斟酌了片刻说，"我之前说的话没有骗你，我们手里现在握着大把的证据。我们有最精通基因技术的团队，背靠根基比曼森还深的家族——我家，还有联盟最优秀的律师开道护航。"

乔站直身体，神色郑重，说道："我最后问你一个问题，要加入我们吗？你手里握着的那些家族之间的往来证据，会为我们锦上添花。"

过了一个世纪那么久，赵择木终于开了口："知道吗？这样接二连三地转换阵营，会显得我有点儿优柔寡断，没有主见，像个墙头草。"他自嘲地笑了一下，又沉声道："不过，我给你一句承诺。如果需要的话，我可以再上一次证人席。"

乔欣慰地笑起来。

这是近些日子里，他少有的由衷的笑："那真是再好不过了。"

那瓶由樱桃庄园送来的酒终于还是搁在了会见室的长桌上。

一切都很简陋。没有讲究的冰桶酒架，没有得体的服务生，没有散着酸甜清香的红樱桃和修剪过的花枝。只有一瓶开过的酒和两只玻璃杯。

乔给自己倒了半杯。

他忽然想起很多年前的某个午间，三个年少的朋友第一次在樱桃庄园翻出长辈们存留的酒，故作绅士地碰一下杯，然后仰头，笑闹着一饮而尽。

长风穿过枝丫，回忆里好像总会有明亮得晃眼的阳光，跳跃在某簇花枝之上。

一转眼，竟然已经过了这么多年。

乔用杯口在另一只空杯的杯口上碰了一下，然后冲赵择木举了举杯："其实我挺念旧的，我想你也一样。"

——敬我多年的旧友，和那些令人怀念的日子。

"我会在樱桃庄园重新订一瓶酒，等你们来喝。"

"好。"

等一切尘埃落定，不醉不归。

第十一章 星辰相聚

茫茫星海，私人飞梭机披灯航行。

墙上的星区时钟又悄悄移动了一格，乔估算着柯谨的生物钟，给对方的智能机发了一句晚安，意料之中没有任何回复。这大概是最不公平的信息界面了，永远只有乔这半边有字，柯谨那半边空空如也，但小少爷并不介意。

他有点儿兴奋，本该趁这时间在飞梭机上补个觉，却一点儿睡意都没有。他在偌大的舷窗边转了两圈，又给尤妮斯发了一句晚安。

这次仅仅几秒，他就收到了尤妮斯回应的消息：你吃错药了？

乔："……"

有亲生姐姐的反应为例，他觉得自己还是别去骚扰亲生父亲为妙。于是他转了两圈，拨通了顾晏的通信。

所以说人一定要有那么一两个过命朋友，深更半夜拨通信过去瞎振，对方非但不会打死你，还会很快接通的那种，比如顾。

智能机提示音："对方正在通话中。"

乔："……"

小少爷把满脑子的"比如"收回去，耐着性子等了几分钟，再次拨了顾晏的通信号。

智能机提示音："对方信号错误。"

乔："……"

法旺区还有信号错误的时候？开什么玩笑？

乔更有点儿纳闷，他不信邪地又拨一次。

智能机提示音："对方的智能机已关机。"

乔："……"

他原地愣了三秒，突然反应过来：这是把我拉进黑名单了吧？

出于验证的心理，乔大少爷不信邪地连拨十三次。回回都被顾晏的智能机一秒拒绝，那速度快得……明显是自动的。

小少爷很心痛。就在他倔着脾气拨出第十四次的时候，智能机忽然连振几下，顾晏主动拨回来了。

"哇，你拉黑我！"对方还没开口，乔就控诉起来。

"没有。"顾大律师矢口否认，平静地说，"我只是开了全消息屏蔽，结果转头一看十三个未接通信堆在屏幕首页。"

"你开全消息屏蔽干什么？"乔很纳闷。

这很不符合顾晏的作风，他以前从来不喜欢开屏蔽的，不管白天还是晚上。这会儿是吃错什——

哎？

小少爷嘀咕了一半，忽然福至心灵："噢！"

他琢磨两秒，又拖着更长的调子："噢——"

"所以我是不是打扰到了什么事情？哎哟我去，我不是有意的，你继续你继续。"

对面顾大律师默然无语好一会儿，在乔知趣挂断通信的前一刻说："我们在去律所的路上。"

乔愣了一下，"去律所？"

"对。"

乔特地看了一眼墙上的星区时钟，法旺区现在是深更半夜没错啊！深更半夜去什么律所？

"人家这个时候都容易消极怠工，你怎么反着来？大半夜的还要特地过去加班？而且你都加班了，开什么全消息屏蔽啊？"

171

"不是加班。"顾晏回答说。

"不加班？不加班你深更半夜去干吗？跟院长吵架离家出走啊？"

避免乔越扯越离谱，顾晏言简意赅地解释了一下："做贼。"

深夜，法旺区。

燕绥之和顾晏进了南十字律所。

一如往常，他们目不斜视径直去了二楼顾晏的办公室。

"小傻瓜怎么样了？"燕绥之的目光从几处会装摄像头的角落一扫而过，随口问了一句。

"被我们知法犯法的行为吓得切断了通信。"顾晏摘下耳扣。

他们清早捕捉到来自南十字的信号源后，就直接驱车到了律所，想看看给房东发威胁邮件的人还在不在，是不是他们所想的那位合伙人。但是对方很警惕，等他们到律所的时候，对方早就已经离开了。所以他们等到半夜，等律所空无一人的时候，直接去菲兹办公室用公共光脑搜他们想要的东西。

"这怎么叫知法犯法？"燕绥之挑眉说，"哪条法律规定了不许半夜回工作地点借用一下公共光脑？又有哪条法律规定了不能从相互联通的数据库里调点儿信息出来？变向联通就不叫联通了？我们这明明是合理利用有效资源。"

做过院长就是不一样，死的也能说活。顾大律师想了想，居然找不出这话有什么问题。

这两位"做贼"都做得从容不迫，他们先把外套脱了，挂在自己办公室的衣架上，又为了舒适方便把衬衫袖口解开，往手臂上翻折了两道。

更过分的是还去茶点间倒了两杯咖啡，这才端着咖啡杯进入菲兹的办公室。

行政人事的办公室很宽敞，菲兹作为这一块的负责人，有个玻璃水墙半隔开的独立空间。整个办公室收拾得时尚整洁，一看就是按照菲兹的品位摆布的。

大律师时不时需要找菲兹确认各种文件手续，顾晏跟她关系不错，更是对这间办公室熟门熟路。

菲兹那个独立办公间里有一张宽大的办公桌，那是她自己用的。另外，还有一张弧形桌依靠落地窗旁，有点儿类似咖啡店面朝窗户的吧台。那两台备用的公共光脑就搁在那个弧形桌上。

落地窗的双层窗帘闭合着，其中一层完全不透光，将办公室和外界隔绝开。燕绥之靠着弧形桌坐下，支着下巴问顾晏："你来还是我来？"

顾晏正要打开光脑，闻言手指一顿："你会？那你来也一样。"

燕绥之："不会，我只是礼节性客气客气。"

顾晏："……"

关于怎么从这种公用信号源的环境下介入各个数据库找东西，顾晏那位专家朋友说得挺复杂，好在听的这位脑子好记性也好，始终记得操作流程。

动手介入数据库之前，顾晏又把反捕捉程序的结果反馈仔细看了一遍。

当他的手指滑到那个"1192-1182-1"信号源代码时，顾晏的目光停留了一会儿。因为这行数字下面还标着一个小小的符号"＊"，程序反馈的其他信息他们都能明白，唯独这个多出来的角标解释不了。

所以来律所前，顾晏给这个角标截了图，发给那位专家朋友询问。

那位朋友很快回道：没什么关系的符号，不影响实质性结果。不过具体什么意思我给忘了，当时可能随手加了点儿额外功能。等我回头翻翻原始草稿再告诉你。

半个多小时过去，对方还没查出个所以然来。

不过这无伤大雅，毕竟介入数据库搜找文件跟这个小符号没有任何关联。所以顾晏只是目光暂停了片刻，就收起屏幕，开始顺着回忆操作光脑。

那过程确实复杂得很，中间时不时会蹦出几个程序，显示正在破解某个数据库的安全密钥。大大小小一串进度条下来，花了将近一个小时。

夜色更深，办公室内的温度都受影响降低了几度。

燕绥之这会儿其实有点儿不舒服，头隐隐作痛。光脑屏幕上的字符翻滚得太快，看久了甚至还加重了那种不适感。所以他看一会儿就收回了视线，状似百无聊赖地在办公室里转了两圈，又靠在窗边，伸手挑起双层窗帘的边缘。

从这片落地窗看出去，能看到南十字和隔壁通用的停车坪边缘茂盛的花树。

大部分视线被漂亮的花束挡住了，但依然可以看出，这一整条街都不剩什么人了，除了偶尔滑过的车灯，便是一片静谧的幽黑。

片刻之后，光脑轻轻响了一声。

燕绥之从窗外收回视线，轻轻按了按太阳穴，朝光脑看去。就见顾晏敲下一个确认键，光脑的屏幕终于跳转成他们最想看到的一幕：

正在搜索文件，这个过程大约需要五分钟。

这句提示下面是长长的进度条，正在以不紧不慢的速度朝前爬着。

——搜索进度2%。

外面不远处又有车灯如水一样无声划过，不过燕绥之没回头，他看了一会儿屏幕，把挑着窗帘的手指放下了。

——搜索进度27%。

南十字律所，停车坪北入口。
一辆红色的飞梭车放慢了速度。深夜光线不好，刷脸系统透不过车窗玻璃。驾驶座上的人体贴地打开车内灯光，放下车窗，让扫描仪对着自己的脸照了一下。计费屏自动跳转，显示出三行字：

扫描成功！
艾琳·菲兹
专用停车位21

菲兹重新关上车窗，耳扣里朋友的声音还在继续："你安全到了没？到了我挂了啊，我要困死了，再聊下去明天我铁定要迟到。"

"到啦。"菲兹把车开进车库，说道，"拉着我胡扯两个小时的明明是你，怎么搞得好像是我不放你去睡觉一样。你赶紧挂断吧，我准备下车了。"

"行行行。"朋友还在嘟囔，"我早困了好吗？谁让你聊到一半突然说要回趟办公室，要不是怕你走夜路被打，我才不会强行拖到现在。"

"有两个文件忘记传了，没办法。你以为我吃饱了撑的吗？"菲兹唉声叹气道。

——搜索进度69%。

红色飞梭车在专用车位自动停好，菲兹拎着包下车进了电梯。楼层开始从负二层往上跳。

——搜索进度82%。

电梯楼层到了一楼，菲兹拎着包往外走。

半夜匆匆来去，她连高跟鞋都没穿，蹬着一双居家软底鞋就来了，踩在地毯上一点儿声音都没有，演女鬼正合适。

——搜索进度91%。

菲兹穿过室内花廊，又在茶点室的冰箱顺了一瓶酸奶，走到办公室门口。

她握住把手正要开门，动作忽然顿住了。

因为在她脚前，有光从门底的缝隙里透出来，洒在她的鞋面上。

与此同时，办公室内。

燕绥之没再继续紧盯屏幕，头疼的感觉又重了一些。他挑开窗帘一角，想转移自己的注意力，结果目光正好落在停车坪入口处。

"顾晏。"燕绥之盯着停车坪入口，轻声说，"停车坪门口的身份识别仪是感控的吧，待机时亮什么颜色的灯？"

"蓝色。"顾晏问，"怎么？"

"没事，看到那边有蓝光，问问。"燕绥之说。

他干净的眸子静静地盯着那个方向。

因为角度问题，他无法看到停车坪的入口，但可以看到入口旁栽种的一排花树。最里面那株，枝叶镀上了一层隐隐的红光。

有人进去过。

所以停车坪的识别仪切换到了工作状态，还没切回待机。

燕绥之放下窗帘，转头盯着办公室门。

"你继续。"他拍了拍顾晏的肩膀，目光扫过桌面。

为了转移注意力，他手里那杯咖啡不知不觉已经见了底。倒是顾晏一直在忙，咖啡只动了两口便搁在手边，到现在依然很满。

他一脸冷静地调换了两人的杯子，拿起顾晏的杯子便往门口走。但走到办公室门边，他又没有要开门的意思。就那么端着咖啡好整以暇地等在那里。目光沿着门缝扫了一圈，最终落在门把手上。

他这举动实在让人有点儿摸不着头脑。

顾晏手指没停，问了他一句："怎么站门边？"

燕绥之就着手里的杯子，又喝了一口咖啡，不紧不慢地说："等。"

"等什么？"

等着看看对方有没有眼力。

如果在顾晏搞定数据库再摸进来，那他可以勉为其难跟对方扯两句，扯到对方脑子转不过来为止。但如果在搜索完成之前就摸进来……

门外。

菲兹看着鞋尖上的光，眼珠一转不转。

她静止了几秒，忽然把手中的酸奶瓶搁在一旁的花台上，又从自己随身携带的包里摸出了几样东西。

然后轻轻握上了门把手……

——*搜索进度93%。*

门内机簧轻轻一弹，应声而开。

来了！

燕绥之双眸眯了一下，抬手就把咖啡泼了出去。

这大概是某位院长演技的巅峰时刻，泼出咖啡的同时，他"啪"地抓住门，变相挡住对方进门的路。

乍一看，这就像是被门外的人吓了一跳，撑住门框才堪堪刹住步子。但外面那位也不是吃素的，燕绥之还没看清来人是谁，一个不知是什么的玩意儿就捅了过来，还没碰上都能感觉到皮肤麻麻的。

燕绥之眼疾手快，一把捏住对方手腕的麻筋。

捅过来的东西瞬间松脱，掉在地毯上，无声地滚了两圈。

那人"啊——"地低叫一声。

"菲兹小姐？"燕绥之听见声音，顿时愣了。

门外的菲兹握着一只手腕也愣了："阮？"

有那么一瞬间，她惊异的表情中还混杂着一丝别的意味，但没等燕绥之探究明白，她就低下了头，"哎呀哎哟"地叫唤起来，同时甩着她那只麻掉的手。

"揉一会儿这里就好了。"再熟也是位女士，不好随便上手，燕绥之在自己手腕上比画了位置告诉她，然后又问道："咖啡洒到你身上没？"

"没有，我不穿高跟鞋就很敏捷，基本都洒地毯上了，只是手麻了。"菲兹一脸愁苦地瞪他，"你怎么下手这么重？摸个电门也就这程度了。"

燕绥之："抱歉，一开门就有东西扎过来，本能反应。我差点儿以为进了贼，还是个携带凶器的贼，正按着转化抢劫算刑期呢，没注意下手的力度。"

他这话其实很有心理上的导向性，"以为进了贼"这句话，就把他自己划进了"理由正当不是贼"的行列，给菲兹一个先入为主的暗示。紧接着，他抖了抖衬衫边角不幸沾上的咖啡渍，疑惑道："你怎么会在这里？"

果不其然，菲兹小姐气势上弱了两节，讪讪地说："有东西落在这里了，而且还有一些事情没做完。我本来都要睡觉了，忽然想起这个事也睡不着了，干脆赶过来了，再加上……"菲兹下意识解释了一句，又猛地住了嘴。

燕绥之："嗯？"

菲兹："……"

哎，不是，这好像是我的办公室啊！我出现在这里不是理所当然的吗？为什么会有种误闯别人领地的感觉？

菲兹小姐内心万分纳闷。

反观这位真正误闯别人领地的……居然坦然得不得了！什么道理？

她正要张口说点儿什么，燕绥之又弯腰捡起她掉落在地上的"凶器"。

那东西长得像个圆头钢笔，只不过粗短一些。其中一头发着暗蓝色的光，即便没碰到皮肤，靠近了也会有种汗毛竖起的刺麻感。

"防身电笔？"燕绥之把开关关掉，递还给菲兹。

这玩意儿其实跟警用电棍没什么差别，也就做得袖珍一些，危险性低一点儿。有些人独自走夜路会带上一个。

真要用起来，不致命，但捅一个晕一个。

菲兹接过电笔，又把掏出来的其他几样东西逐一放回包里。包括但不限于指虎、掌钉、袖珍警报器、防身喷雾、录音笔……

燕绥之："……我是不是也得庆幸自己身手勉强算得上敏捷，否则我这个月大概都得在春藤住着了。"

而且怎么还混着个录音笔？

菲兹小姐的气势再度弱了几分："我开门的时候，看见门缝里有光，我也以为……"

"哪位盗窃分子办坏事的时候弄得灯火通明？办展览搞直播？"燕绥之笑着说。

"也是。"菲兹点了点头。被燕绥之这么绕了两圈，她都快忘了自己要问什么了，好在最后又想起来了，"你怎么在楼下？顾呢？"

看在关系好的分上，她没直接说你来我办公室干吗，而是委婉了一下。

谁知燕绥之转头朝办公室里指了指："顾老师？在里面呢。"

菲兹："……"

好，占地盘还带组团的。

——搜索进度98%。

燕绥之说："我智能机这两天出了点儿问题，数据库被锁定了。"

他说着，顺手调出屏幕，把一连十条安全警示通知划拉了一下，让菲兹领略了一下那一整排触目惊心的红色感叹号。

"数据库被锁定？"菲兹闻言皱眉，略微思索了片刻，也不知在想些什么。

片刻后，她目光一动，看向燕绥之，"好好地怎么会被锁定呀？查过吗？我做行政人事接触的事情比较杂，以前所里好像也有哪位的数据库被锁定过，好像是因为远程干扰？"

她说着又摆了摆手道："当然，我那次听说的是这样。这年头有些人疑神疑鬼的，就爱用这些流氓手段。"

"在查，其他倒还好，就怕被种了病毒或是别的什么，导致资料泄露。"燕绥之说着冲办公室里面指了指，"之前翻找卷宗，你给我开了不少权限。我想了想，还是觉得把这些权限关了比较好，免得被盗用。"

燕绥之说起瞎话来眼睛都不眨，更何况他说的这些也不算全是瞎话，至少混了不少真实情况，四舍五入算个真实理由了。

"顾老师的光脑管不了你这边的行政后台，只能下来借行政公用的先把我的通信号封上。"

"哦——"菲兹恍然大悟，"怪不得，我说你们什么事不能等明天呢。"

"夜长梦多。"燕绥之说。

菲兹点了点头，抬脚进了办公室。

从燕绥之的位置，能越过磨砂玻璃墙看到里面办公室的一角——光脑屏幕上，进度条终于跳了一下，变成了百分之百。界面转换成了搜索完成的状态，然后以极快的速度滚出一个信息长条，上面是各种目标文件的缩略图和备注。

顾晏选择了全部导出，目标路径定义为房东那个没有登记过的智能机上。而这时光脑界面又是一闪。

——传送进度23%。

顾晏："……"

燕绥之远远看见又蹦出一个进度条，头更疼了。

菲兹把外套和包挂上衣架。她只要再转个身，绕过一个助理办公桌，就可以看见里间办公室，那个特别明显的进度条就会落入她的眼里。

就在她开了湿度调节器，正要往里间走时，燕绥之忽然叫了她一声："菲兹小姐。"

"啊？"她转过头。

燕绥之朝一旁的花台指了指："你落了一瓶酸奶。"

"哦，对！差点儿忘了！"

菲兹走回门边，从燕绥之手里接过酸奶。

这一次，再没什么理由能绊住她。况且再来两次，即便她没看见什么也要起疑心了。

顾晏皱着眉，手指在桌面上敲着。

今晚菲兹没穿高跟鞋，脚步声没那么清脆，但依然能听见她的脚步声越走越近。

——传送进度98%。

——传送进度99%。

数字跳成100的瞬间，顾晏关了程序，然后永久移除。

菲兹走进办公室里间的时候，公用光脑上，行政后台的界面果然开着，顾晏戴着耳扣，不紧不慢地在名为"阮野"的实习生管理界面审看。而旁边的权限版面一片红，全部被他强行关闭了。

十分钟后，燕绥之和顾晏回到楼上。

菲兹跟他们聊了一会儿，喝完了一瓶酸奶，留在楼下办公室开始处理她的急事。

两人刚进门没一会儿，那位活在智能机里的专家朋友就给顾晏拨来了通信。

"还是跟你交流最痛快，不管多见鬼的时间，你都醒着，你究竟用不用睡觉？别是个仿真人工智能吧？"那位朋友开着玩笑。

顾晏："有点儿事，在办公室多加了一会儿班。顺便实验了一次从你那学来的东西。"

"什么？"

"同信号源下的数据库联通。"顾晏说，"是叫这个吧？"

"哦！对！我想起来了。"那位朋友说，"你最近这个案子好复杂，怎么什么都要试。试出来效果怎么样？"

顾晏简述了一下过程。

那位朋友先是赞同地"嗯"了几声，听到最后却忽然打断："等等，你怎么清除痕迹的？"

"照你说的，点永久移除。"

"只点了永久移除？"

顾晏听出他话外的意思，皱起眉："除了这个还会有别的痕迹残留？上次没有提过。"

那朋友讪讪地说："对，上次我把这点漏了。永久移除之后，按理说是没有痕迹的，但是有一小部分光脑比较有病，它会把你最后那个永久移除的行为本身记录下来，里面会有一些详细信息，就在运行日志里。"

燕绥之靠在桌边，撩着顾晏那盆常青竹。

结果一抬头就发现顾律师脸比常青竹还绿。

"怎么了？"他非常自觉地从顾晏西服口袋里摸出另一只耳扣，戴在自己耳朵上，搭着顾晏的肩膀，光明正大地听通信。

耳扣中，那位朋友还在倒豆子似的补充："……没事，其实痕迹也不会留太久。有人开关光脑前喜欢查看一下当天的运行日志，就比较容易发现，不查看就没事，第二天就自动刷新掉了。"

一句话说完，两位律师脸都绿了。

"菲兹小姐有这个习惯吗？"燕绥之用手指敲了敲桌面，用着极低的声音问道。

顾晏："有。"

而且不止查她自己的光脑，也包括那两台公用光脑。

顾晏敢打赌，他们上楼之后，闲下来的菲兹小姐第一件事，一定是先把运行过的公用光脑打开，看一遍日志。

这是律所那帮行政人事的固定习惯。

也就是说，如果他们运气不好，菲兹很快就会发现他们刚才做了些什么。顶多再过几分钟……

那位朋友在智能机程序方面是个天才，但察言观色方面的智力大概相当于胚胎。

他没有注意到顾晏这边令人窒息的沉默，又叽叽喳喳地说："哦对了，我找你是说另一件事。你之前不是说，查信号源的时候，原始信号源的数字码有个角标的星号对吗？我没翻到最初的草稿，所以刚才搭了不同场景试验了很多次，总算弄明白这个角标的意思了。"

"什么意思？"

那位朋友说："这个角标表示，发送信息的人实际做了双重伪装，包括本质和两个伪装在内，一共有三层信号源。但在你们之前，有人已经费力解除了他的一重伪装，这时候如果有人再捕捉，就比较轻松。"

"你的意思是有人在帮我们？"

"也不一定啊。可能他并不知道你们在做什么，但跟你们一样，都想让那个干扰者暴露出来。不过他不是搞技术的，只能动点儿简单的手脚，悄悄降低那个干扰者的隐蔽性。"

"能解除一重伪装，怎么不是搞技术的？"

那个朋友嘿嘿一笑："因为没那么复杂，同信号源的网络就很容易做到，知道点儿皮毛技术就行，关键在于权限。"

同信号源？

知道一点儿皮毛？

权限高？

燕绥之和顾晏对视一眼，几乎同时想到了一个人。

一分钟后，他们再次站在一楼的行政人事办公室里。

磨砂玻璃墙将办公室隔成了两个空间，里面那间亮着舒适的落地冷灯，夜里加班办公最合适不过。

菲兹的光脑和一台公用光脑都亮着屏幕，两边运行的都是日志界面。使用过的记录一条一条排下来。

阅读光标停留在其中一行上。

而菲兹小姐正坐在那台公用光脑前，卷曲的长发披散着，一边撩在耳后，露出夸张又精致的耳坠。

众所周知，这位高挑漂亮、脾气直率的姑娘，有着南十字最广的人脉。

律师和合伙人，律师和事务官，合伙人和事务官，这些不同的关系中间，总有一个她做媒介和纽带。她知道最多的东西，对各种消息有着莫大的热情，算南十字年轻人中的元老。实习生报到手续要经她的手，律师和学生各种权限申请要由她来决定上不上报。

如果真有一个人，能够无声无息地在南十字内部动一些手脚，帮一些忙，并且不会让人觉得意外，也不会引起太多不必要的关注……

非她莫属。

夜色深重，浓云低垂。

杜蒙高速上，两辆飞梭车一前一后地行驶着，前面那辆是张扬的鲜红色，后面那辆是低调的哑光黑。车灯洒下的光如水般悄然划过。

燕绥之记得菲兹曾经说过："不管顾晏怎么想，至少我单方面把他当成很好的朋友。"

他一直想跟这位姑娘说："不是单方面的，顾晏也一样。"

朋友之间在某些时刻总会有别样的默契，心照不宣。

他跟顾晏去到一楼的时候，菲兹什么也没明说。

她只是盯着两人的眼睛看了好半晌，然后忽地笑了起来，如释重负的那种笑。她接着一把掏出飞梭车的光感启动钥，颇为任性地晃了晃："办公室憋得慌，我想飙车。去不去？"

顾晏当时一脸怀疑地看了她片刻，上楼拿了外套："走吧。"

那时候燕绥之还没弄明白他为什么一脸怀疑，直到上了悬浮轨道。

这位口口声声要飙车的小姐，愣是压着速度底线，全程跑完了杜蒙高速。这过程中，只要是个四轮的就能超她的车。

就这样，她还胆敢指使飞梭车拐进速度更快的云中悬浮轨道，然后依旧压着规定速度的下限。

其间，顾律师没忍住，开了车内通信，跟前方带路的菲兹连上线，冷静地问："小姐，你知道飙车的意思吗？我怀疑自己之前可能听错了，你说的应该是散步？"

菲兹的笑声在通信频道里传出来："别拿刻薄吓唬人，连实习生都不怕你，我又怎么会怕你。实话说吧，我平时一个人开车根本不会上悬浮道。这对我来说已经是风驰电掣了。有不满意尽管提，反正我是不会提速的。"

顾晏沉默片刻："那你是出于什么心理买车的时候选了飞梭？"

菲兹："因为帅。"

顾晏："……"

顾晏想了想，一键关了车内频道。

对于顾律师的脾气，燕绥之太了解了。他也就是嘴上"冻人"而已，而且关系越好越不客气。你看他刻薄了半天，挂掉通信之后还不是老老实实地跟在菲兹车后，一直跟到了终点。

他们在悬浮道上疾驰了一个多小时，早出了法旺区，进了边郊山林。

这里跟法旺区正中心是有时差的，他们驱车沿着盘山路开上山顶时，当地时间是夜里十二点整。

这座山是这一带的海拔最高处，顶上有座风塔，大门全天候敞开。只要有兴致，随时可以上到最高层的景观台，俯瞰遥无边际的整片林区。

风塔春夏两季很热闹，到了秋冬的深夜才会冷清下来。

他们选择的时间很好，顶层的景观台空无一人。

菲兹熟门熟路地开了天窗，所有的遮光屋顶撤向两边，只留下巨大的，没有任何支架和分割痕迹的玻璃，头顶的漫漫星空就这样无遮无拦地笼罩下来。

菲兹甚至不用去找，就指着某一颗远星，说："哎，看见没，那颗你们认识的吧？是我的老家，从曾曾曾祖父辈开始就定居在那里了，不过我已经很多年没回去过了。"

燕绥之作为资深的迷路派，天生跟方位有仇，离了地图永远找不着北。

他对上菲兹小姐的眼神，微笑着点了点头，然后转脸就轻轻推了一下顾晏，用口型无声发问："这指的是南是北？哪颗星球？"

顾晏动了动嘴唇："西。冬天西方最亮的一颗是云桥星。"

那是联盟所有宜居星球中，几大奇观之一。因为大气组成特别的缘故，那里的天空永远绯红似火。离它最近的一颗恒星又总会被它自带的卫星遮挡大半，像一道银色的月牙,永远倒挂着横跨整个天空,像云中的桥。

星球由此得名。

据说云桥星的人总是天真直率,像他们永恒的天空一样热情而浪漫。

燕绥之熟悉的云桥星人不多,但从仅有的几位,尤其是菲兹小姐来看,这话确实有几分道理。

燕绥之问菲兹:"你经常半夜来这里?"

结果这位小姐立刻摇了摇头,说:"没有,林区太深了,一个人不敢来,我怕转头就上社会新闻。"她冲两位律师眨了眨眼,毫不客气地说道:"就等着哪天哄上一两个有安全感的人陪我来一趟呢。这里深夜的景观很难得,我想看很久了,苦于骗不着人,今天总算让我逮住了。"

燕绥之正两手撑着栏杆看远处的星带,闻言摇了摇头,笑说:"小姐,社会新闻没那么容易上的。"

"是啊,但是你明白的,在有些地方工作久了,总会对这个世界产生一点儿误解,什么变态总是特别多,每隔百米有一个之类的。"菲兹掰着指头数,"像警署、法院、检察署、医院、律所,就属于这种。"

她说着顿了一下,又道:"我虽然不打官司,只负责行政,但每天也会接触各种各样的刑案,再加上家庭原因……有时候挺容易走极端的,尤其刚到南十字那两年,一度快要有被害妄想症了。后来我发现了一个好办法,这才免于变成精神病。"

燕绥之顺口问:"什么办法?"

"周末休息的时候,去德卡马甚至联盟各地的广场,或者福利院。买点儿喝的,甜一些的那种,找个安宁的角落,坐一个下午。"

燕绥之微微愣了一下。

这是他很久以前曾经跟学生提过的减压方法。只不过当时是私底下,在他的生日酒会上,听到的也都是他那些直系学生。

菲兹并不是其中之一,却做了类似的事情,也算一种朋友间的缘分了。

"在那些地方坐着,你总会看到很多瞬间。"菲兹眯起眼睛回想着。

有的人会站在某个流浪音乐家面前,安安静静地听完一整首歌曲,然后送出一些心意和夸奖；有的人会因为坐在同一张歇脚的长椅上就笑着聊起来；有的人会扶起玩闹中跌扑在地的孩子；还有的人会对别人撒欢而过的宠物露出会心的笑。

"每次看到那些瞬间，就会抵消我很多消极的念头，也会让我觉得这个世界好像也没那么多变态，心怀善意的人永远占据多数。"菲兹耸了耸肩，"当然，这只是我片面的想法。不过当时有件事让我乐了很久。"

她说着，朝顾晏的方向瞥了一眼。

跟顾晏相关的，燕绥之总是很有兴趣："哦？哪件事？"

"每年律所来新人时，总会有一批人沉迷于我们顾律师这张帅脸。男女都有，但他活像开了信号屏蔽仪你知道吗？就是那种——方圆八公里以内，人畜不分，统统称为活物，什么男士、女士……世界上有男女？"菲兹绘声绘色地吐槽顾晏。

"——就是这种。反正我刚进公司的时候，他根本不理我。我怀疑他当时连新来的行政人事是男是女都不知道。"

菲兹小姐借机告状。

燕绥之一直弯着眼睛在笑。

顾晏很想反驳说"那还不至于，我毕竟没瞎"，但他不喜欢打断别人的话，所以只得任由对方胡说八道下去。

"后来就有一次，很巧，我去福利院坐着看那些小朋友打闹，看那些非亲非故的捐赠人、志愿者跟那些小朋友聊天，结果被顾看到了。我不知道我这行为让他联想到了什么人或是什么事，反正从那之后他对我的态度就温和些了。搞得我一度以为他看上我了，后来我发现自己想多了。"

顾晏默默捏了捏鼻梁，万分无奈："……"

"你上车前喝酒了？"顾晏问。

"没有啊。"菲兹说，"干什么？"

"没什么，只是觉得你今晚似乎非常……兴奋。"顾晏说。

菲兹点头："没有似乎，我就是很兴奋。知道你们跟我在做同样的事情，我实在很高兴。"

"你之前不知道？"这倒是有点儿出乎他们的意料。

"不算知道。"菲兹说，"你们在律所的动作不多，我哪里能知道你们究竟在干什么？但有过很多猜测……"

她看向燕绥之，说道："当初你拿报到证来的时候，我就开始猜测了。因为我实在很少收到你这样履历甚至其他记录都一片空白的人。我那时候并不知道你是哪一边的，也不清楚你是好是坏。但我就想给南十字搞点儿麻烦，收一两个不稳定因素，所以我问都没问就收了你的报到证。事实证明，我眼光还行。"

"为什么？"顾晏看向她。

为什么会跟我们站在一边？为什么会进南十字？这是他们在律所时就想问的问题。

菲兹说："因为我父母吧。"

燕绥之："你父母？"

菲兹点了点头，她看着西方那枚远星，似乎在回忆很多事："我父母……主要是我母亲，年轻的时候家底很厚，有着花不完的钱。她后来继承了我外曾祖父、外曾祖母的思维，趁着有钱四处投资。她涉足很多行业，什么医疗、交通、材料甚至军械等。后来她在赫兰星投资买下了两条药矿，但……就是这两条药矿毁了我家。

"我母亲后来锒铛入狱，过世了。父亲因为这个，反反复复生了整整三年的病，弄得底子太差，什么移植灭菌都没派上大用处，也没熬过去。"

药矿？

锒铛入狱？

燕绥之和顾晏面面相觑，越听越觉得似曾相识。他们皱眉回想了片刻，试着问菲兹："你父母叫什么？"

菲兹说："我父亲叫高格利·菲兹，是位老师。我母亲叫麦琪·卢斯。"

"卢斯？"

"是啊，怎么了？"

燕绥之和顾晏不约而同地想起了乔放给他们看的东西，那是他姐姐尤妮斯的视频日记，里面记录着曾经的曼森庄园茶会。

里面那位年轻干练，气质卓越的女士就姓卢斯——

同样拥有两条药矿，同样嫁给了一位普通教师，同样锒铛入狱，不久之后在狱中自杀。

当初听到关于那位卢斯女士的事情,燕绥之和顾晏都有些感慨。但他们怎么也没想到,她居然会是菲兹的母亲。

菲兹轻声说:"我有时候觉得很难过,联盟现今这么好的医疗技术,这么好的设施,为什么连我父母都救不回来呢?一定有什么阴谋诡计在里面。但后来我发现,也许阴谋诡计并不在这里,而是在别处。

"我大学快毕业的时候得知了一些消息——当初我父母留下的两条药矿,被一个套壳公司收了,而那个套壳公司,显示归属于南十字合伙人,所以我进了律所。"

这些年,她一直藏身于南十字的行政人事系统内,慢慢让自己成为南十字各种信息的枢纽。但太多的干扰让她难以跳出南十字的框架,难以弄明白南十字以外的事。她查不清还有哪些人物牵扯其中,自然也不知道还有人跟她站在一条线上。

"有很长一段时间,我一直觉得自己非常、非常孤独。不知道我能帮到谁,也不知道谁能帮到我。"菲兹看着远处,漂亮的眼睛盛着几点星光,"但很奇怪,我并不害怕。我有种莫名的自信,觉得自己在做的事情一定是有用的,总会有人跟我站在一起的,我只是需要等。"

"所以你们知道我为什么今晚这么亢奋吗?因为我看了那些运行日志,知道自己终于不用再猜、再等了。"她转头看向燕绥之和顾晏,说:"我终于不是孤零零一个人了,还有什么比这更值得高兴的?"

燕绥之想了想,温声说:"那倒真是没有了。"

顾晏靠上栏杆,菲兹也笑了起来。

窗外旷野寂静,长林起伏。

黑夜漫长无边,好似蛰伏着诸多难以琢磨的东西。

然而头顶星光漫漫,不知多少光年之外的行星带从天际横跨而过,像一条闪着光的无尽长河,在那之中,星辰相聚。

就像这个世间总有一些路,你踏上去,就知道自己永不孤单。

第十二章 实验日志

回到法旺区后，菲兹头一回被邀请进顾晏的家。

这位小姐当即戏精上身，站在玄关拎着换下的鞋开始发表获奖感言："感谢南十字，感谢多年来从不消停的变态和人渣们，早知道卖惨能进'绿草'的家门，我当年住到隔壁来打招呼的时候就应该抱着门号嚎大哭，捶胸顿足。那我说不定能早五年踏进这扇门。"

顾晏："……那我应该会给医院拨个通信，然后卖房搬家。"

菲兹："……"

燕教授看热闹不嫌事大，当着顾大律师的面问菲兹："'绿草'又是什么称呼？因为他脸经常绿？"

顾律师面无表情地看着某位吃里爬外的浑蛋。

"律所一棵草，简称绿草。"菲兹说。

燕绥之点点头："哦，挺贴切。"

贴切个屁。

顾晏根本不想搭话。

"抱歉，没有女士拖鞋。"顾晏从鞋柜里拿出一双新鞋递过去。

"哇，我居然拿到了顾律师亲手递过来的拖鞋。"菲兹小姐戏瘾没过够，继续号。

燕绥之靠着立柜袖手旁观，嘴角就没放下来过。

顾晏头疼。

"我觉得有必要弄清楚一件事，我好像从来没说过不让人进门的话吧？"他说。

"无风不起浪，那我从哪儿听来的谣言？"菲兹小姐理直气壮地说。

"没记错的话，最初往外传谣的就是你跟乔。"顾律师面无表情地道谢，"托你们的福。"

"怎么可能？而且就算是我们传的，也一定是因为你面无表情，太冷淡。而且你住在这里这么久，主动邀请谁回家玩了？"

燕绥之笑着揭穿："没有，客房连床都没拆封。"

菲兹："看吧！"

顾晏："……"

顾律师面无表情按了下一旁的门控。

嘀——

大门自动合上，力道很轻地推了菲兹一下，把这位小姐推进屋内，然后又"咔哒"一声锁上了。

至于另一位靠着立柜，不能推的，他只能手动请对方进客厅了。

鉴于菲兹小姐精神亢奋，丝毫没有要回自己家睡觉的意思，他们干脆给她讲了现今的情况，以及已有的证据和缺漏……

当然也包括燕绥之究竟是什么人。

"啊——果然！"

菲兹不是法学院的受虐狂，也不像乔少爷一样把自己送进法学院的课堂，所以在确切得知这位实习生是谁后，并没有乔或者劳拉那样的反应，甚至转眼就毫无障碍地改了称呼。

"我就说嘛！一个普通实习生怎么可能有这么大威力，让顾破完这个例，又破那个例！"菲兹说，"其实我也猜过，但又觉得有点儿不可思议，所以一直不敢肯定。"

顾晏以为她说的不可思议是指"死而复生"这种事，正要开口，就听这位小姐说："我还记得第一天你要我给实习生结工资让他滚蛋的场景呢。"

燕绥之附和："历历在目。"

"对，历历在目，像你这样跟自己的老师说话，真的不会被扫地出门吗？"

燕绥之："我很大度，你看，他还不是顺利毕业了。"

顾晏："……"

虽然菲兹不是燕绥之的学生，但菲兹拍起马屁来依然很自然："真的大度，要我肯定拖他两年不给论文签字！"

说完她卡了一下壳，又补充道："当然了，看在他长得格外帅的分上，我可能还是会心软一下。"

燕绥之挑了一下眉，没搭腔。

菲兹在突然的沉默中强行总结："总之，就是因为难以想象这样的你居然没被穿小鞋，我才觉得极其不可思议。这要打个马赛克编两句放上网，得到的评论肯定整整齐齐——你的老师真看重你。"

燕教授"嗯"了一声，默认下来，又似笑非笑地朝顾晏看了一眼，道："听见没？"

顾律师目光一动，敛眉端起咖啡杯喝了一口，一本正经地道："回头说。"

菲兹："……"

嗯……我好像不是这个意思！

她再次环视整个别墅，目光从厨房滑到餐厅、客厅，甚至包括玻璃窗外的那片灯松……总之，视野范围内所有的细节她都一一看在眼里。

住所永远是最私人的地方，因为这里的每一个角落、每一处生活痕迹，都会在不经意间表露出住在这里的人关系如何。如果不是看到这些痕迹，她可能很难想象顾晏或是燕绥之在自己的私人领域会是什么样子，更难以想象，他们同住的时候居然会是这样的生活。

毕竟他们两个都给人一种距离感。

这真的有点儿不可思议。

他们后来聊了很久，菲兹得知现今情势后，又罗列了自己这些年的收获，比如南十字律所的往来账目，南十字律所里某些人跟某些商业大亨和家族之间的往来关系，再比如某些人的异动……

燕绥之这晚话不多，起初还时不时跟着开两句顾晏的玩笑，后来更多是支着下巴在听。

顾晏注意到这点，问过他好几次，他只是抓过一只靠枕抵在侧边，调整成更放松优雅的姿势说："继续说，我听着呢，都是有用的东西。刚才困劲上来了不太想张口，真撑不住我会自己上楼去睡。"

对于燕绥之的身体状况，菲兹刚才也听他们说过。她一脸担忧，燕绥之却摆摆手说："没什么大事，春藤那边林原一直在加班加点，总会有结果的。"

燕教授真打算安抚人时，还从没失败过。

他总有无数种方式说服对方相信自己的话，再加上他又总是那副不甚在意的模样，轻而易举就能让人觉得"天塌下来都不会有事"。

菲兹仔细看了他的神情脸色，发现确实挺好，这才继续说起来。

这些年她收集的证据大多限定于南十字律所范围内，但足够把一批人拉下马了。

顾晏本想跟她要一份明确的牵扯人名单，结果这位小姐非常干脆地表示道："要什么文字名单啊！我就是行走的活名单！我觉得我私下里表现得够明显了，不喜欢谁，谁就是有问题的。喜欢谁，谁就是没问题的。区分起来多么简单。"

顾晏顺着她的话回想了一番："如果我没记错的话，你对大多数人的日常问候就是某某某你真讨人喜欢，以及某某某你如果不做某件事的话我会更爱你。我建议你还是给一个客观的判断标准。"

菲兹："你复述我的话时一定要这么毫无起伏、面无表情吗？我那么热情的话被你说得像讨债。还有，你说到某些字眼的时候，总要往院长那边瞥一眼，是我长得没法让人集中注意力吗？"

顾晏当然不是那种高调直白的人，他自己都愣了一下："有吗？"

"有啊，好几次了。"菲兹曲着两根手指，指着自己的眼睛，又冲燕绥之抬了抬下巴，"我可看得清清楚楚。"

"因为这些话你对他说得最多。"顾晏淡定地说。

"可别不好意思强行解释了。我虽然贵为光棍，但见多识广。"菲兹一脸促狭，"你这就是条件反射。院长是……吧？"

她原本想拉着燕绥之一唱一和逗顾晏，却发现之前还眯着眼睛的燕绥之已经悄然睡着了。

他的皮肤在温黄的灯光色调下显出柔和的瓷白，眼睫在灯光的映照下显得黑而幽密，在眼下投落出扇形的影子。

也许是心理因素的影响，确认燕绥之的身份后，菲兹从她自己这个角度看过去，总觉得落地灯下那人睡着的模样，更接近梅兹大学法学院墙上的那位。

五官越来越像，好看极了。就连睡着了，气质也遮都遮不住。

菲兹不自觉压低了声音，她抬眼看了看墙上的时钟，说："居然已经这个点了？算了，院长都睡了，我也回去了，免得我说兴奋了，忘记控制音量，再把他弄醒。你也早点儿睡吧，我走了。"

顾晏跟着起身，对菲兹说："太晚了，我送你出去。"

"就这么几步路送什么啊！这要说出去能让人笑死。"菲兹小姐豪迈地摆了摆手，大步流星地走到玄关边。

她换好鞋，拉开门，都迈出一只脚了，又忍不住回头冲顾晏说："对了，你们之前不是说提供证据以及出庭作证吗？我以前想起这些有点儿忐忑，这也是为什么我在律所窝了这么多年没跳出来。但现在不了，我想到那一刻的时候就只有期待。我们算好朋友吧，顾？"

"算。"顾晏回得沉稳而干脆。

"那我以后就是有后援撑腰的人了，无所畏惧！"菲兹笑起来，摆了摆手，"赶紧睡吧，你跟院长都晚安。"

然而这一晚，好像注定安不了。

菲兹没有睡意，从顾晏家出来后没急着回家，而是沿着花园里一盏盏的晚灯，在深夜的安静中散步。城中花园的治安极好，不远处可以看见几个值班人员在保安室内走动闲聊。

她绕完三圈准备回家的时候，顾晏的房门突然打开了。

她闻声回头，一看便吓了一跳。

就见顾晏打横抱着一个人大步走出来，而那辆哑光黑色的飞梭车忽然启动，从车库内呼地冲出，又一个急刹自动停在门前。

"我的天,怎么了?"菲兹匆匆跑过去,"院长吗?刚刚不还好好的吗?晕倒了还是病了?"

被顾晏抱着的燕绥之,不久之前还支着下巴小憩的人此时却眉头紧皱,毫无生气地靠在顾晏怀里。他看上去很不舒服,但又似乎陷入了深眠之中,对外界的言语动静毫无反应。

菲兹从没看见过脸色这么难看的顾晏。

顾晏甚至没听见菲兹刚才说了些什么,压着嗓子答非所问:"我去趟医院。"

这种情况,菲兹当然不可能回家。

顾晏抱着燕绥之进后座时,她当机立断地钻进驾驶座,设定好目的地,干脆地说:"车有我!你看着院长!"

顾晏愣了一瞬:"谢谢。"

这位自诩从不开快车的小姐,一拍启动键,黑色的飞梭车三两下拐出城中花园,以最快的速度直奔悬浮轨道,从天际轻啸而过时,就像一道投射的光束。

后座改换了模式,车载急救仪和万能药箱全部弹了出来。

这些东西的接线和探针有十数根,看得出来它们极少被使用,还以最原始的状态捆扎在一起。

菲兹悄悄看向后视镜。

就算在这种时候,顾晏也没有显示出丝毫的慌乱。从菲兹的角度,可以看到他低眉敛目,冷静地抓过那些接线和探针,冷静地看了一眼捆扎线……

菲兹想提醒他那个捆扎线有个接口,找到那个接口一抽就开了,那些接线和探针自然会松散。

结果她一个字都没来得及说,就听"啪"的一声,捆扎线已经被人强行弄断了——

顾晏根本连接口都懒得去找。

菲兹忽然就不太敢说话了。

急救仪一点点地跟燕绥之相连。在忙碌这些事的时候,顾晏异常沉默,看得出他的动作很急,但临到探针要刺进燕绥之皮肤的时候,他又会忽然放轻。

那些细如牛毫的探针扎进身体里的时候并非毫无感觉,硬要形容的话有点儿像蚊子叮咬,不疼却恼人。

它们一根接一根地扎上脖颈和手腕，燕绥之却毫无反应。

急救仪开始工作，车载屏幕上显示的项目一项一项地亮起来——心率、血压、体温、呼吸、氧气饱和度……

那些数字随着急救仪的工作不断跳动着，但每一项都带着红色的感叹号。

菲兹只在后视镜里扫了一眼，就不敢看了。她收回视线，把飞梭车的行驶状况又调整了一下。

如果燕绥之醒着，他一定会夸赞。因为城中花园到春藤总院，近一个小时的车程，愣是被菲兹缩减到二十七分钟。可即便这样，菲兹仍觉得这二十七分钟漫长得像一个世纪，所以她无法想象顾晏会有多难熬。

车子在春藤门口稳稳停下，提前一步接到消息的林原已经等在了医院门口。

他刚轮换过班，在休息室睡了一觉，精神充足的状况下他的心情原本很好，谁知刚睁眼没多久就接到这个坏消息。

"别往急救室跑了，那边不管用。"林原手里是全息显示屏，上面同步滚动着车载急救仪的数据。

拔下探针，那些数字已经不再跳动了，但依然满屏红色。

"直接去楼上！"林原说。

医院的有轨担架把燕绥之送进电梯，又以最快的速度送上实验室所在的楼层。实验室的最里面连着活体实验间，名字不好听，但严格说来那里的设备比一般急救室更齐全高端，在特殊情况下充当急救室一点儿问题都没有。

多亏林原的事先安排，那里面有用的设备已经早早打开预热了，研究员们娴熟地把燕绥之安置妥当。

屏幕刷新，很快跳出他身体各项的体征数据。

"这是已经打过抑制针又反复的？还是基因调整到时间了？"其中一位研究员低声冲自己身边的另一位研究员嘀咕，"后者还好，前者有点儿要命啊……"

另一位连忙用手指抵着嘴唇，冲他轻嘘了两声，又从唇缝里说道："少说几句不会憋死你，林老师还没开口呢，你就都知道了？"

虽然嘴上是这么说的，但那位研究员本身的脸色也没好看多少。

事实上，看到屏幕上的那些数据，实验室的人脸色没有一个是好的。

"你们先去休……"林原给自己换上一副新的消毒手套，正要建议顾晏和菲兹去隔壁坐着等，但他刚看到顾晏，嘴里的话就卡住了。

原来要说的话在嗓子眼里转了两圈，林原最终还是叹了口气，指着玻璃房外的几张座椅，说："算了，去那边坐会儿吧，有得等。另外……扎克？"

一个年轻研究员抬手示意："在呢。"

"手续不能全省，把那些文件找出来让人填一下。"林原交代道，转过脸对顾晏说："你去把那些信息都填了，这边有我。"

扎克应了一声，带着顾晏和菲兹走到外间。

光脑哗哗吐了一堆文件，扎克把仿真页面往他们面前轻轻一推："这些要填病患的信息，这边填，嗯……请问他是您的？"

扎克瞄了一眼两份文件下方的注脚，一板一眼地问："您属于近亲属还是其他密切关系人还是……"

顾晏从玻璃房内的仪器台上收回目光，浅浅扫了一眼填表分类，没等扎克介绍完就说："我自己来，你进去吧，不用在我这里耗费时间。"

扎克其实也想进去，里面不知道什么情况，麻不麻烦，需不需要更多人手。但就医院而言，安抚和指导家属配合同样重要。于是他耐着性子说："也不是耗费时间，这些协议条款还有一些东西都挺复杂的，我得例行解释一下。"

菲兹在旁边道："他是律师。"

扎克："……"

他二话不说，给了顾晏一个模板，忙不迭进去了。

玻璃房内，林原看见扎克进来还愣了一下："你怎么——"

"人家什么都懂，用不着我啰唆。"扎克迅速戴上无菌手套，冲林原感叹说："当年在前楼急诊轮岗的时候，哪次不是费尽口舌、万般解释，我头一回碰到这么干脆的，比我还赶时间催着我进来。"

林原转头，就见玻璃房外，顾晏低头看着手里的页面。

听说他们这些名律师，看这些东西快得很，一目十行还能一眼挑出重点。他看见顾晏很快翻到了最后一页，握着电子笔飞快签了名，一秒都没耽搁。

扎克说得没错，这可能是他们见过行事最利索的人了。

但签完名后，顾晏并没有松开文件。

他垂着眸子，看着那些已经扫过一遍的文件内容，长久而沉默地站在那里。

玻璃上映照着室内的灯，有微微的反光。

明明看不清他的表情，明明他没有任何激烈的反应，也没有任何出格的话语，林原却能从他身上感觉到一种浓烈而淋漓的情绪。

林原叹了口气，冲那帮助手们比了几个手势，低头忙碌起来。

"顾？"菲兹有点儿担心顾晏的状况。她走近一些，看着顾晏手里那些文件，"怎么？有什么问题吗？"

过了好一会儿，他才回神一般摇了一下头："没有。"

理性告诉他，这些文件必然是要签的，而且越快越不耽误治疗。但感性上，文件上一条一条罗列出来的，可能会有的糟糕状况和意外，又让人难以抑制地发慌。

这大概就是所谓的后怕。

哪怕他再怎么理智冷静，也无法忽视、无法调节的后怕。

因为躺在仪器台上的是燕绥之。

因为有可能承受那些糟糕的状况和意外，会难受、会痛苦的，是燕绥之。

为了避免南十字律所那边有所察觉，菲兹没有长时间留在实验室。

"如果院长情况好起来了，就告诉我一声。"她拍拍顾晏，留下这句话，便匆匆离开了春藤。

菲兹准时准点地进了办公室大门，准时准点地开始工作，但始终没有收到顾晏的任何信息。

上午没收到，她自我安慰说：也许已经好转了，顾晏太高兴，一时间没想起来。

中午还没收到，她又勉强想：也许医生比较保守，虽然好转了但是不敢打包票，还要吓唬几句，所以顾晏在等燕绥之的病情稳定下来。

到了下午，智能机依然静默无声，她终于不可抑制地慌张起来。

她忍不住给顾晏发了一条信息：顾？院长怎么样了？

但迟迟没有回音。

智能机依然安静地圈在她的手腕上，像一个精致的装饰品。

菲兹开始不受控制地胡乱猜测，自己把自己吓得心口一片发凉，难受极了。

办公室内任何一位同事都能看出她的脸色很差。就连来找她拿文件的高级事务官亚当斯，都忍不住拍了拍她的肩，关切地问道："怎么了？身体不舒服？"

菲兹抬头看他，这是南十字里除了顾晏和燕绥之外，她关系最好的一位了。

人就是这样，独自闷着的时候好像一个无底洞，再压多少情绪都能承受。但只要某个亲近的家人、朋友看上一眼，就会突然崩塌。

菲兹恹恹地摇了摇头，然后趴在桌上。

亚当斯吓了一跳："真难受？病了？发烧没？我给你去找点儿药？"

菲兹头也没抬地摇了摇。

亚当斯没辙了："这么趴着也不是个事啊，要不去医院看看？"

菲兹倒被他提醒了。

这是一个顺理成章去医院的好理由，就算她直奔春藤，律所的人也不会觉得奇怪。

"嗯，我下班去看看。"菲兹揉着脸坐直起来，眼睛红红的，活像刚刚都快哭了又硬生生憋了回去。

这副模样谁看了都心软，亚当斯忍不住说："还等什么下班？签个单子现在就去。"

菲兹抿着嘴唇盯着他思考了几分钟，点点头说："好吧……"然后抓起手包，扫了虹膜就走了。

于是亚当斯那句"刚好现在能抽出空，我陪你跑一趟？"活生生憋死在了肚子里。

他站在行政办公室里，仰天无语了五分钟，用手指懊恼地敲了敲自己的脑门，冲其他几个助理说："菲兹刚才好像忘签单子了，你们帮她补一个，一会儿如果有合伙人来，就说她生病去医院了。"

菲兹回到林原的实验室时，几乎生出一种错觉。

因为玻璃房为的人依然忙忙碌碌，玻璃房外的顾晏依然守着没动，所有一切都跟她早上离开的时候一模一样。

就好像她只是出门转了一圈就回来了，可实际上已经整整过去了七个小时。

她原本还想问顾晏为什么没回信息，但现在已然没有问的必要了。

别说信息了,她在实验室里站了五分钟,顾晏甚至都没有发现旁边多了一个人。

情况比她料想的糟糕很多。

直到外面暮色深重,医院里里外外亮起了灯,深夜再一次悄悄来临。这一场特殊的急救才终于结束。

仪器投照出来的屏幕上,所有标红的警告标志都消失了,但那些代表生命体征的基本数据并没有因此转回最正常、最温和的蓝色。

林原冲几个研究员比了手势,隔着无菌罩,闷声闷气地交代:"楼上单独的那间病房空着吧?把他先转过去,加四个小时无菌罩、充氧,营养机用三号,接警报和二十四小时自动提示,实时数据连到这边的分析仪上。"

楼上的病房有实验室内的直通电梯,本就是专门给实验室配备的。

那些研究员们听了林原的话,转头就开始准备。

他们手脚麻利地给燕绥之换了一张床,床上自带一层无菌罩,像一个偌大的玻璃皿。那个无声无息躺在其中的人,则显得异常病弱。

转眼间,燕绥之被推进了同样透明的内部传送梯,在几位研究员的陪护下,往楼上升去。

菲兹眼睁睁看着顾晏往前走了一步,结果被大片冰冷的玻璃挡住了。

他怔了一下,像是刚从某种十分压抑的情绪里惊醒过来。

从她的角度看去,能看见顾晏棱角分明的侧脸轮廓,他的眸光随着缓缓上升的无菌床上移。直到那张病床彻底没入上层,消失在视野内。

很久之后,他才眨了一下眼睛。明明是轻而安静的一个动作,却看得菲兹莫名难过。甚至站在朋友的角度来看,异常心疼。

林原敲了几下分析仪的按键,仰头扫了一眼屏幕,然后大步流星地出来了。

"他怎么样?"顾晏硬生生在玻璃房外站了二十个小时,冷不丁开口,声音都是哑的,听起来沉重而疲惫。

林原吓了一跳,左右看了一圈,指着等候的地方说:"那边有休息的地方,还能睡人,你不会直挺挺地站了这么久吧?"

虽然林原很惊讶,但他自己忙了二十个小时,状态同样很差,嗓子比顾晏还哑,因为治疗过程中他还得不停说话、下指示。

"没事。"顾晏看都没看那些软椅，轻描淡写地带过了漫长的等候。

林原拍了拍他的肩膀，说："这种情况，我也不跟你说什么一个好消息一个坏消息了，你应该不爱听那些绕弯子的委婉废话。"

菲兹一听还有"坏消息"，心里顿时就是咯噔一下。

她再瞄向顾晏，却发现他依然肩背挺拔地站着，沉声道："你说。"

"昨天把他接进来的时候，我心里有过两种预测。"林原说，"最好的一种就是基因修正到期失效，这只是他恢复原貌前的反应，只不过他的反应比一般人要激烈点儿。而最坏的一种，就是……他体内那个不定时的炸弹终于爆发，那个基因片段隐藏的各种病理反应，开始在他身上有所体现了。"

林原看着自己伸出的两根手指，犹豫片刻，然后手指冲顾晏弯了一下，说："现在他的状况是……两种撞到一起了。"

"……两种撞到一起会有什么反应？"

"你知道，那个基因片段对修正期有干扰。"林原用一根手指抵上另一根，道，"就好比正常情况下，基因修正失效会有个过渡期，几个小时到十几个小时不等。他会在这段时间里，经历发烧、头痛、休克等反应，但熬过去就好了。现在，他的这段过渡期在被那个基因片段不断干扰，导致时而缩减加快，时而延长。"

林原顿了一下，又继续说："这就意味着，这个过渡期不能以常态来预测，有可能过一会儿他就恢复原貌了，也有可能……那个基因片段存在多久，他就要经受多久的过渡期，直到不再有干扰为止。"

光是听这些描述，菲兹就觉得难熬。

她忍不住问："如果……我是说如果是后一种，这个基因片段什么时候能消除？"

林原捏了捏眉心："这就是我们现在通宵达旦在做的。进展其实不慢，但现在卡在了一个难关上，就看今晚一个模拟实验的结果，如果成功，很快就能投入临床使用，但……如果失败，我们就得另找他法。所以很抱歉，可能还需要时间。"

菲兹连忙说："那这些反应，有没有什么药物能够帮忙减缓的？止疼药或者类似的东西，能让院长稍微舒服一些？"

林原摇了摇头，他看了一眼顾晏的脸色，有些艰难地开口："这就涉及另一个问题了……"

　　顾晏注意到他的表情，似乎预感到了什么，垂在身侧的手瞬间攥紧："什么问题？"

　　"我刚才不是说，院长的状况是两种撞到一起吗？那个基因片段的病理反应，会在他身上有所体现。"林原犹豫了一会儿，咬牙说，"你知道曼森兄弟的初衷的，所以哪怕是初始的、还未成熟的基因片段，也必然包含一些特征，比如……他可能会对某些药物成分产生过度渴求。"

　　这大概是林原能想到的最委婉的说法了。

　　刚知晓内幕的菲兹甚至还愣了一下，才明白他的意思。

　　但顾晏却瞬间变了脸色。

　　林原立刻说："你别这样，你先别急。"

　　这话说出来，林原都觉得有些无力，但他看见顾晏的脸色，就实在忍不住想说点儿什么，哪怕就是一句有点儿空泛的承诺呢？

　　否则他总会感到无比愧疚。

　　林原看着顾晏说："我保证，院长一天没恢复，我就一天不出实验室。我一定会竭尽全力让他好好的，跟以前一样，笑着跟我打招呼，然后走出这里。"

　　春藤的消息永远瞒不过埃韦思家。

　　燕绶之一转进专门病房，回到德卡马的乔就知道了，紧接着劳拉也知道了。他们连夜赶到医院，一并过来的甚至还有柯谨。

　　林原在电梯口接他们，一看见柯谨就冲乔直使眼色："怎么把柯律师也叫来了，医院不是一个能令人放松的环境，尤其现在深更半夜，跟他的作息是对冲的吧？"

　　以前每次来春藤，柯谨去的都是检验中心，电梯出来左拐直走就行，这几乎成了一种条件反射，于是他一出电梯，没等其他人开口，就已经低着头默默左拐往前。

　　前面是墙。乔一个箭步拦过去，连哄带骗地把他拉回来，这才有工夫回答林原："我知道，但是他这几天一直是坐立不安的状态，作息乱了，现在这个点根本不肯睡觉,今天慌得尤其厉害。"

"为什么?怎么会?"林原有点儿诧异。

像柯谨这样的精神状况,很容易陷进某种偏执里,一旦形成习惯,想要更改非常难。

乔的神色变得很复杂:"怪我,去天琴星的时候考虑到要进看守所,没带上他。尤妮斯说他晚上就不太愿意睡觉。"

这对乔而言,其实是值得高兴的。因为柯谨对他的存在和离开是有反应的,而且反应还不小,甚至打破了他这几年一成不变的作息。但乔只要一想到柯谨坐立不安了两三天,就怎么都高兴不起来。

"……我不知道他眼里的世界是什么样子,也不知道他会往什么方向去想,但能让他不安的,一定不是什么美好的想法。"乔很心疼,"至于今天……老狐狸知道院长这边的情况后,告诉了我跟尤妮斯,柯谨可能听到了一些,我不知道他能理解消化多少,反正刚刚状态一直很不稳定。他那么喜欢院长,一定想来看一眼,我怎么能不带他呢?"

林原叹了口气:"行吧。"

"顾晏呢?"乔扫视了一圈。

林原指了指头顶:"在楼上呢,都在楼上的专门病房。虽然床上加了无菌罩,但是你们还要从除菌通道里走一趟才能上去。口罩和手套也都必须戴上。"

专门病房的墙壁里都封着各种数据物质和接线,连通着正下方的实验室仪器。所以室内大半都是冷白色的金属。

干净是真的干净,纤尘不染,但也毫无人气。

燕绥之躺在病床上,乌黑的头发散落在枕头上,无声无息,皮肤苍白。甚至隔着无菌罩,都能看见他手背和脖颈侧面隐隐泛着青蓝的血管。

顾晏坐在床边的椅子里,他交握的手指抵着鼻尖,沉默而专注地看着病床上的人。

房内安静极了,只有营养机在工作着,偶尔在自动改换药剂时会发出嘀嘀的提示音。

劳拉做好了全套准备,把自己消毒得干干净净,却在专门病房门口止住了脚步。她看见那里面的两人,倏然红了眼,连忙退回到除菌通道里。

"怎么了？"跟在她身后的乔被她撞了一下，扶住她的肩膀问。

"看着难受。"劳拉说，"我缓缓，你们先进去。"

林原在后面苦笑一声："别说你了，我每次上来都不太好受。但这可能还要持续一阵子。"

"院长他……就一直这样吗？"劳拉问，"那个罩子，一直要这么罩着吗？"

那个无菌玻璃罩隔绝声音，虽然薄薄一层，却像把燕绥之圈在了一个孤岛里。别人走不近，碰不到，甚至听不见他的呼吸声。

这对在乎他的人而言，实在是一种煎熬。

好在林原摇了摇头说："倒不是一直，现在保持无菌环境是因为我们刚给他做完急救，他现在基因状况紊乱，针口、伤口等愈合很慢，直接暴露出来容易感染，影响之前的治疗效果。我们打了极速愈合药，保守估计四个小时吧，针口和切口顺利愈合，这个无菌罩就能拿走了。之后环境是不是无菌对他而言不重要，毕竟他的问题出自基因。"

"那他会一直这样睡下去吗？"劳拉又问，"会醒吗？"

"不会醒的。"林原说，"这种时候的昏迷其实是一种自我保护机制，因为醒着的时候，那些生理上的不适反应会更清晰，而人总是趋利避害的。"

交代完所有事，林原没多打扰，匆匆下楼进了实验室。

仪器内的模拟实验到了最关键的时候，他得回去全程盯着，一刻不能松懈。

乔和劳拉他们在这里待了整整四个小时。

这四个小时其实有点儿兵荒马乱，中间燕绥之血压和心跳的数值分别到过最低值以下，再度出现了红色警告的迹象，好在又被林原和研究员们硬生生拉回水平线以上。

凌晨四点二十二分，无菌罩自动发出一声嘀嘀的提示，表示四个小时的预设已经到了。

楼下冲上来几个研究员，小心翼翼地给燕绥之检查了每个针口和切口，然后摇摇头说："不行，还得再延长一个小时。"

他们有些为难地看了房内所有人一眼，斟酌着说："针口和切口的愈合速度慢于预期，不算一个很好的状态。一般来说，我们不建议这时候来探望，病房里的人越少越好，最多一个……"

这一个不言而喻，只可能是顾晏。

人生头一回轰老板，几个年轻研究员都有点儿尴尬。

好在乔大少爷是个极好说话的人，他摆了摆手，主动招呼劳拉起身："行吧，顶楼有副院长办公室，旁边配有几间休息室，你们几个最好都睡一下吧。别院长醒了，你们栽了。"

这话他最想跟顾晏说，但他也知道根本劝不了。

身为死党，他太了解对方了。

这时候劝顾晏休息才是最伤人的做法。

他临走前拍了拍顾晏的肩膀，把林原在走廊说的话挑了几句告诉他："林原说了，这种时候昏迷是好事，除非真有什么事放不下丢不开，死活惦记着，否则都是昏迷的，这样难受能轻点儿。你就当……院长只是在睡觉吧。"

顾晏低低"嗯"了一声。

顾晏都已经做好长久不眠不休的准备了，谁知半个小时之后，距离凌晨五点还差五分钟左右，无菌罩里的人眉心微微蹙了几下。

顾晏有一瞬间的怔忪，以为自己看错了。然而无菌罩里的人又小幅度地动了一下头，眉心依然蹙着。顾晏猛地起身，走到无菌罩前，他刚倾身弯腰，无菌罩里毫无生气的燕绥之忽然睁开了眼睛。

燕绥之的目光带着一丝茫然以及梦魇未退的焦躁，似乎没有弄清自己身在哪里。他在这种茫然中眯着眼睛愣了几秒，终于透过透明的无菌罩看见了顾晏，那一瞬间，他眼里的焦躁忽地就褪得分毫不剩。

林原说，煎熬下的人一般不会醒来，除非真有什么事放不开，而这种可能小到万分之一。

燕绥之偏偏成了这万分之一的例外。

他没有什么放不开的事，倒是有放不开的人。他知道这个人一直等在病床边，也知道这个人会难过，所以他必须睁眼看一看。

后来，燕绥之又断断续续醒过好几回。

林原的那些研究员们起初怎么也不信，后来亲眼看到又忍不住感叹：有些人的意志力真的强得可怕。

明明体征数据没有明显好转。明明那段霸道的基因片段还在作祟，甚至越来越活跃。明明引起的并发症正在一个接一个地亮起红灯……

燕绥之醒来的时间却一次比一次长，从几秒钟到几分钟……

最长的一次持续了将近半个小时，直到研究员上去换药剂、收无菌罩，他都没有闭上眼睛。

林原在楼下实验室，看着仪器屏幕上同步过来的数据，根本想象不出这个人究竟是怎么保持清醒的。

劳拉在这期间见了燕绥之一面，但她在病房待不住。她一看见院长依旧漆黑又带着温润亮光的眼睛，就憋不住眼泪。

她一来怕自己水淹病房，二来不想过多打扰燕绥之休息，坐了一会儿便揉着眼睛匆匆离开，去尤妮斯那边找点儿事忙。

乔大少爷倒不至于掉眼泪，他怕顾晏疲劳过度，硬是在病房待了小半天。他原本打算在这里驻扎几天，不料中途碰到了一些意外麻烦——

他带着柯谨去医院后花园透气的时候，柯谨不知被什么惊到了，毫无征兆地发病了。

柯谨这一下来势汹汹，乔不得已让人又开了一间专门病房，暂时把柯谨安顿下来。又是镇静剂又是转移注意力的，忙活了很久都不见成效。

这天中午十一点半。

接纳"摇头翁"案件受害者的医院部门传来消息，又有二十三位老人陷入脏器衰竭的状态，连同之前的那批，情况实在不容乐观。

病危通知书几乎几分钟一张地往外发，媒体关注度再上一个台阶。

燕绥之、柯谨、摇头翁……

三重压力之下，林原以及他的整个团队活像坐在炸药桶上，各个神经紧绷，实验室氛围前所未有的凝重。偏偏这时候，被他们寄予厚望的模拟实验出了点儿问题，实验结果在两个极端之间跳跃，始终没能给出一个稳定值。

下午两点三十八分。

实验模拟装置突然发出一声长长的警报，屏幕上终于跳出了最终结果——

等待一天一夜的模拟实验正式宣告失败。

原本期望最大的一条路，在这里被堵死了。

实验结果跳出来的那个瞬间，不开玩笑地说，林原团队的全体研究员差点儿齐齐打开窗子跳下去。

他们现如今挑着最重的担子，却因为种种原因不被人所知，所做的一切都是悄然无声的。他们可以接受自己无声的颓丧或懊恼，却无法眼睁睁地看着那些深陷病痛的人在这种无声中失去希望。

一个小时后，房东默文·白赶来春藤医院，连同德沃·埃韦思紧急抽调的一批研究员一起正式加入了林原的实验队伍。

"辫子叔，您之前提过的那个方案可能要重新启用了。"林原把一系列研究稿投上屏幕，对默文·白说，"就是二十年前你们那个团队曾经设想过的，利用灰雀强大的复原特征，让病患的基因问题变得可逆化。"

这个方案最大的麻烦不在于研究本身，而在于结果论证。它不能仅仅依靠虚拟实验，最终必须要经过至少一轮活体检验，才能真正应用到那些病人身上。

下午五点二十一分，阳光又一次沉沉西斜的时候，完整的实验方案被拍板确认，人数更多更专精的团队再一次投入到争分夺秒的研究中。

在等待某个反应的间隙，默文·白看着反应皿旁屏幕的变化图像，有一瞬间出神。他不知想起什么，忽然低声问林原："那个浑小子呢？"

林原满脑子都是基因图和各类生物反应链，差点儿没反应过来他口中的"浑小子"是谁。他握着电子笔，在原地愣了好几秒，才"哦"了一声，说："雅克吗？他前阵子很忙，手里的研究项目好像很紧急，没日没夜熬了很久。那天把数据录入了一下就回去了，请了几天假，最近都不来医院。"

默文·白轻轻应了一声，过了半晌才说："那他参与不了这个项目了。"

"恐怕是的。"

那一刻，默文·白心里说不上来什么滋味。他有一丝遗憾。因为这种争分夺秒并肩作战的时刻，也许一辈子就这么一次，错过了就不再有了。

他想，雅克那个浑小子一向痴迷于这些，越是困难麻烦的东西，他越想试。没能参与进来，实在很可惜。但同时，他又有一丝欣慰。

如果可以，他希望自己那个看着长大的养子，永远也不要沾上这些复杂纷扰的事。

这天夜里九点。

第三次注入镇静剂的柯谨慢慢稳定下来，一整天的折磨耗费了他本就不多的精力，他窝坐在病房一角，下巴抵着膝盖，安静无声地盯着地毯上的某个白点，终于在疲惫中睡了过去。

一直在安抚他的乔终于松了一口气，他找来毯子轻轻裹上柯谨，带回飞梭车里。然后又连灌了大半瓶水浸润着疲乏的嗓子，这才匆匆上楼跟顾晏打了一声招呼。

顾晏靠在燕绥之床头勉强睡了一个小时，这会儿正捏着鼻梁醒神。听到乔的话问了一句："他为什么会突然发病，你找原因了吗？"

"当时吓了一跳，只顾着安抚他了。"乔一脸疲惫地摇头说道，"没注意其他，等再想起来，已经查不到什么了。"

他仔细回忆了片刻，有些颓丧地说道："也许是因为有灰雀刚好落在花园喷泉上？他以前就被这些鸟刺激过几回。当时花园里还有个重症病人突然抽搐起来，模样有点儿吓人，可能是吓到他了。不过我们自己也吓到了不少人，柯谨忽然发病的时候，我反应慢了一步，好几个病房里开窗透气的病人都惊得关窗了。"

乔苦笑一声，又说："算了，不说这些了。我就是来跟你说一声，我要先带柯谨回酒店，晚点儿我再过来。"

乔离开后没多久，燕绥之又醒了。

这次跟之前不太一样，好半天过去了，他的眼睛始终透着一股还没清醒的迷茫感，就像沉静的湖水上蒙了一层雾。他盯着顾晏看了好半天，忽然皱着眉把脸往枕头里埋了几分，手指抓着顾晏的手臂动了几下。

那只手苍白得近乎没有人气，更谈不上什么力道。过了好一会儿，顾晏才反应过来，燕绥之居然是在推他，似乎是想让他别坐在旁边，离开病房。

为什么？

这个认知让顾晏愣了很久，直到他感觉到燕绥之的手忽然一阵发凉，甚至在发抖。

这种战栗好像是不可抑制的，伴着一阵接一阵的寒意和瞬间渗出的冷汗。燕绥之紧绷的肩背弓了起来，仅仅是眨眼的工夫，那片衬衫布料就蒸出了一片潮意。

他毫无血色的嘴唇抿得很紧，闭着眼眉头紧锁，鼻息却又重又急。

这是燕绥之从未流露过的模样，他其实骨头很硬，再重的痛感都能硬扛下来，一声不吭。像这样不受控制地发抖，前所未有。

顾晏瞬间意识到，他不是疼，而是基因片段导致的那种类似毒瘾的状况终于发作了。

顾晏一把拍在呼叫铃上，楼下不知哪个研究员接了铃，喂了一声，那声音明显不是林原，他却完全没听出来，头也不抬地说："林医生，上来一趟！"

他把燕绥之差点儿攥出血来的手指抚平，把自己的手送过去让他抓，然后再一次感到了燕绥之的推拒。

燕绥之嘴唇动了几下，声音却几不可闻。

顾晏低头过去，从急促和痛苦的呼吸中，勉强分辨出几个字。

燕绥之说："有点儿狼狈……别看了……"

顾晏瞬间难受得一塌糊涂。

有些病症就是如此，一旦开了口，便来势汹汹。

燕绥之在四十八小时之内发作了三次。前两次间隔时间很短，一次持续了四十分钟，一次持续了三个小时。最为难熬的是第三次，持续了整整十个小时。

林原曾经用光脑模拟过这种发作过程，根本不是常人能忍受的，他无法想象楼上会是什么情形，也不敢去看。

只能一刻不放松地盯着仪器同步过来的数据，竭尽所能地加快研究进程。

不敢看也不敢打扰的并非林原一个——

这期间，事务官亚当斯试图联系过顾晏。因为法院那边来了消息，"摇头翁"案的庭审在各方的催促中提前，匆匆拟定在周二，也就是三天之后。

法院特地发了函告，询问两方时间，亚当斯接到了就想跟顾晏再确认一下。

结果还没传到顾晏手里，就被菲兹挡了回去。

不知道这位小姐是如何解释的，总之当天夜里，亚当斯一封返函发给了法院，申请庭审后延。

法院第二天便发了新函告，通知启用顺延程序。

联盟的顺延程序很简单，就是控辩双方之一因故申请后延，法院会把这份申请挂出来，直到提出申请的那方处理好事情撤销申请，庭审会自动安排在撤销后的第二天上午十点，不再另行通知。

顺延程序一启动，某些议论便悄悄冒出头。几家以博人眼球出位的信息网站开始了它们的表演。

先是分析辩护律师在关键时刻撞上要紧事的可能性，再配合上嫌疑人之前的一些嚣张言论，最终不知走了哪条神奇的逻辑线，引出一个结论——辩护方有意拖延时间，而且警署和法院内部也一定有配合的人。

庭审还没开始，那些人就抱着一桶脏水，跃跃欲试地要往顾晏身上泼。八面玲珑的亚当斯不得不四处活动，把这种引导暂且挡下。

不过医院里的众人暂且对此一无所知，也顾不上。

第三天晚上，连轴转了七十多个小时的实验团队终于出了成果——以灰雀为基础的方案走到了一条明路上，检测分析仪内部的虚拟实验成功了。

大屏幕上结果一出，实验室一片欢腾。

林原二话没说扭头就上了楼。他直冲病房，把这个好消息告诉顾晏。说完才发现病床上的燕绥之已经昏睡过去了。

短短三天，他明显瘦了一圈，肩胛骨、锁骨格外突出。鬓角的冷汗还未干，头发因为濡湿而显得乌黑，反衬得脸更加苍白。他薄唇紧抿，平日时刻带着的弧度终于消失，像一条平直的线。唯一的血色就从那条线里渗出，殷红得近乎刺眼。

林原吓了一跳："血是怎么回事？"

他刚问完，就发现顾晏的右手鲜血淋漓。

顾晏注意到他的目光，低头看了眼自己的手："没事。"

只是燕绥之发作到后期意识不清，又想保持一丝理智，总试图去咬手腕。

顾晏阻止了半天，最后只好把自己的手给他咬。

"你这手还是处理一下吧。"林原要拉他去清洁池。

顾晏却没动:"不了,一会儿再说吧。"

林原看了一会儿摇摇头,拿来清洁用的药剂和消毒纱布,处理了一下顾晏的伤口:"下回别把自己的手送过去,喏,旁边消毒柜里就有软棒。"

"谢谢。"顾晏垂着眼,拇指在另一只手的手背上摩挲了两下。

他口中说着谢谢,实际上根本不会去用那个软棒。

如果真有下一回,他依然会把自己的手伸过去。至少能够通过手上的痛感,让他知道燕绥之在经历着什么。

林原把好消息告诉顾晏,便又回到楼下实验室,召集所有团员开分析会。

"……走这个方案的话,整个治疗过程就要分成三部分。"林原扒拉着虚拟实验结果。

他指着第一部分说:"第一步是把灰雀的这种自愈溯回基因链截出来,经过变异处理后,引进病患体内。这一步容易出现各种问题,包括变异方向准不准确,能不能完美融合,会不会出现比较激烈的排异反应等。"

他一边说着,一边拉过屏幕。上面显示着第一步实施不当,病患可能会有的表现。

"会显示出灰雀的体态特征。"默文·白念着其中一条失败反应。

林原点头说道:"对,好一点儿的是外表上的,比如虹膜变色,易生毛发的地方长出一些质地类似灰雀的绒毛,手脚会出现一些鳞茧。这些都还能再修正,比较麻烦的是内在脏器的趋同,那就很危险了。所以务必要保证第一步不出岔子。"

"第二步是引导那个基因链在病患体内发生作用。"林原指着那台高端基因仪说,"这就要依靠我们这台宝贝了。"

之前用这台仪器开发的基因修正逆转功能,结合灰雀的自愈溯洄特征,就能让一切回到起始,那段特殊的基因片段会重新经历排异过程。

林原说:"这个阶段是最困难的,但只要这一步成功,基本上就可以开庆功会了。"

因为最后一步就是些扫尾工作,他们只要在基因片段再一次融入之前,把它连同辅助治疗的灰雀基因链一起清除出去,就再无烦忧了。

这个消息其实是振奋人心的，但大家高兴了没一会儿就有人犹豫地说："但是，第二步也就是最困难的那一步，成功率令人担忧啊……"

虚拟实验的成功率是百分之六十二点三，但虚拟实验不足以涵盖所有风险，应用到病患身上会不会出现一些意外，还缺少参考数据。

仪器做过估算，加上难以预测的这部分，综合成功率直降到了百分之二十七点六。

"百分之二十七点六也……也不算太低。"有人底气不足地咕哝一声。

"如果再加上'第一次应用毫无经验'的这个条件呢？"有人反驳，"成功率还得降，你摸着良心算算究竟低不低？"

实验室里一片寂静。

片刻后，有人说："活体实验是跑不掉了。"

众人目光倏然聚焦在那人身上，说话的是默文·白。

他的年纪在这个团队里算长辈，论资历又是前辈，所以蹦出这种话，就算有人有意见也得先乖乖听。

"别用这种眼神看着我，其实没必要这么排斥。"默文·白说，"这个活体实验只是为治疗风险提供一份基础数据，仪器会根据这份现实数据重新估算出更准确的成功率，同时也能让你们在着手治疗的时候有意识地规避一些细节问题。所以……"

默文·白竖起一根食指："不用多，一次就行。"

对于这个结果，其实在场很多人都有心理准备，甚至有过一些打算，但默文·白抢在其他人之前开了口。

他摊着手说："别低头琢磨了，都看我。在座的还能找到比我更合适的实验对象吗？"

林原脸色一变："瓣子叔你……"

"你先别说话。"默文·白打断他，"评估一下嘛，第一我懂那个基因片段，了解它的发展轨迹，对它可能导致的一切情况都有所准备；第二如果引发什么病症，我能用最专业详细的方式描述给你们；第三这里还有比我年纪更大的吗？站出来走两步给我看看？"

这时候，火坑突然成了香饽饽，人人争着往里跳。

但依然会有人提出一些现实问题："这个时候再进行活体实验，真的来得及吗？保守估计一下，就算整个进程都很顺利，也需要小半个月吧？万一出现一些失败，再纠正……"他掰着指头说道，"好几个月都不一定能走到头。"

时间就是他们此刻最大的问题。

默文·白说："这是在考虑实验对象耐受的前提下，如果撇开这点，活体实验的进程可以拉快到三天之内。"

众人皱眉，如果真的不考虑耐受，实验对象妥妥不会有什么好结果。

默文·白说："而且，就算是三天也有点儿长，有几位病人根本等不了那么久。但这是目前唯一的方法。"

众人就这个问题商议纠结的时候，林原在基因分析仪里输入了活体实验的一些数据和标签。他本想翻一翻过往研究，看能不能找到一些可供参考的东西。谁知关键词刚输入，仪器就自动关联出了两样东西。

"等等！"林原盯着那两条结果，表情有些难以置信。

"怎么了？"众人疑惑地围过来。

就见屏幕上显示的两条结果还是相互关联的。

一条是：灰雀基因链活体应用数据夹。

另一条是：实验日记。

所有人都惊愕异常："这是什么？谁弄的？"

他们花了这么久的时间，刚刚得出结论的东西，居然有人早已做了完整实验，并把过程和结果记录在了这里，而他们居然一无所知！

"是哪个数据库里搜出来的？"

有人问出这句话的时候，林原已经点开了数据源。他下意识以为这结果来自自己的项目成员，点开的瞬间才猛然想起，德沃·埃韦思一家已经给他开了百分之百的权限，其他任何一个项目团队的数据库，他都有权限搜索查看。

而这两条出人意料的结果，就出自另一个研究主任的数据库——雅克·白。

林原脸色煞白，近乎茫然地点开了那份"实验日记"。

首页第一行是雅克·白留下的话，但日期显示是近期新添加的：

林，我知道你最近在忙些什么，或许比你知道的还早一些。

这是灰雀基因链应用于活体的实验记录，不知道这该称为成功样本还是失败样本。这其实不是最佳的办法，因为成功率不算高，我相信你不到逼不得已不会想走这个方案。

希望你不会有看到它的一天，但如果有那一天，它或许能给你一些帮助。

厄玛公历 1255 年 8 月 17 日
异常糟糕的阴天

灰雀基因链的实验已经搁置了 3 年，我打算重启。这台新仪器已经摸熟了，某种程度上可以在实验中帮上忙，确实是个好东西。今天拟订了实验计划，希望这次不会像 3 年前那样弄得一塌糊涂。

8 月 21 日
晴 室温 22 摄氏度 湿度 60%

早上 9 点整，成功截取灰雀基因链，开始引导变异反应。

下午 3:12:33，实验室恒温仪故障，持续 5 分钟，温度回升为 27 摄氏度，变异反应受到干扰，但温度下降到 25 摄氏度以下后，逐步稳定。

实验对象第 12 次出现 B 型症状——免疫骤降，重度过敏。胸、背、大腿外侧及脚踝出现集群性斑疹，体温 38.5 摄氏度，持续发热 5 小时。

9 月 17 日
雷雨 室温 22 摄氏度 湿度 62%

100 组灰雀基因链中，定向变异反应成功了 85 组，另外 15 组中程因为干扰偏离轨道 1~7 小时不等，环境稳定后，恢复的概率为 93.33%，算是令人欣慰的数字。

晚上 11:12:38，实验对象第 31 次出现 A 型症状——中度痉挛，吞咽困难。体温 38.1 摄氏度，持续发热 3 小时。

11 月 23 日
暴雪 室温 20 摄氏度 湿度 57%

仪器的基因修正逆转功能因故搁置开发一个月，活体实验不得不继续后推。今天跟一位小姐接上了线，我不知道她用了什么方法，总之，她成功混进春藤，当了一名护士，每天都会见到，其实是变相盯梢。

　　这让我极度困扰，希望她不会影响我的实验进程。

　　下午 4:02:18，实验对象第 37 次出现 A 型症状——重度痉挛，流泪，鼻塞。体温 39.0 摄氏度，持续发热 5 小时。

　　最近一周出现的症状频率高于以往。

12 月 14 日

　　晴　室温 23 摄氏度　湿度 60%

　　今天温度湿度正合适，仪器的逆转功能基本稳定，适合辅助实验。

　　上午 10 点整，实验对象的体征均在正常数值范围内，定向变异完成的灰雀基因链被引入体内，2 小时 15 分后有发烧症状，体温 38.6 摄氏度，持续 1 小时。

　　所需观察期 7 天。

12 月 16 日

　　又是一个异常糟糕的阴雨天

　　实验对象出现排异反应，灰雀基因链融合不完全。初步判断是由于观察期内免疫力下降，出现过一次过敏症状，导致融合出现偏差。

　　排异表现——虹膜变色，右手出现鳞茧。

　　这种表层排异现象修正起来不算困难，大概需要一周左右。

　　另：最近实验对象症状 AB 交替发作，频率达到了一天一次。

　　屏幕上的内容正在一条一条地按序播放，林原实验团队中的一些人已经皱着眉发出唏嘘声。

　　他们是德沃·埃韦思从别处悄悄抽调过来的研究员，暂时配合林原行动，对雅克·白并不熟悉。

　　这些实验记录让他们感到一丝不舒服，因为语气和用词都太过理性。

每次描述那位实验对象，雅克·白都不带任何主观情绪。

这给人一种错觉，好像这个实验对象于他而言，不像一个活生生的人，更像一个物品。他始终站在旁观者的角度，冷冷地观察着点点滴滴。

这个"物品"唯一的作用就在于提供一份参考数据。一旦活体实验结束，实验对象的使命就完成了，从此，是死是活都不再重要。

有一点儿……冷血。

屏幕中，那个隐藏在记录后面的雅克·白感觉不到这种评价，依然一板一眼地详细记录着每段变化的数据，直到实验结束。

最后一段记录显示的编辑时间就在不久前，林原最后一次在医院见到他的那天。

这份记录有些特别，不是文字版，而是录音。

应该是他事先录好后，找机会把数据存入了仪器里。

"室温20摄氏度，湿度57%。实验对象二十四小时内有过三次发作情况，AB症状混合，并伴有心脏短暂跳停、轻度幻觉和骨痛。很抱歉因为我的疏忽，每一次的发作时间没能精准记录下来。

"活体实验已经到了尾声阶段，我所要做的就是等待，三至五天后应该会有最终结果。到时候也许会再次更新一条记录，也许不会，看情况吧，这点我无法保证。

"不过这也不那么重要。林，你的能力向来令人放心，相信已有的这些足以让你突破瓶颈，顺利进展下去。"

实验室内一片静默。

林原不知想起了什么，脸色忽然变得很差。没等关掉实验日记的音频，他就匆匆打开了那份"数据夹"。

里面包含各个阶段的反应图谱、极其详细的数据表，以及一部分照片的缩略图。

实验室内有人发出一声惊叹："这么全？"

即便是那些觉得冷血的人，也不得不承认雅克·白说得对，这些内容相当珍贵，最后的那个结果其实已经不重要了。他留下的这些，足以让林原他们规避失败和风险，计算出最真实的成功率。

换言之，那些病患有救了！

年轻的研究员们爆发出一小阵欢呼，但转瞬又冷静下来。

"雅克·白医生呢？"

"对！他人呢？不论如何，他这次帮大忙了！"

"话是没错，不过他为什么不在咱们这个团队里？"

"林医生你的脸色……怎么了？"

这话一出，嗡嗡的议论戛然而止，众人的目光瞬间聚焦在林原身上，又顺着他的目光重新看向屏幕。

就见他点开其中几张照片，实验对象的个别身体部位瞬间出现在大屏幕上。

第一张拍的是一双浅蓝色的眼睛，照片备注：虹膜变色，持续七天又四个小时。

第二张拍的是右手虎口，上面出现了类似灰雀指爪的鳞状硬茧。

第三张依然是右手虎口，鳞茧被伤口代替，照片备注：鳞茧停留于表层组织，可以清除。因为实验对象有阶段性红细胞过量的症状，伤口愈合较慢。

如果燕绥之和顾晏此时在场，他们就会发现，照片中的蓝眼睛和虎口伤痕再眼熟不过。

"这位实验对象是？"有人盯着那些照片，迟疑地开了口。

"是雅克·白自己。"林原脸色惨白，"眼睛变了颜色或许看不出，但手我认得。"他声音艰涩，到最后几乎轻得听不清。刚说完，他就猛地转头看向了身边的默文·白说道："辫子叔，雅克他……"

默文·白的脸色比林原还要差。

他近乎愕然地看着屏幕，微张的嘴唇血色褪尽。

偏偏在这时，实验日记的最后一段音频在安静了整整五分钟后，突然又亮了起来。雅克·白的声音再次响起。

就好像他沉默了很久，终于忍不住在末尾补了一句话，这是大大小小数百则日记里，唯一一段带有温度的话——

"林，不知道你会不会听到这里，如果听到的话，替我向……替我向爸爸道个歉。"

又一阵静默后，响起了雅克·白轻轻的叹气声。

"还是算了，帮我保密吧，别跟他提。"

默文·白一贯清明透亮的眼睛倏然黯淡，生生逼出了一圈红。

他呆立片刻，按住林原说："你留下继续。"然后转头就走。

那一瞬间，他冲出门的脚步近乎是慌乱的。

他比谁都清楚雅克·白身上正在发生什么——末尾的几段实验记录里，雅克已经开始出现心脏暂停和轻度幻觉了。如果他在自己身上做的实验迟迟不成功，这些情况会一天比一天严重。

他简直不敢想象，现在的雅克·白究竟在哪里，身边有没有可以照看他的人，症状又发展到了什么地步……

第十三章 等候

凌晨三点。

尤妮斯调派的人手发来回音，说他们在楼下守了几天，没看见雅克·白出门，但几分钟前，他们陪默文·白解锁进楼却发现，雅克的公寓空空如也。

鹦鹉大街林荫道的尽头。

关押假护士艾米·博罗的看守所得到消息，把这位小姐从睡梦中叫醒，进行了一场紧急提讯。

问她知道的线索，也问雅克·白的参与情况以及有可能的去向。

与此同时，基因大楼实验室内。

林原强逼着自己镇定下来，把雅克·白千辛万苦留下的数据导入分析仪。

现今最为精密高端的仪器接连亮起运算灯，虚拟实验和活体实验两方数据密密麻麻地汇集到一起，像夜里长长的、无尽的车流，在两条不同的岔路上飞驰，最终奔赴一起。

实验室里不眠不休的人们忙忙碌碌，排除风险添加条件。

最终屏幕滚了数十页，跳出大而清晰的结果——成功率修正为百分之七十三点八一。

林原当场拍板，即刻投入治疗。

半个小时后，完整的治疗方案被紧急送出。

接纳孤寡老人最多的春藤7院，"摇头翁"案的受害者们被小心安置在了滑轨担架上。

位于法旺区的春藤总院，乔·埃韦思的星空蓝飞梭车载着柯谨疾驰而来，从地下车库顺着电梯而上。

顾晏陪着燕绥之从高层转往楼下。

在这些地方，数十间腾挪出来的特殊手术室逐一亮起了无影灯，室内一片明亮炽白。

门外的提示牌闪了三下，终于变了字样——全力治疗中，请等待。

本该是夜阑人静的时候，看守所讯问室内的气氛却极度紧绷。

假护士艾米·博罗沉默着坐在那里，对面前的警员们视而不见。

她自打进了这里，就没有一天是配合的。

她起初试图用袖珍仪给曼森的人手传递信息，那玩意儿就嵌在她的鞋跟里，不可谓不隐蔽。可惜道高一尺魔高一丈，警长直接在她身上套了个移动屏蔽仪。

哪怕白眼翻上了天，艾米·博罗的通知计划还是搁浅了。

后来她又试图把自己伪装成重症病人，制造假性心梗和休克的药就藏在她的牙齿里。她想借此制造一个离开看守所的机会。

但是负责她的那位警长以及下属们经验极其丰富，关键时刻出手，搞了个"人赃并获"，差点儿把艾米·博罗气得背过去。

"你是不是觉得警署里头的都是傻瓜？稍微动点儿脑筋，我们就拿你没办法？别做梦了，真当我们吃干饭的？"

警长被她那些小动作弄得不胜其烦，干脆找了几个女警员和警队医务员，拿着检测仪和医用透视仪把她从头到尾筛了一遍，一厘米都没放过。

这么一弄，她所有能依仗的东西都没了。

绝望之下，她便开始了永无止境的"保持沉默"。

"我就知道……又来了！"讯问室的单面玻璃外，警长粗声粗气地骂了一句，"铁拳"在桌上重重一捶，"你看吧！"

警长旁边站着几个负责搜人追踪的警员，以及一个银白长发的男人。

那是默文·白。

雅克·白从公寓消失后，他跟着尤妮斯的人辗转多处却一无所获。依照程序，尤妮斯那边联系了暂押艾米·博罗的警署，他忙乱中也跟着过来，想从这个女人的口中得知一些线索。

结果听了半个多小时，没听见艾米·博罗说一个字。

"不过今天已经算比较好的情况了。"警长眯起眼，"提到雅克·白的时候，她有一些细微的小动作，跟以前那种无动于衷的状态不一样，这倒也算一个突破。"

他领口别着通话器，讯问室里的警员们都能听见这话，当即又有了信心，开始新一轮的盘问。

其中一位警员格外厉害，他像是突然开了窍，接连几个问题下来，艾米·博罗居然有两次动了动嘴唇，似乎有冲动想说点儿什么，但最终又憋了回去。

这种动作当然瞒不过警员的眼睛，当即乘胜追击。

"……还是不说？其实你这样的抵抗并没有意义，单论雅克·白这事吧，当真除了你我们就无人可问了？别忘了他还有位养父，还有亲生父母。"

这话不知戳中了艾米·博罗的哪根神经，没等警员说完，艾米·博罗居然抬起眼，用一种古怪的目光看了警员好一会儿，忽然嗤笑一声。

"就算……"警员眯起眼，打住话头，"你笑什么？"

艾米·博罗摇了摇头，似乎根本懒得回答。但过了好一会儿，她又忽地轻声开口说："他和养父早就断了联系，我盯了他那么久也没见他们有过来往。至于亲生父母……"她嗤了一声，"哪来那么多亲生父母扔了孩子后又千辛万苦找回来的，拍电影呢？"

"什么意思？"

"从来就没有什么亲生父母，当年骗骗刚上大学的雅克就算了，没想到居然还能骗你们。"艾米·博罗讥讽地说，"能骗雅克是因为他当年正在跟养父闹别扭，乘虚而入。能骗你们我就真不能理解了，你们跟他那养父一样天真得可怕！"

警员被嘲讽是真的冤，这也没过去多少天，他们一直都在盯艾米·博罗的社会关系，今晚才又拉进来个雅克·白，哪有时间去细查。

正是因为不傻，他们一听见艾米·博罗的话，就猜到了大概："所以所谓的亲生父母……从最初起就是个阴谋？为了把雅克·白拉进圈，并顶着家人的名义盯住他？"警员自己说完，又忽然摇头咕哝说道："不对……"

当年刚进大学的雅克·白哪来的资本引起关注？还让人费劲去拉他进圈？

他又蹦出另一种更接近真相的猜想：当年突然出现的"亲生家庭"，最初的目标很可能是默文·白，养子雅克只是接近默文的一个突破口。只是他们很快发现，这个"突破口"居然是个少见的天才，价值甚至超过了默文·白，于是他们顺势改了目标。

至于雅克·白，从见到"亲生父母"的那一刻起，一只脚就已经踏进了泥潭。

单向玻璃外，默文·白周身僵硬。

警员能猜到的，他同样可以，甚至比对方更快意识到真相。

他如遭雷击地呆立片刻，突然想起什么般，抬脚就走。

"嗯？你干什么去？"警长愣了一下，大步跟过去叫了一嗓子。

"抱歉，我去找他。"默文·白头也不回。

"什么？你知道他去哪儿了？"警长又叫了一嗓子，不过默文·白已然匆匆忙忙走远了。

警长喷了一声，对着通话器说："一队继续问！二队跟上默文·白！"

凌晨的山松林，长风号啕。

看守所所在的区域还是晴天星夜，这里却闷雷阵阵，下着大雨。

默文·白两手空空，来到山松林间的时候极为狼狈。但他没在意，他甚至没意识到自己正在被雨淋。

这片山松林不算广阔，距离法旺区的区域中心有点儿远，但离他曾经的住处小白楼很近。他还住在小白楼的时候，偶尔周末来了兴致，会沿着后院外的那条道一路散步到这片林子，也就是两公里不到。

小白楼是一切的伊始，他在这里捡到的雅克。

雅克小时候，偶尔会因为一些稀奇古怪的东西烦恼。

那真是孩子的烦恼，默文·白每次听都很想笑，但顾及小鬼的自尊心，他总会竭力忍住，然后用一种同样天真的方式去处理。

有一次，雅克因为某件事感到后悔沮丧，闷闷不乐了两三天。默文·白便抽了个下午，带着他往山松林走。

他对当时的雅克说:"以后再碰到什么沮丧的事情,就沿着这条路去那片林子,林子里有个秘密基地,我保证你在那里吱哇乱叫、号啕大哭,也不会有其他人听见,不用觉得难为情。"

山松林里确实有个树屋,不知谁建的,反正默文·白见到的时候它已经是废弃状态,没了主人。

他当年说什么秘密基地,其实都是哄孩子的鬼话。真正的目的就是让雅克走一走那条路。

那条路沿途的风景总是生机勃勃,最重要的是格外开阔。再怎么烦心,走完那条路都能顺畅很多,起码注意力已经转移了。

但他没想到雅克就记住了那个树屋。

后来的后来,偶尔有心事不想让人知道,或是觉得狼狈和难为情的时候,雅克就会去树屋待一待。

不过他去的次数不多,待得也不算久。以至于多年后的默文·白差点儿忘了这个地方。

幸好,最终他还是想起来了。

大雨滂沱,默文·白爬上树屋的过程中滑了好几下。

最终站在门口时,惯来心大的他居然有点儿心慌。

树屋的门在一道闷雷中被推开,接着又是两道新划过的闪电。煞白的亮光映照着树屋里面,默文·白清楚地看见了一个蜷缩在墙角的人影。

他不知道自己是怎么迈动脚步的,等他意识到的时候,他已经蹲在了那个人影面前,近乎茫然地伸手碰了碰对方。

"……雅克?"他极轻地叫了一声,甚至不能肯定声音有没有从嗓子里发出来。

对方的头埋在膝盖中,正因为某种痛苦而发抖,间或会重重地抽搐一下。

痉挛、骨痛、发烧、幻觉……

实验日记上冷冰冰的用词,正真实地在雅克·白身上上演,而他却静默无声地承受着。

"……雅克?是不是很难受?"默文·白手足无措。

他探了对方的额头温度，又摸了心跳脉搏，并试图把他掐住胳膊的手指松开，然后找毯子或衣服把他裹住……这一系列动作近乎条件反射，从小到大，雅克·白每次生病，他都是这样做的。

雅克·白在这种熟悉得令人恍惚的举动中依稀有了神志，被默文·白用湿漉漉的衣服裹着抱住的时候，他终于低低地呜咽了一声。

他已经分不清时间地点了，幻觉中的他停留在数十年前的某一天，因为闹别扭钻在树屋里，少有地待了一个下午，直到默文·白拎着食物来哄他这个小鬼回家。

"雅克，是不是很难受？"

是啊。

他也不知道为什么会这么难受，身体的，心里的。

明明他只是闹个小别扭，却好像他在不知道的某个时空里，已经难受了很多年。

他听不太清默文·白在说些什么，只知道自己迫切地想开口。他想说："对不起，我后悔了爸爸，不该跟你闹别扭的……"

他弄不清自己有没有张口，有没有真的说出声。

应该是说了吧？

因为拎着食物来哄他回家的人不知道为什么，突然抱着他开始哭，说对不起，说自己也很后悔……

对不起什么呢？又后悔什么呢？

雅克·白很疑惑。

他好像有很多事情想不起来了，以至于弄不明白为什么天已经这么黑了，为什么默文·白身上湿淋淋的，为什么他身上这么疼，又是为什么……他会如此想念一个仅仅半天没见到的人。

雅克·白被悄悄安排在距离山松林最近的一家春藤医院，一同跟过去的除了默文·白以及尤妮斯的人，还有几位警员。

负责他的医生同样收到了一份治疗方案。

警员们围着那位老专家，请求他尽快把雅克·白救回来，也有助于他们办案。然而老专家却爱莫能助,他摊着手说:"我其实已经做不了什么了。"

因为治疗方案上应该做的,雅克·白全部在自己身上做完了。老专家也只能帮他修补修补细节。

"他对自己下手太狠,用药太烈,基本不太考虑身体的耐受程度。"老专家唏嘘说,"幻觉和基因上的逆转导致了记忆混乱,也不排除有更糟的可能性。"

"那……"

"看今天的情况吧。"

结果还不足半天,雅克·白的心脏就停跳了三次,把等候的人都吓得不轻。医生护士来回跑,最后干脆住在抢救室了。

上午十点,春藤7院。

特殊手术室长长一排的提示灯近乎同时熄灭。

运送自动担架的那扇门缓缓开启,术后尚未脱离麻醉的老人们躺在一张张担架上,沿着轨道被平安送出。

医生们陆陆续续走出来摘下口罩,满脸疲惫,但也没忘记通知等待的人"一切顺利"。

手术室外顿时一片欢呼。

尤妮斯收到消息,第一时间奔向父亲的书房。

"爸——"

德沃·埃韦思抬起淡色的眸子,竖起食指贴着嘴唇,示意她稍等。

他倚坐在宽大的办公桌后,一只耳朵戴着耳扣,手里把玩着一枚棋子。一边听着通信那头的人汇报,一边静静地看着桌面订制的复古棋盘。

对面不知说了些什么,他淡淡地应了一声,问道:"什么时候发,时机会挑吗?"

他又听了一会儿,"啧"了一声,似乎不是太满意:"你也跟了我二十好几年了,怎么比我儿子还笨。"

尤妮斯一脸无语地假咳一阵。

德沃·埃韦思瞥向她,无声笑了一下,对通信那边说:"尤妮斯嗓子发炎。"

尤妮斯挑起眉,用口型问:"谁的通信?"

"你帮我招来的两位傻瓜助理。"德沃·埃韦思说。

尤妮斯跟通信对面的人都开始咳。

德沃·埃韦思先生一脸淡定，继续交代助理："行了，故事会讲吗？权当讲故事，一件一件往外透。至于时间……"他停了一会儿，转头问道："尤妮，庭审定在哪天了？"

尤妮斯一愣："什么庭审？"

"'摇头翁'案。"

"延期了。"尤妮斯说，"具体看医院那边的情况吧，但估计也快了。"

德沃·埃韦思点了点头，对助理说："盯着法院函告，什么时候庭审，什么时候往外放。"

通信那边，两位助理小声探讨了两句，有些犹豫。

人家律师搞庭审，我们在外面搞事……是不是不太好？不认识的倒无所谓，可这算自己人吧？

但助理刚被批过像傻瓜，略戾，不太敢直说出来。

埃韦思先生是个资深老狐狸，光听他俩喘气，就能知道他们在琢磨什么，于是问道："担心律师那边？"

"嗯……"助理也只敢嗯。

"放心，早就聊过了。那两位都不担心，你们费什么劲？"

德沃·埃韦思切断了通信，冲尤妮斯招了招手："进来吧，怎么了，这么匆忙？"

"7院那边的消息你收到没有？"尤妮斯蹬着高跟鞋嗒嗒嗒地进来了。

"收到了。"德沃·埃韦思点了点头。

"你刚才通信聊的就是这个？"尤妮斯问。

"那倒不是。"埃韦思说，"刚刚只是在探讨，我们在处理曼森家那两个小子之前该怎么提前造势。我们要给蒙在鼓里的人提供一个友好的切入口，让他们在真相揭露的时候足以消化那些事。"

"如果是这样的话……"尤妮斯说道，"还要注意不能给曼森兄弟转圜的余地。"

"是啊，我事前跟那两位律师简单聊过两句，彼此都认为'摇头翁'案开

225

庭就是最好的时机。因为这件案子本就跟曼森兄弟有着莫大关联，一旦启动，再想往回缩就没那么容易了。哪怕他们收到了风声。"

尤妮斯眯起眼："你不是向来不喜欢跟小辈聊天吗？什么时候偷偷跟顾晏他们接上线的？"

埃韦思先生笑了："那你冤枉我了，我跟你聊天的时候表现过不耐烦吗？"

尤妮斯撇撇嘴："那可不一样，我毕竟是你亲生的。"

德沃·埃韦思："哦？亲生的就能聊得愉快？你去问问你弟弟同不同意。"

尤妮斯："……"

哦……可怜的小傻瓜。

她同情了两秒，又转回正题："对了爸，我是想来问你，那些老人手术顺利的消息，是内部保密更好，还是放出去更好？我在考虑这件事会不会让曼森兄弟意识到我们找到了治疗方案？"

德沃·埃韦思拨弄着棋子，没有直接回答，而是似笑非笑地问："悄悄做了那么多事却不能说，还要整天看着曼森家的那两个小子往头上爬，耀武扬威。你觉得憋屈吗？"

"还行吧。"尤妮斯冷静地说。

德沃·埃韦思笑意更深了："用不着站在春藤集团负责人的位置上考虑，撇开所有附加身份，单论你自己。"

尤妮斯呵呵一笑，斩钉截铁地说："憋死我了。"

德沃·埃韦思点了点头。

他直起身，在棋盘上随意挑了一个点，把手中的棋子丢上去："跟你一样的人可不少，自己人总这么憋屈怎么行呢？也是时候高调一下了。"说着，他又冲尤妮斯眨了眨眼睛，"记住，越高调越好。"

尤妮斯瞬间明白了，拖着调子"哦"了一声，道："越是高调宣布我们治好了那些老人，掌握了完整的治疗方法，以曼森兄弟那么狂妄的性格……他们就越觉得我们虚张声势。"

"聪明姑娘。"德沃·埃韦思笑起来。

五分钟后，各大网站都放出了诸如"春藤医院力挽狂澜"之类的大标题，用最为高调夸张的方式，讲述了春藤是怎么挽救垂危受害者的。

民众其实是最实在的，他们本就是旁观者，没有任何利益纠葛，所以一眼看到的就是直接结果——

"摇头翁"案受害的老人们之前是不是快死了？

是。

现在是不是活下来了？

是。

是不是春藤治的？

是。

三个确定答案，对他们来说就够了。

一时间，春藤医院的民众好感度直线飙升，之前被感染治疗中心抢走的风头又回来了，那些在高楼天台上站成一排的股东们也默默爬了下来。

至于那些有利益牵扯的人，比如曼森，比如克里夫之流，对这些新闻就是另一种想法。

他们第一时间联系了各大媒体和网站套话。

结果发现，他们也只知道报道里说的那些，至于春藤究竟用了什么治疗方案，那些受害人究竟恢复到了什么程度，是勉强活下来还是有治愈希望……他们并不清楚。接着他们又试图打探春藤内部的消息，然后又发现，春藤7院把那些老人转进了私密病房。

私密病房位于住院部最顶层，单独电梯，单独密码，除了有授权的部分医护人员以及直系亲属，其他人一概进不去。

这个操作让曼森、克里夫之流瞬间放心——

如果那些老人真的都恢复了，没有大碍了，你为什么不光明正大放出来呢？这么遮遮掩掩的，说明一定还有隐情。

越是心里弯弯绕绕多的人，越不会相信一眼看到的东西。

他们以己度人，觉得春藤医院很可能没找到治疗方法，只是想办法吊住那些老人们的命，所以才不敢放出来。

这也算另一种意义上的一石二鸟，尤妮斯和老狐狸都非常满意。

春藤总院，基因大厦6楼，特殊手术室的灯亮了一整夜，依然未熄。

等候室里，乔收起智能机屏幕，冲顾晏说："7院那边手术结束了，3个老人加了无菌罩，还需要再观察几天，但再出事的概率不算大。其他老人们更顺利一些，都脱离了危险期。"

顾晏依然看着手术室的门，点了点头说："那就好。"

比起那些老人们，他们这边要麻烦一些，耗时也要久很多。毕竟柯谨已经病了很久很久，而燕绥之体内的基因片段更是埋藏了近三十年。

"找到雅克•白了，那些老人们也安顿好了，这说明今天是个好日子对吧？"

"嗯。"

"柯谨跟院长也一定都会好好出来的。"乔说着，忽然苦中作乐轻笑了一下，"咱俩还真是好兄弟，连手术都要并肩等。"

顾晏动了一下嘴角，他话很少，表情也不多。

这场漫长的等候里，一直都是乔时不时聊几句，帮他提着精神。不过乔并不在意，因为他知道顾晏这些天经历了什么，也知道他究竟有多久没合眼了。

这种滋味，乔再明白不过。

不远处，护士站的人来了又走，已经换了两拨。电梯开开合合，器械和各种手术用具送来了一推车又一推车。

唯独他们两个人，始终坐在原位，就像是这些年的一个缩影。

下午六点时，亮了一天一夜的提示灯眨了一下，终于熄了。

厚重的金属大门无声打开，林原大步走出来，还没顾得上开口，就先抬手比了个手势。

任何一个联盟民众都知道这个手势代表的意思——不负希望，一切顺利。

乔猛地靠上椅背，仰头看着天花板。

顾晏僵立在那里，盯着林原的手看了好几秒，忽然攥紧手指偏开了脸。

这是一天之中夕阳最好的时候，暖金色的光从落地窗里斜斜地落进来，像是最温柔的安抚。

万幸，这场漫长的等待，终于没有被辜负。

这大概是基因大楼最为安逸的一晚。

燕绥之和柯谨因为手术药效，始终在沉睡。

用医生的话来说，刚出手术室还看不出什么实际变化，也就仅仅是保命。治疗效果都是慢慢产生的，这需要一个过程，而睡觉是最好的调养方式。

跟"摇头翁"案的老人们一样，他们也被安排在顶层的加密病房，除了负责的医护人员和密切关系人，其他人一概不能探望。

于是……

顾大律师进去了，乔大少爷被关在门外。

"不是，等等。"小少爷对这个结果很不满，他揪住指派病房的林原质问："你跟我说说看，这个密切关系人究竟什么范畴？为什么顾能进我不能进？"

林医生敲了敲院规："嗯……密切关系人要解释也不难，就是遗产第一顺位继承人，以及准第一顺位继承人。"

乔："……"

"顾律师属于准的那个。"林原说。

"你怎么知道？"乔问。

"民法典里白纸黑字，第一顺位继承人包括配偶、子女、父母，这三者都没有时，可以通过遗产委员会公证自主指定。燕院长跟我闲聊时提过，出院之后要去一趟遗产委员会。所以顾律师是院长本人亲口认证的准第一顺位继承人，进来当然没问题。"林医生艺高人胆大，说得理直气壮，"你又不是。"

乔大少爷扶着密码门，默默呕出一口血："谁搞的傻规定？"

林原想了想："你确定要问？"

乔："……"

好了，不是尤妮斯就是老狐狸。

他默默把"傻瓜"两个字咽了回去，瞪着眼睛无声地控诉林医生："你以前说话可不是这样的。"

林原点头："要知道，人长时间无法睡觉容易导致性情大变。"

不过乔大少爷最终还是被放进了加密病房，靠耍赖和卖惨。

顾晏原本还想再撑一撑，等燕绥之醒来。结果被林原偷偷扎了一针助眠剂，直接放倒。

好在林医生心地善良，他让护工在病房里多加了一张床位，把顾晏安置在那里。

林原本来也想给乔大少爷来一针，后来念及对方多少算个顶头老板，这才勉强控制住自己跃跃欲试的手。

　　他本以为，就小少爷那话痨的性格，起码要亢奋一整晚才能消停，没想到乔出奇地安静。他守在柯谨的病房，坐在窗边的扶手椅里，就那么用手指抵着下巴，安安分分地待着。

　　相较于这两间病房，休息室内的场景就格外壮观了。

　　所有参与实验和手术的人，四仰八叉地瘫了一地。他们大部分连手术服都没换，防菌面罩丢在一边，口罩解了一半挂在耳朵上，手套脱到一半，有几位一只手已经搭在了床上，又实在懒得脱鞋爬上去，就这么半搭半趴地睡了，脚还压着别人的腿。

　　他们从来没在休息室睡得这么沉、这么香过。

　　有两位胖一些的医生鼾声如雷，一唱一和，其他人丝毫不受影响。

　　负责值班的小护士蹑手蹑脚过来看了一眼，当即就被房内的乱象震得目瞪口呆。她做了个咂舌的表情，又蹑手蹑脚地锁上了门，算是保住了这些医生大佬们最后的形象。

　　林原用的助眠药剂量不小，但顾晏这一觉依然睡得很不踏实，中途醒来过好几次。最清醒的一次，他甚至下床去洗漱了一番，拉着一把扶手椅坐到了燕绥之的病床边，不过没能坚持多久就又在药力影响下，趴着睡着了。

　　这么一趴，反而成了他睡得最久的一觉，以至于他醒来的时候有点儿分不清今夕何夕。

　　顾晏蹙着眉捏了捏鼻梁，在一些细微的动静中睁开眼。

　　窗帘拉得严严实实，房内只亮着一盏温和的地灯，室温调得正好，就是有不知从哪来的风，吹得他头发拂动……

　　他愣了两秒，忽然反应过来——门窗都关着，室温是地面和墙面慢慢调节的，根本不会有风。

　　这念头冒出来的瞬间，顾晏彻底清醒。

　　他猛地抬头坐起，就看见近在咫尺的某位病人正收回手。

　　燕绥之醒了。

林原说，手术虽然没有真正意义上的表面伤口，但仍要休养一阵子。毕竟基因上的变动比表皮伤复杂多了。所以燕绥之和柯谨从手术室里出来后，可能要睡上一阵子才能清醒。

尤其燕绥之体内的基因片段是初始的那个，更霸道、麻烦一些。柯谨睡一天，他得睡上三四天。但现在，距离手术结束仅仅一天一夜的工夫，燕绥之就已经睁开了眼。

这些天的消耗让他清瘦了一些，但精神还不错，眼睛黑而透亮，在灯下镀了一层温润的光。

顾晏定定地看着他，半天没吭声。

"怎么，睡傻了？"燕绥之太久没说话，语速比平日要慢许多，嗓音轻而沙哑。

顾晏依然一眨不眨地盯着他，嘴唇微动却没能说出话来。

又过了好久，他忽然垂眸自嘲一笑，嗓音喑哑地说："我居然有点儿怀疑自己还在梦里……"

不然……为什么一睁眼就看到了燕绥之的脸。

撤除了修正基因的影响，眼前这人跟法学院名人墙上那张照片一模一样。

曾经的学生时代，他将大把大把的时间扑在各种项目上，院长办公室里的那张副桌几乎是他的专属位置。无数个清晨与午后，他就坐在那张副桌后面，埋头于冗杂的资料和卷宗，偶尔抬头，看到的就是这样一张脸。不论过去多少年，那些瞬间都清晰如昨……

但顾晏已经太久、太久没见过了。

久到忽然看见，他就下意识觉得自己还没醒。

就像当初刚确认燕绥之还活着一样。

那种长久的、持续性的不真实感又来了……

只是这次，有人在源头抓了他一把。

燕绥之的目光落过来，眼睫投下的阴影把他眼里盛着的光分割成细碎的点，像是落了星辰的深湖。

他看着顾晏，万般温和地弯起眼说："我怕某位同学等太久生气，特地努力了一把，提前醒了。对方却总觉得自己在做梦，是不是有点儿冤？"

他力气还没恢复，说话总是轻而慢，带着一丝未消的疲意。

顾晏眸光动了动。他忽然偏开头沉默了好几秒。再转回来时，眼底那层因为疲惫而生出的血丝又出来了，在这样暖色调灯光的映照下，像是沿着眼眶红了一圈。他的目光扫过燕绥之的脸，从眉眼到鼻梁再到嘴角，还有眼角那枚熟悉的小痣，然后倾身过去抱了一下他。

燕绥之拍了拍顾晏的肩背，温声问："现在醒了？"

顾晏低低"嗯"了一声："醒了。"

"还要再睡会儿吗？我知道你很久没睡好觉了。"燕绥之温声说。

"不了。"顾晏说。

他确实很久没睡好觉了，他知道燕绥之也一样。

强撑的时候不觉得累，现在睡足了一场再醒来，之前所有的疲乏困顿都慢半拍地冒出了头，把整个人都裹在了里头。

但是没关系，这一切都不会再令人难过了。

屋子里的窗帘厚重遮光，他们没注意到窗外，天边已经露出一层光来。

不远处的另一间病房里，乔在扶手椅里坐了一整晚，最后关头却没能撑住，歪着头以一种非常不舒服的姿势睡着了。

他小鸡啄米似的点了几十下头，一直睡到有光从窗帘边缘透进来，刚好照在他眼睛上。

乔抬手挡了挡，眯着眼睛适应了片刻，然后忽然惊醒。

他第一反应是撩开窗帘看外面，远处横贯交错的悬空轨道上，车流穿梭不息，但洒落在地面的阳光还透着鹅黄。

应该是清早。

正巧智能机振了几下，蹦出一个闹钟提示：早上八点整。

林原说，柯谨差不多就该这时候醒了。但醒过来之后，神志不一定会立刻恢复。而且在这种情况下醒过来的人，往往意识会停留在他精神异常之前，然后慢慢地记起一些后来的事，再慢慢接纳。

这可能需要一个适应过程。也许几个小时，也许几天，也许几个月……

乔放轻手脚走到床边，柯谨侧蜷着，被子边缘一直裹到了下巴，这是一种缺乏安全感的睡姿,也是这些年他最常见的睡姿。

乔在床边蹲跪下来,让自己的视线跟柯谨保持平行。

他看了一会儿,把柯谨露在被子外的手指掖回被子里,然后絮絮叨叨地轻声说:"……今天天气不错,我刚才开窗闻了一下,空气也很干净。可能略有一点儿凉,但阳光很好。林原说你今天会醒,只是不知道什么时候。

"这样吧,如果你早上醒过来,我们就先去做个综合检查,然后去磨一磨林原,看能不能带你去楼下花园呼吸一下新鲜空气。如果你中午醒过来,那我们可能只来得及做一个综合检查,磨完林原大概天都黑了。如果你晚上才醒……那可能只能听我说一声晚安,然后跟我大眼瞪小眼了。"

如果他不给柯谨掖那一下被子,也许就会发现,当他细细碎碎说完这些的时候,柯谨的手指动了两下,已经快要醒了。

可惜这位小少爷没有看见。

他只是看了会儿柯谨的脸,然后又说:"不过没关系,其实你什么时候醒过来都没关系,以后有的是时间,你说对吗?"

意料之中,还是没有回音。

片刻之后,乔站起身。这一幕跟他平日里无数个早晨一样,他太习惯了。他习惯性地伸手把柯谨睡得皱起来的眉心轻轻抹平,说道:"我去洗漱,等你起床。"

"早安,柯谨。"说完,他转过身走过床边,走过他坐了一夜的扶手椅,拉好窗帘。

这其实只是十几秒或者半分钟里的事情,但那一瞬似乎被拉得极长。

乔永远都会记得,在他的手指还没离开窗帘布料的时候,他忽然听见身后的病床上,一个很久没有听过的声音,用一种久违的、还没完全睡醒的嗓音,含糊回应了一句。

乔呆呆站在原地,茫然了很久,才分辨出他在说什么。

他说:"早安……乔。"

第十四章 大新闻

一句简简单单，甚至听不清的问候，让乔的大脑变得一片空白。

长久以来，他都有一个不算愿望的愿望，他希望某一天，柯谨会重新开口，对他小小抱怨一些生活琐事，开几句玩笑，邀他一起吃饭或者看一场演出。又或者，不用特地找什么话题，只在临睡前对他说一声晚安。

他预想过很多次这样的场景，每一场幻想中，他都觉得自己会搂着柯谨欢呼大笑。

没想到真正到了这一天，他却只想哭。

自此之后，加密病房区便流传着一个传言。

据说柯谨一句"早安"，让乔大少爷蹲在床边哭了一个上午。

可惜当时门锁着，没人进得去，所以缺少见证人。但那天负责值班的所有护士都看见了，乔少爷后来按铃换营养剂的时候，眼睛通红。

尤妮斯听闻此事，到处联系加密病房区的医生、护士长，企图骗点儿照片视频回来做收藏，还非说是秉父亲德沃·埃韦思先生的口谕。

为此，小少爷把亲爸和亲姐暂时拉进了黑名单。

柯谨的状态其实还不太稳定，大多数时候都在昏睡，好像要把这些年因为精神状况少睡的觉都补上。从这点来看，他跟燕绥之的情况刚好跟医生预料的相反。

但没关系，这一点也不影响乔的好心情。他这两天正处于有求必应的状态，听见什么，不管对错都是"好好好"，非常适合抱怨、树洞、敲竹杠。

以林原为首的研究员们如狼似虎，借机把眼馋好久的大小实验装备都换了一番。

相较于乔大少爷的好说话，隔壁病房就是另一番情况。

燕绥之的身体问题比柯谨要复杂一些。

从他们体内清出来的初级、二级基因片段，已经被林原他们导入仪器，留作日后参照比对。至此，柯谨就算没有大碍了，但燕绥之还缺一步。

这场手术把他体内所有后天附加的基因都清理了，只剩他自己的。

问题是，他自己的基因是带病的。

"换而言之，院长渡过这段恢复期后，还得再做一次基因手术，找一个真正健康的基因源，把你少年时候的病给治了。"林原扒拉着屏幕给燕绥之和顾晏看方案。

顾晏第一反应就是："风险有多大？"

林原摆了摆手："放心，这不是三十年前了。虽然作为医生，这样讲话不太合适，显得有点儿不谦虚，但是对着你们我也不说虚的了。这种医疗遗传性基因病症的手术，现在已经非常、非常成熟了。没有伤口，恢复期短，当天做完当天回家。"

林医生声音温和，但语气活像搞推销的。

燕绥之点了点头，就想直接应下来。

顾晏又多问了一句："可能的副作用或后遗症有哪些？"

"其实一般基因手术的副作用、后遗症，都是两方基因在表达上相冲突引起的。但院长这个情况比较容易处理，我们可以做到治病，但不改变他的基因表达，也就是说长相啊、习性啊……各方面都不会变化。"林原说，"顶多就是术后几天多做点儿保护措施，因为会有大概一周的时间比较敏感。"

燕绥之挑眉问："敏感？比如？"

"比如眼睛对光线敏感，最好尽量戴几天眼罩或墨镜。皮肤可能也是，尽量少顶着太阳晒。另外味觉、嗅觉也会有所影响，那几天吃清淡一些。"林原语气轻松，"这都是小问题，而且顶多一周就能完全恢复，那之后你想干什么就干什么，百无禁忌。"

　　这么问完，顾晏才算彻底放了心。

　　林原说："我建议你们二月来做这个手术，也给我点儿时间帮你找健康的基因源。"

　　燕绥之若有所思："现在的技术，基因源提供方会受到什么损伤吗？"

　　林原笑着连连摆手："不会不会，早没有危险了。以前基因源的提供者也要上手术台，风险跟病人一样大。现在不同，一根专门的基因针就搞定了，几秒钟的事。所以现在愿意提供健康基因源的人非常多，库存丰富，我给你挑个身体强健、五官端正的。"

　　前面都没问题，最后一句听着活像在"选美"。

　　于是顾大律师不乐意了。

　　林原话音刚落，他就出声说："我的基因可以用吗？"

　　燕绥之弯起眸子瞥了他一眼，冲林原说："我刚才问你那些就是这个意思，我也倾向于用顾晏的。"

　　"也不是不能用，但前期检查有点儿烦琐，我怕你抽不出那么多空。"林原给他们展示春藤医院引以为傲的庞大基因库，"反正有现成的，看，这么多。"

　　顾大律师表示不看。

　　他斩钉截铁地拍板说："用我的。"

　　林原："……"

　　不知道为什么，明明是一件非常严肃正经的事情，林原却感觉自己在干什么"拉皮条"一类的非正当营生。

　　他默默收起引以为傲的基因库界面，没好气地冲那两位说："行行行，想用谁的就用谁的。那顾律师你抽空跟我去做个全面的基因检测。"

　　顾晏是个雷厉风行的行动派，当即跟着林原去检测室了。

　　结果表明——顾大律师的数据就算进了基因库，也会因为格外健康和格外英俊，被一眼挑出来。

　　林原这下彻底服气，没话说了。

　　于是这件事就这样定了下来。

　　另一方面，基因修正的效果消失后，燕院长的身高连蹿七八厘米，长势喜人。

因为速度太快，他还浑身疼了小半天。但院长表示，能重归高个儿行列，这点儿程度不算什么。

长高带来的一个后果就是原先的衣服不合身了。上身还好，裤子短了一截。

院长兴致上来，还拿这点逗顾晏。

因为顾大律师很少就外表皮囊去评论过什么人，没说过谁好看，也没说过谁不好看，更别提什么身材比例之类的形容。

越是不怎么说，燕绥之越喜欢逗他说。

结果他冷冷清清的目光从燕绥之腿上扫过，愣是没有给出什么"身高腿长"之类的评价，而是淡定地问："这个牌子的长裤也会缩水？"

"……去你的吧！"

某院长一句好听话也没捞着，当即把这没眼力的倒霉玩意儿轰出去了。

顾晏转身出病房的时候，眼里带了一丝浅淡的笑，被路过的林原撞了个正着。林原还是头一回看见冷冰冰的顾晏笑，当即稀奇道："什么事这么高兴？"

"没事。"顾晏冲他点头打了个招呼，"我出去一趟。"

"出去？"这就更让林原稀奇了，"出去干吗啊？"

自从燕绥之进了医院，顾晏就像护食一样寸步不离，即便醒了的这两天也一样。这还是头一回要出医院。

顾晏朝病房瞥了一眼，仿佛隔墙看到了某人无处安放的长腿："燕老师衣服不合身，我去买几套。"

春藤医院其实会给住院病人提供足够的换洗衣物，而且不论质量还是样式，在各大医院里都是最好的，但是某院长不喜欢。

林原问他为什么不喜欢，他说因为穿在身上显得病恹恹的，实在看不顺眼。

林医生当时就觉得这人恐怕是来砸场子的，你说你一个病人穿什么不是病恹恹的，有脸赖衣服？

但有些人就是有脸。

作为一个有集体荣誉感以及归属感的医生，林原但凡听见有人抹黑春藤，他总要"彬彬有礼"地回应两句。

但碰上燕绥之，他有点儿没辙。

最后只能憋着，转头去隔壁病房找乔大少爷委婉地提一提。

谁知乔大少爷一听，居然觉得院长的话很有道理，认为病号服也把柯谨衬得病恹恹的，没有精神气。于是当即找人送了几套柯谨的家居服来。

林原当时差点儿吐出一口老血，心说你自己家的医院你还嫌弃，有本事换设计！

往事不必提，总之林原听了顾晏的话，只能干笑几声，说："好，那你放心出去吧。我去院长病房转转，有什么事及时通知你。"

"好。"

你放心出去，有什么事我及时通知你。

这句话是林原常说的，但之前每一次，顾晏都会回答说："不了，谢谢，我在这里等着就行。"

这是他第一次，放松地答应下来。

也意味着之前经历的那些痛苦和等待，至此终于消散，阴影全无，尘埃落定。

午后的加密病房里阳光充足，因为楼层很高，可以穿过落地窗俯瞰整个法旺区，是个修身养性的好地方。

燕绥之靠在床头，长腿交叠。

托高效营养剂的福，两天输下来，他的气色好了七分，透着玉白感。手上青蓝色的血管也已经褪淡下去，不过筋骨依然分明，显得他的手指清瘦修长。拨弄床头那几朵绯色的冬玫瑰时，尤为好看。

他鼻梁上架着一副阅读眼镜，阳光穿过清透干净的镜片，勾勒出他微微低垂的眉眼轮廓，显出一股沉静的气质。

顾晏拎着买回来的衣服，走到房门口时，看到的就是这样一幕。

这让他恍然想起很多年前在院长办公室里度过的无数个午后。

他写完一份报告或者分析，偶得空暇抬起头，入眼的画面就总是这样。那时候觉得日子过得好像有些慢，懒懒散散，没想眨眼就是十年。

而曾经每天都能见到的一幕，居然也久违了。

他下意识停住脚步，在门外站着看了片刻。

燕绥之扶了扶眼镜，眼尾带笑朝他看过来，问："回来了？"

"嗯。"顾晏抬脚进去，"回来了。"

新鲜的冬玫瑰裹着细小晶莹的水雾，在阳光下发着光，普兰花香气清冽，萦绕在身旁。

这好像就是他很多年前几度幻想过的日子。

再平静不过，再安稳不过。

某位院长只老实休息了三天，就开始不遵医嘱了。

起先是关于复健。

其实像他这样的基因手术，对复健没有硬性要求。

但毕竟短时间内身高、体重、模样、比例都有变化，就算他是恢复自己的原貌，也要有个适应过程。很多人会在这个过程中出现行动不协调、四肢用不上劲的情况，所以负责的医生、护士会建议病人参加一定活动量的肢体和力量训练。

但对燕绥之这种向来不喜欢循规蹈矩的人来说，"没有硬性要求"就等于"根本不存在"。

早上，病房的值班小护士看完他的体征数据，点了点头说："恢复得不错，如果再加上复健就更好了。"

结果她还没来得及展开细说，就被燕大教授四两拨千斤地牵走了话题，三言两语逗得小姑娘晕头转向只顾着笑，直到出了病房交了班，才猛然反应过来自己忘记了什么。

于是小护士急急忙忙地把这事叮嘱给接班的同事，让对方记得提醒巡查的医生。这种巡查没什么难度，属于日常任务，一般不劳林原这种顶级医生的大驾，初级医师就够了。

这两天给加密病房巡查的，就是一位刚刚毕业没几年的年轻医师。年轻人刚刚踏出象牙塔，涉世未深，还没有碰见过燕院长这种级别的书香流氓、斯文败类。

这位刚进病房的时候，还在心中默念三遍"我是要来督促病人搞复健的"。他的准备比之前的小护士还要充分一些，甚至都安排好了复健的时间，上午九点半到十一点，下午三点到五点，张弛有度，非常完美。

结果五分钟过去，他就在院长风趣幽默的谈笑中找不着北了。

二十分钟过去，他感觉自己能在这间病房侃一天。

直到燕院长委婉地表示自己要小憩一会儿，他才收起记录页，离开病房，走的时候还觉得有点儿不过瘾。

至于复健？不存在的。

林原最初得知这件事的时候，没太放在心上，他当时正在实验室脱不开身，就让自己团队的一名副手上去看看，顺便给某位院长科普科普复健对基因手术的八种好处。

结果这位副手很快就回来了，前后耗时不到十分钟。

林原以为这么快，肯定很顺利，就没有多问。谁知搞完实验反应，再一打听才知道，他可爱的副手连"复健"两个字都没找到机会提。

燕绥之一天之内忽悠走了三个人，林医生直接气笑了。

他等晚饭的空隙里杀到顶楼，就见顾晏正从护士手里接过两份营养餐。

医院的营养餐都是根据医嘱要求，为各个病人专门定制的。健康合理是绝对有的，好吃美味是不可能的。

林医生自己曾经主动申请过一份，想感同身受一下。结果那一顿吃得他如丧考妣。他看见医院根据他的要求配出来的营养餐，莫名有点儿心虚。但他毕竟斗争经验丰富，转瞬就正了神色，跟顾晏前后脚进门。

"林医生？"燕绥之趿拉着病房内的拖鞋，接过顾晏手里的营养餐，冲林原举了举，"你是来帮我们分担晚饭的吗？"

"不。"林原想都不想就否定了。

燕绥之似笑非笑地看着他。

林原清了清嗓子，说："我来问问情况，听说你今天气跑了三个医生？"

燕绥之失笑："谁去你那儿告的黑状？"

这人即便在医院，该讲究的一步也不能省。打开营养餐前，他给顾晏递了张除菌纸，自己又抽了一张，不慌不忙地擦着手。

就冲这副从容淡定的模样，林医生就觉得自己落了下风。

"告错状啦？"林原心里默默退了一步。

燕绥之说："首先，不是三个医生。其中一位是护士，一位是研究员。其次，我看他们走的时候挺高兴的，起码都咧着嘴，不太像气的。最后，我建议你看一眼监控，不要空口污蔑我。"

林原说不过他，心理上再退一步。

"那位护士小姐向来耳根子软，不提了。李医师刚毕业容易被骗，也不提了。就说我那位副手，他平时可不容易被带跑话题，怎么也被你哄骗了。"

"什么叫哄骗……"

燕绥之刚想纠正，擦干净手的顾晏把除菌纸丢进垃圾处理箱，对林原解释说："很不巧，你那位副手是梅兹大学毕业的，好像还辅修过一年法学，刚好防不住这种哄骗。"

林原："……"

你们梅兹大学的人是不是都有毒？

他很想在今后实验室的招人条件里加上一句：跟梅兹法学院有关联的人需要做心理测试，合格才收。不然搞回来一群受虐狂，江山就要易主姓燕了。

"话说回来。"林原问，"为什么不肯复健？"

"这不是硬性要求吧？考虑到……"

燕绥之还没扯好瞎话，就惨遭顾律师拆台："别听他胡说八道，他只是嫌复健的动作不够美观，不乐意做。"

某院长没好气地看他。

林原："……"

此时燕绥之刚打开营养餐，里面的东西起码有三样是他不爱吃的。他想借着顾晏跟林原说话的空档，悄悄把不吃的那部分拨给顾晏。

结果他还没抬手，顾晏就未卜先知地按住了自己的餐盘。

燕绥之："……"

"再忍两顿。"顾晏说。

燕绥之被他看了片刻，毫无立场地妥协了。他要笑不笑地点点头说："行吧，既然我们顾同学都发话了，就是砒霜我也吃啊。"说完，他还冲林原一笑，"你看，我这么好说话的人，怎么可能为了躲几节复健骗小孩呢！"

林原心说，我可去你的吧！谁信啊？

认清事实的林医生头也不回地被气跑了，复健这事也不了了之。

不过燕绥之适应能力倒是强得出乎意料，几乎没有什么过渡期，就已经行

241

动自如了。

后来的拉锯战是关于智能机。

燕绥之醒来的第四天清早，就忍不住调出各种证据文件、音频视频干正事了。但按照体征和恢复数据，他起码有五天不适合办公，尤其不适合长时间用眼、用脑。

林原见识过他跟顾晏的工作方式，忙起来根本没有时间概念。

什么睡觉、吃饭、娱乐、放松……不存在的。

这一次林医生没再找别人出马，而是亲自上楼强行没收了燕院长的智能机，并顶着院长眯起的眸光，硬着头皮僵着腰板下楼了。

燕绥之也不着急。

林医生"吵着、闹着"要拿走，他就任对方先拿走了，然后重新架起了阅读眼镜。

阅读眼镜数据库里典藏的书浩如云烟，严肃的、消遣的、有趣的、忧郁的、悲伤的、圆满的……想找什么找什么。

燕绥之挑了一本闲书。

这是他刚进南十字那天，被顾晏拽着去酒城出差时，在飞梭机上看过的。当时只看到一半，这会儿有空闲，他又捡起来继续。

内容他记不太清了，也没怎么往心里去。

他看得非常随意，每次林原来病房，他都能即刻放下闲书，给对方洗一波脑。林原一个人承受了原本三个人的生命不可承受之重，当晚就表示："不玩了不玩了，智能机还是……还是放在顾律师你那里比较保险。"

他又冲顾晏眨了眨眼睛，用夸张的口型说："顾律师靠你了，千万别给他，我信你！"

但他忘了一件事——

顾律师确实是个可信度级别很高的人，百分之九十九的情况下，他都极其有原则，干脆利落，说一不二。

但偶尔也会出现百分之一的例外……

于是当天夜里，燕绥之就从顾晏那里成功弄回了自己的智能机。

事实证明，这一举措实在是明智又及时。因为半夜时分，他正看着卷宗，智能机忽然收到了一条消息。

消息来自一个多日未见的名字——记者本奇。

内容是：有人要把顾律师搞出一级律师的备选名单，就是今明两天了，你让我得到消息提前告知你。不过说实话……提前告知好像也没用，已经来不及阻止或撤回了。

事关顾晏，燕绥之最初并不想闹得太大。

于是他问本奇：你这消息是从谁那里流出来的？帮忙牵个线，或者让对方直接报个价吧。

本奇回复他的语气很惊奇：哇，你一个实习生好大的口气，还直接报个价。你钱多烧手吗？

顶着实习生皮囊的燕教授确实动辄徘徊在赤贫线，这大半是他极不科学的花钱方式导致的。

现在他容貌已经恢复，虽然还没往遗产委员会递申请，但大部分未处理的遗产迟早是要回到他手里的，也就这么几天了，他当然想用什么口气就用什么口气。

但隔着智能机的本奇不知道。

他先是怀疑实习生看到消息气疯了，胡言乱语。后来又猜测是不是顾晏授意实习生问的，真正要撒钱的人是顾晏。

这位记者先生脑洞大开的时候手速惊人，一条信息接一条信息地往燕绥之这边投，振得燕绥之的手都麻了。

院长好好发个信息，被这些振动弄得有点儿不耐，终于客客气气地问了一句：记者先生，你是不是把我的收件箱当成小说发表平台了？打算一口气写到结局？

智能机不振了。

距离医院不到半小时车程的某个酒店房间里，本奇指着屏幕吹胡子瞪眼："这实习生又嘲讽我！第几次了？"

"哦……"

反坐在椅子上拨弄设备的赫西眼都不抬，心说你真想编故事自己心里默默编就得了，非要一条条发给当事人看，不嘲讽你嘲讽谁啊？

但赫西勉强给自己的老师留了点儿面子，说："太过分了，别生气。"

本奇："……你这个语气就很敷衍。"

他抱怨归抱怨，却没有耽误正事。几句话间，他就已经跟那位放消息的朋友交涉了好几个回合，然后得到了一个很遗憾的结果。

他把这个结果转告给实习生：再卖个人情吧，我帮你们又打听了一下，这事确实有点儿难搞，现在握着内容的人不止一个，准确地说不知道有多少个。你光跟某一个交涉也没用，撤了这个还有那个，想用钱一次性解决，恐怕有点儿难。

发完这条信息，本奇便翘着嘴角好整以暇开始等。

有点儿难并不代表毫无办法，只是迂回、折腾一些。

作为一个在媒体圈混了很多年的老记者，虽然没混出特别大的名堂，但经验还是很足的。本奇冲好奇的赫西晃了晃食指，高深莫测地说："我其实已经给他们想好几套方案了，但不能说，得吊他们一会儿。这是经验，你得记住，有些事拖一会儿，让对方着急一段时间，他们才更容易意识到你的重要性。"

赫西："所以您现在这是……"

"我等他求我两句。"本奇抬着他那圆润得几乎看不出分界的下巴，道，"这小实习生太傲了，不知道哪里来的底气，我要挫挫他。他低头说几句好听话，态度放端正一点儿，我就给他指条明路。你看着吧，过不了两分钟他就会来信息。"

赫西盯着智能机。

果不其然，还不到一分钟呢，本奇的智能机就振了起来。

"你看！我就知道他铁定要服软。"本奇说着点开信息内容。

就见那位实习生回了一个字：嗯。

本奇："……"

赫西默默看向本奇，本奇一口气没上来，已经快要噎死了。

本奇不信邪地瞪着智能机等到半夜，那位实习生居然真的再无动静，以至于本奇刷了一夜的新闻消息，愣是失眠没睡着，深深体会了一把皇帝不急太监急的感觉。

他对自己说："等到八点，如果到早上八点，那实习生还没开窍，我就给点儿面子，再主动点拨他一回。"

这种纠结的心理让赫西有点儿摸不透："您不是跟那两位律师关系很一般吗？怎么现在又开始替他们着急了？"

其实本奇自己也弄不清这是一种什么心理。

直到早上，他一个哈欠接一个哈欠，泪眼汪汪地坐在床边翻新闻。阳光从窗外漫上来，把他整个人浸泡在其中的那个瞬间，他忽然意识到自己为什么会这样了。

哪怕他早就在稠腻的现实中混成了不那么讨喜的老记者，也偶尔会在某些时刻冒出年轻时候的想法——

希望背地里耍阴招、使绊子的人永远不会得逞，希望有能力的人能顺利站在与之相匹配的高度。

这可能就是他所剩不多的一点儿初心吧。

本奇掐着时间等到早上八点，正要一鼓作气给顾律师以及实习生发信息，却发现各大网站先他一步放出了报道。

他们所用的标题不尽相同，内容编排也有差别，但主题核心都差不多，用通俗的话说就是"联盟风头正盛的准一级律师顾晏私收贿赂，为了手下那名实习生在律所大搞黑幕，丢失了最基本的公平公正"。

那些报道编排得很有技巧，欲扬先抑。先抛一个顾律师跟实习生交往过密的开头，配合一些照片，比如一起用餐，一起上车下车，同进同出，甚至还有顾晏城中花园那幢别墅的偷拍。

这时候的看客也许会八卦，也许会探究，但恶感并不重，毕竟不排除就是志趣相投一见如故呢？

报道紧接着就放出一些极具引导性的东西，比如见面一天带出差，两天上法庭，强行省略模拟法庭测验，各种破格优待等。所有的内容都明晃晃地在说这里面必有蹊跷。

一些不知从哪里搞来的照片和视频又对这些内容来了一番添油加醋，那些乱七八糟的猜测基本就板上钉钉了。

这种事情如果放在平时，被人议论一阵也就算了，对形象有影响但实质意义不大。可一旦跟"一级律师"扯上关系，这就会被无限放大。

尤其是在初选名单公示期内，极其败坏别人对他的好感，基本不死也凉。

但报道扯完这些还不过瘾，又添上了顾晏最近的动向。

"摇头翁"案延期本来就引起了诸多议论，其中不乏有人满怀恶意地乱做猜测，认为顾晏作为辩方律师有意拖延，没准儿还有什么更复杂的私下交易，根本就不打算好好办这个案子。

那些报道极具煽动性地突出这点，拉足了恶感之后，又附上一堆照片——

先让人明白，庭审延期是因为顾晏人在医院。接着放出佐证，证明顾晏本人并没有任何病症，倒是那个小实习生身体抱恙。

至于那个实习生有多严重呢？

报道又甩出几张照片，拍的是顾晏出医院两手空空，回来的时候手里拎着好几个大牌衣裤的纸袋。

而之后这些衣裤并没有见他穿上，谁穿的不言而喻。

真有重病，会不穿病号服尽倒腾这些？

不可能的。

那些报道自问自答地完成了整个推断，偏偏有图有视频，显得特别令人信服。真正做到了声情并茂地恶心人。

本奇看完几篇，唰唰截图发给实习生：看，还是晚了。

信息刚发出去，实习生的通信请求就拨过来了。

本奇撇着嘴，一接通就忍不住喷了对方一脸："拨我通信干吗？拨我有用吗？这时候知道急了，早干什么去了？实话跟你说了吧，这些报道发出去铁定要疯一阵，扯上'摇头翁'案就这个效果。现在就是天神降世都救不回来了。"

实习生静默片刻，不慌不忙地开了口："别忙着嚷嚷，我听得见。抽得出空吗？送你一个大新闻。"

有那么一瞬间，本奇感觉实习生的声音不太一样。很奇怪，语调和语气依然熟悉极了，一听就知道是谁，但音质音色却变了一些。

那声音里含着股温温凉凉的意味，让人瞬间就能耐下性子听他说话。

不过本奇没有细想，他的注意力都在"大新闻"上。

"哦……"本奇拖着调子，"就你上次说的大新闻？都自顾不暇了还有空搞这个？你跟我说说究竟是什么大新闻？"

实习生说:"你来见我一面就知道了。"

本奇:"呵呵,你这话说的,难不成你脸上长了一个新闻?"

直到他拽着赫西赶去春藤总院,又拿着实习生给的临时密码上了楼顶花园,都还在喋喋不休地抱怨:"我也是吃错药了才真跑这一趟,那实习生要真能搞出大新闻,我把脑袋砍了给他当球踢!"

说话间,身后电梯开合,跟智能机里一模一样的声音带着笑意响起来:"我刚巧听见了,说话算话?"

"废话!"

本奇说着便转过头,恰巧跟燕绥之对上了目光。

燕绥之:"早。"

本奇:"……"

燕绥之:"有阵子没见二位了。"

本奇:"……"

燕绥之:"茶还是咖啡?我还得遵两天医嘱,就不陪你们喝这些了。"

本奇:"……"

燕绥之上下打量了一番他们凝固的姿态,没好气地笑了一声,然后干脆比了个"请"的手势说:"算了,要不你们先砍头,我看着?"

本奇:"……"

又过了好几秒,本奇才气若游丝地想:诈尸。

关于顾晏的八卦报道几小时内传遍了全联盟,短时间内热度居高不下,人们议论纷纷。

一大批暂无正事儿的记者们蜂拥到了德卡马法旺区,聚集在春藤总院周围。更有甚者,就那么明晃晃地守着基因大楼通往大门的楼梯。

为了避免引起麻烦和不必要的拥堵,燕绥之跟林原商量了一下,决定还是回住处完成后续休养。

这天下午五点,天清气朗。

有一批热衷于蹲守的"记者"首先接到消息——顾晏的实习生要出院了,正在办最后的手续。

他们调试好了专用设备，配好全息镜头，对准了基因大楼的大门。

五分钟后，一辆哑光黑色的飞梭车驶进医院，平稳而无声地停在台阶前。紧接着，这两天的话题中心人物之一顾晏从楼里出来了。

他远远看到了几个蹲守的人，目光一扫而过，一如既往的平静冷淡。

顾晏走出来后没有立刻上台阶，而是转头看着楼内等人。几秒后，另一个身影从楼里走了出来，走进一群人的镜头中。

时值法旺区的隆冬，楼外不像室内也不像屋顶花园铺有温控，他的面前笼罩着呼吸形成的雾气，几乎跟皮肤相融，都透着冷冷的白。

他穿着深灰色大衣，显得身高腿长。大衣的前襟敞着，露出里面烟蓝色的细纹衬衫，以及窄瘦的腰。

楼外的阳光过于明亮，他似乎有些不适应，眼睛微微眯了一下。接着，他像感应到什么一般，目光朝镜头那边扫去。

从这人走出门外起，那些"记者"蹲守的地方瞬间陷入死寂。

他们盯着顾晏身边的人，茫然了有一个世纪那么久，然后如同滴水入油，骤然沸腾起来。

在他们疯狂擦眼睛、疯狂议论、疯狂摇晃脑袋企图证明自己没梦游的那一刻，一篇署名为"本奇及赫西"的报道"叮"的一声在全网发布，告知所有人——

梅兹法学院最年轻的院长、联盟杰出的一级律师燕绥之回来了。

第十五章 遗产委员会

燕大院长"死"的时候，各大网站轰轰烈烈屠了小半个月的版，基本上带着所有人在精神上走完了整个送葬流程。即便不认识他的人，送完也认识了。

现在这位院长先生又毫无征兆地"活"了，各大网站又轰……不，各大网站没时间轰，直接疯了。

毕竟人总是会去世的，但真没几个能"诈尸"。

疯得最早的，是记者本奇所属的蜂窝网。

他写的那篇报道一经发布，热度以肉眼可见的速度发射式飙升。写报道的本奇自己还沉浸在"我去了哪儿！我看见了谁！我究竟在说什么！"的茫然中，老板就已经乐豁了嘴。

他极其亢奋地逼着本奇拨通了燕绥之的通信，用一种隔山喊话的气势表达激动和感谢的心情："院长你知道吗？我们蜂窝网从建站以来，从没见过这么高的热度，这么多的人！哈哈哈——"

燕绥之彼时刚回城中花园。

他正进门换着鞋呢，就被这位的大嗓门"哈"得脑仁疼。他把耳扣直接摘了，搁在一旁的立柜上，蜂窝网老板后面那一串胡言乱语的赞美一个字也没听。

他不慌不忙地换好拖鞋，脱了大衣挂上衣架，又把衬衫袖口解了翻折两道。估算着对方该喘口气了，这才把耳扣重新扣上，彬彬有礼地说："我都听见了，恭喜。"

身边的顾晏听到这句瞎话，木着脸看他。

燕绥之被他那副"我就看着你胡说八道"的表情逗乐了，嘴角漾开一抹笑。

他就这么含着笑意，冲通信那边的蜂窝网老板说："如果真是这样，那我建议贵站多备几位技术人员应急。"

这人说话还是不爱费力气，再加上算是重症初愈，声音清清淡淡的不够大。

至少鸡血上头的蜂窝网老板可能根本没听清，他"嗯嗯"了几声，又开始哈哈哈地说："这次真的是个大新闻！不对！何止是大！这根本就是炸！"

燕绥之又被大嗓门震了一遍，终于还是没憋住，客客气气地说："……那就炸吧。"

这段通信挂断没多久，蜂窝网就真的炸了。

被人挤炸了。

第二个疯的是本奇自己。

自打蜂窝网门户崩溃，那些想了解更多的人就开始疯狂向他请求通信。同行、朋友、家人，还有一些他压根不认识的陌生人，搞得他极度后悔在网上留下自己的通信号。

他没撑多久，就开始给燕大院长发信息哭：我的智能机振得像个按摩手环，整整两个小时……整整两个小时一秒没停过。我错了，我不该怀疑你搞新闻的能力，我这辈子就没见过这么疯的新闻。

过了半天，对方回复说：不客气，你跟你那小徒弟欠我的两颗"人头"我会记得收。

本奇："……"

赫西："为什么算上我？"

本奇没忍住：你怎么这么淡定？最应该被骚扰的难道不是你自己吗？

同样的想法不止本奇有，很多暗中窝着的人都有。

南十字律所的合伙人办公室，最里面的那间门窗紧闭。被很多人尊称为高先生的合伙人正坐在办公桌后按着耳扣听通信。

"消息准不准？确定只提到了这些？"他皱着眉问。

"只有这些，那个记者不是什么名人，估计也是头一回碰见这种场面。我找了一些人去旁敲侧击过。不管是律所这边，还是曼……大老板那边，他都没提，不止没提，那记者还很茫然，根本不觉得这些事之间有什么联系。"

高先生支着下巴想了一会儿，道："如果不是记者演技太好，那就是确实不知道。"

"一个记者哪来什么演技，我打听过，对方是个没什么城府的人，拍马屁得罪人都放在脸上藏不住的那种。"

高先生缓缓点了点头，手指在桌上敲了几下："……如果死而复生的那位真的查出什么了，想闹大的话，应该第一时间透消息给记者，毕竟热度永远是第一波最高。应该先抛下一个饵，引起探究，再趁热打铁。"

"是啊，没错。现在他什么都没说，咱们是不是可以判断他还不知情？或者知道得还不够多，至少还没挖到咱们跟大老板身上？"

"不好说，静观其变，先看两天情况。"

"静观？不做点儿什么？万一那位院长按捺不住又搞出点儿什么事呢？"

"做什么？你现在跳出去是生怕别人不盯过来？别犯蠢了。至于那位院长……至少今明这两天他顾不上别的。"高先生嗤笑一声，道，"他现在把自己放在了风口浪尖上，所有人都盯着他，安全是安全，但他自己也干不出什么来。况且……他现在应该被骚扰得智能机都卡死了吧？没准接通信接得手都要断了？"

"哈哈哈，那是一定！"

这些人揣着看好戏的心态，等着燕绥之被各方消息骚扰至疯。

然而应该是暴风中心的城中花园别墅楼里，燕绥之正靠在沙发上给本奇回信息：谢谢关心，不过我并没有这样的烦恼。

本奇：为什么？怎么可能？我都被骚扰成这样了，你怎么会没事？梅兹大学主页上就登着你的各种联系方式啊！

燕绥之：哦，但我现在用的是实习生的通信号。

本奇："……"

记者先生一口气还没上来，燕绥之又给他发了一条信息：对了，贵站打算崩溃到什么时候歇口气？

本奇："……"

这话基本上能直接气死老板。

他想了想回复说：技术在抢救，应该快了。

燕绥之：那等贵站恢复，你帮我再加条报道，强调一下我目前还没从法律的意义上恢复身份，还隶属于南十字律所。

本奇：强调这个干什么？

收到这条信息的时候，燕绥之正冲顾晏伸出手："大律师，征用一下你的智能机。"

"你又想干什么？"顾晏深知他的脾性，挑眉问道。

不过问归问，尾戒智能机已经被他摘下，搁在燕绥之手里了。

"没什么，给某些人找点儿事干。"燕绥之轻车熟路地操作着智能机，"过来，再征用一下你的手指。"

顾晏原本要去倒咖啡，闻言又在他身边坐下，一只手搭着他身后的沙发靠背，一只手乖乖递给他。

燕绥之把需要指纹认证的界面在他手指上碰了一下。

"嘀"的一声，解锁了。

"还有你的眼睛。"他又把需要虹膜认证的界面在顾晏脸前晃了一下。

"嘀"的一声，又解锁了。

燕绥之把顾晏的智能机设置成自动拒绝通信模式，几个重要的人拉了个例外名单。他光设置拒绝还没算完，还添加了一句自动回复。

于是所有尝试联系燕绥之的人都碰到了两种这样的情况——

拨"燕院长"的通信，提示：该账户已注销。

猛地反应过来，改拨顾晏的通信，被拒绝，并收到自动提示：抱歉正忙。如有工作上的事宜，请联系所属南十字律所。

正愁联系不上呢，就看见蜂窝网又更新一条报道，于是猛地想起燕绥之现在还属于南十字律所。

总之，最后的结果就是风口浪尖的人优哉游哉，乐得清静。

真正跪着哭的是南十字。

高先生以及一众跟曼森有关联的合伙人猝不及防被淹没在铺天盖地的通信和邮件里，差点儿晕厥过去。

菲兹小姐疯狂吐槽说："我现在怀疑全联盟的人都把南十字添加进了联系列表。"

顾晏作为燕绥之的捆绑性同伙，对菲兹表达了朋友的关心："你在办公室？一天接了多少通信？"

菲兹小姐说："不，我今天请了病假。哈哈哈！"

虽然杜绝了骚扰，但燕绥之的智能机也不是毫无动静。

本奇的报道上午发出去，中午他的智能机开始了一阵频繁振动。

振动来自某个群聊的消息提示，这个群叫"南十字实习生胡扯小组"，洛克他们搞的，燕绥之百分之九十九的时间都在装死，搞得大家总下意识觉得他根本不在群里。

于是午休时间，憋了一整个上午的实习生小傻瓜们在群里跟磕了致幻剂一样表演在线发疯。

各种以头抢地的表情和百连发的感叹号成片刷屏。

燕绥之一点开，就被这些乌七八糟的玩意儿糊了一脸，并从中依稀看到了不知多少个"阮野"和"院长"。

他拉远了屏幕，放松了一下眼睛，然后怀着不知什么心理插了一句话：小姐先生们，你们是不是忘了我还在群里？

一句话，成功"吓死"了所有小傻瓜，整个群仿佛被人按了个"暂停"键，瞬间凝固。

顾晏在旁边看到全程，秉着良心把这位演鬼故事的院长带走了，收了他的智能机，暂时放了这些小傻瓜一条生路。

全联盟沸腾了大半天，到了下午，又有人不甘寂寞出来发表高见。

他们质疑燕绥之身份的真实性，毕竟现在基因技术发达，从样貌上"复活"一个人也不是没有可能。各种闲聊八卦的地方曾经还探讨过利用这种技术脱身的完美犯罪呢。总之，有人从头到脚挑了一遍刺，最后直接把燕绥之"打"成了一个"复制者"。

燕绥之看到报道，夸了一句："挺有想法。"

然后慢条斯理地收拾了一番出门了。

他去的第一个地方就是遗产管理委员会。

遗产委员会的理事官萨拉·吴工作有七十多年了，早在最初的时候，他就对燕绥之印象深刻。

毕竟 27 岁就做遗产认证分割的人并不多，即便有，也大多是嘱托给家人。像燕绥之这样选择来遗产委员会的，实在少之又少。

更何况他第一次登记的资产数目放在一个 27 岁的年轻人身上实在可观，萨拉·吴想不注意都难。

遗产委员会一直以来有个规定，就是来登记的时候，陪同家属只能在楼下等待，所有的意思表达只能由本人独立完成。

萨拉·吴记得很清楚，那天来登记的人其实不算少，就算是未曾通知家人悄悄来的那些人，身边也至少会有个秘书、助理什么的陪着，最不济也有司机在等。

遗产分割其实是很正式严肃的事情，来的人不管是出于什么原因，多少都带着一种仪式化的情绪。

但燕绥之没有。

在萨拉·吴的记忆中，当年那个年轻人在露天停车坪下了车，就那么简简单单地上了楼，笑着跟他简单聊了两句，然后十分钟内做完了身份和资产认证、签好所有文件，抬手打了声招呼便离开了。

整个过程里，他只在等电梯的片刻间给人一种短暂的停留感。好像还伸手轻撩了一下墙边的观赏花枝，对萨拉·吴一笑，说："我书房里原本也有一株，很可惜，被养坏了。"

没多久，露天停车坪那辆银色飞梭车就像夏日偶有的凉风一样，穿过林荫的间隙，倏然远去没了踪影。

于是萨拉·吴一度怀疑，那个年轻人只是在兜风散心的时候途经这里，顺便做了个登记，也许转头就忘了这回事了。搞得他作为长辈的操心病发作，总考虑每年多发几次订阅邮件，时不时提醒对方一下。

令他意外的是，这个年轻人非但没忘记这件事，后来每隔一两年，还会来做一些简单的修正，添一两个新的捐赠对象。再后来，燕绥之接的个别刑事案件也会牵涉到遗产方面的事宜，需要萨拉·吴的帮忙，一来二去就成了熟人，燕绥之的遗产事项就全权交由萨拉·吴负责了。

这次，"死而复生"的燕绥之重新走进遗产管理委员会的大楼，萨拉·吴感慨万千，从某种程度而言，他的这种情绪甚至是独一无二的。

"恐怕没人能理解我现在有多激动。"萨拉·吴把燕绥之迎进认证室，一边打开认证仪，一边眨了眨眼睛，"因为你出事之后，遗产得由我来执行，你知道这种难以描述的使命感吗？你看看我的脸就知道了……"

他指了指自己，燕绥之看了一眼，笑着拍了拍他的肩："看得出来脸部肌肉有点儿僵硬，应该是绷出来的，还有一点点要哭不哭的哀悼感，但又被喜悦给压住了。一定要定性的话，我觉得这可以叫作默哀未遂。"

萨拉·吴当即什么情绪都没了，抡起手里的资料给了他一下。还好纸页都是虚拟的，一晃而过，不然真那么厚，能把燕绥之拍吐血。

"我年纪都能当你爸了，你跟我乱开玩笑！"萨拉·吴吹胡子瞪眼，瞪完了他又想起燕绥之从当年来登记的时候起，就始终是独自一人，没有父母家人，于是他又拍了一下自己的嘴，补充道："抱歉，我是说我比你大一轮半呢。"

燕绥之笑了笑："没关系，不用这么敏感。"

"虽然一听你开口，我就知道百分之百是你本人，但认证程序还是不能省，不然我就要晚节不保了。"萨拉·吴说。

身份认证一项一项显示通过。

"虹膜认证，无误。"

"指纹认证，无误。"

……

电子音不断播报着结果，听得萨拉·吴居然有点儿心潮澎湃。

最后签字做笔迹认证的时候，燕绥之下笔居然愣了一下。

萨拉·吴疑惑地问："怎么了？"

燕绥之摇了摇头："没事，差点儿签错。"

他差点儿又要写上"阮野"，愣了一下才反应过来，他应该真的要跟这个名字告别了，从今往后，都不会再有这样的关联。

燕绥之很快签好了自己的名字。

扫描灯一照而过，电子音再度响起：

"笔迹认证，无误。"

"身份认证结束，认证人：燕绥之。死亡公告撤销，未分割遗产终止执行。"

萨拉·吴拿着光脑吐出来的清单，扫了一眼，然后有点儿抱歉地对燕绥之说："跟你说一声，有一部分遗产已经执行出去了，就是被你划定捐给各个福利院、孤儿院的那些。"

燕绥之点了点头："我知道。"

"你怎么知道？我还没发公告呢。"

"之前刚巧跟其中一位福利院院长有联系。"

萨拉·吴："噢……你跟院长有联系，都不跟我联系？你要早联系一阵子，我不就不给你执行了吗？这样你还能多剩点儿资产。现在这种情况，还得再走撤销程序，又需要两三个月。"

燕绥之却摆了摆手说："不用撤销了。"

萨拉·吴扫了一眼那排数字："这么多钱，你……都不要啦？"

"也没浪费，挺好。"燕绥之说完又轻声咕哝了一句，"剩下这些足够……"

"足够什么？"萨拉·吴掏了掏耳朵，"最后几个字我没听见，你非要说悄悄话请凑过来说，站那么远说个屁。"

燕绥之莞尔："我自说自话的。您这也不是联盟民政公署，管不了最后几个字。"

萨拉·吴咕咕哝哝地又瞪他一眼："行了，程序终止之后三个工作日内，你的所有账户和名下资产都会解冻，没什么事的话我要去写公告了。"

"还有一件，劳驾帮个忙？"燕绥之说。

"什么？"

"从剩余资产里抽一部分，成立一个医疗慈善基金。"

"这算什么？未来的遗产分割？"萨拉·吴问。

"不是遗产分割，当下抽当下成立。"

萨拉·吴没好气地说道："去！我只管死人的事，像你这种又活回来的我不管。"

"严格来说，确实是某个已故朋友的事，而且这种基因设立流程还有谁比您更熟呢？"燕大教授非常优雅地冲门口比了个"请"的手势，"去办公室细谈吧。"

萨拉·吴："我的办公室你怎么比我还像主人？"

二十分钟后，燕绥之从办公室出来了。

在刚刚那段时间里，他登记了一个新的医疗慈善基金，由联盟专局运作，初始设立者写的是"阮野"。

这是他最后一次签这个名字了，他从那个年轻男生那儿借来的一切，该物归原主了。

不过真正的"阮野"早已过世，一句"谢谢"无处可说，他想了想，只能借助人间俗物聊表心意，希望那个睡在某片安息花丛里的男生，能够安稳长眠。

等电梯的时候，燕绥之又瞥见了墙角的四季花枝。

他伸手轻拨了一下花朵，说："我书房的那株已经没了，你这倒始终开得这么好。"

有那么一瞬间，萨拉·吴恍然有种时光倒流的感觉，所有场景都跟当年一模一样。只是现在的燕绥之，跟当初那个 27 岁的年轻人有些不一样了……

萨拉·吴有点儿说不清那种区别，直到燕绥之已经走出大门时，他忽然想起什么般问了一句："新的资产认证还需要做吗？"

这是一种避讳的说法，意思就是原本的遗产分割进入过执行流程，已经作废了，还需要给今后做新的分割吗？

燕绥之转头看着他，微微愣了一下，而后浅笑起来："今后应该不用找委员会了，有人可以托付。"

当天下午，就在某些人为燕绥之是真是假大书特书的时候，联盟遗产管理委员会甩出了一纸公告。

里面明确写着——

身份认证全部通过，确认为本人无误。

死亡公告正式撤销，遗产执行程序全面终止。经燕绥之先生本人要求，已执行部分继续生效，无须撤回，无须赔偿、无须任何附加程序。

特此公告。

联盟遗产管理委员会，一个一旦弄错人，就会搞得对方倾家荡产分文不剩的可怕地方。众所周知，那帮理事官们为了避免出纰漏，光是身份认证关卡就搞了九重，丧心病狂的级别直逼联盟最高警戒的安全大厦。

如果连这里都说是本人无误，再有质疑的声音，就一定是动机不纯了。

于是公告一出，所有造谣生事的人瞬间消失。

有了官方的认证，各路媒体网站顿时更没顾忌了，铺天盖地洋洋洒洒写起了某院长死而复生的传奇事件。

乔大少爷从晚上翻到第二天早上，在网上看到的消息大致都是这样的：

头版头条十有八九是硕大的字体，咣咣写着"法学院院长燕绥之身份确认""冒充者的说法纯属无稽之谈"。

之后零零碎碎跟着各种猜测，诸如爆炸案究竟是怎么回事？燕绥之为什么能活下来？为什么会在一段时间内以实习生的身份出现？

还有发散得远一些的，比如已执行遗产都去了哪儿？受益方都有谁？

甚至还有算燕绥之遗产究竟有多少的，中间夹杂着更零碎的八卦内容。

例如"燕绥之原属南卢律所高兴疯了"，"梅兹大学也高兴疯了，连夜把燕绥之的照片从已故名人堂搬回到原本的地方"。

乔被这些东西糊了一脸，忍不住啧啧感叹："墙头草倒得快，中午还在编有人假冒院长的鬼故事呢，有鼻子有眼的，现在又院长好、院长妙了。"

尤妮斯路过瞥了一眼，说："你还真当回事在看？这些反应不都在预计中吗？人家两位当事人就很淡定，一个根本不入眼，另一个……嗯，在耍猴？"

"我知道啊，没当回事。我只是在线看院长耍猴。"乔大少爷说。

他收起那些界面，看了看外面的天气，又瞄了一眼时间，对尤妮斯说："我跟柯谨去一趟城中花园。"

"顾律师那边？应该有不少记者蹲在那边吧？柯谨受得了吗？"尤妮斯问。

"他恢复得差不多了，不至于看见几个记者就受不了。"说起这件事，乔就有些神采飞扬的意思。

尤妮斯忍不住想笑："他承受得了，你得意个什么劲？不过他的记忆不是还断着片吗？真的没问题？"

乔说："他一醒过来，还没弄清怎么回事呢，看到的就净是院长死而复生这种吓人标题，别提多茫然了。不去城中花园他才更容易有问题。"

柯谨的恢复情况其实很不错，短短几天，正常的交流已经不成问题了。但生活还有一些小障碍，所以暂时跟埃韦思家的人住在一起。

其实他生活上的障碍不在于能力，而在于不记得这几年的事情了。

他的人生被分割成了两个世界，没病之前他生活在正常的世界里，病了之后，他被困在一个虚幻的世界里。现在正常的那个回来了，虚幻的却忘了。

就好像是做了一场冗长的噩梦，惊醒的瞬间，梦的内容就记不得了。

林原说，也许他之后会慢慢地想起一些事来，但不会很完整。这其实很正常，毕竟喝酒都有喝断片的，更何况柯谨这种情况呢。

不过乔不担心，他对柯谨说："别着急，也别觉得恐慌，你有足够的时间慢慢去想。实在记不起来的可以问我，我背书不行，但在这种事情上记忆力却好得很，都帮你记着呢，放心。"

于是柯谨真就放松下来，很快进入了一种顺其自然的状态里，只要看到什么令他茫然的事情，就会默默看向乔，然后乔就会默契地解释给他听。

这几乎成了他们的生活日常。

上午的城中花园空气清新，但伴着隆冬寒意。

乔和柯谨驱车到达的时候，看到花园院外有不少守着的媒体。

"都是来拍院长的？"柯谨看着窗外问道。

"还有顾，反正拍到哪个都能写一段。"乔刷了脸，把车开进花园大门。

柯谨看见其中几个"记者"的外套上都落了霜，又咕哝道："他们不睡觉的吗……"

他很多年没说话了，嗓子有点儿脆弱，每天多说几句话就会有点儿哑，听起来总像在感冒。他本性其实是很独立的一个人，一方面自己会照顾自己，一方面也怕别人担心。

所以出门前，他就仔细裹了围巾，把脖子和口鼻都护住，免得更伤嗓子。

结果下楼就发现，乔出于多年的照顾习惯，手里也拿了一条围巾在等他。

乔少爷当时就有点儿尴尬，愣头愣脑地站在那里。

柯谨看见他的表情，想了想说："我正愁找不到更厚一点儿的围巾。"

"这两条是一样的，都不厚……"乔这个棒槌当时是这么回答的。

柯谨："……"

于是为了撑住自己说的话，年轻的、好脾气的柯律师把两条围巾都裹在了脖子上，又因为脱戴太麻烦，上了车他都没解开，下了车自然更不会解了。

他们停好车，站在顾晏家门前按了门铃。

几乎刚响起声音，门就开了。一个热情悦耳的女声嚷嚷着"柯谨"就冲出来给了两人一个熊抱。

"劳拉？"柯谨讶异地问，"你也来看院长？"

结果劳拉女士听见拥抱和问候居然有回音，当即开始哇哇大哭。

哭得柯谨不知所措，手忙脚乱，跟乔一起把这位女士弄进了门。

劳拉女士属于大开大合的侠女，情绪来得快，走得也快。等乔和柯谨进门换鞋的时候，她已经不哭了，扶着玄关旁的立柜一边擦眼泪一边说："我来看看顾晏和院长，他们最近处在风暴中心，有点儿不放心他们。正好听顾晏说你们也来，就在门口等着了。"

"他们呢？"乔问。

"两分钟前，刚接到一个通信，好像是叫本奇的那个记者吧！说要来跟他们商量一下后续的报道怎么发，被拦在西门口了，他们去安保那里赎人。"

"那看来今天还挺热闹。"乔说。

劳拉点了点头，又关心地看向柯谨："有不认识的人过来，你可以吗？"

"我不可以吗？"柯律师茫然两秒，转头看向乔。

乔少爷尽忠尽责地解释说："你之前比较介意有陌生人的环境，嗯……还好吧，只有偶尔一点点。"

他用手指比了个很小的缝，劳拉静静看他扯，然后转头看见柯谨那张无辜的脸，就毫无原则地附和说："对，就这么一点点。"

柯谨愣愣地看他们一唱一和，片刻后摇头笑了。他下半张脸掩在柔软的羊绒围巾里，眼眸却温和乌亮："你们又合伙开我玩笑。"

劳拉这才注意到他那厚重的围巾，忍不住问道："哎，你怎么还围了两条围巾？"

柯谨想了想，认真地说："……养生吧。"

"这是谁教你的养生手法？"

柯谨默默看乔。

劳拉："他刚醒你就祸害他？"

乔："……"

燕绥之和顾晏没多久就回来了，同时还带回了本奇和他的小徒弟赫西。柯谨虽然不认识他们两个，但是他们认识柯谨啊！

准确地说，联盟大多数媒体记者都认识柯谨，毕竟这位当年也是引起过各种话题的人。众所周知他这些年来精神状况不好，被乔保护得严严实实，很少暴露在媒体前，想看见一回都不容易，更别说这样共处一室了。

最爆炸的是，这位柯律师居然好了！

本奇在心里捧着脸呐喊，这哪里是什么师生聚会，这是一屋子行走的人形新闻啊！

如果放在以往，他说什么也要搞点儿风声出去。

但现在不同，跟燕绥之他们这群人来来往往打了这么多次交道，他奇异地找回了几分当年的初心，好像……突然就从容了不少，变得没那么急功近利了。

因为他早在潜移默化中收起了那份不顾隐私、不合时宜的探究心，他就从蹲在门外的狗仔队一员，变成了光明正大进屋的客人，还跟众人一起享用了一顿丰盛的午餐。

第十六章 最后一只鬼

这一天，在场的每一个人都是愉悦的。

不过当中还是发生了一段小小的插曲——

在跟本奇和赫西聊后续报道的时候，燕绥之顺手翻出了智能机里保存的两个摄影包。这是当初从这两位记者相机里拷出来的视频和照片，包含了这些年里发生过的所有大事小事。

在征求了两位记者的意见后，他把这些东西打包发给了乔。

乔大少爷最近在试着给柯谨解释这些年各种事情的来龙去脉，还差一些图片和视频做补充，这两个文件包刚好能够弥补这个缺憾。

乔的本意是想自己先做筛选，没想到柯谨对这两个包极有兴趣，没等他阻止，就已经翻看起来。

本奇和赫西喜欢给照片做备注，柯谨本就很聪明，看看备注就能懂，依靠几张照片就能理出一个逻辑通顺的事情经过。

所以他看得安静而专注，只偶尔小声问乔几句。

直到某一刻，他轻轻"啊"了一声。

"怎么了？"沙发上围坐的众人看向他。

"这个人……"柯谨迟疑了片刻，把屏幕分享出来，他正在看的一段视频便呈现在众人面前。

这段视频对燕绥之和顾晏来说都不陌生，他们之前看过，是用"清道夫"的黑桃文身和脖颈后的痣做搜索源，搜出来的。

那是赫西在爆炸案发生之后拍摄的视频。内容是一段抓捕画面，警署的人把犯罪嫌疑人从楼上拘押下来，旁边是围观的人群，而再远一些的地方有个早餐店，"清道夫"就坐在那里，背对镜头，不紧不慢地吃完了一顿早餐。

柯谨此时所指的，就是只露了侧面背影看不到全脸的"清道夫"。

燕绥之盯着视频中"清道夫"的一举一动，问柯谨："这个人怎么了？"

据他们所知，乔还没有跟柯谨讲过太多曼森兄弟的事情，至少还没提到"清道夫"，而柯谨自己又忘记了太多事情。所以……他现在一眼挑中视频角落的这个人，一定有什么别的理由。

柯谨把视频往后退了一小段，视频中的"清道夫"刚吃完早餐，抽了桌面上的除菌纸擦了嘴，然后把纸折叠了几道，压平搁在碗边。

"能看见他在折纸吗？"柯谨问。

众人点头。

"也许是我孤陋寡闻，但这个折纸的习惯还有折叠的动作和手法很特别。在这之前我也见过有人这样做，但他们无一例外，都来自一个地方。"

"哪里？"

"我成年以前待的德卡马米兰孤儿院。"柯谨说。

众人对视一眼。

碰巧，就他们所知，"清道夫"曾经在那家孤儿院里待过。

柯谨回忆说："米兰孤儿院很大，护工很多，一般一个护工同时期只带四五个孩子，小的两个，大的两到三个。有一个护工阿姨，可能有点儿洁癖以及强迫症，认为吃完饭后擦嘴的纸巾不能揉成一团扔在桌上，不礼貌，会影响同桌其他人的食欲。所以她要求自己照顾的孩子，一定要把纸巾按统一的方式折叠压平，折叠面朝下放在桌上，要保证别人看到的是最干净平整的一面，她管这叫绅士的高品格礼仪。"

他顿了一下，皱了皱眉，又补了一句："我记忆有断片，这几年的已经不记得了，而在我能记起来的那些人里，上一次这样餐后折叠除菌纸的人……叫李·康纳。"

在场众人脸色均是一变。

"对，就是那个令我困扰了很久的当事人。"柯谨说，"不过你们不用这样担心地看我，我已经不是病人了。"

见柯谨确实没有特别明显的情绪变化，燕绥之这才开始顺着这条线细想。

他没有真正见过那位"清道夫"，但能从各种线索中提炼出对方的性格。

那位"清道夫"本质是自卑的，从小辗转于福利院和孤儿院的经历，对他而言是一种……屈辱的经历。但他并不是厌恶孤儿院或福利院本身，而是认为那种生活卑下。他厌恶卑下，所以他才会坦然接受"清道夫"这样的身份——因为手里握着别人生死的时候，他会有种高高在上的感觉。

以前燕绥之不认为"清道夫"会保留什么孤儿院的习惯，但听了柯谨的话，他又改了想法。

因为那位护工说"这是绅士的高品格礼仪"，而以"清道夫"的性格，他很可能会因为这句话，始终保持着这个习惯，不管他变换多少面孔。

劳拉惊疑不定地问："我们现在是不是该有的都有了，就差……那位了？"

顾晏点了点头："嗯。"

他们现在握有的证据和线索，几乎能串成一条完整的链了，如果能把"清道夫"也收进来，那就可以提交一切，坐等天理昭昭了。

就在众人沉吟思索的时候，一旁的赫西有点儿赧然地举了手："我……我拍过这样的人。"

"你拍过？"

所有人的目光都聚集在了这个年轻的助理记者身上。

"我有一阵子，喜欢收集生活中看到的各种特别的人和事。"赫西不太好意思地挠了挠头，"反正……拍到过，我有印象。"

"好小子！"本奇这时候就是个人精，一瞄众人的表情，就知道这里面藏着大事。他一拍赫西的背，"照片呢？还在的吧？"

顾晏却抬了抬自己的智能机："我没有在你的照片包里看到类似的照片。"

"因为那些太碎了，我怕影响正常的工作内容，每隔一段时间会把它们导出来另存。"赫西说，"在是在，而且应该是今年拍到的。但我也想不起来具体是哪个月哪一天了，不在智能机里，我得回去找一找。"

"什么时候能找到？"

"这个很难建立搜索源，得真的一张张照片、视频翻过去，可能要花点儿时间。"赫西想了想说，"两天吧，两天后我找到发给你们。"

法旺区的傍晚流云洒金。

相聚的几人四散回家，驱车行驶在交错的云中悬浮轨道上。

行至中途，智能机忽然弹出一条网页消息，界面官方、标题简洁。上面写着："一级律师公示期预评系统明天中午十二点整准时开启。"

不论是去往酒店的乔，还是去往公寓的劳拉，抑或是赶回蜂窝网办公楼的本奇，在看到这则消息时都不约而同骂了句脏话。

乔一巴掌拍在方向盘上："忘了这茬儿了！"

这个所谓的预评系统，就是在"一级律师"候选名单公示期间，主要是中后期，随机挑三天开启，社会各界人士都可以参与评分，并对其认为不够格的候选人集中提出异议。

预评结果虽然不代表官方，但对最终评审有着极大影响。比如异议过多的律师，基本就是被刷的命。

小少爷当即拨了个通信给顾晏。

车载通信嘟嘟响了两声接通了。

"顾，看到一级律师预评的消息没？"乔张口就问。

"看到了。"对面应答的人却是燕绥之。

乔有点儿蒙："……院长？"

"哦，顾晏的智能机在我这里，他在洗澡。"燕绥之简单解释了一句。

乔："？"

柯谨："？"

院长又补充解释了一句："我的智能机查东西受限太多，拿他的用会儿。"

柯谨陷入呆若木鸡的静止状态里，半晌后满脸问号地看向乔。

"别蒙别蒙，回去细说，我知道你想问什么。你先做一做心理准备。反正我知道肯定是顾先动的手。"小少爷捂着收音话筒偷偷安抚柯谨。

柯谨："？"

对面燕绥之没好气地说:"什么顾晏先动的手?你捂着我就听不见了?"

"没什么。"乔唰地收手,拉回正题,"对了院长,这个一级律师预评怎么来得这么突然?以前也都是提前一天通知吗?"

"差不多。"燕绥之说,"不过并不突然,意料之中。"

"意料之中?"

"不然你以为那些抹黑顾晏的报道只是随便挑一天放放?"

乔思索了片刻,又骂了一句。

"这时间点掐的……我说今天一天怎么这么老实,之前搅浑水的网站都安安分分没有继续轮报顾晏的事。本来以为是被院长您的消息给盖住了,顾不上。现在一想,根本就是故意不提。"乔说。

如果那些网站继续把顾晏的事拎出来说,反而是帮了顾晏一把。因为实习生的真正身份已经众所周知了,要再提什么,不用顾晏开口,自然会有无数人替他说清楚。

但现在他们非常聪明,造完话题,一见势头不对立刻缩了回去。这样一来,没有了争论的战场,自然也不会有声势浩大的澄清效应。

这就能最大限度地保留那些相信"潜规则"的人。

而只要有那么一批人存在,顾晏这一级律师的预评就不得安宁。

"现在这情况不容乐观啊……"乔皱眉说,"如果说控媒控评,我倒是能联系一些人。但说实话,如果蛇不出头,我们主动揪出来打,反而显得很刻意。"

乔少爷在正事上从来不是真傻瓜,关键时刻也总能拎得清。

燕绥之说:"确实这样没错。"

"那怎么办?"乔垮着脸想办法,"老实说,就算不搞这么一出,这件事放在那里也很硌硬人,不解决掉终究是个麻烦。"

谁知燕绥之却不慌不忙:"放心。"

"院长您有主意?"

"没到时候呢,不急。"

于是乔大少爷睁着眼,刷了一夜消息,愣是没看出来哪里不急。

"预评系统没几个小时就要开放了,怎么还没到时候?"小少爷感觉自己的头都要秃了。

就在乔发愁秃头的时候，对立面的某些人正摩拳擦掌等待十二点的到来。

与此同时，联盟一级律师审核会德卡马办公处迎来了一位客人。

一位办公处所有人见了就头疼的客人。

一级律师审核委员会总部设在红石星，同时在德卡马这个同等重要的经济中心星球设有办公处，处长就是委员会的正副会长，轮流当值。

两位会长在联盟律法界很有分量，基本没有什么可忌惮的，唯独见到某些人就头疼想溜。

这些人有个统一的称呼——一级律师。

对，就是他们委员会自己选出来的一群祖宗。

这群祖宗个个都很特别。

特别难搞，还特别擅长洗脑。

比如燕绥之。

老会长听说这位祖宗进电梯了，当即把正在用的光脑塞进了包。

"说我今天请了病假不在！"老头儿向秘书处交代了一句，转身就想走，结果在办公层密码门口跟燕绥之撞了个脸对脸，又生生被迫退回办公室。

会长重新在办公桌后坐定，瞪了燕绥之五分钟，终于正色开口："能再次见到你，我非常高兴。"

燕绥之很自然地在软沙发上坐下，点了点头，说："谢谢，我也是第一次知道，非常高兴的表达方式还包括避而不见和溜之大吉。"

会长："……"

燕绥之："玩笑话而已，见到你我也非常高兴。"

会长："……"

就……莫名很有嘲讽意味。

他绷着脸咳了一声，问燕绥之："行了，说吧，今天来是为了什么事？"

燕绥之放松地靠上椅背，手指交握笑了笑："一窝出来的狐狸，就别这么明知故问了吧，老会长？"

会长心说谁跟你一窝，你多大我多大，占起便宜来还没完了。

老头儿憋了半天，最终还是放弃装傻，说："预评那事？"

燕绥之点了一下头。

"这是真的冤。"会长语重心长地说，"你又不是不知道，预评不是说开就开的，三五天根本准备不及，都是提前十天就定了日子开始测试系统。也就是说，是我们先安排的时间，结果顾律师偏偏倒霉撞上了。"

"放心，我知道流程。"燕绥之淡定地宽慰他，"所以我没打算来讨个说法或是解释。"

老会长听了，略微松了一口气："那你是……？"

"我只是来交个申请。"燕绥之说。

"什么申请？"

"申请公示期内预评流程全面关停。"燕绥之平静地说。

会长愣了半晌，难以置信地问："什么玩意儿关停？"

"整个预评流程，包括这段时间内的异议提交和民众评分，一切相关系统及平台，全面关停。"

"开什么玩笑？别闹了，不可能的。"会长斩钉截铁地拒绝了。

燕绥之挑起眉，问："是吗？那劳驾您做一件事。"

会长蹙着眉："说。"

燕绥之："打开光脑。"

会长："开了。"

燕绥之："打开搜索界面。"

会长："嗯。"

"搜一份文件，叫作联盟一级律师审核委员会评选实施方式。"

会长："……搜到了。"

燕绥之长腿交叠，坐姿舒适优雅地说："烦请拖到第七页，第三十二条实施细则第二条条款，念。"

会长："……"

"没找到？"燕院长看着对方的神情，淡声说，"没关系，我可以把关键内容提炼给您听——实施细则明文规定，如若在预评期内，候选人遭受诽谤、诋毁、污蔑品格等非平衡待遇，传播量超过3亿条，持续时间超过3天，视为情形特别严重。委员会应当立即中止全部预评程序，清除所有受影响评分，全网公告，彻查到底。"

会长瞪着光脑全息屏幕，嘴唇嚅动了两下。

"觉得很陌生？"燕绥之说，"正常，这个条款几十年没启用过一回，太容易被遗忘了。但是没关系，白纸黑字，联盟法规替大家记着呢。"

他在智能机上随意敲了几个字，把屏幕翻转过去，呈现到会长面前："以'顾晏律师'和'潜规则'为关键词搜索，整个星际联盟的相关报道大大小小共计二十一亿六千八百多万条。我所查到的最早一条发布于大前天早上八点十二分，传播最为广泛的一条发布于十点四十二分。我认为自己算得上好说话，先退一步，以十点这条为起始点计算……"

他说话的节奏控制从来都很出色，在说完这句话的时候，智能机时间一栏，秒数刚走完最后一个数字，分钟轻轻一跳，显示为：十点四十二分。

燕绥之抬起眼看向会长："……到此时此刻，刚好三天整。"

办公室内一片静默。

过了好半晌，会长终于忍不住提醒了燕绥之一句："预评中止的申请只能由一级律师提交，但同时还有一项规定，你提交了这个申请，就意味着最终的投票你需要保持中立以避嫌。"

这是一项避免评选不公的回避规则，燕绥之当然清楚。

他欣然点头，说："我知道。"

"我说一句实话，顾律师是你的学生，你原本可以在最终投票的时候为他保底一票的，现在少了这一票，保不准会吃亏。"老会长说，"说得功利一点儿，最终表决里的一票，比现在的预评值价多了。"

燕绥之点了点头，他喝了一口面前的水，把杯子搁下，冲老会长说："我只是厌恶一切自以为是的猜测和恶意为之的抹黑，至于最终评审……"他轻轻一笑，"我的学生我最清楚，顾律师能力足够，从来不需要任何人为他保底。"

一个小时后，就在预评系统开启的前一刻，联盟一级律师审核委员会发布了一条全网公告，郑重宣布预评全面中止，所有评选审核依次顺延，直到查清传谣一切原委。

同天下午，德卡马最高法院也发布了一条公告，宣布辩护律师顾晏申请撤销庭审延后程序，"摇头翁"一案将于第二天上午十点准时开庭。

"摇头翁"案作为联盟现今关注度最高的案子，在正式开庭的这天引起了最大范围的讨论。

这是最容易引发争议的一天，也是各路人士最容易借势博取好感的一天。

从清早起，新闻头条几乎以十分钟一条的速度轮换着——

早八点，最黄金的一段时间。

曼森集团突然宣布，旗下的感染治疗中心将从今日起再度扩张，配备专门的孤寡老人援救中心。

布鲁尔·曼森说："从今以后，任何人在任何地方发现需要帮助的孤寡老人，都可以一键呼叫援助中心，无须交付一分钱。我们承诺，给这些老人们最一流的医疗服务、最安全安定的家。希望'摇头翁'案这样的悲剧再也不会发生第二次。"

一部分不明真相的人为此拍手叫好，夸了曼森集团一波。

只有燕绥之他们能看清背后的深意。

用尤妮斯女士的话来说："那对牲口兄弟的发言翻译一下，就是从今往后，我们拐老人们就能明目张胆了，甚至都不用主动拐，自然有单纯好骗的群众主动把老人们往手里送。"

克里夫航空紧随其后，表示会在这个重要的日子里正式推出绿色飞梭机，专供于孤寡或有特殊疾病的老人，同时与新进驻医疗行业的曼森集团、西浦药业合作，为医药保驾护航。

再用尤妮斯女士的话翻译一下，就是"杀人越货一条龙"。

趁机表现一把的人很多，跟雨后的青蛙、蛤蟆一样呱个不停。

而作为真正怀揣大新闻的一方，以德沃·埃韦思、尤妮斯，勉强带上个乔为首的春藤集团却丝毫不显着急。

他们愣是不慌不忙地多等了一个小时。

九点。

等到大大小小的角儿都唱罢，开始要歇气的时候，又一则消息上了头条——

春藤集团正式宣布，现下技术可达范围内最高端的基因仪器已经正式研发出来，包括分析、预测、模拟、回溯等功能，经过漫长的调整和修改，于昨夜通过了医药联盟的检验和审查，今晨起正式投入使用，对所有需要检测基因的疾病开放。

　　这样的大型仪器目前共有两台，一台在春藤总院，今后会直接关联整个春藤医疗系统。另一台原本收藏于春藤集团大楼，今早已经正式搬家，在德卡马最高法院落户，于九点整正式开机。

　　春藤集团将这台仪器无偿赠予最高法院，实际上也是赠予整个法律系统，因为数据库会跟警署以及检察署同步关联。

　　从今天起的每一场审判，绝不会有任何基因技术方面的难题。除此以外，憋了几天的春藤7院也终于曝光了加密病房实况，正式宣布"摇头翁"案的受害者全部脱离危险期，并且陆续清醒。

　　"虽然他们仍旧不足以亲自站上法庭，但整个联盟都是他们的眼睛，民众会替这些老人一一见证正义。"德沃·埃韦思说。

　　老狐狸掐的时间非常巧妙，于是春藤集团的消息一直被议论到了庭审前。

　　九点半。
　　顾晏、燕绥之一行人出现在最高法庭门口。
　　一大批媒体记者活像突然诈了尸，蜂拥围了过去，又被德卡马最高法院出了名的安保拦了回去。
　　顾律师一如既往是那副冷冰冰的模样，好像有名无名、受关注或不受关注，对他而言没有任何意义，他只是来做一场辩护而已。
　　他摘下小指上的智能机，连同光脑一起搁在传送带上，过了庭前安检。然后站在另一头，一边戴智能机尾戒，一边看向燕绥之。
　　燕绥之站在安检之外，冲他弯眼一笑，用口型说了几个字。
　　记者们端起相机时，已经错过了那句悄悄话，当场犯了癫痫性强迫症，好一阵捶胸顿足。
　　他们都不是头一回见顾晏，对于他的作风也很熟悉，知道自己根本问不出什么，于是收音装置方向一转，齐齐对向燕绥之。
　　虽然这位大佬没人敢胡乱招惹，但就以往经验来看，燕院长心情好的前提下，至少会说两句话。
　　今天他心情就还可以，于是耐着性子解释了一句："我？我现在不进去，委托书上写的是顾律师的名字，没了实习生这顶帽子，庭辩律师入口我走不了，今天管得严。"

其中不知哪个不怕死的，蹦出一句："刷脸！强行走！"偏偏让燕绥之听见了。

"哦？"院长意味不明地笑了一下，"然后再给你们提供一波素材，让你们继续编点儿没营养的小故事？"

记者："……"

院长收了笑，凉凉地说："我怎么这么喜欢你们呢？"

记者："……"

双方律师陆续过了安检，进去按例开了庭前会议。

因为被告不止一个，再加上这个案子格外受重视，法官又给了辩护律师十分钟的时间，让他们最后再跟当事人见一面。

顾晏到达会见室的时候，贺拉斯·季刚从医院过来。

他早上按照规定做了个全面检察，没能进食。出于人道主义，也为了避免出现被告中途晕倒的闹剧，法院在会见室给他提供了一份营养餐。

"你还有什么想问我的？"贺拉斯·季不紧不慢地吃着，还不忘贬上一句，"这里的营养餐可真够难吃的。"

顾晏修长的手指交握着搁在桌面上，看着贺拉斯·季的眼睛平静地说："以往经验表明，这种时候不适合问什么复杂的问题，而简单的没必要问。"

"不是一般最后会再来一句吗？"贺拉斯·季晃了晃勺子，眯着眼睛学不知哪里听来的话，"你最后再告诉我一次，你是有罪还是无罪？我学得像吗？"

顾晏看了他一会儿，冷淡地说："这种最后一问，有的人适用，有的人不适用，你属于后者。"

"是吗？那么前者是好人的概率大，还是后者是好人的概率大？"贺拉斯·季饶有兴致。

顾晏没有回答他这些废话问题。

贺拉斯·季挑了挑眉，又吃了几口："听说'摇头翁'案的受害者都救回来了，没有死人，所以这个案子最高可判两百年监禁，就关在德卡马长林监狱？"

"不在德卡马，会被送往灰星。"顾晏说。

"噢……"贺拉斯·季想了想，"灰星那里的监狱太恶劣了。"

他不知在想些什么，默默吃了几口后，又嗤了一声道："太恶劣了……那不该是我待的地方，我不想去那里。"

顾晏沉默片刻，用一种公事公办的语气说："我说过，不该由你来背的罪名你一项也不用背。"

九点五十分，听审入口处记者一片骚动。这次的庭审开了最多的听审席位，又为了保证所有人都能见证这个天理昭彰的时刻，启用了全联盟同步直播。所有的器材都从检验带里过了一遍，送进最高法庭。

九点五十二分，几辆豪车泊进车位，曼森兄弟在助理和保镖的开路下进了安检门。没过几秒，克里夫也到了。

九点五十五分，春藤集团埃韦思家族走进了庭审席。

九点五十八分，联盟一级律师陆续进入法庭，走在最前面的就是梅兹大学法学院院长燕绥之。

九点五十九分，审前回见结束。

贺拉斯·季几乎是踩着最后的节点，吃完了最后一口早餐。即便这样，被法警带进法庭前，他还不忘要了一张除菌纸。

他走进被玻璃罩住的被告席，这才抬手用除菌纸擦拭唇角和手指。

顾晏在辩护席坐下，朝他的方向瞥了一眼，眉心突然微微蹙了一下。

几乎同一瞬间，他的智能机轻轻振了一下，提示他收到了新消息。

法庭向来规矩森严、肃穆，所有来听审的人在进门前都要摘下智能机等一系列联络工具，唯一可以例外的就是律师。

但正式开庭后，律师也需要把不相干的界面一键屏蔽。

顾晏本想忽略消息，等到庭审结束再看，却发现消息发送人是赫西。于是他掐着最后的时间点打开了那封邮件——

顾律师：

不负所望，我找到那个有折纸习惯的人了。

我不知道这位会不会是你们所说的……"清道夫",但看到照片的时候,我确实吓了一跳。

希望你来得及在庭审前看一眼。

不对,我也不知道庭审前看到对你而言究竟算不算好……

在这段纠结的文字后面,附有两张照片,不同角度拍的同一个人。

黑色短发,麦色皮肤。他有着棕色的眼睛,神情似乎是淡定而傲慢的,但又在眉目间流露出些微微得意的影子……

这张脸很多人都不会陌生。

因为这个人,此时此刻正坐在被告席上。

他现在的名字叫贺拉斯·季,是顾晏的当事人。

顾晏看完邮件抬起头,就见被告席上的贺拉斯·季擦完了嘴角和手指,正用柯谨说过的那种特别的方式,一道一道,将纸折叠起来。

第十七章 摇头翁案

负责看押的法警喝止了贺拉斯·季的举动，夺走了他手里折叠过的除菌纸。厚厚的玻璃罩隔绝了他们的声音，以至于被告席上的这一幕并没有被太多人注意到。

在那个瞬间，陪审团成员正在列队入席，所有人都看向那边，而法官已经高高举起了法槌。

"当——"

在全联盟无数双眼睛的注视之下，德卡马最高法庭"摇头翁"案，正式开庭。

而法庭之外，有人等的就是这个时机。

蜂窝网媒体中心，本奇和差点儿迟到的赫西坐在光脑前，双双张着嘴，呆滞地看着面前那个西装革履的来客。

来客是春藤集团一把手——德沃·埃韦思的助理。

数日之前，他从自家老板和两位律师那里接到一个任务。

现在，该是他执行的时候了。

本奇看着对方传过来的资料。

那其实是准备好的各类新闻稿，一篇篇并不完全连贯，但足以概述这些年里曼森兄弟干过的好事。

本奇越看越心惊："这些……真的假的？当年去世的这些人，还有什么'清道夫'，基因毒品，感染……我的天，都是一个串儿？"

"二位不是记者吗？我相信你们观察到的一定比很多人都要多。"助理先生说。

本奇听到这话，莫名惭愧。

事情太大，令他一时间难以完全消化，但他想起自己这么多年来拍过的无数张照片，忽然又醍醐灌顶。

本奇指着其中几页，问助理："这些……是燕院长同意发的？老实说，我目前最怕的就是他跟顾律师，要是触了那两位的霉头，我……"

"放心，不仅是同意。"助理说，"选择在这个时机发布这些东西，本就是两位律师先生提出来的。"

赫西的表情更蒙。

他看了眼自己的智能机，又看了眼资料里关于"清道夫"的那些："我刚刚还给顾律师发了邮件……难不成他们早就猜到'清道夫'是谁了？那为什么还要费工夫去找？"

助理噘了噘嘴："那两位律师先生都不是喜欢猜测的人，我想……直觉性的猜测对他们而言永远比不上实质性的关联和证据吧。"

"还有啊，这能顺利发出去吗？"本奇有点儿担忧，"真看完这些，有脑子的都知道是曼森家族干的了，曼森兄弟能默默看我们发？"

助理笑了："他们看不到。"

"为什么？"

助理朝不远处偌大的屏幕一指，里面是全联盟同步直播的"摇头翁"案庭审现场。

"因为他们在屏幕里坐着呢。别忘了，最高法庭听审的规矩，除了出庭律师，所有人一概不许带智能机、光脑等设备进庭，以免干扰公正。"

"这些内容，全由我们独家发布吗？"本奇说，"老实说，我们站的权威度和公信力还远远不够啊，发出去大家会不会只当成一个想象力丰富的故事？"

"放心，当然不止你们一家。"助理笑起来，"只不过最近的大新闻都是你们网站开的头，何不继续呢？至于大家是会当故事还是认真对待……那就无须操心了，早就规划好了。"

本奇诧异地问："这都能规划？"

"对于某些话说出去会引起什么反应，怎么把控情绪节奏，恐怕我们之中没有谁比出庭大律师更精通了。"

本奇："律师真可怕。"

助理纠正道："也不是所有律师都这么难搞。"

本奇："一级律师真可怕。"

助理客观地说："还有一位尚且不是呢。"

本奇："迟早的，近墨者黑。"

助理深深咳了一声。

"所以，入伙吗？"助理先生难得开了个玩笑。

本奇突然有些亢奋，他深吸了一口气，点头说："当然。"

他当年之所以事无巨细地拍了那么多照片，不就是对那些事都怀揣着一丝怀疑吗？

只是寻求真相的路不好走，他没能坚持下来。

好在有人一直在坚持，还不止一位。这些人在多年后的今天，打算把真相一样一样摊开给世人看，他作为记者，有什么理由不加入。

十点二分，全联盟直播的法庭上，陪审团成员正在举手宣誓秉持公正。

一条以"探索爆炸案真相"为主线的报道毫无预兆地发布出来。由于发布的网站是蜂窝网，发布的记者是本奇&赫西，跟四天前宣布燕绥之还活着一样，一出现就引起了巨大的关注。

从燕绥之的"死"入手，是目前民众最有兴趣的角度。

先让他们了解燕绥之遭遇爆炸案并不是一个意外，而是伪装过的谋杀。再把这场谋杀和当年的诸多意外联系起来，比如那个用药过量的医疗舱供应商，比如那个死于狱中的卢斯女士，比如那位医学院周教授，等等。

本奇和赫西庞大的照片库在此终于派上了用场。

而人们终归会意识到，这一切是一个连环的整体。

在这位助理忙着联系媒体朋友时，德沃·埃韦思先生的另一位助理也没闲着，他在联系警署。

自从得知了雅克·白被找到的消息，假护士艾米·博罗突然就放弃抵抗了。

虽然算不上特别配合，但她确实交代了不少东西，大多跟雅克·白有关，偶尔提及其他，是曼森集团的攻破口之一。

警长这两天连臭脸都不摆了，心情不错，也格外好说话。

德沃·埃韦思的助理给他提供了一些新消息，自然也包括赫西查到的"清道夫"照片。于是警长从庭审直播前抽身，再次把艾米·博罗提出来讯问。

警长一点儿废话都没有，直接把照片扔到她面前。

艾米·博罗眯着眼一扫，便嗤了一声："你们的同行在医院尽职尽责看了他这么多天，终于想起来问他是谁了？"

警长气不打一处来："我们倒是第一天就在问，你答了吗？"

艾米·博罗又嗤了一声。

"所以确实是'清道夫'？"

"清道夫？"艾米·博罗念了一遍，"你们是这么称呼他的？也行吧，还算贴切。这位'清道夫'可了不得，死在他手上的人都快数不清了。"

"比如？"

"比如？别开玩笑了，我上哪儿知道比如。"艾米·博罗轻声说，"他开始帮大老板办事的时候，我还在上学呢，那可是将近三十年前。"

"那就说说最近。你知道哪些就说哪些，比如你为什么几次三番地要给他下药？"

"你说呢？"艾米·博罗挑起细长的眉毛，"兔死狗烹没听说过吗？"

猜故事谁不会？但办案子是猜准了就有用的？警长在心里骂人，但嘴上还得引导这姑娘继续交代。

"以前需要清理什么人，都是他出面。他经验丰富，总能有各种方法逃脱掉，毕竟刚成年就被大老板收了，练出来的。"艾米·博罗说，"但这两年他渐渐淡出了。起初可能是自己不想干了，见识了世界突然想活得平安一点儿？他在犯罪方面很狡猾，很能迷惑人，但同时他也有个要命的缺点，他偶尔会喜欢炫耀。所以他懈怠的心思自然被大老板们觉察了，那之后给他的任务就越来越少了，这我倒是能给你几个比如。"

"哦？"

"比如最近重新被提起来的爆炸案，比如正在开庭的'摇头翁'案。"艾米·博罗说，"最近出的几件就都没有让他去办。你知道这意味着什么吗？意味着他没什么用了。"

"他自己也明白过来了，进了泥潭哪有休假的道理？真想休假，离死也不远了。他试着积极争取了几次，无济于事。"艾米·博罗回忆说，"据说他那时候还会去案发现场转一转，想看看究竟是谁取代了他的位置。"

"谁呢？"

"没有谁。"艾米·博罗说，"大老板不再用固定的人了，尽管固定的某个人可以积累丰富的经验。"

爆炸案之后，"清道夫"亲眼看着疯疯癫癫的犯罪嫌疑人被抓，忽然就放弃重新做棋子了，他开始逃。

"你明白的，正常的逃跑根本没用，藏在哪里都会被人翻出来。这是将近三十年逃避各种抓捕给他长的经验，他每一次逃跑，靠的都是基因修正。只不过以前是大老板安排人给他做，这一次不是，他应该是偷偷找了黑市。"

艾米·博罗嘲讽地说："这个方法他能想到，别人一样会想到。所以大老板在黑市也安排了人，打算在'清道夫'做基因修正的时候动点儿手脚，让他死在手术台上，假装他不小心碰到了小作坊，手术感染而亡。"

警员们倏然站直了身体："小作坊？感染？"

"很耳熟是不是？"艾米·博罗继续说，"'清道夫'是个疑心很重的人，他事先发现了问题，为了脱身，他把这种危险转嫁给了别人，潜伏期之后突然爆发，一传十，十传百，就成了前阵子最热闹的大型病毒感染。"

顿时，讯问室里一片骂声。

两边人渣交锋对峙，倒霉的却是无辜民众。

"不过他自己也没能完全躲得掉，同样感染了。"艾米·博罗说，"他有点儿自负，一直认为自己解决得很完美，不可能感染，所以进医院的时候显得那么难以置信。"

"同样的，'摇头翁'案他也过度自负了。他那时候可能被大老板逼怕了，觉得保命的唯一方式就是把自己放在众目睽睽之下，有无数双眼睛盯着，被动手脚的概率就会低一点儿。所以他假装参与了'摇头翁'案，到处留自己的痕迹，这样他就把自己放在了警方眼皮子底下，大老板自然不敢动他。"

"结果呢，大老板将错就错，干脆把这个案子的重点全部转移到他身上去，弱化其他嫌疑人，然后借着舆论力量判他个重刑，再神不知鬼不觉地弄死。"

艾米·博罗朝讯问室外的方向看了一眼，说："外面在直播庭审？这么说吧，如果'清道夫'在这个案子里被判有罪，那他确实冤枉，而大老板则乐见其成。如果被判无罪，那以他的经验，之后要想再抓住他，难上加难。

"对于你们这些张口闭口把正义挂嘴边的人而言，今天的这场庭审其实是个死局。"

讯问室一片沉默的时候，德卡马最高法庭里，法官冲控方律师点了点头，沉声说："你可以做开场陈述了。"

控方律师艾伦·冈特站起身，冲法官和陪审团分别点头致意，唯独略过了辩护席。

一般而言，一场庭审刚开始的时候，对抗意味往往不是很浓，控辩双方会保持基本礼仪，以示风度。

但这次却不同，冈特律师还没发言，就表现出了一种微妙的敌对和蔑视。

这其实是一种很容易遭受诟病的行为，可在"摇头翁"这个案子里却没有这种顾虑。因为在开庭伊始，所有听审的民众都站在他那边。

"关于本案，我相信在场的所有人都不陌生，有些内容你们可能已经在各种报道上看过无数次了，但我今天依然需要重复其中的一部分。"

冈特说："厄玛公历1256年，也就是今年的十月三号傍晚，本案受害人之一麦克·奥登老先生在红石星硒湖区东北边郊钓鱼，那里一没有监控，二来很少有路过的人，而麦克·奥登老先生没有子嗣，目前处于独居状态。这符合本案被告人对于谋害对象的一切要求，于是被告人利用一个老人的单纯和信任，将其引骗到林外车道上，以相对容易获取的RK型乙醚药剂将其弄晕，塞进车内，带去黑岩区九号中型仓库……

"鉴于现场各种痕迹的勘验结果来看，用于关押麦克·奥登先生的笼子早在数天前就已经运到了仓库，而仓库内还存有其他未用的笼子，同样的情况适用于本案其他现场。我们有理由认为，也许实施对象是不特定的，但被告人的行为是有预谋的。"

这也许是目前开场陈述最长的一次，但没有一个人表现出任何不耐烦的迹象。不论是法官，还是陪审团，抑或是申请来听审的民众，以及更多的在关注直播的人，甚至也包括辩护律师。

"这个案子其实困难重重，受害者们均有不同程度的精神损伤，以至于无法清晰地表达事实。从法律上来说，他们甚至无法告知公众他们究竟经历了什么，好在我们手握现场的勘验证明、证人证言以及被告的亲口供述，并期待以此还原真相。"

冈特律师扫视了一圈，沉声说："从案发到现在，这么长的一段时间里，所有报道所有人提到这个案子、提到受害者，说的都是'摇头翁'这个称呼，我想……包括辩护方的律师也不例外？"

他的目光投向辩护席，从一号被告的辩护律师迪恩身上扫过，最终落在顾晏身上，然后缓缓说："但我希望诸位意识到一件事，'摇头翁'这个称呼将所有受害人笼统地概括到了一起，在心理上甚至会有一种导向力，让人在潜意识里觉得，好像受害者就只有一位，就是那个叫作'摇头翁'的家伙，三个字，简简单单就说完了。"他接着道，"但是很遗憾，不是。"

"我今天必须在开场正式强调一遍，'摇头翁'这三个字的背后，是三百二十七名老人，尽管他们有的是独居，有的在流浪，但他们每一个人都有自己的名字，是一个活生生的完全独立的个体，不是三个字就能介绍完的'摇头翁'，而我希望……就在今天，就在这里，法官大人、陪审团诸位，以及在场或不在场的所有人，能还他们一个公正。"

全场一片寂静。

冈特律师说完又沉默地站了片刻，这才垂着眼睛点了点头，在自己的位置上坐下。又过了那么几秒，听审席上嗡嗡的议论才响起来，甚至有几位偏于感性的旁听者还拍了几下手。不过很快他们就意识到场合不对，把手收了回去。

听审席上，米罗·曼森回头朝那几个鼓掌的人瞥了一眼，又扫过其他人，低声冲身边的兄长布鲁尔·曼森耳语："我从来没有这么喜欢过检察公署派出的出庭律师。"

布鲁尔·曼森却没回头，只动了动嘴皮子："坐好了，听你的庭审。"

"干吗这么紧绷呢？"米罗·曼森嗤了一声，但还是坐正了。

"我只是认为，没有东张西望胡乱感叹的必要。"布鲁尔·曼森目不斜视，"毕竟我们只是抱着公德心和同理心来听一场无关利益的庭审而已。"

公德心和同理心？

无关利益？

米罗·曼森眯起眼睛，似乎有点儿想笑。但碍于场合，一切情绪只停留在了嘴角。就在他从别处收回目光的时候，他的视线和不远处的另一个人对上了。

那是德沃·埃韦思。

"春藤的老狐狸在看我们。"米罗从唇缝里挤出几个字。

布鲁尔·曼森依然说："坐好。"说完自己偏头看过去。

德沃·埃韦思灰蓝色的眼睛掩在镜片后面，一如既往带着股老牌绅士的格调。他冲曼森兄弟点头微笑了一下，就像一个寻常的世交长辈。

布鲁尔·曼森也冲他点了点头。

这一边暗潮汹涌的时候，听审席中区第二排，联盟徽章墙上的一级律师来了将近二十个，坐了两排。

这帮大佬们看庭审的角度都和别人不一样，除了案子本身，他们还能清晰地从每一段发言中发掘律师的能力和技巧。

"这位冈特律师很懂说话的节奏啊。"某位姓帕尔文的大佬冲身边的燕绥之说，"什么时候语速需要快一点儿，什么时候慢一点儿，什么时候音调高一些，什么时候低一点儿，连停顿都处理得很好。"

"嗯。"燕绥之曲着的手指支着下巴，目光依然落在前面。

过了片刻，他说："讲得不错，我听着就很感动。"

帕尔文："……"

"怎么？"燕绥之纡尊降贵地从庭审区域收回目光，瞥了这位同行一眼，"我的话有问题？"

"辩护席上那位不是你的学生吗？"帕尔文说，"老实说，今天的庭审关注度空前绝后，咱们还都在这坐着，你都不替学生紧张一下？"

燕绥之"哦"了一声，要笑不笑地说："谁请你们来了？"

帕尔文："……"

他张了张口，又要说什么，就见燕绥之伸出食指抵着嘴唇，示意他噤声。

"别拉我讨论顾晏，毕竟我是需要回避一级律师投票的人。"燕绥之翘着嘴角说。

帕尔文又张了张口。

燕绥之竖着的手指没放下来，轻声说："还有，不要干扰我看学生的表现。"

帕尔文："……"

他已经不想再张口了。

庭上，一号被告人弗雷德·贾端坐在被玻璃笼罩的席位上，区别于之前报道中的形象，此时的他非常安分守己，低着头显出一副悲伤忏悔的模样。

哪怕是这样的角度，也能看到他掉到嘴边的黑眼圈，看上去憔悴而疲惫。

他的辩护律师迪恩正在做开场陈述，实质性的辩驳没有多提，毕竟这些也不适合一开场就扔出来。

迪恩简单扼要地阐明，费雷德·贾绝不是这个案子的主犯。

"他作为医疗行业的从业者，像很多同行一样，始终保持着对生命的敬畏心。我的当事人之前也许说过一些不那么讨人喜欢的言论，而那些言论又被部分媒体二次加工渲染，报道出去，引起了诸多争议和指责。但我恳请诸位换个角度想一想，那其实是出于本能的自我辩驳。相信任何人都能理解，当一个人被无端扣上不属于他的罪名时，总会有口不择言的时候，这反而能侧面说明他的冤屈不是吗？"

"任何一位有同理心的人，都会为本案的受害者感到悲伤难过。"迪恩指着一号被告席说，"我的当事人也一样，相信诸位心明眼亮，看得非常清楚。"

这话还有潜台词，就是：你们看，相比于我的当事人，另一位被告人贺拉斯·季就是典型的毫无同理心，他连悲伤和忏悔都没有。

很显然，这句潜台词被大多数人接受了。听审席上很多人先看向一号被告席，接着又看向二号被告席，然后露出了嫌恶的表情。

同时，这种排斥的情绪又会被带到辩护律师身上。

法庭上只讲事实，不讲交情。

更何况虽然同属南十字律所，但每位出庭大律师跟律所都只是合作关系，本身是相互独立的。顾晏和迪恩本来也没交情。

当一个案子有不止一位被告人的时候，不可避免会出现相互推诿的现象。

不只是被告人本身，也包括辩护律师。

有的律师就是靠不断强调其他被告人的恶性，来弱化自己当事人的罪责，这也是一种手法，有些律师很喜欢用。

不过顾晏不喜欢。

迪恩发言完毕，法官又冲顾晏的方向点了点头："顾律师，可以开始你的陈述了。"

听到这句话，听审席上的曼森兄弟下意识前倾身体。

倒不是他们有多紧张担心，而是在他们的印象里，顾晏这人跟那位法学院院长有着一脉相承的毛病，就是开场陈述永远不按常理来。

你就说说你的当事人，说说案子，说说你的辩论点不好吗？

偏不。

所以轮到顾晏说话，即便是布鲁尔·曼森，都忍不住竖起耳朵。

顾晏点了点头站起身，平静地说："冒昧提醒一句，联盟最高刑法典规定，只要证据出现瑕疵，就不能百分之百确定被告人有罪，同样也不能完全排除被告人被冤枉的可能，这是辩护律师存在的意义。我希望诸位把开庭前一切先入为主的判断全部清空，重新认识这个案子。因为只有让真正的犯罪者认罪伏诛，才是还三百二十七位受害人一个公道。"

只要不是无理取闹，大多数人都是容易被说服的。

顾晏的话虽然不长，也没有刻意渲染什么情绪，但至少有一部分人听进去了，并且照着做了。

于是一轮开场陈述过去，冈特律师煽出来的庭内情绪已经平息下来，甚至比开庭前还要理性不少。

这其实不代表偏见彻底消除，但不合控方的意愿。

"这位冈特，我跟他打过交道。"一级律师所坐的区域，有一位大佬低声评价说，"他的辩护技巧不算多高，但是很会带动情绪。这让他在某些领域几乎有点儿战无不胜的意思，这次的案子找他就很合适，因为有情绪可以煽。要是刚开始就被他抓住节奏，后面会很麻烦。刚才辩护律师把他煽出来的火泼小了，我敢打赌，他下一轮还会再来一波。"

果不其然，冈特走了一条欲扬先抑的路。

他先放了几个无关痛痒的证据，这几个证据有个共同特点——边缘化，不能直接说明被告人对受害者实施了侵害，但又确实无可反驳。

于是证据放出之后，每到辩护律师发言的时候，迪恩好歹还扯两句，顾晏这种不废话的人总是扔出一句"我没有问题"就过去了。

这种询问节奏会给人灌输一种意识——控方这边的证据非常硬，底气非常足。你看，从开场到现在，好几轮证据摆下来，辩护律师都无话可说。

于是听审席又有了嗡嗡的议论。

就连迪恩都忍不住看了顾晏好几眼，说不上是更想谢谢他让出舞台给自己发挥，还是更想恳求他开一开金口。

不然节奏都被控方带完了，他们还辩个屁。

冈特一看时机差不多了，趁热甩出一段视频来。

这段视频拍摄的时间很早，显示为十月十二号晚上九点，拍摄地点是赫兰星北半球翡翠山谷西侧，焦点是那里的废旧仓库。

这是"摇头翁"案其中一个现场，这个仓库里的受害者一共有二十三位，九月中下旬陆续被抓来关在那里。

他们出事算早的，但因为地点太过偏僻，成了最晚被发现的，隔了将近一个月才被成功解救。

这段视频就是警署拍摄的解救过程。

不论是辩护席上的顾晏，还是听审席上的燕绥之，都看过完整的视频内容。

那些老人们被人从笼子里救出来的时候，表情茫然得让人心疼，好像身处黑暗太久以至于不知道发生了什么。

他们不知道来的人是好是坏，只是本能地往后缩，毫无章法地四处躲，甚至还有推搡和踢打救援人员的举动。

好不容易把他们放上担架，他们又忽地安静下来，将自己蜷缩成一小团，胳膊抱着头。这可能是他们唯一能保护自己的姿势。

当初看这段视频的时候，燕绥之和顾晏都很不好受，相信任何一个看到这段视频的人都会有同样的心情。

冈特选择此时此刻在法庭上放这段视频，目的是什么，显而易见。正如那位一级律师所说，他非常擅长也非常喜欢煽动情绪。但同时，他这个举动又有一点儿冒险。

因为这段视频的证明力有点儿弱。也就是说，它并不算什么案件证据，不能证明被告人某个举动的真实性，而是一段非常直白的事后实录。

冈特之所以要放这段视频，就是咬准了顾晏不会阻止。他知道顾晏在一级律师的公示名单上，并且最近正被一些乱糟糟的报道缠身。说白了，顾晏现在急需证明的不是自己的辩护能力，而是拉高公众好感度。

所以冈特笃定，在这场庭审上，顾晏不会做出什么违逆民众情绪的事。这么顺应大众心理倾向的视频，顾晏会阻止他放吗？

不可能的。

也许在之后的交叉询问上，顾晏会努力找回场子，但在这轮，他只能闷声咽下去，绝不会明着反驳什么。冈特心里想。

视频在全息大屏幕上投放出来，冈特等了几秒。

等摇晃的镜头稳定下来，声音变得清晰，老人们的哀叹和呜咽足以让人听见，冈特这才张口要介绍。

谁知他还没来得及说出一个字，辩护席上，顾晏忽然抬手示意了一下。

法官看过去。

顾晏冷静地说道："视频情绪性内容远大于证据性内容，申请陪审团全体回避。"

冈特："……"

法官顿了一下，点点头："请陪审团暂时离席。"

陪审团所有人按照规定依次离开，从侧门进了回避的屋子。

直到决定审判的陪审席空空如也，不会有人被这段视频带偏情绪影响判断，被暂停的视频这才得以继续播放。

一段视频加速播完，法官沉吟片刻，冲顾晏说道："不得不承认，你说得没错。"

于是视频被撤下，陪审团重新被请回席位，什么也没看着。

冈特律师一口血憋满了胸腔。

他默默把这口血咕咚咽回，请上来一位专家证人。

这是一位现场痕检专家。

"奥斯·戈洛。"冈特看向他。

戈洛点头："是我。"

"翡翠山谷西侧这个仓库，也就是本案七号现场的痕检是你做的，对吗？"

"对。事实上所有案发现场的初次痕检都是我在做。"戈洛说完又很谨慎地补充了一句，"后续补充的那些不在我这里。"

"好的。"冈特说，"就你所看到的那些，可以给我们简单描述一下那些现场吗？"

戈洛："阴暗、潮湿、空气流通不畅，任何人被关押在其中，超过一定的时限都容易发疯。当然我并不是指本案受害者的精神问题是由环境所致。"

冈特鼓励地说："我们明白，请继续。"

"那种环境下，真菌活性极高，伤口容易感染。当然，好事是犯罪者的痕迹也容易保留。所有案发现场中，属于一号被告人弗雷德·贾的痕迹一共有7处，属于二号被告人贺拉斯·季的痕迹一共有……115处。"

法庭众人："……"

就连法官的脸都有点儿瘫。

迪恩律师忍不住朝顾晏看了一眼，心说还好我的当事人不是这位。

顾晏却只是垂眸看了一眼资料，毫无波澜。

冈特再度把控节奏，等庭上所有人消化完这个数字，才继续问道："那些痕迹是什么样的，能否形容一下？"

"多数是足迹，另有少量纤维及皮肤组织，还有一处血迹。"戈洛说，"七号现场留下的最多，可以根据足迹基本还原被告人当时的状态和行为。"

冈特律师配合地在全息屏幕上放出七号现场足迹还原图。

戈洛点头说："谢谢。这是我们根据现场足迹做出来的被告人行为轨迹。可以看到，被告人几乎绕遍了七号现场的所有笼子。那种状态就像……在欣赏观摩受害者一样。"

这种带有主观猜测的话，辩护律师是可以提出反对的。但是不论是控方律师还是痕检专家本人，都很熟悉这种规则，所以他们很懂得把握分寸，说完这句立刻收口，不给人提反对的机会。

迪恩律师脸色有点儿臭，不过很快就恢复正常了。

因为询问权到了他手里。

迪恩目的非常明确，打定主意要把所有问题尽可能推到贺拉斯·季身上。他对戈洛说："我的问题不多，只有两个。"

戈洛点点头："你问。"

"你在现场发现的纤维、皮肤组织以及血迹属于谁？"

戈洛说："贺拉斯·季。"

迪恩："那么，七号现场那个嚣张的令人发指的足迹还原图，我是指绕着笼子的那个，属于谁？"

戈洛说："贺拉斯·季。"

迪恩挑起眉，点头说："我的问题问完了，谢谢。"说完他便坐下了。

法官看向顾晏："你可以开始询问了。"

顾晏翻了一页资料，而后抬起头，对戈洛说："我的问题也不多。"

戈洛愣了一下，似乎没有想到顾晏会这么说。他都已经准备好迎接一大波问题了。

"关于我的当事人在现场留下的足迹，有时间判断吗？"

戈洛点头："可以确定是案发当天留下的，因为那个时间段里，七号现场所在的地区正在下雨，留下的痕迹是不一样的。"

顾晏点了点头："可以精确到几点几分吗？"

戈洛刚要张口，顾晏又补充了一句："单纯以足迹而言。"

戈洛默默把嘴闭上，想了想说："可以限定在下雨那段时间里，精确不到分秒。"

顾晏把痕检资料投到全息屏上，让所有人能看见，接着画出其中一行，说："痕检结果显示，我的当事人留在七号现场的皮肤组织以及血迹，是因为笼内受害者在意识不清的情况下突然发起攻击留下的。我的描述准确吗？"

戈洛点头："差不多。"

"那么，我是不是可以这样认为……"顾晏的声音冷淡而理性，"七号现场所留下的痕迹证据，只能证实一件事，那就是受害者已经受到侵害，精神出现损伤后的某一个时刻，我的当事人贺拉斯·季先生身处现场。"

没等戈洛应答，冈特律师就憋不住起身说道："还有其他证据证实贺拉斯·季之前就在场。"

顾晏瞥了他一眼："其他证据另说，不急。我只需要戈洛先生就我刚才这句话给一个回答，是或不是。"

这话就是变相表达：请你闭嘴。

冈特脸色不太好看，但迫于法官的目光，又不得不先坐下。

戈洛沉默了片刻，冲顾晏点头说："是，单从这一个证据来看，可以这样认为。"

痕检专家戈洛离开后，冈特又立刻请上来一位新的证人，急于给顾晏一个还击。以至于他甚至没有注意到，自己最擅长的节奏已经被带乱了，整个庭审开始跟着顾晏特有的节奏走。

这位证人是个中年男人，微胖，肿泡眼，在没有夸张表情的前提下，显得有些没精神，看得出不常运动。

他是翡翠山谷一带的路保，名叫马修·克劳。

冈特深呼吸了一下，站起身冲马修·克劳点头致意，问："克劳先生是吗？"

"是我。"马修·克劳慢吞吞地说。

可能是表情不多又拖着腔调的缘故，他给人的感觉有一点儿傲慢。但冈特律师不介意。只要能给他的证据加上筹码，怎么说话他都不介意。

"你是翡翠山谷一带的路保？"冈特微笑了一下，"方便跟我们大致介绍一下你的工作吗？"

马修·克劳说："可以。众所周知，赫兰星翡翠山谷一带多雨多震，潮湿极了。到什么程度呢？就是能源池都扛不住，三天两头出故障，以至于我们那一带的监控装置总跟着失灵。我的职责就是待在值班亭内，全天盯着山谷车道。能源池如果出简单故障，我可以维修，大麻烦我可以及时报修，同时也有人工监控的作用。"

"也就是说，从那条车道经过的车，你都会看见是吗？"冈特律师提炼了一下重点，再次问了一遍，以确保所有人都能知道。

马修·克劳点头："对，没错。"

"事发当天，也就是九月十九号，你看见了什么？"冈特问。

马修·克劳毫不犹豫道："一辆白色的银豹GTX3，从013山道驶来。"

冈特问："有别的记录吗？比如监控？"

马修·克劳嗤了一声："我只能说被告人非常精明，特地挑了雨天，知道那该死的监控总会在那时候出故障，所以没有其他记录了。"

冈特点点头："这条山道是通向哪里的？"

"直通翡翠山谷西侧的废弃仓库。"

"还能通往别的地方吗？"

马修·克劳想了想，撇嘴道："原本是可以通往别处的，但是在那之前一次暴雨导致前方山路滑坡，堵死了继续前进的路，所以过了我的值班亭，唯一能去的目的地只有仓库。嗯……或者原路返回。"

"这附近还有别的路通向七号现场，也就是那个仓库吗？"冈特律师问。

"原本有的，从另一方向过来就行。"马修·克劳可能觉得问题有点儿傻，没好气地说，"但是我刚才说过了，山体滑坡，另一边堵死了，只剩这条。"

"好的。"冈特律师点点头，又问道，"你看到那辆银豹GTX3是什么时候？"

"傍晚五点十五分从值班亭下经过，开往仓库，四个小时之后吧，夜里九点十分离开。"马修·克劳说。

冈特满意地点了点头，然后看向陪审团，礼貌地说："冒昧地重复一遍，最初呈现的证据中有提到，七号现场的案发时间可以精确到九月十九号这天晚上的六点至七点。也就是说，这辆银豹GTX3停留的时间，足以完成整个侵害过程。"

他停顿了一下，又把之前顾晏跟戈洛的对话内容拎过来说道："并且，被告人还有足够的时间留在现场，慢慢欣赏自己的杰作。"

说着，他又把一份痕检报告翻出来，投上全息屏幕，把关键字句全部标红，清晰地展现给众人："为了能顺畅地理解整个案件过程，我把这份痕检留到了这时候，配合克劳先生的证言呈现出来。这是交警于案发三天后在013山道某路段发现的车。"

冈特"啊"了一声，补充道："值得强调的是，之后三天没再下过雨，而当时的交警没有意识到这辆车关系着更大的案子。不过这不是重点，重点是这辆车被人遗弃在路边树林里,型号为银豹GTX3,车内检测到了被告人贺拉斯·季的毛发及衣物纤维。"

偌大的全息屏上接连展示了几张车辆照片,车身很脏,粘着干硬的泥水,车轮更是一塌糊涂。

"好了,我的询问就到这里。"冈特律师展示完所有,坐了回去。

他靠在椅背,好整以暇地看着辩护席。

这轮证据没一号被告人什么事,迪恩律师乐见其成,当即起身说:"我没有问题。"

于是全场的目光再度集中到了顾晏身上。

法官抬手示意,顾晏站了起来。

全息屏幕上,那辆被遗弃的银豹GTX3没有被收起来,依然毫无保留地展示给众人,似乎在不断提醒大家:这辆车属于贺拉斯·季,案发当时,它就在现场。

顾晏起身的时候,目光冷静地投注在那几张照片上,略微停留了片刻,然后又稳稳地收了回来。

他看向马修·克劳,礼貌地点了点头算是招呼,然后淡声问道:"你刚才说,你的工作内容就是待在值班亭内,全天盯着山谷车道对吗?"

"对。"

"轮班制?"

"对,我跟另一位同事,两班倒。"

顾晏:"具体换班时间?"

"一般是一个人早上来,值班到傍晚,然后另一个人从傍晚到第二天早上。具体时间其实并不固定,要考虑到很多情况,毕竟那里经常下雨,还时常会有地震。"

"那么案发当天你的值班时间是?"

"下午两点到第二天早上六点。那天预报晚点儿会有雨,我提前到了。"马修·克劳说。

"值班期间,旁边会有其他人吗?"

"没有，就我一个人。"

"你那天的值班时间很长，中途有因为疲劳睡着过吗？"顾晏问。

马修·克劳几乎是立刻否认："没有！"

"夜里也不睡？"

马修·克劳又一次即刻否认："没有，我没有睡觉。"

顾晏静静看了他片刻，然后收回目光。

"九月十九号，到现在已经三个多月了，你能确保那天的记忆是完整而清晰的吗？"他换了个话题，继续问道，"有没有可能记错日子，记错具体时间？或者跟前后的某一天混淆？"

马修·克劳嗤笑了一声，挑起眉。那双总是没有精神的肿泡眼居然显出了一股咄咄逼人的味道："律师先生，你对翡翠山谷的情况可能有点儿误解。那里一年也没多少人经过，两只手就能数过来！"

他的语气有些呛人，又有些嘲讽："试问你每天盯着千篇一律的东西，隔三五十天见一个活人，还有可能记岔日子吗？要是隔了三五年忘了也就算了。这才几个月，我怎么可能记不住呢？还是你认为我的记忆能力有严重问题，转头就忘？"

顾晏被呛了这么一段，没有表现出什么情绪，只是点了点头表示了解。

他依然镇定自若，垂眸翻了一页资料，然后平静地问着下一个问题："前一位证人戈洛先生，包括你刚才的发言都有提到，案发当天下了雨是吗？"

"对。"马修·克劳回答说。

"我也查过当天的天气记录，记录上显示那天有两场雨？"顾晏问。

马修·克劳略微愣了一瞬，但很快回答道："傍晚一场，四点左右就开始下了，一直下到晚上，那辆车离开之后没多久就停了，大概九点二十分？半夜又下了一场。"

"雨势很大？"

"非常大，风也很大，斜着吹，值班亭的玻璃窗被打了整整五个小时，我都担心它会被打坏。"为了表现自己确实记得很清楚，他多描述了几句。

顾晏终于从资料中抬起眼："那么我有一个问题。"

"什么？"

"你之前异常笃定地说，案发当天目击的那辆车是白色的银豹，甚至型号精准到了GTX3。请告诉我，你是怎么在车辆疾驰而过的几秒钟内，透过暴雨看清型号的？"

马修·克劳愣了片刻，而后提高了嗓门："我的职责就是看路！我工作了将近六十年，六十年来天天盯着路过的车，老实说已经不需要靠眼睛看了！只要听着引擎的声音，结合大致的轮廓，我闭着眼也能知道是什么型号的车，我的经验足够做到这一点。"

顾晏听完不置可否，他只是丢开手里那页资料，看着马修·克劳，说："那你可能需要再解释一下。"

"解释什么？"马修·克劳几乎被他问急了。

顾晏调出正在同步更新的庭审记录，展示在全息屏上，往上拉了几行，画出其中一句话："三分钟前，你刚说过，我对翡翠山谷的情况可能有些误解。那里一年也没多少人经过，两只手都能数过来，隔三五十天见一次活人。依照这个频率，恕我直言，在座大多数人见过的车都比你工作六十年见过的多。"

顾晏转头看向他道："请问，你经验丰富在哪里？"

马修·克劳的脸顿时涨得通红，他嘴唇嚅动了两下，似乎想辩解几句，但最终一个字都没能憋出来。

没办法，这时候辩解什么都有种无力感，很难再硬气回来。

在他哑口无言的时候，控方律师冈特再次站了出来："容我替克劳先生解释一句，经验的形成讲究太多东西了，除了积累的资历，也跟天赋有关。"

当然，他这话不是真的说给顾晏听的，而是说给陪审团。为了不让那群人被顾晏的话带走，集体倒戈。

冈特律师压住音调，不急不缓的沉稳声线在说服人的时候效果最好："我想不论是法官大人，还是陪审团的诸位，包括在座的所有听审者可能都有过这样的体验，有些人在某个领域就是别具天赋。也许克劳先生天生就对车很敏感，又刚好做了这样的工作。诚如被告人的辩护律师所说，他见过的车不如我们之中的一部分人多，但他或许就是能够通过引擎声音和轮廓，判断出经过的是什么车呢？"

冈特又把目光转向顾晏，说："至少我们不能斩钉截铁地否认这种事，你认为呢顾律师？"

顾晏看了他一眼，没有要揪住这一点不放的意思，而是颇有风度地点了点头："确实如此。"

冈特可能没想到他这么好说话，愣了片刻挑起了眉。而愣在证人席上的马修·克劳也肉眼可见地松了口气，满脸的血色慢慢退了下去。以至于有那么一瞬间，他对这位辩护律师甚至是感激的，感激对方没让他太过难堪。

而这一幕，同样被所有听审者收入眼底。

一级律师席位区，憋了半天没说话的帕尔文再次对燕绥之耳语："很厉害嘛，这个点到即止的心态，太容易博得好感了，会显得非常绅士。"

燕绥之依然支着下巴，闻言笑了一下："什么叫显得？"

"好，本质就很绅士。"帕尔文啧了一声，"不愧是你的学生，这么年轻，行事风格却很会拿捏那个度。"

在燕绥之所坚持的理念里，法庭上的对抗并不是真正意味上的仇敌。

你可以指出任何破绽，指出任何瑕疵，可以让人哑口无言，满堂寂静，但永远不要在没有充分证据的前提下，给原告、给证人乃至给对方律师加上罪名。

就像当初在天琴星乔治·曼森的案子里，那位没日没夜给被告人陈章录口供的警员。在当时的问询环境下，燕绥之只需要再多加一句，就能给对方戴上"刑讯逼供"的帽子，但他没有。

因为你其实很难确认那些做错事说错话的人是不是真的怀揣那么深的恶性。

可以攻击证据，但不要肆意攻击人。这是燕绥之的一条隐性准则。

这条准则无关情绪拿捏、无关心理和节奏、无关任何庭审技巧，只是在公堂之上保留一丝善意而已。

这种主观性的东西，燕绥之其实从没有跟学生提起过，更谈不上教导或传授。却没想到，从不曾学过这点的顾晏依然会跟他拐上同一条路。

这或许也算是一种心照不宣的默契吧。

于是，帕尔文感叹完又过了片刻，燕绥之才平静地说："顾晏的行事风格其实无关于他是谁的学生，只因为他是他自己而已。"

不过这种风度并不是所有人都能理解的。

在火药味浓重的法庭上，总有那么些见鬼的人，会把这种风度当成理亏和退让——比如冈特。

这位律师先生在替马修·克劳说完话后，并没有就此坐下，而是挑着眉状似礼貌地追问了顾晏一句："既然顾律师同意我刚才的话，那么对于证人克劳先生的问询是不是就到此为止了？那请容许我向法官及陪审团总结一句：克劳先生的证言原则上没有谬误。"

他还要继续发表一番煽动人心的言论，但是刚说完这一句，顾晏就淡定地掐断了他的话头说："不急，还有最后几个问题。"

冈特刚吸进去一口气，顿时就吐不出来了。

你不急我急！

他心里这么想，但嘴上还得维持基本的礼貌，挤出一句回答："那么，请继续。"

冈特说完这句就要坐下，结果又听顾晏说："稍等，有几个问题克劳先生回答不了，也许还需要向你请教。"

于是冈特屁股还没沾到椅子，就又默默站了起来。

马修·克劳不自觉地收腹立正，有些忐忑地等着顾晏张口。

"案发当天的个别细节，还需要再跟你确认一下。"顾晏说。

马修·克劳点头："你问。"

"你刚才说，第一场暴雨从下午四点持续下到了晚上九点二十分左右？"

"对。"

"雨是倾斜的，风势很大，在你值班亭的窗面上拍了整整五个小时？"

"是的。"

顾晏在全息屏幕上放出一张值班亭以及013山道的照片，问道："照片中可以看到，你工作的那间值班亭一共有三面窗户，暴雨过程中三面都被雨水拍打过？"

马修·克劳摇了摇头，他伸手指了正中的那扇窗："我一般面对这扇窗户，面前是办公桌，我记得非常清楚，那天伏在办公桌上，雨就迎面拍在我正对的玻璃窗上。"

"那五个小时中，雨势有过变化吗？"

马修·克劳摇头说道:"没有,一直拍,根本没停过,也没变小。非要说的话,甚至还越来越大,最后几乎是戛然而止的,不过这也是我们这一带暴雨的特色了。"

"那么,那五个小时中,还有其他车辆往仓库方向行驶吗?"

"也没有。"

"确定?"

"也许临近半夜的时候,我有点儿犯困,所以你说两场暴雨的时候我有点儿愣神,因为第二场我其实记不太清了。"马修·克劳终于还是承认了一句,"但我发誓,这五个小时里我非常清醒!就这一辆车,没别人。"

顾晏点了点头,又把那辆银豹GTX3的狼狈照片调出来,转而问冈特:"这是我的当事人贺拉斯·季在案发当天使用的车对吗?"

冈特律师没好气说:"对,车内的一切痕迹都能作证,车外的斑斑泥迹也能作证。"

"有任何证据显示,他在案发期间使用过别的车吗?"

冈特斩钉截铁地说:"没有,就是这辆。"

顾晏:"好。"

不知道为什么,一听顾晏说"好",冈特莫名涌上来一阵心慌。

他看见顾晏轻描淡写地拨了一下播放键,屏幕上的银豹GTX3放大一倍,那些已经干掉的泥迹就这么以区域特写的方式,呈现在所有人眼前。

不止在场的听审者看得一清二楚,全联盟观看直播的人同样一清二楚。

那些泥迹全部呈现出被车轮甩出的趋势,朝前倾斜,黏在车轮四周。

顾晏沉声说道:"根据证人马修·克劳先生的证言,下午四点起,翡翠山谷一带开始下暴雨,风力极大,雨势倾斜。五点十五分,一辆银豹GTX3驶进了013山道,冒雨到达七号现场。夜里九点十分,同一辆银豹GTX3冒雨原路返回。十分钟后,也就是九点二十分左右,暴雨暂停。这期间,风向雨势都没有过变化。

"在上述证言没有任何问题的前提下,疑似犯罪者驾驶的银豹GTX3这块区域泥点应该有两种,一种是来路上的,一种是返回路上的,有顺风和逆风之差,两者飞溅的方向必定不一致。"

顾晏握着一支电子笔，顺手在全息屏上勾了两个箭头，然后把笔一丢，掀起眼皮看向冈特律师："那么请问，我的当事人贺拉斯·季先生驾驶的这辆银豹GTX3，这片区域的泥迹为什么只有一种？"

冈特大脑有一瞬间的空白。

但他立刻反应过来，下意识反驳道："可以擦，也许被告人在抵达仓库后，擦掉了来时的泥迹呢？这样也只剩一种！"

顾晏："确实可以擦，按照当天暴雨风向和013山道的走向，那辆作为犯案工具的银豹GTX3来时的泥点应该前倾，返回的泥点偏后倾。依你所说，擦掉前一种，留下的应该是后倾的泥迹。"

他曲起手指，不轻不重地敲了敲面前的电子纸页，全息屏上投放的车辆照片应声微晃："不妨请诸位告诉我，我的当事人贺拉斯·季遗弃的这辆车，泥迹是哪个方向？"

——前倾。

——截然相反。

冈特哑口无言，现场再度陷入死寂。

马修·克劳可能真的没睡醒，又或者是被这种法庭氛围搞蒙了，居然下意识又接了一句："那就反一下，也许被告人跳过了来时溅上的泥，只擦了回去时溅上的那些呢？"

冈特律师低头抹了把脸。

顾晏默然看了马修·克劳两秒，面容冷淡地说："你跳一下试试。"

马修·克劳："……"

听审席隐约响起嗡嗡的议论声和零落的轻笑声，因为这根本做不到。

马修·克劳愣了一下，终于反应过来自己说了一句多瞎的话，刚褪色的脸和脖子又涨红了。只不过这次真的是他自找的。如果此刻有人敢开法庭大门，他扭头就能跑，这个证人席他一分钟都待不下去了。

顾晏等了几秒，见马修·克劳再没有要发言的意思，终于收回目光。

他垂眸敛目，从海量的资料里挑出几个页面来，依次排到全息屏幕上，让全场所有人都足以看明白。

之后顾晏手握电子笔，在那几页上逐一画出重点，并说道："控方出示的三号证据：现场及受害者的创口微生物检验结果表明，七号现场的侵害行为发生时间为九月十九号晚六点至七点。

"马修·克劳的证言：除了O13山道之外，不存在其他能够通往七号现场的道路，而在当天夜晚五点十五分至九点十分这个时间段内，进出O13山道的车有且只有一辆。从车身泥迹可以判断，该项证言中的这辆车，跟我的当事人遗弃在树林中的并非同一辆，唯一的相同点只有车辆型号。

"同时，控方律师冈特先生在五分钟前明确表示，没有其他相关证据可以证明，我的当事人贺拉斯·季在案发当天驾驶过其他车辆。

"所以，容我冒昧提醒一句。控方目前陈列的所有证据，只能证明我的当事人在侵害已经发生之后的某个时刻踏足过现场。而关于侵害发生期间的在场证明……"

顾晏把全息屏上的页面滑到最后，抬眼看向法官和陪审团："目前为零。"

法官依然神情严肃，没有表现出过多的情绪，只是点了点头。

陪审席上的众人却已经轻声交谈起来，有些眉心深深地皱着，其中有一两位扫了一眼顾晏，便把目光投向了控方的冈特律师。

任谁在这种时候被陪审团成员盯着，都会倍感压力，冈特也不例外。

开庭前，他认为自己占据天然优势，这种优势某种程度上甚至可以弥补一些细微的证言瑕疵，速战速决。谦虚点儿说，那时候他觉得自己胜诉的概率能有百分之九十八，但是现在，百分之七十八都有点儿危险。

他面上没动声色，目光却忍不住朝听审席瞄了一眼。在他视线扫过的区域里，曼森家的布鲁尔和米罗正沉着脸坐在那里。

相较于哥哥布鲁尔，米罗要更嚣张一些，情绪也更加外露。他薄薄的嘴唇微动了一下，从牙缝里挤出一句谩骂："废物。"

布鲁尔依然抱着胳膊，闻言只动了一下眉毛。

"最近是怎么了，为什么总碰到成事不足败事有余的东西！"米罗用气声骂道，"上回花园酒店就是，蠢货擅作主张轻举妄动。这回庭审又……"

布鲁尔眯起了眼，示意他闭嘴小心说话。

同样的问题，坐得远一些的尤妮斯也在嘀咕。

只不过，她带着看戏和讥嘲的语气。

德沃·埃韦思同样用手指在嘴唇边抵了一下，浅淡而绅士的笑从他眼角和嘴边的细纹里漾开几分，低声说："再正常不过了。威逼利诱得到的同伴，总会有那么一些不太聪明又不太省心的。这是每一群豺狼鼠蚁在垮塌崩盘之前，都摆脱不掉的问题。"

庭上庭下都暗潮汹涌的时候，其他地方也并不平静。

本奇和赫西发布的报道不出所料，引起了轩然大波，再加上其他媒体恰到好处地共同引导着节奏，这二十多年来发生的事情一点一点展开在公众面前。

有些观察仔细的人已经从大量的报道和照片中找到了关键信息，发现了"清道夫"这个起到串联作用的人。

公众自发的探究和议论如同骤然掀起的巨大海潮，一道推着一道，谁都摁不住。于是，在"摇头翁"案庭审全联盟直播的同时，关于"清道夫"的话题也铺天盖地。

甚至有人根据现有的猜测，整理出了"清道夫"改换过的身份。

这又再次引发了全联盟的热议。

"那位蒙蔽过律师、法官还有陪审团的在逃犯李·康纳，就是'清道夫'其中一个身份！"

"怪不得逃得那么熟练！"

"还有这个，天知道我还见过他！甚至跟他说过话！"

"对，他养了一只鸟。我那时候真的以为是普通灰雀，没想到……"

"安德森·吴，他跟我住过对门！"

"还有这个，我记得这人从福利院出来的吧！"

一时间，"清道夫"用过的身份、面容在整个联盟内广泛流传开来——

李·康纳；

马库斯·巴德；

安德森·吴；

多恩；

……

其中一些当年隐藏得很好，还有一部分则列在警署的通缉名单中，等着某一天缉拿归案。

只是连警员们都没有想到，那些湮没在时间长河中的某件案子、某个罪犯，有一天居然会串联在一起，共同指向同一个人。

于是联盟各个相关警署忙疯了，又要时刻关注着正在进行的庭审，又要应付响个不停的通信，还得把旧案调出来重新翻查，试图找到在逃者的踪迹。

这对他们而言，存在着一个很大的难点——

他们不仅要找到对方，还要证明那就是"清道夫"，拥有过诸多身份、断送过诸多人命的"清道夫"。

不过，坐在德卡马最高法庭里的人们对此一无所知，庭审还在继续。

眼看着陪审团要倒向顾晏，冈特律师又拿出了一份证据。

"别急着否定被告人的侵害事实。"冈特把证据资料投到全息屏幕上，"这是两周前递交的一份补充证据，我相信辩护律师那边消息灵通，一定也有所知晓。警方在一位名叫艾利·布朗的受害老人衣物上发现的，初次检验比较粗略，二次检验后得到了一些新的证据信息。"

冈特斩钉截铁地说："这份证据可以证明，至少在这个现场的侵害行为发生时，被告人贺拉斯·季在场。"

而只要证明了这一点，该现场的犯罪证据链就是完整的。

那么，关于贺拉斯·季的指控就不会竹篮打水一场空。

很快，二次检验的检验员罗杰·亨特就被律师请上了证人席。

这是一个非常年轻的检验员，活像刚毕业不久就被抓了壮丁，来给这个案子数不清的证物做二次检验。

冈特律师开门见山地问："检验员亨特是吗？"

"是我。"

"屏幕上的这份检验报告是你出具的对吗？"

"对。"

"检验结果取自哪里？"

"证据衣物的拉链齿缝里。"

亨特虽然看着年轻，但站在证人席上并不慌张，也没什么废话，回答言简意赅。

冈特非常满意："能说一下这份检验的核心结果吗？"

亨特点了点头："拉链齿缝中发现了微量血液，检测和核对结果显示，这些微量血液属于被告人贺拉斯·季。"

"这些血液是什么时候沾染到受害人衣物上的？"冈特又问。

"侵害行为进行过程中。"亨特说。

"怎么判断的呢？"

亨特说："受害人所在的三号现场痕检结果显示，该现场没有遭受过二次侵入。"

冈特律师点了点头，又帮忙补充了一句："关于这点，开庭后的几项证据都有展示，三号现场是仅有的、没被二次侵入的现场。也就是说，在侵害行为结束后，没有人再进入过那个仓库。"

亨特："是的，就是这个意思。"

强调完这点，冈特把一份血液检测报告和基因核对单放出来，冲顾晏这边抬了抬下巴，说："没有二次侵入，痕迹是侵害过程中留下的，而基因对比结果有目共睹，跟被告人贺拉斯·季完全吻合。我想，这个证据足以填补上最后一环了吧？"

冈特说完顿了顿，又看向法官："我的询问结束了，只是不知道辩护律师还有没有问题。"

法官顺势看向辩护席："顾律师？"

顾晏点了点头，站起身："有。"

检验员亨特看着他："什么问题？"

"二次检验是什么时候做的？"顾晏扫了一眼检验报告的末尾，那里虽然有落款，但有时候写的是报告完成的日期。

亨特说："刚才说过，两周前。"

"具体几号？"

"二十一号下午三点左右。"

"确定？"

"确定，我每天下午三点进检验室，当时其他案子的一项分析正在进行，需要五十分钟的时间。所以估算不会有太大误差。"

"检验结果会受到干扰吗?"

"不会。"

"核对过程会有问题吗?"

"不会。"

亨特有点儿拿不准顾晏想干吗,但又觉得这两个问题很怪。

他微微皱起眉:"律师先生您好像……对我们检验处的结果不太信任?是我的错觉吗?"

顾晏抬起眼,不咸不淡地道:"我很抱歉,但刚才关于银豹车的检验就存在着问题,这点不可否认不是吗?"

这是实话,亨特无从辩驳。

事实上,这种问题不仅仅会引起辩护律师的不信任心理,也会让陪审团以及法官对检验处的结果抱有一丝疑虑。

顾晏不提还好,一旦挑明,他们这边就必须想办法让自己重获百分之百的信任。

好在冈特律师经验丰富,他站起身举手示意:"法官大人,我们申请当庭复核。"

当庭复核是联盟法庭的一项庭上程序,如果控方出现信任瑕疵,往往会采用这点。一般是让不受信的证据当庭走一遍核对流程,让法官和陪审团亲眼看到结果的产生,以此抵消所有怀疑。

一般而言,控方其实很乐意走这个程序,能把证据完全钉实,何乐不为?

只不过多数时候不至于到这一步。

也就此时此刻,这个全联盟无数双眼睛看着的案子,让所有人不得不谨慎对待。

"受害人衣物上提取的血液样本我们提交过,被告人贺拉斯·季应该也做过庭前体检,当庭对比一下就知道了。"冈特律师道。

法官思忖片刻,点头同意。

于是,三分钟后,春藤集团赠予德卡马最高法庭的检测仪器派上了用场。

仪器由法警启动，控制器连接到了控方和辩护方的席位上。

检验员亨特在众目睽睽之下，从法庭证据库中调取了事前提交的血液样本，导入检测仪。又从被告人庭前体检的样本库中调出贺拉斯·季的那份，同样导入检测仪。

这个仪器不愧为目前最精细高端的，这种一对一的匹配对它而言恐怕是小菜一碟，进度条走得飞快。

几乎是眨眼的工夫，对比结果就呈现在了全息屏幕上。左边是控方提交的血液样本数据，右边是贺拉斯·季的。开头两列是一些其他数据，比如血液细胞基础数据方面的，这部分有差别很正常，毕竟就是同一个人相隔一段时间测出来的数据，都可能会有细微的变化。

接着是药物反应方面的。

控方提交的血液样本里，药物残留反应的内容很少，只有两样，一个叫BHd3，极微量；另一个叫JT14，少量。

而贺拉斯·季的报告里，药物残留反应就有很多，毕竟他是医院直接送往这里的，这段时间也没少用药。这两排的名词里包括JT14，但没有BHd3的踪影。

顾晏目光一扫而过，其他人却连扫都没扫这一块，因为这些不重要。

所有人的目光都集中在最后一列，那是基因方面的对比数据。

左右两边的基因数据都被标注成红色，结果显示为四个大字：完全一致。

看到这个结果，检验员抬起下巴，冲顾晏摊开手："结果已经出来了，还有什么可怀疑的？没有了。"

冈特律师也有点儿神采飞扬的意味。

他刚要起身总结一下，就见顾晏从全息屏上收回了目光，看着证人席说："结果显示为完全一致。"

检验员亨特说道："对啊，完全一致！这意味着两边基因数据全部吻合，没有一丝一毫的出入，可以百分之百确认为被告人贺拉斯·季的血液，没有任何问题。"

顾晏却说："错了，完全一致才有问题。"

亨特有点儿反应不过来："什么错了？"

"你们提交的这份血液样本，来自受害人艾利·布朗。"

亨特拧着眉："对，刚才不是说过了？"

"艾利·布朗被发现的地方是三号现场，红石星木羚区东郊废弃仓库。该现场的侵害发生时间为九月二十六日，具体推测为夜里八至九点。几分钟前你们强调过，证据显示该现场没有二次侵入的痕迹，那么这点儿血迹应该是案发当天就存留在衣物上的，我说的没错？"顾晏说。

亨特点头："对，没错。"

顾晏说："众所周知，我的当事人贺拉斯·季在开庭前一直就诊于春藤总院，住院原因为RK13型病毒感染，这项感染起源于非正规的基因修正，因此所有从潜伏期转化为阳性的病人都有不同程度的基因损伤。

"十二月十五日，我的当事人贺拉斯·季在飞梭机上检测出病毒，送往春藤总院，根据医院出具的检查报告，九月至十一月末，贺拉斯·季体内的RK13型病毒处于潜伏期，侵害发生的九月二十六日显然处在其中。那么请问……"

顾晏看着亨特，沉声说："潜伏期内未受干扰的基因数据，怎么可能和感染暴发期的基因数据百分之百相吻合，毫无出入？"

亨特："……"

法庭再度陷入寂静。

检验员愣在证人席上，盯着全息屏茫然半晌，然后求助般看向控方律师冈特。而冈特表情比他还要茫然。

好在律师总是更适应法庭，冈特强行镇定下来，对顾晏说："你刚才也说了，感染暴发期的病人会有不同程度的基因损伤，这个不同程度究竟是什么范围？有没有可能接近零损伤，基因数据不受影响？"

冈特自认为一连串的问题直切要害，够顾晏解释一阵了。

谁知对方却依然是一副冷冷淡淡的模样，好像一切都在他的预计范围中，又好像法庭上的风起云涌、变幻莫测永远也影响不到他。

就听顾晏说："你所说的数据不需要另行确定，检测仪就有逆向回溯功能，贺拉斯·季的基因数据已经被你们导入仪器了，只需要启用回溯，他几天前、几个月前，乃至几年前的基因数据都可以明明白白地呈现出来，九月二十六日那天究竟有没有数据变化，一目了然。"说完，他伸手敲了一下控制键。

"叮——"

全息屏倏然刷新，右半边，顶上的时间飞速跳动，逐日递减。

代表贺拉斯·季的基因数据以及由此呈现出来的五官容貌图，在一段时间里一直没有变化。

直到日期回溯到十一月，基因数据某栏突然一跳。

那其实只是一个数值变化，也许非常小。但在几乎静止的页面上，这个变化显得格外醒目。

时间依然在飞速往回退，眨眼就到了九月，基因数据栏接连变更了一片。

任何一位长了眼的听审者都能看出孰对孰错——

感染从潜伏期转化为暴发期，基因数据根本不可能一模一样。

"答案已经有了。"顾晏转头看向冈特，"我有理由认为，你们的证据遭到过干扰，有人用贺拉斯·季最近的血液伪造了这份九月的证据，却唯独忽略了时间引发的差异问题。对方是出于什么目的，我不妄加猜测，但可以提供一份线索。"

他握着电子笔，在血液样本的药物残留反应一栏停下，而后圈出了那个微量的"BHd3"："如果我没弄错的话，目前含有BHd3的只有一种东西——号称效力最强的感染治疗药的初始药浆，研发中心归属于……曼森集团。"

他话语平静，透着一股冷冰冰的从容。

仿佛算准了一样，在他话音落下的那个瞬间，巨大的全息屏在他的身后站立成一片背景，在那之上，时光倒退。始终没被暂停的回溯进程已经跑过了好几年，大片的基因数据开始突变，根据数据模拟出来的当事人容貌也开始拉长变形。

法庭内外，全联盟数千亿人的注目之下，全息屏一页一页地跳出了贺拉斯·季的基因回溯结果：

1256年8月4日，第13次基因修正，容貌显示为贺拉斯·季。
1255年12月26日，第12次基因修正，容貌为马库斯·巴德。
1250年7月18日，第11次基因修正，李·康纳。
1248年3月6日，第10次，比尔·鲁。

1237年，第9次，安德森·吴。

……

1227年，原始基因，多恩。

这场庭审成了后来很长一段时间内经久不衰的话题。

不论是坐在法庭现场听审的，还是在联盟各个角落观看直播的，几乎没人能完整回忆起庭审最后发生的所有事情。

他们印象最深的只有一个瞬间——

"清道夫"所有基因修正回溯完毕时，辩护律师顾晏站在席位上，抬眸看了一眼偌大的全息屏，而后将目光转向法官说："我的询问到此为止，谢谢。"

整个法庭凝固了有一个世纪那么久，轰然沸腾。

于是，庭审也就到此为止了。

从没有人见过那样绷不住表情的法官，也没有人见过那么不知所措的控方律师和证人，更没有人见过那样惊愕的布鲁尔·曼森和米罗·曼森。

这场庭审以极致的沉重性和关注度开场，收尾于更加极致的喧嚣混乱，又引来了更高的、前所未有的关注度。

当天下午两点三十分整，德卡马最高法庭宣布，"摇头翁"案的审理全面中止。与此同时，联盟各大星球警署正式启动联合侦查。

贺拉斯·季被联合侦查组当庭带走。

这三十年来，他掩藏在各种皮囊之下所犯的罪行，有一部分早就钉在各警署档案库里，证据确凿，只等某一天剥开伪装将他缉拿归案。

而剩下的那部分，也会在这个侦查期内水落石出。

正如顾晏曾经承诺的那样："不该由你承担的，你一样都不用背。"

但该他承担的，也一样都不会少。

同样被当庭带走的，还有曼森家的布鲁尔和米罗。

事实上，他们的狼狈和错愕并没有维持太久。这两兄弟很快就镇静下来，理了理自己昂贵的衬衫，跟着警员走出法庭。

"没关系，我们会配合一切调查。曼森集团的经营向来守法守理，不会有任何问题。"布鲁尔·曼森在蜂拥而至的记者们面前留下了这样一句话。

拉开警车车门时，他瞥见了车窗的反光，动作顿了一下。

他转头看向身后，德卡马最高法庭长长的台阶之上，拥挤的记者后面站着一个人。那人眼眸清亮，目光越过人群远远投过来，明明居高临下，却带着一丝温文尔雅的笑意。

是"死而复生"的燕绥之。

这世上，最清楚那场"死亡"真相的恐怕就是布鲁尔和米罗这两兄弟了，而此时此刻，燕绥之只是站在那里，就是对他们最大的讥讽。

更何况对方还抬了一下手，活像在给他们送行。

米罗·曼森在记者疯狂的围拍之下，硬是绷住了一抹假笑。

然后在转身上车的瞬间，憋出了一句脏话。

布鲁尔·曼森紧随其后上了车。

惯来沉得住气的布鲁尔·曼森这次没有像往常一样提醒弟弟注意形象，因为就连他自己嘴唇都动了一下，无声地爆了一句粗口，然后重重地关上车门。

如果不是在公众场合，他恐怕能把这辆车就地砸了。

没过片刻，签完庭审记录文件的顾晏也走出了法庭。

他低头跟燕绥之说了几句话，也看向了警车这边，惯来冷淡的目光隔着一层车窗显得更无温度，仿佛在看一个毫不相干的路人。

好像刚刚在法庭上掀起惊涛的人不是他一样。

再然后是乔、柯谨、尤妮斯以及春藤的掌权者德沃·埃韦思。

这位精明又绅士的商人朝这边瞥了一眼，灰蓝色的眸子被阳光照得极浅。

直到这一刻，他终于褪去了所有的长辈情谊。他眯了一下眼睛便毫无感情地收回目光，摘下眼镜不紧不慢地擦拭起来。

几分钟前，布鲁尔·曼森还倨傲地说过："不会查出任何问题。"

而现在，警车在这几人的目送之下缓缓启动，他的脸色却难看得前所未有。

曼森兄弟一贯嚣张自负，但并非没安排过退路。

他们有一套完整的风险预案，一旦出了大纰漏，所有相关的利益线可以在三天之内全部斩断清理干净，一周之内研究痕迹可以被完美隐藏。

以联盟警署的正常侦查速度，搜集证据再到固定证据需要一个过程，再快也要十天左右。更何况他们盘根错节，随便一位拎出来都是叫得出名字的。在这种压力之下，想要查清楚所有情况，耗费的时间就更久了，光捋顺关系就需要一阵子。

但他们没有想到的是，那些最耗费时间、最为冗长复杂的前期梳理和调查工作，早在很久之前就有人开始做了。

他们查了二十多年，万事俱备，还抵不过那些风险预案吗？

联合侦查启动的当天，德沃·埃韦思和燕绥之把这些年保留下来的所有线索和证据递交了上去。

假护士艾米·博罗在得知庭审情况后，在警员引导下将所知的事情全盘托出。包括她这些年参与的事，经手过的东西；包括她在感染研究中心的职责，以及她是怎么被安排进春藤医院，又是怎么在盯住雅克·白的同时几次三番对贺拉斯·季下手的；还交代了她是怎么利用工作便利，伪造贺拉斯·季在"摇头翁"案中的部分证据。

一天后，与南十字往来的关系线以及流水账目被菲兹送进警署。

同天下午，被羁押在天琴星看守所的赵择木按响了电铃，掐着和乔商议好的时机，如约供述出这些年曼森兄弟和赵氏、克里夫航空以及其他人之间的暗线合作及交易。

三天。

不，准确而言是两天半，在曼森兄弟的风险预案起效之前，所有利益线都被警方捏在了手里。

南十字律所当天就被警署清扫了一遍，合伙人连同个别有牵涉的律师一起被捕。次日凌晨，克里夫在准备乘坐私人飞梭机避风头的时候，被警方堵在了港口。

联盟警署在发布联合侦查公文时没有想到，这个百年来最大的案子，居然成了他们侦办速度最快的一个。

布鲁尔·曼森和米罗·曼森最初还能保持镇静和风度，坐在警署的讯问室中跟所有警员周旋。

这种状态保持了两天后，他们终于在警署风卷残云般的彻查下卸了一层面具，开始以沉默和警员对峙，不论警员问什么他们都是千篇一律的回答——等我的律师来。

谁知律师承诺的保释没等到，他们等到了又一次致命一击——在死亡边缘游走多日的雅克·白终于脱离危险期，醒过来了。

除了曼森之流，所有人都很高兴。

包括在病房外久等的警员，甚至包括那位交代了罪行的假护士。

虽然脱离了危险期，但雅克·白的状态依然很差，每天清醒的时间不多。可即便如此，他只要睁开眼，就会按下床边的呼叫器，一点一点，毫无保留地把知道的、经历的、听闻的所有事情告知那些警员。

从他这里，警方得到了基因毒品的所有研究数据和文件、"清道夫"大部分基因修正的手术记录、RK13型感染病毒的分析数据等。

每一样他都做了三重备份，留得仔仔细细，好像从很久很久之前，他就一直在等待这一天。

因为他提供的信息，归属于曼森集团的研究中心在清除痕迹前被捣，每一样关键物品都得以固定为证。

"清道夫"贺拉斯·季可能临死想要拉个垫背的，反咬得彻彻底底。

于是，布鲁尔和米罗两兄弟辩无可辩。

仅仅一个半月的时间，曼森集团大案全部收线。

由"摇头翁"案牵连出来的公诉，被转到政治中心红石星上的联盟最高法庭。

这一场庭审汇集了百年来最多的证人、最多的势力关系、最多的一级律师，却是审得最干脆利落的一次。

厄玛公历一二五七年二月十三日，下午四点二十三分，曼森集团案庭审结束。大法官宣布休庭十分钟，然后宣读审判结果。

法庭厚重的大门打开，所有参与审判以及参与聆听的人陆续走出，或小声交谈，或去走廊透一口气。

顶楼天台上，刚刚卸下证人身份的菲兹终于能跟燕绥之及顾晏正常见面。

"休息室的咖啡供不应求，只剩温水，将就一下。"顾晏把纸杯递给她。

"谢谢,渴死我了。"菲兹接过来喝下半杯,这才长长吐出一口气。

她靠在长长的栏杆上,眯着眼睛看向极远处天边泛金的云,突然有些怅惘:"这个案子就这么结束了?"

燕绥之:"严格来说等到过会儿宣读完审判结果,才算正式结束。"

"那都一样。"菲兹说,"……不知道为什么,总觉得有点儿快,好像在做梦一样。我都不记得刚才在证人席上说了些什么,就唰的一下结束了。"

燕绥之笑了一下:"不是因为快。"

"那是为什么?"

燕绥之说:"是因为在这之前,你已经走了很长的路。"

所以跨过终点的这一步,就显得异常短暂,不过是眨眼之间而已。

五点三十三分,联盟最高法庭大法官当堂宣读审判结果:

本庭宣布,关于曼森集团、克里夫航空、西浦药业的指控全部成立。

依照联盟最高刑法典第一百二十二条、三百六十一条、四百零二条,判处被告人布鲁尔·曼森、米罗·曼森、希尔·克里夫死刑;

依照联盟最高刑法典第一百二十二条、二百七十条,判处被告人贺拉斯·李死刑;

巴度·西浦、伯格·高终身监禁;

……

一项项审判结果传至联盟各处,象征着所有一切尘埃落定。

有人负重三十年,有人雀入樊笼,有人在黑暗中踽踽独行,走了很久很久。

好在世间总有星辰开道,所以荆天棘地,也不枉此行。

第十八章 尘埃落定

法旺区的冬天总是结束于二月下旬。

二十号前后下了几天雨,温度便回升起来,渐渐有了春意。

这本是个懒散困乏的时节,可开头那几天每个人都忙碌不停,其中最具有代表性的那位就是顾晏。

合伙人和部分律师上演了一把铁窗泪,南十字律所自此散了。原本挂在其名下的出庭大律师们重归独立,成了各大律所争抢的对象。

其中最抢手的就是顾晏。

"摇头翁"案以及曼森大案之后,顾晏的知名度和公众好感度呈几何式疯长,能力更是毋庸置疑。那些律所甚至等不及一级律师的评审重启,彼此打破了头。

明眼人都清楚,结果已然毫无悬念,就只差一个公告而已。

那几天里,顾晏的智能机活得像得了癫痫,一直在花式振动,连三秒的安静都没有。

最开始顾晏基本都会接通,出于礼貌和教养听上两句再婉拒。

而每到这时候,某院长一定会倚在旁边光明正大地听,露出一副饶有兴味的模样,也不知出于看戏还是什么心理。

每一个来联系顾晏的律所都开出了极为优厚的条件,外加一堆附送的东西,乱七八糟什么都有。

近一些的送钱送车送股份，远一些的送房送地送分所。

甚至还有一位别出心裁地表示，连家室问题都可以解决。

燕大院长听到这一轮终于确定，有些人为了达到目的真的什么梦话都说得出口，于是当即征用了顾晏的智能机，设定好自动答复，勾选了统统拒接。

他做这些事的时候，顾晏就站在他身后，两手撑在沙发靠背上垂眸看着，由着他处理，毫不阻拦。

一众律所疯了差不多有一周，忽然发现向来低调处事的南卢律所一声不吭挂出了顾晏的名字，状态显示所有手续都已办理完毕。

不仅如此，一并转入南卢的还有菲兹、亚当斯，以及部分原属于南十字的实习生。

这就好像大家都举着筷子，盯着桌上的某盘珍馐，结果突然来了一个人把桌子都端走了，猝不及防。

各大律所差点儿没气晕过去。

这其中，有一部分律所跟南卢有过来往，知道这家的情况，吐个血也就完了。

但还有一部分律所在远处上千光年之外的偏远星球，消息走得慢一点儿，对南卢的了解并不多。

据他们所知，南卢律所是二十多年前有人投钱创立的，历史很短。虽说是精品，但规模不大，比起原本的南十字来说小很多，也不知是有意控制还是什么。

反正这个律所广为人知的就两点——

一是燕绥之挂靠在那里；

二是每年会有固定的公益项目，免费接一些案子。

于是那些律所对南卢很不服气，他们不仅想把顾晏撬走，甚至还跃跃欲试想去撬燕绥之。

直到某天有好心人看不下去，给那些不死心的律所漏了一句信息：当初给南卢投钱的，就是20岁时候的燕绥之本人。

挖墙脚挖到创立人头上去，眼光是不是有毒？

于是那些律所瞬间哑火，偃旗息鼓了。

等处理完这些事，已经到了二月的尾巴。

燕绥之踩着最后的节点跟顾晏一起去趟春藤总院，做一场迟到很久的手术。

"总算来了。"林原没好气地说，"我说二月做手术最合适，你就挑二月的最后一天。你怎么不干脆挑夜里最后两个小时呢？"

燕绥之玩笑说："考虑过，不过思来想去还是决定给你省点儿灯钱。"

林医生干巴巴地说："我是不是还得说谢谢？"

某院长："客气。"

林原："……"

正如林医生最初所说，这个手术现在真的非常成熟。从他们进更衣室的时候开始算起，到林原摘下口罩说"大功告成"，总共只花了一个小时。

窗外投进来的阳光才移了一小格，快得令人难以置信。

辅助药剂的效力刚开始退散。

因为没有实质性的创口，用不着麻醉剂，这种药剂只有舒缓镇静神经的作用，让人浑身上下透着股懒洋洋的滋味，就好像刚才只是借着春困小睡了一下。

顾晏签字去了，燕绥之坐在手术椅里，等着最后那点儿药效消失。

他的目光落在窗边的某一点上，侧脸被阳光勾勒出轮廓，似乎有些出神。

"怎么了？眼睛不要直接对着光。"林原记录数据的时候瞥见，问了他一句。

过了片刻，燕绥之才回过神来，转头冲林原说："哦，没事。"

他只是想起十五岁那次漫长而艰难的手术了，同样的事情，现在居然变得这么简单，以至于他有点儿适应不过来，也有一点儿……说不上来的遗憾。

如果当初能再等一等就好了，如果都能晚几年做这场手术……

那就真是太好了。

林原依然疑惑地看着他，燕绥之笑了一下，说："没什么，只是忽然觉得时间过得有点儿快。"

"确实。"林医生没反应过来，以为他只是在感慨一个小时的手术时间，点了点头咕哝道："我感觉自己就只是摸着仪器，动了动操作键而已。"

据林医生说，手术之后会有几天的敏感期，不方便见光，不适合晒太阳，味觉和嗅觉等也会受到影响，多一粒盐都能齁死，所以要吃得清淡一点儿。

"对声音也一样，一点儿动静都会被注意到，所以我建议你们最近就不要住在城中花园了吧？虽然那里环境相对很清幽，但毕竟是法旺区中心地带。"林原是这么交代的。

燕绥之当时听了就忍不住说："听你说完，我倒觉得这不像术后反应了。"

"那像什么？"

"可能更接近狂犬病发作的反应。"

林原："……"

眼看林医生脸色逐渐发绿，顾晏当即把这不说人话的混账拽走了。

不过在林原交代之前，他们其实已经在搬家了。

燕绥之原本的住处都回到了他名下，除了早年跟父母一起住的旧宅以及梅兹大学城内的那幢，还有一处靠近南卢律所。

那幢别墅背靠法旺区最漂亮的湖泊区，倒是真的清幽安静。

这段时间他们就住在那里，顾晏去南卢也方便。

燕绥之这次难得遵了回医嘱，给自己安排了一周的休假。

林原给了他一份休养手册，其实就是一张表格，上面写着几点到几点应该戴医疗眼罩保证眼睛处于舒缓的黑暗状态下，几点到几点可以适当用眼，每天按量吃几次药，至少睡几个小时之类。

后面还随附一份忌口清单，可惜林医生还是大意了，清单上写的不是"绝对不能吃"，而是"尽量"。于是这份清单还没履行使命，就在第一天清早神秘失踪。

顾晏这天上午要见一位当事人，临走前打算照着清单查一遍冰箱和储物柜，把燕绥之需要忌口的东西清理掉。

结果翻遍了智能机也没看见清单的影子。

就在他准备去翻垃圾文件箱的时候，燕绥之从楼上下来了，一边扣着衬衫袖口一边问他："怎么了，大早上这么严肃。案子那边出问题了？"

"不是。"顾晏摇头说，"昨天林原发过来的忌口清单找不到了。"

燕院长扣着袖子的手滑了一下，"哦"了一声："怎么会呢，智能机都翻过了？"

"嗯。"

"文件夹呢，空了？"

顾晏闻言动作一顿，然后癱着脸看向某人。

"看我干什么，我脸上长清单了？"燕院长穿过偌大的客厅和厨房走过来，轻轻拍了一下顾晏的肩，"别挡着冰箱门，我拿点儿水果。"

顾晏抱着手臂靠着冰箱门，没让："什么时候偷偷删的？"

"什么偷偷？谁偷偷？"某院长装聋作哑是把好手，"这位顾同学，我建议你不要丢了东西就赖我，我很记仇的。"

"昨晚临睡前我还看见过，现在就无影无踪了，有机会有权限作案的除你以外就只有鬼了，燕老师。"

燕院长说："那肯定是鬼。"

顾晏："……"

顾大律师面无表情地看着他："鬼上哪知道我那个文件夹只放了一份清单，删掉就空了？"

燕院长见事情败露，掩盖不下去，当即脚尖一转就要走，被顾晏拽住："清单你存了吗？"

院长一脸坦然："我存那倒霉东西干什么？自虐吗？"

顾晏："……"

他颇为头疼地看了某人一眼，低头调出了信息界面。

燕绥之瞥了一眼："你要干什么？"

"给林医生发信息，劳驾他再发一份。"

院长一看风波又起，当即挠了一下顾律师的腰。

"燕老师你贵庚？"顾晏让开，没好气地问。

院长又伸出手来。

顾晏："……"

最终，顾律师坚定的意志遭到了根本上的瓦解，忌口清单这件事暂且不了了之。

虽然忌口清单失踪了，但燕绥之也不是真的毫无顾忌。至少在顾晏面前，他还是摆出了一副"老老实实"休养的姿态。

毕竟顾大律师绷着脸的时候非常"冻"人。

院长原话："基因手术都做完了，我的手还这么容易冷，可能就是因为家里有座冰雕镇宅，看久了还挺怵。"

"冰雕"气笑了，表示胡说八道，你怵个屁。

总而言之，燕绥之的休养生活大致是这样的——

清早顾晏在的时候，他杯子里装的永远是温水或牛奶。

顾晏前脚刚走，他后脚就会优哉游哉地转进厨房煮咖啡，打开光脑处理一些工作上的邮件。

这一个月来梅兹大学那边一直在跟他交涉复职的事情，其他都差不多了，只差一些后期手续和工作交接，也不费什么事情。

南卢律所对他的手术情况一清二楚，再加上有顾晏盯着，也没人敢把案子往他这里送。但架不住有人越过南卢直接联系他。

有邀请他去其他星球友校做讲座的，有邀请他给某律法网站写评论文章的、咨询案件的、咨询意见的……还有纯抒情以及纯骚扰的。

燕绥之见怪不怪，每一类处理起来都干脆利落。

林原所说的"感官变得过度敏感"，他确实有所体悟，不过好像没到那么夸张的程度。所以他斟酌了一下，决定遵一半的医嘱——

他在处理邮件的时候，会戴上护目镜，光线刺眼的情况下会调节镜片，改成遮光性的休息一会儿，而且连续使用光脑或者智能机的时间不会很久。

依照林医生的时间表，午饭之后一直到下午四点左右，他都得戴着医疗眼罩老老实实躺着，保证眼睛在黑暗和药物熏蒸的状态下放松三个小时以上。

但躺尸三小时对燕绥之来说有点儿难，所以这份医嘱在他手里大大缩水，实际执行可能不超过三十分钟。

事实上，如果下午的太阳不直照下来，有云挡着，他会去前院、阳光房、屋顶花园祸害一下花花草草，有时候浇点儿水，有时候修一下枝丫。或者会靠在书房的长沙发上看一会儿书。

最近顾晏有意控制着手里的工作量，安排的约见和外出有限，三点半左右就能回来，一些非会见类的工作，他都在家里处理掉。于是燕绥之会算好那个时间点，提前十分钟回卧室躺下，戴好医疗眼罩装瞎。

燕大院长成功装了三天，终于阴沟里翻了船，因为这一天顾晏的安排临时有变，下午两点不到就回来了。

哑光黑色的飞梭车穿过杨林和湖泊区，无声驶进别墅车库。而燕绥之则坐在书房里，一边处理邮件一边跟人连着通信，简单交代着工作上的事。

等他觉察不对劲的时候，顾晏已经进了门，正解着领带往楼上走。

这时候再往卧室溜已经来不及了，院长冷静地撂下一句"抱歉，处理一点儿事"，便直接切断了通信。

他把桌上的咖啡杯塞进柜子里，就近躺上了长沙发。

医疗眼罩不在手边，为了表现一下遮光护眼的诚意，他伸手从书房衣架上扯了一条领带，刚蒙上眼睛，书房门就被打开了。

领带还没系好，现场实在布置得又很不完善。

燕绥之在装与不装之间摇摆不定，而顾晏不知为什么在门口站了一会儿，没有立刻走进来。

偏偏领带布料太好，在这种莫名紧绷的氛围里，又顺着眉眼滑下一些……

于是燕绥之终于绷不住了。

就在他打算扯下领带坐起身的时候，顾晏沙沙的脚步终于由门口进来了。紧接着，沙发侧边和靠背突然凹陷下去。

"你偷喝了咖啡。"顾晏说。

"没有。"燕绥之否认。

"也没戴眼罩。"

"落在卧室了。"

"为什么用我的领带。"

"谁让你挂在这里，征用一下犯法吗？"

刚说完，燕绥之就感觉蒙在眼睛上的领带被人系紧了。

"造反？"燕绥之忍不住摸了一下，深色带暗纹的领带把他的脸和手指都衬得极白，反差强烈。

"没有。"顾晏说，"医生规定，四点之前不能见光。"

燕绥之忍住了要抽他的冲动，没好气地说："行吧，瞎着就瞎着，那我们来讨论一下周末的酒会要准备点儿什么，那一帮人可是很能闹的。"

他提到的"那一帮人"，就是以劳拉为首的学生们。只是这次略有些特别，包括久病初愈的柯谨，也包括外挂过来的乔。

自打燕绥之恢复身份，他们就谋划着要把冬天漏掉的酒会补上。

之前事情繁多，光是一个曼森案就耽误了大部分人。后来又碰上燕绥之手术，时间只得再次延后，约在了周六。

法旺区初春的这个周六，是天琴星3区的某个夏日周三。

花莲监狱戒备森严，伫立在一片夕阳的余晖中，像一块鎏了金的钢铁立方。它被包围在绵延无尽的青杨林里，成了一处远离繁华和自由的孤岛。

还有十分钟，这一天的探视时间就要结束了。狱警按了铃，配着电棍和枪械，把露天监场上放风的服刑犯往楼里领。

厚重的监室门一扇一扇关闭，电子锁的提示音在楼内此起彼伏。

就在整层的总闸门也要关闭时，一位狱警拎着通信器叫道："332187，有人探视。"

赵择木走向床边的脚步顿了一下，看向监室内的通信孔："我？"

"对，有人来见你。"

这是赵择木转到花莲监狱的第十天，他等来了一个人——

曼森家族这一代最小的也是仅剩的继承人，他儿时的旧友玩伴——乔治·曼森。

"你很惊讶？"对方站在两米之外，这样问他。

"有点儿。"赵择木沉默片刻，说道，"前几天乔来过，一个人来的，我以为……"

曼森了然地点了点头："以为我虽然给你留了一口酒，但并不想见你？"

赵择木半天没说话，然后忽地叹着气笑了一下。

"前阵子手里事情太多太乱，烂摊子全扔过来了，我抽不开身。"曼森说。

赵择木点了点头："我知道。"

这个话题本该有些尴尬。

曼森之所以抽不开身，是因为布鲁尔和米罗被执行了死刑，集团一片混乱。这其中有赵择木提供证据的功劳。

而那两位生前造孽无数，连最小的弟弟也不放过。这过程中，赵择木同样横插过一只手。

不管初衷是好是坏，赵择木跟乔治·曼森之间，赵氏跟曼森集团之间都有一笔复杂的账，可能这辈子都很难厘清。

但这个尴尬的话题在这样的时间地点，在这两人之间，却显得自然而直白。一个提起，另一个便答了。

乔治·曼森扫视了一圈，目光又落回到赵择木身上："这里面难熬吗？"

赵择木笑了笑，没有直接回答。

难熬是必然的，但也是应该的。

不论怎么说，赵氏确实跟布鲁尔和米罗有过牵扯不清的关系，面前这位旧友也确实因为他在生死线上徘徊了一圈，还有那位出了潜水事故被送去急救的律师。

他当初偷换掉潜水服，是因为那位律师的潜水服里有吸引海蛇的药粉。布鲁尔和米罗安插的人手想借此引来海蛇，把一道下水的乔治·曼森咬了。

那件事其实有更好的解决办法，他却因为犹豫错过时机，选择了最差劲的一种，以至于每个人都不好过。

说到底，还是当时心不够定，路不够正。

"我算幸运的，有补偿和回归正轨的机会，五年已经是酌情又酌情的结果了。"赵择木停顿了一下，又有点儿遗憾地说，"可惜……乔在樱桃庄园存下的酒，我喝不上了。"

探视屋里安静下来。

片刻之后，乔治·曼森的声音又响起来："酒封存久一点儿口感更好吧，怎么会喝不上。"

"五年……"乔治·曼森似乎在认真算着，"再过五年，我那边的烂摊子也该整理完重上正轨了，到时候刚好一起来喝。"

生死门里走了一趟，又经历一场家族大案，这位纸醉金迷里浪荡了十多年的纨绔少爷已经悄然变了模样。

头发短了一些，气质沉敛不少，衬衫扣子也没有再解到胸口以下。

隔着厚厚的防弹玻璃，赵择木闻不到外面的味道。但他想，乔治·曼森身上应该不会再有那样散不开的酒气了。

他终于又看到了这位旧友少年时候的眼神，而这应该是对方最本真的模样。

挺好的。

再过五年，他、乔治·曼森还有乔又会变成什么模样呢？有点儿难以想象。

不过……应该会更好吧。

这里夕阳沉落的时候，德卡马法旺区还在午后。

另一群老友相聚在湖泊区，一贯安静的湖边别墅变得热闹起来。

以前的酒会，都是在燕绥之梅兹大学城的那幢房子里办的，那里学生来去比较方便。

湖泊别墅这座私宅还是头一次。

所以劳拉他们对这里的每一处都很好奇，连院子里的草木也不放过。

但他们不好意思在院长面前表现得太过，就总趁着燕绥之上楼或是拿东西的工夫骚扰顾晏。

"那两株空枝是请人修出来的造型吗？"劳拉问。

顾晏："不是，枯枝。"

劳拉："……"

这位女士有着梅兹法学院学生的"传统毛病"——对院长盲目崇拜。

她盯着枯枝想了想，又憋出一句："那为什么没有清理掉？院长喜欢这种艺术感？"

顾晏："刚死两天，没来得及清。"

劳拉："……"

一旁的艾琳娜找了个理由："正常，你想想从院长出事到现在几个月了，这边应该很久没人打理，当然会枯死。是吧？顾？"

顾晏淡淡地说："事实上，有一部分是一周前刚运过来的新苗。"

艾琳娜："那怎么……"

"这就要问你们院长了，在家休假一周，怎么把院子'休'成这样的。"

劳拉："那肯定是花种和草种买得不好。"

顾晏："……"

几人正说着话，一辆加长厢车开进了院子，一个留着大胡子的男人从敞开的车窗探出头，抱怨道："我恰好都听见了，谁说我的花种和草种有问题？"

可能是他气势真的很足，劳拉默默往后挪了一步，用手指头把顾大律师推了出去。

顾晏对这帮老同学兼朋友彻底服气。

"整个德卡马，找得到比我这更好的观赏植物种子吗？"大胡子嘟嘟囔囔地下了车。

顾晏给劳拉他们简单介绍了一下："高霖，观赏植物培育专家。"

"哦——听说过！"艾琳娜说，"乔经常提，我倒不知他跟你也熟哎。"

顾晏冲二楼的某个房间抬了一下下巴："高先生最熟的那位在楼上。"

"院长？"

这次不用顾大律师说话，高霖已经抢先开了口："燕？对！我们算老相识了，我那培育室里，每年有三分之一的花草树种死在他手上。"

众人："……"

高霖："包括这一院子苟延残喘的植物。"

众人："……"

高霖："可能不久的将来，也会包括我今天送来的这批。"

众人："……"

正说着话呢，楼上某处突然传来不紧不慢的敲窗声。

众人抬头，就见上去拿酒的燕绥之撑在窗边，要笑不笑地看下来。

他的目光从高霖身上扫过，最后落在顾晏身上："坏话说得那么大声，生怕我听不见是吗？"

劳拉他们连忙摇头："没有，没有。"

"晚上喝什么酒，院长？"杰森·查理斯岔开话题问道。

燕绥之道："樱桃庄园前天刚送过来的，银底卡蒙。"

众人一阵欢呼嬉闹。

顾晏走到窗户下，看了眼不远处闹成一团的人，抬头冲燕绥之说："记得给那两位记者寄一瓶。"

当初在天琴星查乔治·曼森案时，本奇帮过一个小忙，燕绥之说过以后送他一瓶银底卡蒙。这几天恰逢樱桃庄园新酒酿成，他怕自己忙忘了，让顾晏提醒他。

"寄了，刚给樱桃庄园发过信息。"燕绥之朝高霖的车看了一眼，"你又让他送了一批苗？"

"嗯。"

"都有什么？"

顾晏说："长出来就知道了。"

燕绥之挑眉："跟谁学的吊人胃口？我很担心它们熬不到长出来的时候。"

顾晏："放心，有我。"

说话间，人群又是一阵喧闹。

燕绥之和顾晏循声望去，就见一辆白色飞梭车驶进林荫道，在院门外停了下来。这辆飞梭车是数年前出的一款，众人曾经很熟，但是因为太长时间没见到，竟然都没反应过来。直到两个身影从车里下来，大家才猛地意识到，这是柯谨的车。从他出事之后就没人开过，直到今天，终于重新发动引擎了。

"柯谨！乔！"劳拉远远就挥起了手，笑着说："来晚的都要罚酒，听见没？一个也跑不掉！"

"明明是你们来早了，不要借机坑我。"乔少爷指着智能机，"下午三点，我们来得刚刚好。"

"黄金十分钟了解一下！"众人开始耍赖。

"滚，那是你们法学院的'讼棍'们搞出来的规矩，跟我没关系！"乔笑骂了一句。

劳拉扭头就说："柯谨，他说你是'讼棍'，你觉得呢？"

乔："……"

这位唯恐天下不乱的女士又转头冲二楼喊："院长！乔大少爷说咱们全是'讼棍'！"

燕绥之笑了："我听见了。"

"怎么办？"众人开始闹。

燕绥之："轰走。"

乔大少爷被一群老友追着轰，高霖抱着花苗和树盆艰难地穿过人群，一边看笑话，一边喊着："让一让，劳驾！这树一碰就掉叶子，砸脸上别怪我啊！"

最后乔躲无可躲，又累得要死，搭在柯谨的肩膀上呼哧喘气。

众人也不闹了，三三两两闲聊起来。

"打算什么时候重新接案子？"劳拉问。

"跟所里聊过了，四月回去。"柯谨说。

"那真是太好了。"

劳拉由衷感慨了一番，又转头问乔："听说你最近搬去柯谨那边了？"

"对。"乔少爷解释说道，"老狐狸和尤妮斯女士最近在搞项目，容不下我这个其他公司的窥探商业机密，把我赶出家门了。我不得已只能去占柯谨的地盘。"

劳拉"呸"了一声："借口，我跟你姐刚见过，这理由要多瞎有多瞎。"

乔当即问柯谨："这理由瞎吗？"

柯谨："唔……还行。"

乔："这么勉强？"

柯谨改口："不瞎，可以。"

乔大少爷立刻挺直了腰杆："是，我这人从来不说瞎话。"

正巧高霖抱着树盆经过，风吹下一片叶子，正面拍在乔少爷脸上。

啪——

清脆逼人。

乔："……"

柯谨愣了一下，转头笑了起来。

那些令人沉郁的事情已经变得遥远而模糊，再也不会投落阴影。

就像微风穿过百里林荫，鸟雀跳在树梢。

春日最好的太阳照在这里，于是长路落满了光。

第十九章 正义不朽

联盟一级律师审查委员会终于重启评审程序。

原本的候选名单里，有个别律师牵涉了曼森大案，跟曼森兄弟以及南十字某些合伙人有非正当往来，现已锒铛入狱，被审查委员会自动除名。

这其中就包括曾经处处跟顾晏较劲的霍布斯。

不过即便没有除名，他也不会有丝毫的竞争优势。

因为在最终评审的时候，除去燕绥之回避的那一票，徽章墙上有名有姓的所有一级律师，都给顾晏投了同意。

这在终审一环也算得上是奇景了，毕竟这个评审相当严苛，全票通过的少之又少。

这群个性迥异的大佬们上一次这么意见统一，大概能追溯到十来年前。

每次评审结束后，都会有一场一级律师联合会议。

大佬们虽然觉得开会很无聊，但每次都会全员出席。毕竟他们这个团体增加点儿新人不容易，确实应该欢迎一下。

这次的会议就定在一个月之后，地点在红石星一级律师联合大楼。

在那之前，燕绥之去了一趟春藤医院，找林原做复查。

"各项数据都很正常，比我预料的还要好。"林原扫了一眼结果单，"发烧或者头痛之类的毛病还犯过吗？"

燕绥之:"没有,很久没有过了。"

林原听了打趣道:"那看来顾律师的基因片段在你这里适应良好,一点儿排异反应都没有。要是碰上爱闹腾的基因源,那就有得受了。"

燕绥之头一回听见有人这样描述基因,觉得挺有意思:"可能物随主人吧。基因源跟本人一样闷不吭声。"

林原忍不住笑起来。

"刚才上楼的时候听说你要去旅行?"燕绥之问。

林原放下结果单,活动了一下肩颈道:"对,之前忙了好久没歇过,这次休一个长假。"

"几天?"

"半个月吧。"林原说,"三五年的假都攒在一起了。我打算回一趟赫兰星,辫子叔不是带着雅克回去休养了吗?我去看看,然后再去其他几个星球转一圈。"

"赫兰星?好巧。"燕绥之说,"过两天我跟顾晏也打算回去一趟。"

不过最终他们没能同行,南卢这边有个案子耽搁了几天,林原先他们一步出发了。

在医院里没日没夜的晨昏颠倒,林原已经很久没有享受过这样悠长的假期了。刚开始他还有点儿不太适应,夜里睡不着,早上又总会惊醒。他总要看一眼智能机,确认没有什么急救消息,再翻身继续睡。

这样过了四五天,他才真正放松下来。

他去了一趟默文·白的家,在那里住了两天,顺便盯了一下雅克·白的恢复状态,又陪着他家那群老顽童从早聊到黑。他还去了很久以前住过的公寓区,念书的学校,常去的商店,待过的医院……

有些已经没了踪影,有些一如多年之前。

在赫兰星待了一周左右,他买了一张离开的飞梭机机票,打算再去其他地方看看。就在他站在赫兰星的港口准备过闸的时候,智能机突然嗡嗡振了两下。

他顺手调出界面看了一眼,那是两条新收到的信息。

第一条是春藤医院的通知。说联盟有一个新成立的医疗公益基金,专门针对基因这块的病症研究和救助，打算跟几大医院都建立一下合作项目，总院把他设为了春藤这边的负责人。

紧跟着的第二条就是那个公益基金会的问候信息。

林原随手滑了一下，打算扫一眼就关闭界面，结果看到最后两行却停住了动作。

那两行写着：

祝一切安好，旅途愉快。

阮野

明明是公式化的客套之词，明明那两个字带着基金会的会标，并不是什么私人签名。但在那个瞬间，依然会让人产生一种错觉。

就好像……多年之后的某一天，远方忽然又传来了故人的音信，对他说，好久不见。

林原看着落款的字，长久地站在那里，忽然无声地笑起来。

燕绥之和顾晏在赫兰星落地，已经是一周之后了。

赫兰星金玫瑰区红杉大道二十四号，是顾晏小时候生活的地方。

"你在这里住到多大？"燕绥之第一次来顾晏家的老宅，还没到地方就有些好奇。

"中学。后来去德卡马念书工作，这里就空置了几年。"顾晏说。

"空置？你外祖父不住？"

"他两边住，工作在天琴星，那边也有一间配置的公寓，后来退休就回来了。"顾晏说，"他搬回来之后，我隔几个月会来住几天。"

听到天琴星时，燕绥之脑子里闪过了什么，但又没抓住，只"哦"了一声。直到他们站在那幢宅子面前，燕大院长才明白刚才脑中闪过的是什么……

因为打开门的时候，顾晏那位外祖父正坐在客厅的软沙发里，扶着眼镜转头看过来。

老先生头发银白，精神矍铄，看得出来年轻时候一定非常英俊，就是习惯性板着脸，显得异常严肃。

嗯……特别巧，跟燕绥之第一次庭审的那位大法官长得一模一样。

就是被燕绥之形容为"为人正直但面部神经可能有点儿瘫"的那位。

……当着顾晏的面形容的。

燕绥之："……"

老法官："……"

从这相隔半个客厅的对视以及双方表情可以看出，这两位对彼此的印象都非常深刻。

两人同时木着脸看向顾晏。

顾律师抵着鼻尖转头咳了一声。

这种时候就能看出来，某位同学真的闷骚。

好在不论是燕绥之还是老法官，对于对方的印象都不是坏的，甚至是特别的，带着欣赏的。

所以真正坐到一起时，交谈的氛围居然还不错。

尽管老法官天性严肃，又带了点儿职业病，话语不多，但顾晏看得出来，自己这位外祖父心情很不错，听燕绥之说话的时候甚至放松而愉悦。

对此顾晏毫不意外，毕竟……那是燕绥之。

只是在聊天的后程，老法官还是提了一句："我已经退休了，又都在家里，就不要用那么正式的称呼了，总让人觉得在开庭审。"

燕绥之转着手里的杯子，似乎是故意的："那怎么称呼比较合适呢……老先生？"

顾晏低头捏了一下鼻梁。

某位院长混账起来，上至老人下至孩子，就没有他不敢逗的。

老法官默默喝了一口茶，对"老先生"这称呼也发表了看法："像学院来家访。"

燕绥之慢条斯理地喝了点儿温水："那……我跟顾晏目前算同辈，要不跟着他叫一句外祖父？"

老法官一脸严肃地呛了一口茶。

燕绥之笑起来，赶忙伸手拍了拍老法官的背。

老法官缓过气来说:"嗯……就这个吧。"

燕绥之和顾晏陪外祖父用了午饭,又小憩了一会儿,开车去了趟十三区。

赫兰星十三区的南郊有一大片静谧的松林,背靠一片绵延的缓坡,环抱着一汪湖。

那是杜松墓园。

燕绥之的父母就安息在那里。

他们把车停在墓园外的林荫停车坪上,带着一束粉玫瑰,穿过长长的台阶,走到两座并列的墓碑前。

走到面前,顾晏才发现这两座墓碑其实是相连的。墓碑之上,那对俊美的夫妻弯着跟燕绥之极像的眼睛,温柔又无声地笑着。

燕绥之抱着那束粉玫瑰,眸光低垂,同样温和又无声地看着那两位。

很久之前,顾晏就设想过这样的场景。在他的设想里,燕绥之会在这里停留很久,有很多、很多话对这两位说。

毕竟这段时间里发生的事情,随便挑一段,都可以说上一整天。

可燕绥之没有。

他只是在墓碑前站了一会儿,说:"今年发生的事情有点儿多,一直没能抽出空过来,想我了吗?"

墓园静谧无声,只有风吹着松枝沙沙轻摇。

燕绥之笑了一下:"算了,这么肉麻的话不适合我。我今天过来,就是想带一个人来让你们见一见。他叫顾晏,也许你们听我提过?那个总被我气跑又一声不吭回来写报告的学生。

"想不起来也没关系,现在记住就行。如果不是他,我可能还得再晚一些才能来看你们。所以我想,你们一定是要见一见他的。

"……对了,前阵子我去了一趟医院。基因上的那点儿毛病已经彻底好了,不用再担心。"

他一只手插着西裤口袋,一只手轻轻把墓碑上掉落的松枝扫开。

这一年里所有的惊心动魄和生死挣扎,就这么被他略过了。

"前天法旺区那边有音乐剧的巡演,就是以前你们骗我去看的那场。我跟顾晏又去看了，台上的人不知道换没换，灯光打得太重，看不清脸。我看了不到一半，还是睡着了。不过这次醒得比较早，看到结尾了。感觉还是那一套，皆大欢喜，有点儿俗。不过……勉强可以理解你们为什么喜欢。"

"现在想起来，好像只记得那么一句'终有一聚'……那就终有一聚吧。"燕绥之的手指在墓碑上轻轻点了两下，像是随意而又亲昵的招呼，"我们先走了，你们先睡着。"

晚安。

假期结束，两位大律师手里都接了不少案子，好几条线同时在走，忙得脚不沾地。

尤其是燕绥之。

除了南卢这边的刑案，他还兼顾着梅兹大学那边的事务，以至于根本找不到空闲去花园里转转，更别提浇水、修枝了。

这反倒让那些花花草草们逃过一劫。

这段时间，湖边别墅的前后院里一直开着地表控制器。湿度、温度全部按照高霖的建议。于是他送来的那批花草树种窜得特别快，仅仅一个月就都有了初形。

起初，燕绥之并没有意识到什么。

他坐在客厅沙发里看案件资料，偶尔会抬头透过落地窗往远处看，随意一瞥，只觉得花园丰富繁盛，比以前多了不少品种，挺热闹的。

直到四月初的某个下午他才发现，花园里还藏着顾晏更深的用心。

那是一级律师联合会议召开的前一天，他跟顾晏忙里偷闲，腾出了一整个下午准备行程。

可实际上两人都是空中飞人，出差属于家常便饭，收拾行李只花了十几分钟，之后一整个下午就都空出来了。

恰巧高霖发来一条信息，说白豆蔻和双色豆蔻在这个季节特别娇气，很容易生病。让他们最近有空的话，记录一下那片豆蔻的生长信息发给他，他根据这些配一份新的肥料，下周送过来。

正好眼下有时间也有兴致，燕绥之便去了储物间，翻出了高霖送的盆栽量尺。顾晏不太放心某位院长的魔爪，打算自己来，结果却被按在了花园的咖啡座里。

"不要一副如临大敌的样子，要真的被我碰两下叶子就死，你这薄荷精岂不是首当其冲？"院长语重心长地说。

顾晏："？"

燕绥之晃了晃手里的量尺，说："我去量，你在这里做记录，回头发给高霖就行。"

当然，院长并不是真想祸害那些花草，而是他知道顾晏昨晚翻卷宗到很晚，没怎么睡觉，所以想让顾晏少费点儿劲。

燕绥之拎着量尺穿过枝丫，辨认着那些初长成的花木。

豆蔻、小红莓、扶桑、旱金莲、晚香玉……

几个品种名一一从脑中闪过，两个弯一转，他便顿住了脚步。因为他发现这些花太熟悉了……

他少年时期住的那间旧宅，花园里种的就是这些。

如果再加上苹果树和甜木果，就分毫不差了。

这个念头冒出来，他的目光便扫到不远处的院角。就见那里真的立了一株苹果树，甜木果粗壮的藤茎绕着树干攀爬上来，搭在了院墙上。

燕绥之在花园深处愣了很久，忽然转身大步往咖啡座的方向走。

"顾晏——"

话音在他转过拐角看见顾晏的时候戛然而止，轻轻咽了回去。

因为坐在那里的人，不知什么时候已经悄悄睡着了。

他面前铺着光脑的全息屏幕，一个用来记录豆蔻信息的表格刚建好不久，静静地展开在那里。而他支着头，呼吸匀长。

燕绥之站在那里看了他很久，忽地摇头笑了一下。

他悄悄拉开另一张椅子，在顾晏对面坐下，把已经测量到的部分豆蔻数据输进了顾晏的表格，然后在自己的智能机上新建了一张空白画布……

顾晏是被智能机的振动弄醒的。

开屏就是两条信息。

"我睡多久了？"他捏着鼻梁醒神，一边点开了信息内容。

"没多久,还不到一个小时。"燕绥之坐在对面,握着电子笔不知在写写画画些什么,"哪个不长眼的这时候给你发信息?扰人清梦。"

"备忘录。"顾晏说,"提醒我们再过半小时该去港口了。"

他又点开另一条,这次他的表情缓和很多:"还有一条来自约书亚·达勒,他说云草福利院的讲堂顺利成立了,下个月开始,他又可以上学了。"

燕绥之笑道:"这倒是个好消息。"

顾晏点了点头,刚收起信息界面就看见燕绥之搁下了电子笔。

"在写什么?"他问。

"给你准备一份回礼。"燕绥之说。

"回礼?"

没等顾晏反应过来,智能机屏幕就又跳出了一个提示:收到一份新邮件。

他点开邮件,看见了燕绥之画笔下的自己……

有那么一瞬间,时光恍惚回到了十年前,同样是阳光明亮的日子,同样安逸恬静,同样只有两个人。

他支着头睡了一觉,又在邮件提示音中倏然惊醒。

从此以后,他的邮箱添了一个分类,分类里躺着一封永久保留的速写。上面是一句并无意义的逗弄之言,下面是燕绥之清隽潇洒的署名。

曾经的他一度以为,这个分类连同那封邮件都会湮没在茫茫时间里,十年、百年……直到账号进入遗产列表,被移交或是被注销,都不会再添新了。

没想到,在这样一个相似的午后,他又收到了第二封。

这幅速写的上面同样有一句手写的话,不过不再是那样无意义的逗趣了。

那里写着:

——这位偷偷打盹儿的先生,你愿意长久地跟我共享这片花园吗?

顾晏看着那行字,许久之后回复了一封邮件:

——长久是多久?

对面燕绥之的智能机嗡嗡振动了一下,他轻笑了一声,却没有说话。

过了几秒,顾晏的屏幕上又跳出一封新邮件:

——你希望多久?

顾晏回道：

——到所有身份从世上注销的那天。

燕绥之抬起头来，弯着眼睛说："好。"

这是厄玛公历1257年4月12日，是德卡马法旺区的一场盛春，也是红石星的双昼。

小星河带在这天会绕着红石星流转一周；

联盟民政公署在这天会不停歇地开放六十个小时；

一级律师联合会议要持续半天；

荣誉制业在这一天做好了最新一批的定制律师袍和烫金徽章；

审查委员会则在这一天发布了全联盟公告，勋章墙上增添了新的名字，南卢律所出庭大律师顾晏正式入列。

下午两点整，一级律师联合会大厦的一楼大门终于打开，象征着全联盟律法界顶层的那群人陆续走出，沿着高高的台阶缓步而下。

星河带从天穹中横跨而过，正午最灿烂的阳光穿透明净的玻璃，照在楼顶金色的徽章上。

那枚徽章在这里屹立了157年，它的存在本身就代表着一句话：

我是联盟一级律师，我会以大星际时代最高法典的名义，竭诚捍卫你一切应有权利。

公理之下，正义不朽。

番外 旅人

  和大多数年份一样，厄玛公历1262年不慌不忙地走到了尾声，算得上祥和平静，又因为一些事显得有些特别，可以记上几笔——

  一是关于曼森的。

  距离那件震惊全联盟的大案开庭宣判已经过去五年了，时间说长不长，说短不短。曾经叱咤商界百年的曼森集团自那之后一蹶不振，摇摇欲坠，大有就此垮塌消失于商海的意思。曼森家最小的儿子乔治·曼森接手的就是这样一个烂摊子。

  这位少爷之前是出了名的纨绔子弟，从未涉足家族事业。他刚成为集团主事人（倒霉蛋）的时候，几位有从商经验的朋友给了他一些建议，内容大同小异，都是说曼森集团的民众信任度和好感度已经降到了负值，甚至听到"曼森"两个字，大众就会产生排斥和厌恶心理，褪多少层血皮都不一定拉得回来，最理智也最划算的办法是进行商业切割。简单而言就是清理掉集团"坏的"部分，留下"好的"，然后换一个名号重新开始。

  乔作为曼森少爷的发小，是唯一没有这样劝说的人。

  事实上，这些劝说也没有起到任何作用，曼森回应那些朋友的话同样大同小异，他说："如果换一个名字，那么'曼森'这个姓氏留在联盟民众心里的最后印象，就是法庭判决书和无数新闻头条报道的那些了，再不会更新。那他的父亲、祖父以及更早以前白手起家的曾祖恐怕永远不会安息。"

乔听闻这些话的时候毫不意外："我就知道。我早就说过的，曼森其实是咱们这帮人里最念旧、最拗的一个。"

于是，曼森第一次真正意义上踏足商界，就给自己选择了地狱级难度。无数人断言这条路他坚持不了多久，他也确实走得头破血流，但到底撑下来了。他花了三年，在集团内部做了一次彻底的剥除和清理，又花两年做了领域收缩。到1262年秋末冬初，他才算真正收拾完烂摊子。

在这五年里，曼森行事极为低调，全身心扑在内部整顿上。他的名字甚至从未出现在任何公开性质的商业聚会和活动里，直到年底破了一次例。

让曼森破例的人名叫德沃·埃韦思，各大记者提起来都喜欢称他为春藤集团掌舵人埃韦思先生，乔大少爷更喜欢叫他"老狐狸"。当然，这是背地里的叫法，当面还得叫一声亲爸爸。

说起老狐狸德沃·埃韦思，就不得不提这年发生的另一件事了——

用记者们的话来说就是，执掌春藤集团七十年的风云人物、大半辈子都雄踞联盟商业巨子榜单并从未下过榜的德沃·埃韦思先生，在将春藤集团推向又一次巅峰后宣布引退，决定去享受一下此前从未享受过的悠闲人生。

消息一出，便霸占了联盟所有新闻网站的头版头条，热议持续好多天，到处都是讶异和惋惜之声，毕竟这位掌舵人看上去起码可以再留二十年。

"对此，德沃·埃韦思先生笑着回应道：'如果我二十年后再引退，可能就听不到这么多夸奖的话了。'一如他从商七十年给大众留下的印象——绅士而风趣……"乔给顾晏和燕绥之念这段话的时候绘声绘色，念完他停顿了几秒，可能是无声干呕了一下，然后这位大少爷用一种极为死板的语气说，"多少年了，我真想给那帮傻乎乎的记者看看我的智能机相册，那里面少说也有一百张照片可以取名为'老狐狸暴跳如雷图'。"

然后，他得到了燕院长的一句由衷的夸赞："你真厉害。"

以及顾晏附送的一句："我很怀疑。"

乔："怀疑什么？"

顾晏："一百多张的数量。"

乔："这有什么可怀疑的？"

顾晏平静地说："埃韦思先生暴跳如雷的时候，你哪来的工夫拍？"

乔立马道："我当然没有，都是尤妮斯在旁边拍了事后传给我的。"

顾晏静然片刻，而后道："那你确实厉害。"

乔："……"

乔大少爷消化了几秒，感觉这位死党携院长讥讽他，于是他极有骨气地挂断了语音通信，去柯谨那儿找寻安慰了。

总而言之，虽然大众觉得意外又突然，但老狐狸埃韦思先生还是如期身退，春藤集团掌舵人自此正式变更为尤妮斯·埃韦思。

这和全联盟人口信息更新核查、繁育胶囊从特殊医用转为普通医用并称为1262年末值得计入年历的三件事。

为了庆祝自己即将拥有悠闲人生，也为了庆祝尤妮斯顺利接任，老狐狸埃韦思先生着人筹备了一场家庭宴会，邀请的都是非常私人的朋友。

乔大少爷照着邀请名单给顾晏拨了语音通信。开门见山地说："十七号你和院长有空吗？"

语音通信那头并不安静，有些嘈杂人声。

顾晏跟身边人低声说了句什么，这才回应乔的话："你指哪里的十七号？"

"当然是——"乔愣了一下，立刻反应过来，"你又出差了？在哪儿呢？"

不同星球转速不同，为了统一的厄玛纪年法，计时各有一套换算方式。顾晏每次这么问，就代表他不在德卡马。

乔早已习惯，见怪不怪。他刚想嘲笑一下顾大律师空中飞人般的生活，就听见顾晏答了一句："我在蔷薇星群这边，没出差。"

乔的嘲笑卡在半路，他纳闷道："你没出差怎么跑那么远？你老实说，你不会得了飞梭机上瘾症吧？"

顾晏："什么东西？"

乔："你们这种工作狂特有的一种病，飞梭机坐太多，对于离港、接驳、跃迁瞬间的那种失重感有瘾，几天不坐想得慌。"

顾晏："……"

这二世祖不愧是家里搞医疗产业的，鬼话说得跟真的一样。

乔难得堵得顾晏哑口无言，正享受这个胜利的瞬间，就听见顾晏那边传来了另一道熟悉的声音——是燕绥之燕大院长的声音。

他听见院长问了顾晏一句："乔的通信？"

顾晏"嗯"了一声。

燕绥之的声音似乎带着笑意："他说什么了，你这副表情？"

乔张了张嘴唇，刚想插一句话，就听见顾律师淡定地回答："他说我们可能都有病。"

乔："……"

我去！

"我错了。"乔认错认得很干脆，"我只是挤对你，并没有把院长包括进来的意思。"

顾律师很注重细节："你说了你们。"

乔："……"

他为什么想不开要去挤对律师？还是一对律师！

"算了，你忘掉刚刚的我。"乔不再挣扎，破罐子破摔道，"所以你跟院长为什么在蔷薇星群？他出差你陪着？"

"不是。"顾晏放了他一条生路，答道，"来旅行。"

"来什么？你等等，我的耳朵可能出了毛病。"乔用力掏了掏耳朵，煞有其事地嚷了两下，"好了，你再说一下，来什么？"

顾晏："……"

从那个短暂的停顿来看，顾律师可能费了一点儿力气才能忍住不说"你出毛病的可能是脑子"。

看在他们关系好的分上，顾晏还是重复了一遍："旅行。"

乔下巴掉了。

他认识顾晏这么多年，问过无数句"你在哪"，有大半情况下顾晏的答案都不是"德卡马"。全联盟大大小小的星球数以百计，随便报一个名字，顾晏都去过。顾晏去的理由十分一致，总是工作、工作、工作。就算他有其他事情，也是工作之余的顺便和附带。

这好像是第一次他从顾晏口中听到"旅行"这个答案,不是"来出差,刚好怎么怎么",也不是"有个案子在这儿,碰巧怎么怎么",就是单纯地来旅行。

那一刻,乔少爷感慨万千。

准确来说,这五年里,乔好像总能从某句话或者某个瞬间感觉到顾晏微妙的改变。他依然是绅士得体的,有着冷静、理智的头脑,很少在外露出私人的一面。但外人看不到的地方,他软化的部分越来越多了。就像一个精密运转、从不出错的工作仪终于有了生活。

作为朋友,乔当然再欣慰不过,但他生怕在情调方面,理性派的顾晏是一个木头。虽然之前的很多事都说明事实并非如此,但他还是忍不住要提一点儿建议,毕竟说起吃喝玩乐,他最在行。

"不容易啊,有一日我居然能从你嘴里听到在旅行这种事。"乔感叹完便道,"但是你旅行干吗去蔷薇星群?要惬意和自由去蔚蓝渔场,要浪漫一点儿就去云桥星,要解压和刺激去萨拉让。我跟你说,萨拉让的天空之都最近又搞新花样了,玻璃城听过没——"

顾晏打断道:"我们就是从那边过来的。"

"噢!你们居然先去了,我上回就说去还没抽出空呢。"乔兴致勃勃地问,"怎么样?"

怎么样呢?那真是一言难尽。

玻璃城并不是指全玻璃打造的城市,那其实是一座现代和复古相结合的城堡,以纯白为基调,精致干净,各处墙角和塔尖都镶嵌着明黄色的灯,点亮的时候美得像童话。

但不管怎么漂亮,一座城堡其实算不上稀奇。玻璃城的特别之处在于,这座城堡包括城堡外的广场和街巷地面都是玻璃的,纤尘不染,而这些建筑又在特殊材料的支撑下高耸入云。是真的入云,站在城堡前巨大而透明的广场上,能看到云在脚下翻涌,偶尔能透过云的空隙看到地面城市的缩影。

玻璃城上个月正式对全联盟游客开放,正是最火热的时候。顾晏和燕绥之都不太喜欢拥挤,所以最初没把它放进旅行计划里。只是因为有飞梭机出了故障,占据了航道,他们乘坐的那艘飞梭机为了避让,临时要在萨拉让的港口停留一天半。本着等也是等的想法,他们去逛了一趟玻璃城。

玻璃城的传送直梯里有一位导览小姐,妆容精致,戴着单边耳扣,笑容灿烂得体。

在升空的过程中,她对顾晏和燕绥之介绍说:"因为建筑风格全部以最早期的《吟游诗翁集》《永无之乡》等等为蓝本,所以咱们乘坐的传送梯又叫云梯,上面的玻璃城又被称为天使的故乡。"

导览小姐受过统一培训,语速大概掐过表,她介绍完的下一刻,"云梯"刚好到顶。

梯门一打开,顾大律师和燕院长就看到了玻璃广场上乌泱泱的人群,基本分为两种形态:

一种是匍匐在地上号啕大哭,拖都拖不走的,嘴里还喊着:"我不行,我真的不行,别碰我!都别动我!"

还有一种是笑吐在地,一边捂着肚子,一边骚话不断道:"哎,别哭啊,你往下看。"

……

总之,基本没有能伸脚的地方,新上来的游客要么欣赏他们,要么加入他们。

真是"天使"的故乡……

燕大院长欣赏了一圈,而后评价道:"我也是第一次知道,天使都是这种款式的。"

导览小姐努力绷住脸。

结果院长又开口了,他抬了一下手,动了动无名指上扣着的指环状智能机,对顾晏说:"本来我想偷拍几张照片发你邮箱,照片名我都想好了,抄一下他们的广告词——云上的绅士,现在看来——"

燕绥之又扫了一眼哀鸿遍野的广场,道:"怎么拍都是一部灾难片。你看出来没?这儿其实挺像蔚蓝渔场的。"

导览小姐到底没绷住,好奇地插了一句话:"为什么说像?"

因为在蔚蓝渔场那里,一枚氧气弹丢进大海,成千上万的鱼都会在海面上扑腾不息，跟眼前的景象有异曲同工之妙。

只不过那里"炸"的是鱼，这里"炸"人。

顾晏太知道燕绥之在想什么了。

为了不让某人继续祸祸导览，祸祸人家大热景点，顾晏把他拽回去了。自此他对玻璃城和"天使"有了一定程度的阴影，提就是一言难尽。

但乔问起来，顾晏还是回了一句："没法描述，建议你自己感受。"

乔："啊？"

"行吧，我打算下个月跟柯谨去一趟。"乔说着，又纳闷地道，"不过你们既然都到了萨拉让，干吗不多玩几天？去蔷薇星群干吗？那边有意思的地方不算多。"

顾晏说："有人喜欢。"

因为蔷薇星群这边有卢恩河。

顾晏跟乔连着通信的时候，正和燕绥之并肩走在卢恩河畔。

这条穿城而过的河流因为一幅著名油画被历史记住了名字，但拥有它的这座城市并不大，步行两个小时就能走完全城，也没有太多吸引人的项目，生活清淡安静，像那条河一样少有波澜。于是无数人慕名而来，挑一个和油画相似的角度，拍几张照片，又匆匆而走。

像顾晏和燕绥之这样住了一周的少之又少，不过也正是因为如此，这条河流至今还保留着当年油画里的模样。

顾晏和乔又简单聊了几句，确定了老狐狸埃韦思先生"退休晚宴"的具体时间，便切断了通信。

这座城市的午后总是很安静，蔷薇恒星绯色的光辉洒落在河面上，河面倒映着横跨的象牙色拱桥。河岸两边的行人零零星星，说话的音调不高，总好像情人间的私语。

顾晏和燕绥之在这儿住的几天其实过得很简单，但因为平时太过忙碌了，简单反而显得惬意而珍贵。

顾晏还是会晨跑，但有两天被人哄劝着起晚了，然后他们会一起吃个早餐。他们住的地方楼下就有一家餐厅，那里烹煮的咖啡味道很不错。

这里没有金碧辉煌的酒店，那样的建筑在这个城市里会显得格格不入，相比而言，舒适温馨的民宿倒是很常见。顾晏和燕绥之订的那间民宿就在河岸边，站在阳台上就可以看到卢恩河的晨雾。

　　这座城市的河流因画著名，所以这里聚集了很多画者，有许多藏在深巷里的艺术馆。他们有时会去看一两个不同类别的展览，然后挑一处合眼缘的地方吃饭。有时候他们会去市场逛一圈，买点儿食材，回住处研究一顿像样的午餐或是晚餐。

　　燕大院长热衷在这种时候偷懒耍赖，手段包装得很巧妙，方式也很多，反正顾律师不太招架得住。

　　燕绥之不是不会做饭，相反，他做得很不错。如果他真的好好摆弄一下，精致程度令人咋舌。

　　"正因如此，我才不能常做，总得留点儿招数关键时刻哄薄荷用。"这是院长的原话。

　　午饭之后，他们会在阳台晒一会儿太阳，聊天看书，有时候会沿着卢恩河散步，就像他们此刻一样。

　　卢恩河边总少不了支着木架的画家，三三两两，有些是来采风写生的游客，有些是在这儿久住的，甚至住了三五十年，彼此都认识，调色的时候会聊笑几句。

　　当他们快要走到拱桥的时候，一位画家忽然出声叫住了燕绥之。他的年纪不小，乍一看跟乔的父亲埃韦思先生相仿，银色的头发没有刻意梳剪过，被风吹得有些乱。他的眼睛倒是跟卢恩河有着一样的颜色，很有几分流浪艺术家的气质。

　　"我冒昧问一句，您是？"燕绥之以为是哪位被自己遗忘的人士。

　　结果那位画家笑着摆摆手说："一个你不认识的人，我在这里支着画架画了三十多年的画。"

　　燕绥之倒也没觉得对方唐突，这座城市里任何搭讪都不会有唐突的感觉。他只是和顾晏对视一眼，然后冲画家开玩笑说："那就好，我刚刚差点儿就在脑子里默背通讯录了。"

　　画家哈哈笑起来，又道："不过我见过你。"

燕绥之点点头："我们这几天常来这边散步。"

"不是这几天，当然这几天我也看到你们好几回了。"画家说，"我是说二十多年前，我在这边见过你。"

燕绥之轻轻"啊"了一声。

二十多年前，他二十来岁，倒是真的来过这里。那时候他除了沉迷潜水，还热衷尝试一切刺激性的不要命式的活动。乔之前在通信里提的那些，他其实统统去过。准确来说，联盟每颗星球每个地方，他可能都在那几年里走遍了，因为不想一个人待在曾经的旧居里。

那些年，他就像一个漫无目的的人，去过数不清的地方，总是停留不了几天又转去下一处。有时候他接连十多个地方走完，都想不起来自己去过哪儿，像一个日夜旋转不敢休止的陀螺。

"我没记错的话，你那时候也住在这边。"画家手指扫过河岸边的房屋，顺着数了几个阳台，指着其中一个说，"好像就在那里，光线角度就是那样没错。你经常站在那里，我还画过。"

他们这样的人，受艺术天性驱使，总能在视野中找到一个适合作画的焦点——要么是平静中的不安，要么是热闹中的孤寂。

这么说起来也许有点儿矫情，但他当时寻找那个点的时候，一眼就看到了那个扶着阳台栏杆的年轻人。那一幕太符合后者，所以他印象深刻，画过不止一幅画。

顾晏顺着画家的手指望过去，说道："那儿离这次住的地方也只隔了几个阳台。"

燕绥之也朝那边看了一眼，然后笑着摇头说："这我倒是真的记不清了，当年可能心不在焉。"

"你记不清也正常，毕竟那是二十多年前了。"画家浑然不在意，摇了摇手，又对燕绥之说，"你的变化好大。"

说完，他又补充道："我不是指长相上的，你知道的，我们这些人比起长相，更擅长捕捉别的东西。"

他用手指比了一个抓取的动作，又自顾自地笑了，然后道："这座城市太小了,一般人只会来一次。像你这样隔了这么久再来一趟的人屈指可数,是因为特别喜欢那幅画吗?《卢恩河之夜》?"

"不全是。"燕绥之说,"当然,那幅画作很惊艳,但比起画,我可能更喜欢跟人一起沿河散散步。"

"啊。"画家笑起来的时候有种慈祥感,他看向顾晏,促狭地眨眨眼说,"我看出来了。"

"你们是要在这儿长住吗?"他又问道。

因为目光还没移开,所以顾晏回应道:"休假,今天是最后一天,明天我们就走了。"

画家点了点头,脸上又露出了几分遗憾的表情:"这里生活很惬意,其实长住也不错。"

燕绥之笑了起来,说道:"那倒是,我们已经有点儿不想走了,可惜离退休还早得很。"

画家:"万恶的老板!"

燕院长眼也不眨地附和:"是,万恶的老板。"

顾晏默默地朝某人看了一眼。

要知道南卢律所的老板不巧正是他们俩呢。

天真的艺术家对此一无所知,感慨了几句后对他们说道:"我叫住你们其实没别的意思,就是觉得有缘。你们明天离开的时候记得来这里走一下,我送你们一份小礼物。"

礼物其实不难猜,是画。

只是燕绥之拿到画的时候,还是有些讶异,因为不是一幅,而是两幅。

其中一张陈旧一些,落款时间是二十五年前。画里是一排灰红相间的建筑,半没在卢恩河畔的雾里。楼下是往来如织的游客,面孔模糊,楼上的阳台上却只站着一个人。二十多岁的燕绥之穿着衬衫,两手撑扶着黑色雕花栏杆,垂眸看着河岸,像一切热闹的旁观者,安静而孤独。

右下角是当初画家取好的画名,叫作"旅人"。

另一张应该是这几天画的,同样是卢恩河畔,同样有着迷蒙的晨雾和绯金色的恒星光辉，只是画里的人变成了两个，穿着深冬的大衣，戴着温暖的羊绒围巾，说笑着走过，留下两道高高的背影。

这张画没有名字，却被仔细装裱进了画框，可以挂在家里任何一个地方。

这确实是一份很棒的礼物。

不知为了应景还是什么，燕绥之和顾晏搭乘的飞梭机在纽瑟港着陆时，德卡马正在响应联盟号召，做着新一次的人口信息更新核查。登记员带着光脑守在进港处，给每个下飞梭机的人做着登记。

燕绥之的大衣搭在手肘上，手里拿着包裹着画的防水油纸，在光脑前驻留时说了一句："别说，这检查还挺让人紧张的。"

顾晏推着行李箱过来，感觉自己听了一句鬼话。

"为什么紧张？"负责登记的人乐了，"又不抽血又不考试的，就扫一下虹膜而已。"

"因为十一年前的那次检查，你们冲他扫了一下虹膜，他的经常居住地就成了长途飞梭机。"顾晏说。

"是的，像一个流浪汉。"燕绥之说，"希望这次你们能给一点儿面子，好歹给我留一套房子。"

登记员忍俊不禁，配合地开着玩笑："好的，我尽量。"他说着，又冲燕绥之扫了一下。

光脑的全息屏幕上刷出了身份档案，其中经常居住地那一栏跟着近几年的总数据哗哗筛着，片刻后终于定格下来。

与十一年前不同，这次共有两个地址，一个主选，一个备用。同他关联最深的地方终于不再是什么长途飞梭机了，那一栏里显示着两个地方，他的湖边别墅，还有顾晏的城中花园。

燕绥之目光扫过那一项，笑了起来。

那天恰逢是周日的傍晚，从纽瑟港通往城区的车道热闹而拥挤，亮着的车灯宛如长龙一直延向天边，都是回家的旅人。

两人坐着哑光黑色的飞梭车，在途经一处生活商店时买了些食物和水果，挑了几瓶调味用的酱汁，以及一组挂画用的墙扣。

他们回到湖边别墅的时候，天色又暗了一层。隔壁邻居养了好几只猫，其中一只尤其不怕人，听到院门响的时候，嗖地蹿过来，趴在两家相隔的栏杆上，试图把浑圆的脑袋塞进栏杆缝隙里。

顾晏在停车，燕绥之关了院门，拎着东西经过时扫了那小东西一眼，忽然想起少年时那对带着猫来串门的邻居夫妇。他弯腰捏了捏那只猫的肉垫，然后笑着跟顾晏一起进了屋。

他们关上屋门，亮了灯。

绯色的余晖从湖的另一边漫过来，又缓缓褪下去。

太阳下山了，和悠长时光里每天都会有的日落一样。

— 全文完 —